Anne of Green Gables

빨간 머리 앤

1판 1쇄 2017년 4월 30일
1판 2쇄 2017년 9월 30일

지은이 루시 모드 몽고메리
옮긴이 류지원
그린이 박지영
펴낸이 장재열

펴낸곳 단한권의책 | 출판등록 제251-2012-47호(2012년 9월 14일)
주소 경기도 광명시 광명로 832번길 18-13, C동 302호
전화 010-2543-5342 | 팩스 070-4850-8021 | 이메일 jjy5342@naver.com
온라인 카페 http://cafe.naver.com/onenonlybooks

ISBN 978-89-98697-36-5 03840 값 14,000원

빨간 머리 앤

Anne of Green Gables

루시 모드 몽고메리 지음 | 류지원 옮김 | 박지영 그림

단한권의책

차례

1. 레이철 린드 부인이 놀라다

레이철 린드 부인은 에이번리 마을의 작은 골짜기로 이어지는 큰길가에 살았다. 그 길 둘레에는 오리나무와 푸크시아(fuchsia)가 서 있었고, 집 앞으로 시냇물이 흘렀다. 그 시내는 오래된 커스버트네 집이 있는 숲 속 깊은 곳에서부터 시작되었다. 숲을 지나는 상류에는 비밀을 간직한 듯 고요한 연못과 작은 폭포가 있었고, 물길이 복잡한 데다 물살이 셌다. 그 물줄기는 린드 부인이 사는 골짜기에 이르러 진중하고 조용한 개울이 되었다. 시냇물조차 품위와 예의를 갖추지 않고는 레이철 린드 부인의 집 앞을 지나갈 수 없다고 여기는 듯했다. 린드 부인이 창가에 앉아 개울에서 아이들에 이르기까지 자기 집 앞을 지나가는 모든 것을 날카롭게 관찰하면서 뭔가 이상하거나 제자리에 있지 않은 것을 발견하면 그

까닭을 알아내기 전까지 절대로 쉬는 법이 없다는 사실을 그 시냇물도 알았기 때문일 것이다.

에이번리 마을과 그 인근에는 자기 일은 뒷전으로 미루고 이웃의 일에 사사건건 참견하는 사람들이 많았다. 그런 사람들과 달리 린드 부인은 자기 일을 잘 챙기면서 다른 사람의 일에도 신경 쓸 수 있는 보기 드문 사람이었다. 린드 부인은 뛰어난 주부답게 집안일을 언제나 완벽하게 끝내놓았다. 그녀는 바느질 봉사회를 조직해 이끌었고, 주일학교 운영을 도왔으며, 교회 여성 자선회와 해외 선교 지원회의 가장 든든한 버팀목이 되어주었다. 이렇게 하는 일이 많은데도 린드 부인은 몇 시간 동안이나 주방 창가에 앉아 무명실로 꼼꼼히 바느질하여 침대보를 짰다. 이따금 에이번리 마을 주부들은 습관처럼 감탄하는 목소리로 린드 부인이 침대보를 열여섯 장이나 짰다고 호들갑스럽게 말하곤 했다. 린드 부인은 바느질하는 동안에도 예리한 시선으로 골짜기를 가로질러 가파른 붉은 언덕을 올라가는 큰길의 작은 움직임도 놓치지 않고 유심히 살펴보곤 했다. 세인트로렌스 만 쪽으로 돌출된 작은 삼각형 반도에 있는 에이번리 마을은 양쪽이 바다라 이 마을을 드나드는 사람이라면 누구나 그 언덕길을 지나야 했으므로 린드 부인의 은밀한 시선을 피할 도리가 없었다.

6월 초 어느 날 오후, 린드 부인은 여느 때처럼 밝고 따뜻한 햇볕이 비쳐드는 창가에 앉아 있었다. 집 아래의 비탈길에 있는 과수원에는 볼이 발그레한 부끄럼 많은 신부 같은 연분홍 꽃들이 피었고, 그 위로 벌떼가 윙윙거리며 날고 있었다. 에이번리 마을 사람들이 '레이철 린드의 남편'이라고 부르는, 온화한 성격에 체구가 작은 토머스 린드는 헛간 뒤 언덕 밭에 뒤늦게 순무 씨를 뿌리고 있었다. 그리고 매슈 커스버트도 초록 지붕 집 옆의 시냇가 근처 넓고 붉은 밭에서 부지런히 씨를 뿌리고 있을 터였다. 린드 부인은 매슈 커스버트가 씨를 뿌리고 있으리라는 걸 알고 있었다. 어제저녁, 카모디에 있는 윌리엄 J. 블레어의 가게에서 매슈가 피터 모리슨에게 내일 오후에 순무 씨를 뿌릴 예정이라고 말하는 것을 들었기 때문이다. 이 말도 피터가 매슈에게 물어서 대답한 것이었다. 매슈 커스버트는 이제껏 살면서 그 어떤 것도 누가 묻기 전에 자기 쪽에서 먼저 얘기를 꺼내본 적이 거의 없는 사람이었다.

그런데 바쁘게 오후를 보내야 할 매슈 커스버트가 오후 3시 30분쯤 마차를 타고 골짜기를 지나 언덕길을 조용히 올라가고 있었다. 게다가 하얀색 깃을 단 제일 좋은 양복까지 차려입고 있는 게 아닌가. 이것은 매슈가 에이번리 마을을 벗어나고 있다는 확실한 증거였다. 그리고 밤색 암말이 끄는 마차를 몬다는 것은 꽤 먼 길을 간다는 걸 암시했다. 매슈 커스버트는 대체 어딜 가는 걸까? 그리고 과연 무슨 일로 길을 떠난 걸까?

에이번리 마을에 사는 다른 남자였다면 린드 부인은 틀림없이 이리저리 끼워 맞춰 두 질문에 대한 꽤 정확한 답을 찾아냈을 것이다. 하지만 매슈는 멀리 외출하는 일이 드물었으므로 뭔가 급하고 특별한 일이 생긴 것이 틀림없었다. 부끄러움을 너무 많이 타서 낯선 사람들 사이에 있거나 자신이 이야기해야 하는 장소에 가는 것을 그는 몹시 싫어했다. 그런 매슈가 하얀 칼라를 달고 마차를 모는 일은 자주 있는 일이 아니었다. 린드 부인은 늘 그렇듯 곰곰이 생각해보았지만 아무것도 알아낼 수 없었다. 그리고 그 탓에 그는 그날 오후를 망쳐버렸다.

이 현명한 여성은 이런 결론을 내렸다.

"차를 마신 뒤에 내가 직접 초록 지붕 집에 가서 마릴라에게 매슈가 어디에, 왜 갔는지 알아봐야겠어. 매슈는 보통 이 시기에는 시내에 나가지 않아. 그러니까 절대로 누군가의 집을 방문하는 건 아니야. 순무 씨앗을 다 써버렸다면 씨앗을 사러 저렇게 잘 차려입고 마차를 타고 나가지도 않을 거야. 그리고 의사를 데리러 갈 만큼 급하게 마차를 몰지도 않았어. 그러니 어젯밤에 갑자기 뭔가 일이 생겨서 서둘러 나간 게 분명해. 그게 과연 무슨 일일까? 꼭 알아내야겠어. 매슈 커스버트가 오늘 에이번리 마을을 나간 이유를 알기 전까지는 내 마음이 잠시도 편안하지 않을 거야."

린드 부인은 차를 마신 후 집을 나섰다. 가는 길은 그리 멀지 않았다. 사방으로 큰 과수원에 둘러싸인 커스버트네 집은 린드 부인의 집 근처 골짜기에서 대략 400미터 남짓 떨어져 있었다. 그러나 좁고 긴 길 때문에 훨씬 더 멀게 느껴졌다. 매슈 커스버트의 아버지는 아들만큼이나 수줍음이 많고 조용한 성격이었다. 그런 터라 그는 집을 지을 때 완전히 숲으로 들어가진 않았지만, 가능한 한 인가에서 어느 정도 떨어진 장소를 골랐다. 커스버트의 아버지는 자신이 개간한 땅의 맨 가장자리에 초록 지붕 집을 지었다. 그 집은 오늘날까지 그 모습 그대로 남아 있었다. 에이번리 마을의 다른 집들은 큰길가에 옹기종기 모여 있었으나 초록 지붕 집은 그 길에서 잘 보이지도 않았다. 린드 부인은 그런 곳에 사는 것은 사는 게 아니라고 종종 말하곤 했다.

린드 부인은 바퀴 자국이 깊게 나고 풀이 무성한 길 양쪽에 들장미 덤불로 둘러싸인 길을 걸으며 말했다.

"이건 그냥 머무는 거지. 자청해 여기에 떨어져 살고 있으니 매슈와 마릴라 둘 다 조금 이상한 건 확실해. 나무들이 있으면 충분하다고 하지만, 나무들이 친구가 돼주는 것도 아니잖아. 나는 사람들을 보고 사는 게 좋아. 이 두 사람은 충분히 만족하는 것 같지만. 내가 보기에 그건 그냥 익숙해진 것뿐이야. 아일랜드 속담에 교수형에 처해져도 몸은 익숙해질 수 있다는 말도 있으니까."

린드 부인은 그 길에서 빠져나와 초록 지붕 집 뒷마당으로 들어갔다. 나무가 많은 마당은 꼼꼼하게 잘 정돈되어 있었다. 한쪽에는 엄청나게 큰 버드나무들이 있었고, 다른 쪽에는 양버들 나무가 단정하게 서 있었다. 제 자리를 벗어난 나뭇가지나 돌은 보이지 않았다. 거기에 그런 게 있었다면 매처럼 날카로운 린드 부인의 눈을 절대로 벗어나지 못했을 것이다. 린드 부인은 마릴라 커스버트가 집안만 열심히 청소하지 않고 마당도 자주 쓸 것이라고 속으로 생각했다. 마릴라의 집은 바닥에 떨어진 음식도 먼지를 털어내지 않고 먹을 수 있을 정도로 늘 깨끗했다.

린드 부인은 커스버트 씨네 부엌문을 세게 두드렸다. 그러고는 잠시 기다리다가 들어오라는 말이 들리자마자 안으로 들어갔다. 초록 지붕 집의 부엌은 활기찬 공간이었다. 자주 사용하지 않는 응접실처럼 그렇게 깨끗하지 않았다면 부엌은 좀 더 활기찼을 것

이다. 부엌 창은 동서쪽으로 나 있었다. 뒷마당이 보이는 서쪽 창으로 6월의 부드러운 햇살이 쏟아져 들어왔다. 한편, 동쪽 창으로는 얽힌 덩굴식물이 창의 대부분을 가리고 있어 왼쪽 과수원에 핀 하얀 벚꽃들과 시내 옆 골짜기에 늘어선 날씬한 자작나무들이 얼핏 보였다. 여기에 마릴라 커스버트가 앉아 있었다. 햇볕을 별로 좋아하지 않는 마릴라는 언제나 그늘이 진 이쪽에 앉았다. 세상을 진지하게만 바라보는 마릴라에게 햇볕은 너무 방정맞고 무책임한 것으로 보였기 때문이다. 지금도 마릴라는 앉아서 뜨개질하고 있었다. 그녀 뒤편에 있는 식탁에는 저녁이 차려져 있었다.

린드 부인은 문을 꽉 닫기 전에 식탁에 놓여 있는 것들을 하나도 빠짐없이 유심히 살펴보았다. 접시가 세 개 놓여 있는 것으로 보아 마릴라는 매슈와 함께 집에 올 누군가를 기다리고 있는 게 틀림없었다. 하지만 하나같이 일상적인 그릇들뿐이었고 사과잼과 케이크만 각각 한 종류씩 놓여 있는 거로 봐서 오기로 한 손님이 특별한 사람은 아닌 것 같았다. 그런데 매슈는 왜 양복까지 입고 암말이 끄는 마차를 몰고 나간 걸까? 조용하고 새로울 것 없는 초록 지붕 집에 이렇게 흔치 않은 일이 생기자 린드 부인은 점점 더 혼란스러웠다.

마릴라는 활기차게 말했다.

"어서 와요, 레이철. 오늘 저녁 날씨가 정말 좋죠? 여기 앉으세요. 가족들 모두 잘 지내죠?"

두 사람은 많이 달랐다. 하지만 오히려 그래서 마릴라 커스버트와 레이철 린드 사이에는 우정이라고 할 수밖에 없는 어떤 것이 존재했다.

마릴라는 키가 크고 굴곡 없이 삐쩍 말랐다. 검은 머리에 흰머리가 희끗희끗 보였고, 언제나 뒷머리를 작은 매듭을 지어 위로 올려 철사 핀으로 단단히 고정해놓았다. 그 덕분에 경험이 많지 않아 융통성 없는 여자처럼 보였고, 실제로도 그랬다. 하지만 그녀에게는 조금만 더 발전했더라면 유머 감각이라고 부를 수도 있는 무언가가 존재했다.

린드 부인은 대답했다.

"우리는 모두 잘 지내요. 그렇지만 오늘 매슈가 어딜 가는 걸 보고 마릴라가 어디 아픈 게 아닌가 싶어 걱정했어요. 의사를 데리러 가는 게 아닐까 생각했거든요."

마릴라는 다 알고 있다는 듯 입술을 움찔거렸다. 그녀는 린드 부인이 올 것을 예상했다. 매슈가 외출하는 광경은 생소해서 이웃의 호기심을 충분히 자극하고도 남았으리라 생각했다.

"아, 아니에요. 어제는 두통이 심했지만 이제는 괜찮아요. 매슈 오라버니는 브라이트 리버 역에 갔어요. 우리가 노바스코샤에 있는 한 보육원에서 남자아이를 입양하기로 했거든요. 그 아이가 오늘 밤에 기차를 타고 올 거예요."

매슈가 오스트레일리아에서 오는 캥거루를 마중하러 브라이트 리버 역에 갔다고 말했다 해도 린드 부인이 그렇게 놀라지는 않았을 것이다. 너무 놀란 린드 부인은 실제로 5초간 아무 말도 하지 못했다. 마릴라가 자신을 놀린다는 건 상상할 수 없는 일이었지만, 린드 부인은 그렇게 생각할 수밖에 없었다.

잠시 후, 린드 부인은 목소리가 다시 나오자 따지듯 물었다.

"마릴라, 진심이에요?"

"그럼요, 물론이죠."

마릴라는 노바스코샤의 보육원에서 남자아이를 데려오는 것이 대단한 일도 아니라는 듯, 마치 잘 정돈된 에이번리 농장에서 봄이 되면 일상적으로 하는 일인 듯 담담히 대답했다.

린드 부인은 정신적으로 심각한 충격을 받은 것 같았다. 머릿속에 느낌표 달린 한 문장만 떠올랐다. 남자아이라니! 다른 사람도 아니고, 마릴라와 매슈 커스버트가 남자아이를 입양한다니! 그것도 보육원에서! 세상이 발칵 뒤집힐 일이 분명해! 이보다 놀랄 일은 세상에 없어! 절대로!

린드 부인은 못마땅하다는 듯 물었다.

"도대체 무슨 생각으로 그런 일을 벌인 거예요?"

린드 부인은 탐탁지 않아 하는 게 분명했다. 매슈와 마릴라가 자신에게 아무 조언도 구하지 않고 이런 일을 벌였으니 말이다.

"우리는 전부터 그 문제를 생각하고 있었어요. 사실은 겨우내 생각했지요. 알렉산더 스펜서 부인이 봄이 되면 홉튼에 있는 보육원에서 어린 여자아이를 데려올 거라고 말하더군요. 크리스마스가 되기 전 여기에 왔을 때였죠. 스펜서 부인 사촌이 거기 산대요. 거기에 가서 이것저것 알아봤다더군요. 그래서 매슈 오라버니와 나는 그때 이후 줄곧 그 일을 의논했어요. 우리는 남자아이를 데려와야겠다고 생각했죠. 매슈 오라버니도 이젠 나이가 많아요. 알잖아요. 벌써 예순이라고요. 예전만큼 기력도 없어요. 심장도 자주 아프고요. 사람 쓰는 일이 얼마나 힘든지도 잘 알잖아요. 멍청하고 어린 프랑스 아이들 말고는 일하겠다는 사람이 없어요. 어렵게 한 명 구해서 가르쳐놓으면 바닷가재 공장이나 미국으로 도망쳐버리잖아요. 매슈 오라버니는 처음에 외국 시설에서 아이를 데려오자고 말했어요. 하지만 내가 단호히 안 된다고 했죠. 그러고는 '그 아이들도 분명 착할 거예요. 그 아이들이 나쁘다는 말이 아니에요. 하지만 런던 거리를 걷던 아랍 애들은 절대 안 돼요. 적어도 이곳에서 태어난 아이여야만 해요. 물론 어떤 아이를 데려오더라도 위험이 따르겠죠. 하지만 캐나다 아이를 데려오면 마음이 한결 편해서 밤에 잠도 푹 잘 수 있을 거예요'라고 말했어요. 그래서 결국 스펜서 부인에게 여자아이를 데리러 갈 때 우리 집에서 일할 아이도 한 명 알아봐달라고 부탁하기로 했어요. 지난주에 스펜서 부인이 간다기에 우리는 카모디에 있는 리처드 스펜서 가족에게 그 말을 전해달라고 했죠. 열 살이나 열한 살 정도 되는 영리한 남자아이를 데려와달라고 말이에요. 우린 그 나이가 딱 적당한 나이라고 생각했어요. 자질구레한 잡일을 하기에 적당할 만큼은 나이를 먹었고, 일을 제대로 가르치기에는 아직 조금 어리니까요. 우리가 좋은 가족이 되어주고 학교도 보낼 생각이에요. 오늘 역에서 집배원이 편지를 가져왔는데, 스펜서 부인이 보낸 전보였어요. 기차를 타고 올 예정인데, 오늘 오후 5시 30분에 도착할 거라는 내용이었어요. 그래서 매슈 오라버니가 브라이트 리버 역에 그 아이를 마중 나간 거예요. 스펜서 부인이 그 아이를 역에 내려주기로 했거든요. 물론 부인은 화이트 샌즈 역까지 가고요."

린드 부인은 언제나 마음속 이야기를 솔직하게 말하는 것에 자부심을 느꼈다. 이제 그녀는 이 놀라운 소식에 마음을 진정하고 자기 생각을 말했다.

"마릴라, 솔직하게 말할게요. 나는 당신이 엄청나게 어리석은 짓을 하고 있다고 생각해요. 정말 위험한 짓인데, 자신이 지금 무슨 일을 하고 있는지 모르는 것 같군요. 낯선 아이를 당신 집에 데려오는 거라고요. 그 아이에 대해 단 한 가지도 제대로 아는 것이 없으면서 말이에요. 그 아이 성격이 어떤지, 부모는 어떤 사람이었는지, 앞으로 어떻게 변할지도 모르잖아요. 바로 지난주에 신문에서 읽었는데, 섬 서쪽 지방에 사는 어떤 부부가 보육원에서 남자아이 한 명을 데리고 왔대요. 그런데 그 애가 밤에 집에 불을 질렀다는 거예요. 마릴라, 일부러 그런 거라고요! 하마터면 그 부부는 침대에서 자다가 꼼짝없이 타 죽을 뻔했다고요. 그리고 또 다른 경우에는 입양한 남자아이가 달걀을 그렇게 빨아 먹었대요. 어른들은 그 아이의 나쁜 습관을 고쳐보려고 애썼지만, 소용이 없었다고 해요. 아이 입양 문제로 내게 조언을 구했다면 좋았겠지만, 마릴라는 그러지 않았지요. 만일 그랬다면, 그런 일은 절대로 생각도 하지 말라고 조언했을 거예요."

마릴라는 린드 부인의 신랄한 비판이 섞인 조언을 듣고도 별로 불쾌해하거나 불안해하지 않는 것 같았다. 계속 뜨개질을 하면서 그녀는 말했다.

"레이철이 한 이야기를 부정하진 않겠어요. 솔직히 저도 조금 꺼림칙한 면이 있었어요. 하지만 매슈 오라버니가 무척이나 신경을 썼죠. 그게 눈에 보이니 그냥 두 손 들 수밖에요. 오라버니가 어떤 일을 하겠다고 마음속으로 정하면 곧바로 두 손 드는 게 늘 제 의무 같아요. 위험하다는 것도 그래요. 이 세상에 사는 한, 우리 가까이에 있는 모든 것이 위험하죠. 자기 자식이 있는 사람들에게도 위험은 도사리고 있어요. 그 아이들이 언제나 바르게 자라는 건 아니니까요. 그리고 노바스코샤는 이 섬 바로 옆이고요. 영국이나 미국에서 아이를 데려오는 것도 아니니까요. 우리와 아주 다르지는 않을 거예요."

린드 부인은 자기 마음속에 자리 잡은 의심을 감추지 않고 솔직하게 드러냈다.

"글쎄요. 나도 다 잘되길 바라요. 하지만 그 아이가 이 초록 지붕 집을 다 태워버리거나 우물에 독약을 풀어도 내가 경고하지 않았다는 말은 하지 말아요. 뉴브런즈윅에서 그런 일이 있었다고 들었어요. 보육원 아이가 그런 일을 저질러서 가족 모두가 끔찍한 고통 속에서 죽어갔다는 거예요. 물론 그 경우는 여자아이지만요."

"우리가 데려오는 건 여자아이가 아니에요."

마릴라는 마치 우물에 독약을 푸는 것이 순수하게 여자아이의 문제이고 남자아이는 걱정할 필요가 없다는 듯 말했다.

"여자아이를 키우는 건 꿈에서도 생각해본 적이 없어요. 그래서 스펜서 부인이 여자아이를 입양할 거라고 해서 속으로 많이 놀랐죠. 하긴 그 부인은 마음만 먹으면 보육원 아이를 전부 입양하는 것도 마다치 않을 거예요."

린드 부인은 매슈가 그 고아를 데리고 집에 올 때까지 초록 지붕 집에 머무르고 싶었다. 하지만 매슈가 도착하려면 적어도 두 시간은 더 걸릴 것 같아 로버트 벨의 집에 가서 이 소식을 전하는 게 낫다고 생각했다. 이 일은 분명 엄청난 사건이었다. 게다가 린드 부인은 동네를 놀라게 하는 일을 무척이나 좋아했다. 그래서 그녀는 서둘러 그 집을 떠났고, 마릴라는 가슴을 쓸어내렸다. 린드 부인의 비관적인 말에 영향을 받아 의심과 두려움이 다시 살아나는 것을 느꼈기 때문이다.

린드 부인이 무사히 좁은 길로 나가자마자, 마릴라는 혼잣말로 소리쳤다.

"도대체 이게 무슨 일이람! 진짜 꿈을 꾸고 있는 것 같아. 그 불쌍한 어린아이만 안됐지 뭐. 틀림없어. 매슈와 마릴라는 그 아이에 대해 아무것도 모르면서 할아버지처럼 현명하고 차분하길 기대할 거야. 어쩌면 그 아이에게 진짜 할아버지가 있었는지도 모르지만……. 어쨌든 초록 지붕 집에 아이가 산다고 생각하니 참 이상해! 지금까지 그 집에는 한 번도 어린아이가 산 적이 없어. 그 집을 새로 지었을 때 매슈와 마릴라는 이미 어른이었으니까. 그들이 아이였던 적이 있었다 해도 지금 그들을 보면 믿기 어렵지. 내가 그 고아라면 절대 그 집에 가지 않을 거야. 그러니까 그 아이가 불쌍하다는 거지!"

린드 부인은 마음속에서 샘물처럼 솟아나는 말들을 들장미 덤불에 하고 있었다. 하지만 그 순간, 브라이트 리버 역에서 참을성 있게 기다리고 있는 그 아이를 보았다면 린드 부인은 더 깊고 큰 연민을 느꼈을 것이다.

2. 매슈 커스버트가 놀라다

매슈 커스버트는 마차를 몰아 12킬로미터가 넘는 길을 편안하게 달려갔다. 브라이트 리버 역으로 가는 길은 아늑한 농장들이 줄지어 있어 무척 아름다웠다. 이따금 향이 나는 전나무 숲을 지나거나 잎이 얇은 꽃을 피운 야생 자두가 자라는 골짜기를 지났다. 대기에는 달콤한 향이 여러 사과 과수원에서 풍겨 나왔고, 진줏빛과 자줏빛 안개가 낀 먼 지평선까지 초원이 경사지게 펼쳐졌다.

작은 새들이 노래하네.
마치 1년 중 여름날이 하루인 것처럼.

매슈는 자기만의 방식으로 그 여행을 즐겼다. 다만 여자들을 만나서 인사해야 하는 순간만은 예외였다. 프린스에드워드 섬에서는 알든 모르든 길에서 만나는 사람 모두에게 인사해야 했다.

매슈는 마릴라와 린드 부인을 제외한 모든 여자를 두려워했다. 이 이해하기 힘든 생명체가 자신을 보고 몰래 비웃는다는 불편한 감정이 있었기 때문이다. 매슈가 그런 생각을 하게 된 것도 무리는 아니었다. 볼품없는 체구에 구부정한 어깨까지 내려오는 진회색 긴 머리, 스무 살 때부터 길러온 부드러운 갈색의 풍성한 턱수염까지 매슈의 외모가 워낙 특이했기 때문이다. 사실, 매슈는 이십 대였을 때에도 흰머리만 없었지 육십 대인 지금과 크게 달라 보이지 않았다.

매슈가 브라이트 리버 역에 도착했을 때 기차가 도착했다는 표시는 전혀 없었다. 그는 자기가 너무 일찍 왔나보다고 생각해서 조그마한 브라이트 리버 호텔 마당에 말을 묶어놓고 역사로 들어갔다. 긴 플랫폼은 거의 비어 있었다. 눈에 보이는 사람이라고는 플랫폼 제일 끝에 있는 지붕 널 더미 위에 앉아 있는 여자아이 한 명뿐이었다. 매슈는 그 아이를 보지 않으려고 애를 쓰며 가능한 한 빠르게 그 옆을 지나쳐 갔다. 만약 매슈가 유심히 보았다면 그 아이의 태도와 표정으로 긴장감에 굳은 채 뭔가를 기대하고 있다는 걸 틀림없이 알아챘을 것이다. 그 아이는 거기에 앉아서 누군가를 하염없이 기다리고 있었다. 하염없이 그곳에 앉아서 기다리는 것 외에는 아무것도 할 수 있는 일이 없었으므로 인내심을 최대한 발휘하며 기다리고 또 기다렸다.

매슈는 저녁 먹으러 갈 준비를 하며 매표소를 닫는 역장을 만났다. 그는 역장에게 5시 30분 기차가 곧 도착하는지 물었다.

역장이 활발하게 대답했다.

“5시 30분 기차는 벌써 도착해서 30분 전에 떠났어요. 한 승객이 내려준 여자아이가 당신을 기다리고 있어요. 저쪽 지붕 널 더미 위에 앉아 있죠. 여자용 대기실에 들어가 기다리라고 했더니, 밖에 있는 게 더 좋다고 진지한 얼굴로 말하더군요. ‘여기가 상상할 거리가 더 많거든요’라고 하면서 말이죠. 조금 특이한 아이 같더군요.”

매슈는 멍하니 말했다.

“내가 기다리는 건 여자아이가 아닙니다. 남자아이를 데리러 왔어요. 이곳에는 여자아이가 아니라 남자아이가 있어야 해요. 알렉산더 스펜서 부인이 노바스코샤에서 남자아이를 데려오기로 했거든요.”

역장은 휘파람을 불었다.

“뭔가 오해가 있었나 보군요. 스펜서 부인은 저 여자아이와 같이 기차에서 내린 다음 나한테 맡겼죠. 당신과 당신 여동생이 보육원에서 입양한 저 아이를 데리러 오고 있을 거라고 말하더군요. 이게 내가 아는 전부예요. 이 근처에 숨겨놓은 다른 고아는 없다고요.”

“이해가 안 가는군요.”

매슈는 무기력하게 말하며, 마릴라가 직접 이 상황을 처리했으면 좋겠다고 생각했다.

역장은 태평한 얼굴로 말했다.

“그러면 저 아이에게 물어보는 게 낫겠군요. 저 아이도 말을 할 줄 아니까 설명해주겠죠. 그건 확실해요. 어쩌면 당신네가 원했던 마땅한 남자아이가 보육원에 없었던 게 아닐까요?”

배가 고팠던 역장은 빠른 걸음으로 걸어갔다. 운이 나쁜 매슈는 사자의 수염을 잡기 위해 굴속으로 들어가는 것보다 더 어려운 일을 해결해야만 했다. 여자아이에게, 그것도 낯선 여자 고아 아이에게 다가가 “왜 넌 남자아이가 아니냐”라고 물어야만 했다. 매슈는 속으로 끙하고 신음을 낸 뒤 방향을 바꿔 그 아이를 향해 플랫폼을 조용히 걸어갔다.

그 아이는 매슈가 자기 옆을 스쳐 지나갈 때부터 그를 유심히 지켜보고 있었다. 그리고 지금도 호기심 어린 얼굴로 계속 그를 보고 있다. 그러나 매슈는 그 아이에게 거의 신경을 쓰지 않았다. 설사 매슈가 그 아이에게 관심을 두고 살펴보았다 하더라도 그녀의 생김새를 알아차리지는 못했을 것이다. 하지만 평범한 사람이라면 그 아이를 다음과 같이 인식했을 것이다. 몸에 꽉 끼는, 허름하고 누르스름한, 아주 짧은 회색 원피스를 입고 있는 열한 살짜리 아이를 말이다. 색이 바랜 갈색 밀짚모자를 쓰고, 모자 아래에는 양 갈래로 땋은 두껍고 완전히 빨간 머리가 등으로 길게 내려왔다. 작고 마른 얼굴은 무척 하얗고, 주근깨가 많았다. 입과 눈이 컸는데, 눈은 일조량과 기분에 따라 초록색으로 보일 때도 있고 회색으로 보일 때도 있었다.

평범한 사람이라면 누구나 뾰족하고 툭 튀어나온 그 아이의 턱을 보지 않을 수 없었을 것이다. 커다란 눈에는 생기와 장난기가 가득하고, 입술은 앙증맞으며, 이마는 상당히 넓은 편이었다. 남다른 관찰력을 가진 사람이라면 부끄럼 많이 타는 매슈 커스버트가 평범하지 않은 영혼이 깃든 길 잃은 이 여자아이를 두려워하리라는 결론을 내렸을 것이다.

다행히도 매슈는 자신이 먼저 말을 걸어야 하는 끔찍한 시련을 피할 수 있었다. 매슈가 자기 쪽으로 다가오고 있다고 결론을 내린 그 아이는 비쩍 마른 한쪽 손으로 허름한 구식 여행용 가방 손잡이를 잡고 다른 손을 그에게 뻗었다.

"초록 지붕 집에 사시는 매슈 커스버트 씨죠?"

그 아이의 목소리는 무척이나 맑고 고왔다.

"만나서 반가워요! 아저씨가 안 오시면 어쩌나 걱정하고 있었거든요. '아저씨에게 여기 못 오실 일이 생겼으면 어쩌지?' 하며 말이에요. 만일 오늘 밤 끝내 아저씨가 저를 데리러 오시지 않았다면 전 이 길을 따라 내려가 길모퉁이에 있는 커다란 산벚나무 위에 올라가 밤을 지새울 작정이었어요. 저는 조금도 무섭지 않아요. 달빛 아래에서 온통 하얀 꽃을 피운 산벚나무에서 자는 일은 정말 근사할 거예요. 그렇지 않나요? 아마도 대리석 방에서 자는 것과 비슷할 거예요, 그렇죠? 만일 아저씨가 오늘 밤에 오시지 않았다면 내일 아침에는 반드시 저를 데리러 오실 거라고 믿고 있었어요."

매슈는 뼈만 앙상한 그녀의 작은 손을 어색하게 잡았다. 그리고 어떻게 해야 할지 결정하기 위해 잠시 고민했다. 눈을 반짝이는 이 아이에게 뭔가 오해가 있었다고 말할 수는 없었다. 그런 터라, 매슈는 이 아이를 집으로 데려가 자기를 대신해서 마릴라가 분명한

어조로 말하게 할 생각이었다. 비록 뭔가 실수가 있었다고는 해도 이 아이를 브라이트 리버 역에 그대로 남겨두고 집으로 돌아올 수는 없는 노릇이었다. 초록 지붕 집으로 안전하게 돌아갈 때까지 그는 질문과 설명을 모두 미루어두기로 했다.

매슈가 수줍은 얼굴로 말했다.

"늦어서 미안하구나! 나를 따라오너라. 마당에 말이 있단다. 아저씨가 네 가방을 들어주마."

아이는 명랑하게 재잘거렸다.

"아, 가방은 제가 들 수 있어요. 별로 무겁지 않거든요. 제 물건을 전부 넣었는데도 별로 무겁지 않아요. 그리고 한 방향으로 들어야만 가방 손잡이가 빠지지 않거든요. 요령을 정확히 알고 있으니까, 제가 가방을 드는 게 더 나을 것 같아요. 이 가방은 아주 오래된 거예요. 아, 벚나무에서 자는 것도 멋있겠지만 아저씨가 오셔서 정말 기뻐요! 마차를 타고 멀리 가야 하죠? 스펜서 아주머니가 적어도 12킬로미터는 가야 할 거라고 귀띔해주셨거든요. 저는 마차 타는 걸 무척 좋아해요. 그래서 더 기뻐요! 아저씨와 같은 집에 살고, 아저씨의 가족이 된다는 사실은 생각만 해도 정말 멋진 것 같아요! 지금까지 저는 단 한 번도 누군가의 가족이었던 적이 없거든요. 정말 단 한 번도요. 보육원은 그야말로 최악이었어요. 그곳에 4개월 동안 있었는데, 그걸로 충분했어요. 아저씨는 보육원에서 고아로 살아본 적이 없을 테니 그곳이 어떤 곳인지 아마 이해하지 못하실 거예요. 무엇을 상상하든 그보다 더 나빴다고 보시면 돼요. 스펜서 아주머니는 제가 그렇게 말하는 게 못된 행동이라고 했지만, 못되게 말하려는 의도는 아니었어요. 잘 모르니까 나빠지기가 더 쉬운 것 같아요, 그렇죠? 사실, 그들은 좋은 사람들이었어요. 보육원 사람들 말이에요. 하지만 보육원에서는 상상할 수 있는 게 너무 적었어요. 다른 고아들 말고는요. 그 아이들에 대해 상상하는 건 꽤 즐거운 일이었어요. 옆에 앉아 있는 여자아이가 사실은 백작의 딸이었다고 상상하는 거예요. 잔인한 유모가 그 부모에게서 아이를 훔친 거예요. 그 유모는 자백하기 전에 죽어요. 저는 밤에 누워서 이런 상상을 했어요. 낮에는 도무지 그럴 짬이 나지 않았거든요. 그래서 제가 이렇게 말랐나 봐요. 저는 엄청 말랐거든요. 그래 보이지 않나요? 온통 뼈밖에 안 남은 것 같아요. 그래서 저는 팔꿈치가 움푹 들어갈 정도로 포동포동하고 멋진 제 몸을 종종 즐겁게 상상하곤 해요."

매슈와 길동무가 된 이 아이는 문득 말을 멈추었다. 숨이 찬 데다 마차에 도착했기 때문이다. 이후 마을을 떠나 가파른 언덕을 내려갈 때까지 한마디도 하지 않았다. 그 길은 부드러운 흙이 나올 정도로 깊게 팼고, 양쪽에는 꽃이 활짝 핀 산벚나무와 희고 길쭉한 자작나무들이 그들의 머리 위 몇 미터쯤 위로 보였다.

아이는 손을 뻗어 마차 옆을 스치는 야생 자두 가지를 꺾었다.

"정말 아름답지 않나요? 저기 늘어진 흰 레이스 같은 나무를 보면 뭐가 생각나세요?"

매슈가 대답했다.

"글쎄다. 잘 모르겠구나!"

"저는 당연히 신부가 생각나요. 안개 같은 면사포를 사랑스럽게 쓴 순백의 신부 말이에요. 아직 신부를 본 적은 없어도 어떤 모습일지는 충분히 상상할 수 있어요. 하지만 제가 신부가 될 거라고는 기대하지 않아요. 너무 못생겨서 아무도 저와 결혼하려 하지 않을 테니까요. 혹시 마음 착한 외국인 선교사라면 또 모를까요. 외국인 선교사는 까다롭지 않을 것 같거든요. 하지만 언젠가 저도 흰 드레스를 입을 수 있을 거라는 희망은 품고 있어요. 세상에 사는 동안 꼭 이루고 싶은 가장 큰 행복이죠. 저도 예쁜 옷을 좋아하거든요! 그런데 제가 기억하기로는 지금까지 살면서 단 한 번도 예쁜 옷을 입어본 적이 없어요. 그래서 더욱더 기대하게 되지만요. 안 그런가요? 저는 멋진 옷을 차려입은 제 모습을 종종 상상하곤 해요. 오늘 아침에 보육원을 떠날 때 이렇게 낡고 형편없는 원피스를 입어야 해서 좀 창피하고 속상했어요. 고아들은 모두 이런 옷을 입을 수밖에 없어요. 지난겨울, 홉튼의 한 무역상이 보육원에 윈시 천을 270미터나 기부했어요. 어떤 사람들은 그 무역상이 그것을 팔지 못하게 돼서 할 수 없이 기부했다고 말하지만, 저는 그 분이 친절한 마음으로 한 일이라고 믿어요. 그렇지 않을까요? 기차를 탔을 때 모두들 저를 불쌍하다는 표정으로 바라보았어요. 하지만 별로 신경 쓰지 않고 즐거운 상상에 빠졌죠. 아무리 현실이 괴롭고 힘들다 해도 머릿속으로 멋진 것을 상상할 수 있으니까요. 저는 아름다운 담청색 실크 드레스를 입고, 온갖 꽃과 흔들리는 깃털로 장식된 커다란 모자를 쓰고, 금색 손목시계를 차고, 아이용 장갑과 부츠를 신었다고 상상했어요. 그러다 보니 이내 기분이 좋아져서 이곳 섬까지 오는 여행을 마음껏 즐길 수 있었거든요. 심지어 배를 타고 오는 동안 멀미도 하지 않았어요. 스펜서 아주머니도 보통 멀미를 하시는데, 이번에는 하지 않았어요. 아주머니는 제가 덤벙대다가 자칫 물에 빠지지나 않을까 내내 지켜봐야 해서 아플 시간도 없다고 하셨어요. 저처럼 부지런히 돌아다니는 아이는 처음 보셨대요. 하지만 아주머니가 저 때문에 멀미를 하지 않았으니 제가 돌아다닌 건 잘한 일 아닌가요? 저는 배에서 보이는 것을 전부 보고 싶었어요. 제게 또다시 배를 탈 기회가 찾아올지 알 수 없으니까요. 아, 벚나무에 벌써 꽃이 활짝 피었어요! 이 섬에는 꽃이 정말 많아요. 전 이 섬이 무척 마음에 들고, 이곳에 살게 되어 정말 기뻐요! 저는 항상 프린스에드워드 섬이 세상에서 제일 예쁜 곳이라고 들어왔기 때문에 여기서 사는 걸 상상해보긴 했지만, 실제로 이곳에서 살게 되리라고는 꿈에도 몰랐어요. 상상이 현실이 되면 정말 기뻐요! 그렇지 않나요? 그런데 그 붉은 길은 무척이나 우스웠어요. 샬럿타운에서 기차를 타고 가다 그 붉은 길을 잠깐 지나갔거든요. 제가 스펜서 아주머니에게 왜 길이 붉은색이냐고 물었죠. 아주머니도 모른다고 하셨어요. 그리고 제발 더는 질문 같은 건 하지 말라고 하셨죠. 아주머니 말씀으로는, 제가 질문을 천 개도 더 했대요. 제 생각에도 그랬던 것 같지만, 질문하지 않고 어떻게 그 많은 것들을 알 수 있을까요? 그래서 말인데요, 그 길들은 왜 온통 붉은색일까요?"

매슈가 대답했다.

"글쎄. 나도 잘 모르겠구나."

"음, 언젠간 꼭 알아내야겠어요. 뭔가 알아야 할 것들을 생각하면 멋지지 않나요? 이 세상은 참 흥미로워요. 이런 곳에 살게 되어 기뻐요! 모든 것을 알고 있다면 아마 사는 재미가 절반밖에 되지 않을 거예요, 그렇죠? 그러면 상상할 거리도 없겠죠? 그런데 제가 말을 너무 많이 하나요? 사람들은 항상 제가 말이 많다고 해요. 그만 이야기할까요? 아저씨가 그게 좋겠다고 하시면 그만 말할게요. 물론 어려운 일이지만, 마음을 굳게 먹으면 말을 하지 않을 수도 있어요."

놀랍게도, 매슈는 이 수다를 즐기고 있었다. 대부분의 조용한 사람들처럼 매슈도 먼저 이야기를 꺼내고, 자신에게 말하기를 기대하지 않는 수다스러운 사람을 좋아했다. 하지만 매슈는 어린 여자아이의 이야기를 듣는 게 이토록 즐거우리라고는 상상도 하지 못했다. 여자라면 모두 진심으로 불편했고, 어린 여자아이들은 더 불편했다. 한마디라도 걸면 매슈가 자기들을 한입에 잡아먹지나 않을까 걱정하는 것처럼, 여자아이들이 주뼛대는 자기 옆을 지나가면서 곁눈질하고 옆걸음치는 게 몹시 싫었다. 잘 교육받은 에이번리 마을의 어린 여자아이들은 대부분 그랬다. 하지만 이 주근깨 많은 아이는 그 아이들과는 완전히 달랐다. 이 아이의 빠른 생각을 따라가기에 자신의 이해력이 너무 느려서 힘들기는 했지만, '이 아이가 재잘거리는 것이 듣기에 좋다'라고 생각했다. 그래서 매슈는 평소처럼 수줍게 말했다.

"네가 하고 싶은 만큼 이야기해도 돼. 나는 상관없단다."

"아, 정말 다행이에요! 앞으로 아저씨랑 잘 지낼 수 있을 것 같아요. 제 이야기 듣는 걸 좋아하시니까. 아이들이 어른과 함께 지내려면 입 다물고 얌전히 있어야 한다는 말을 듣지 않아도 돼서 다행이에요. 지금까지 그런 말을 수도 없이 들었거든요. 어른들은 제가 항상 과장되게 말한다며 나무라곤 했거든요. 하지만 생각이 크면 조금 과장된 단어를 써서라도 그걸 표현해야 하는 게 옳지 않나요?"

"글쎄다. 일리 있는 말 같기도 하고."

"스펜서 아주머니는 제 혀가 입에 붙어 있지 않고 중간에 떠 있는 게 분명하대요. 하지만 그렇지 않아요. 끝에 단단히 달려 있다고요. 아저씨가 사는 집 이름이 초록 지붕 집이라고 아주머니가 말씀해주셨어요. 아주머니한테 미리 궁금한 걸 전부 물어봤거든요. 집 주위에 나무들이 많다면서요. 그 얘길 듣고 무엇보다 기뻤어요. 전 나무를 정말 좋아하거든요! 아쉽게도, 보육원 주변에는 나무가 거의 없었어요. 눈가림용으로 심어둔 작고 볼품없는 나무 몇 그루가 전부였죠. 그 나무들도 제 눈엔 마치 고아처럼 보였죠. 그래요. 정말 고아나 마찬가지였어요. 그 나무들을 보고 있으면 울고 싶어졌어요. 나무들을 쓰다듬으며 제가 이렇게 말했죠. '아, 불쌍한 나무들아! 너희들 주위에 다른 나무가 많고, 뿌리 위로 이끼와 방울꽃이 자라고, 멀지 않은 곳에 시냇물이 흐르고, 나뭇가지에 새들이 앉아 노래하는 크고 멋진 숲에 살았다면 무럭무럭 자랄 수 있었을 텐데……. 그렇지 않니? 하지만 너희가 지금 있는 곳에서는 더는 자랄 수 없구나. 너희 기분이 어떤지 아주 잘 알고 있단다, 어린 나무들아.' 오늘 아침에 그곳을 떠나오면서 그 나무들을 두고 와야 해서 미안했어요. 아저씨도 그렇게 애착을 느끼는 게 있겠죠? 초록 지붕 집 근처에 시내가 흐르나요? 스펜서 아주머니한테 물어본다는 걸 깜박했어요."

"있단다, 있어. 초록 지붕 집 바로 아래에 시내가 흐르고 있어."

"와, 정말 멋져요! 저는 시냇가에 사는 걸 늘 꿈꿔왔거든요. 하지만 실제로 그런 일이 제게 일어나리라고는 한 번도 생각해보지 못했어요. 꿈이 그렇게 쉽게 이루어지는 게 아니니까요, 그렇죠? 마음속에 품은 꿈이 다 이루어진다면 인생은 얼마나 멋질까요? 하지만 지금 전 완벽에 가깝게 행복해요! 그래도 그야말로 완벽하게 행복할 수는 없어요. 왜냐하면요……. 아저씨는 이게 무슨 색으로 보이세요?"

아이는 마른 어깨 위로 내려온 긴 양 갈래 머리 한쪽을 잡아당겨 매슈의 눈앞으로 들어 올렸다. 매슈는 여자의 땋은 머리카락 색에 익숙하지 않았지만, 이번에는 의심의 여지가 없었다.

"빨간색이잖아."

아이는 땋은 머리를 다시 내려놓으면서 발끝에서부터 모든 슬픔을 내뿜듯 크게 한숨을 쉬었다.

아이가 체념한 목소리로 말했다.

"맞아요. 빨간색이에요. 이제 제가 왜 완벽하게 행복할 수 없는지 아시겠죠? 빨간 머리 아이는 절대로 완벽하게 행복할 수 없어요. 저는 다른 것들은 그다지 많이 신경 쓰지 않아요. 주근깨와 초록색 눈, 심지어 말라빠진 몸까지도요. 그런 건 모두 상상으로 해결할 수 있으니까요. 아름다운 장밋빛 피부에 사랑스럽고 별처럼 빛나는 보라색 눈동자를 가졌다고 상상할 수 있거든요. 하지만 빨간 머리는 달리 상상할 도리가 없어요. 그저 최선을 다해 이렇게 생각하죠. '이제 내 머리는 눈부시게 아름다운 검은색이야. 까마귀 날개처럼 새까만.' 하지만 제 머리카락이 새빨간 색이라는 걸 이미 잘 알고 있으니 소용이 없어요. 그래서 마음이 아파요. 빨간 머리 때문에 평생 슬플 거예요. 소설에서 평생의 슬픔을 간직한 한 소녀 이야기를 읽었는데요. 다행히 그 아인 빨간 머리는 아니었어요. 그 소녀는 설화석고 같은 이마에서 물결처럼 내려오는 금발 머리카락을 가졌죠. 그런데 '설화석고 같은 이마'가 무슨 뜻이죠? 아무리 생각해봐도 모르겠더라고요. 아저씨는 혹시 아세요?"

"글쎄다. 나도 잘 모르겠구나."

매슈는 약간 현기증을 느꼈다. 어린 시절에 소풍 가서 다른 아이의 꼬임에 넘어가 회전목마를 탔을 때 느꼈던 기분과 비슷했다.

"그게 어떤 것이든 분명 멋질 거예요! 그 아이는 여신처럼 아름다웠으니까요! 여신처럼 아름다우면 어떤 기분일지 상상해본 적 있으세요?"

매슈는 솔직하게 대답했다.

"아니, 없단다."

"저는 이따금 상상해요. 신처럼 아름다운 것, 눈부시게 똑똑한 것, 천사처럼 착한 것 중에서 아저씨는 어느 걸 고르시겠어요?"

"글쎄다. 나는, 잘 모르겠구나."

"저도 모르겠어요. 결정을 못하겠어요. 하지만 제가 진짜 그렇게 되지는 않을 테니까, 실제로 큰 차이는 없을 거예요. 천사처럼 착한 사람이 되지 않을 거라는 건 분명해요. 스펜서 아주머니 말씀이, 아, 커스버트 아저씨! 아저씨!! 아, 아저씨!!!"

그것은 스펜서 부인이 한 말이 아니었다. 아이가 마차에서 굴러 떨어진 것도 아니고, 매슈가 깜짝 놀랄 일을 한 것도 아니었다. 두 사람은 그저 길모퉁이를 돌아 '가로수길'에 들어섰을 뿐이었다.

뉴브리지 사람들은 이 길을 '가로수길'이라고 불렀다. 이 길은 무려 4,500미터나 되었는데, 끝이 없을 듯 길게 뻗어 있었다. 오래전에 어떤 괴짜 농부가 이 길 양쪽으로 사과나무를 심어놓았는데, 그 나무가 자라 가지가 크고 넓게 아치 모양을 이루고 있었다. 머리 위로는 눈처럼 하얗고 좋은 향기를 내뿜는 꽃을 지닌 가지들이 우거져 있고, 나뭇가지들 아래로는 자줏빛 황혼이 물들어 있었다. 앞쪽에는 마치 도화지에 색칠한 것 같은 노을 진 하늘이 성당 복도 끝에 있는 커다란 장미 무늬 창처럼 빛나고 있었다.

그 아름다운 광경에 아이는 말문이 막힌 것 같았다. 마차에 기대앉은 채 야윈 두 손을 앞으로 마주 잡고 고개를 들어 눈부시게 하얀 꽃들을 하염없이 바라보았다. 그 길을 다 지나고 뉴브리지로 향하는 긴 비탈길을 내려갈 때도 아이는 꼼짝하지 않았고, 심지어 한마디 말도 하지 않았다. 여전히 넋이 빠진 얼굴로 붉게 타오르는 하늘을 멋지게 날아가는 환상을 본 것 같은 눈으로 저 멀리 해가 지는 서쪽 하늘만 물끄러미 바라보았다. 북적거리는 작은 마을인 뉴브리지를 지나갈 때 개들이 두 사람을 향해 요란하게 짖었다. 꼬마 남자아이들은 큰 소리로 비웃었고, 호기심 가득한 얼굴들이 창밖으로 얼굴을 내민 채 그들을 유심히 바라보았다. 두 사람은 침묵을 지키며 그곳을 지나갔다. 그 후 4킬로미터 남짓 더 갈 때까지 아이는 아무 말도 하지 않았다. 아이는 신이 나서 활기차게 떠들어댈 수 있는 것과 마찬가지로 마음만 먹으면 얼마든지 침묵을 지킬 수도 있다는 걸 보여주는 듯했다.

마침내 매슈가 먼저 말을 꺼냈다.

"많이 피곤하고 배가 고프겠구나. 이제 얼마 남지 않았단다. 1.6 킬로미터 정도만 더 가면 돼."

매슈는 아이가 오랫동안 말이 없는 건 아마도 배가 고파서이리라 생각했다.

아이는 깊은 한숨을 쉬며 공상에서 깨어났다. 별이 안내하는 아득히 먼 곳을 방황하던 영혼이 꿈을 꾸는 것 같은 눈빛으로 아이는 매슈를 바라보았다.

"아저씨. 우리가 지나온 그곳, 그 하얀 곳의 이름이 뭐예요?"

"가로수길을 말하는 거지?"

매슈가 대답했다. 잠시 후, 매슈로서는 대단히 예외적인 특별한 반응을 보였다.

"꽤 예쁜 길이지!"

"예쁘다고요? 이럴 때 사용하는 단어로 예쁘다는 말은 적당하지 않아요. '아름답다'라는 말로도 제대로 표현이 안 돼요. 그래요. 그 단어들로는 충분하지 않아요. 아, 뭐랄까. 그건 경이로운 풍경이었어요! 맞아요. 경이로움 그 자체예요! 지금껏 그렇게 멋진 광경은 처음 보았어요. 그 길이 이곳을 충만하게 해주었어요."

아이는 한 손을 제 가슴에 올렸다.

"그런데 이상하게 아팠어요. 하지만 재미있고 즐거운 아픔이었죠. 아저씨는 그런 아픔을 느껴본 적 있으세요?"

"글쎄다. 그런 적이 있었는지 기억이 안 나는구나."

"저는 아주 많아요. 사실 대단히 아름다운 걸 볼 때마다 그래요. 아무튼, 그곳을 '가로수길'이라는 평범한 이름으로 불러서는 안 돼요. 그런 이름에는 아무 의미도 없잖아요. 이제부터 그곳을 '기쁨의 하얀 길'이라고 불러야겠어요. 상상력으로 넘쳐나는 근사한 이름 아닌가요? 저는 어떤 장소나 누군가의 이름이 마음에 들지 않으면 항상 새로운 이름을 상상하고 또 생각해봐요. 보육원에 헵시바 젱킨스라는 이름을 가진 아이가 있었어요. 저는 늘 그 아이의 이름을 로잘리아 드비어라고 상상했어요. 그런 식으로, 다른 사람들이 모두 그곳을 가로수길이라고 불러도 전 '기쁨의 하얀 길'이라고 부르겠어요. 그런데 정말로 1.6킬로미터만 더 가면 집에 도착하나요? 기쁘지만, 다른 한편으로는 안타깝기도 해요. 이 마차 여행이 정말 즐거웠거든요. 그래서 아쉬워요! 전 언제나 즐거운 게 끝나면 안타까운 마음이 들곤 했어요. 물론 더 기분 좋은 일이 생길 수도 있지만 확신할 순 없으니까요. 실제로 더 즐겁지 않을 때도 자주 있었고요. 어쨌든 그건 제 경험이에요. 하지만 집에 다 와 간다니 기뻐요! 아저씨도 아시겠지만, 제가 기억하는 한 진짜 제집을 가져본 적이 한 번도 없었거든요. 정말로 진짜 집에 다 와 간다고 생각하니 다시 즐겁게 아픈 것 같아요. 아, 저기, 너무 예뻐요!"

두 사람이 탄 마차는 언덕마루를 지나고 있었다. 그 아래에 무척 길고 구불구불해서 마치 강처럼 보이는 연못이 펼쳐져 있었다. 그 중간쯤 되는 지점에 다리가 하나 있었고, 그곳에서부터 시작해서 낮은 지대 끝까지 이어지는 호박색 모래 언덕이 그 너머 검푸른 바닷물이 연못으로 흘러들어오는 것을 막아주고 있었다. 물 표면 색깔이 다채롭게 변하면서 연못은 찬란한 광경을 연출했다. 노란빛과 장밋빛, 신비한 느낌의 초록빛이 미묘하게 뒤섞인, 뭐라 불러야 할지 알 수 없는 매우 독특하고 오묘한 색이었다. 다리 위쪽 연못가에는 전나무와 단풍나무 숲이 펼쳐져 있었고, 바람에 흔들리는 나무 그림자들이 연못을 비췄다. 연못 둑 여기저기에는 하얀 옷을 입은 소녀가 발끝으로 걸어 자신의 모습을 비춰보는 것처럼 야생 자두나무가 가지를 내밀고 있었다. 연못 제일 앞쪽의 습지에서는 개구리들의 맑고 구슬픈 울음소리가 들렸다. 그 뒤의 비탈길에 있는 하얀 사과나무 과수원에서부터 작은 회색 집이 보였다. 아직 어두워지진 않았지만, 그 집 창문에서 불빛이 비치고 있었다.

매슈가 말했다.

"저건 배리 연못이란다."

"그 이름도 마음에 들지 않네요. 그래요. 앞으로 저는 이 연못을 '빛나는 물의 호수'라고 부르겠어요. 이 연못에 딱 맞는 이름이에요! 확신할 수 있어요. 왜냐하면, 그 이름을 말할 때 제 몸에 전율이 일어났거든요. 정말 잘 어울리는 이름을 생각해낼 때면 전 언제나 전율을 느끼거든요. 아저씨에게도 뭔가 전율을 느끼게 해주는 것들이 있나요?"

매슈는 곰곰이 생각했다.

"그래, 있단다. 나는 항상 오이밭에서 삽으로 흙을 파다 못생긴 하얀 벌레를 보면 전율을 느낀단다. 나는 그 생김새가 정말 싫어!"

"아, 그런 종류의 전율과는 전혀 다르다고 생각해요. 아저씨는 그 두 가지가 같다고 생각하세요? 벌레와 빛나는 물의 호수 사이에는 연관된 게 거의 없잖아요. 그런데 사람들이 왜 저 연못을 배리 연못이라고 부르는 거죠?"

"배리 씨가 저 집에 살고 있기 때문일 거야. 저 집 이름은 '비탈길 과수원집'이야. 저 집 뒤에 큰 덤불이 없었다면 여기에서도 초록 지붕 집을 볼 수 있었을 텐데……. 하지만 다리를 건너가서 그 길을 돌아 800미터 정도만 더 가면 된단다."

"배리 씨에게 어린 딸들이 있나요? 너무 어린 애들 말고 제 또래 아이요."

"올해에 열한 살 된 딸이 한 명 있단다. 이름은 다이애나야."

아이는 길게 숨을 들이마시며 말했다.

"와! 정말 사랑스러운 이름이에요!"

"글쎄다. 잘 모르겠구나. 내가 보기에 그 이름은 약간 이교도적인 것 같아 솔직히 별로야. 나는 제인이나 메리처럼 쉬운 이름이 더 좋아. 다이애나가 태어났을 때 그 집에 하숙하는 선생님이 있었어. 그 선생님이 배리 씨에게 이름을 지어줬는데, 그게 바로 다이애나란다."

"제가 태어났을 때도 주위에 그런 선생님이 있었으면 좋았을 텐데요. 와, 이제 다리에요! 눈을 꼭 감아야겠어요. 전 항상 다리를 지나는 게 무섭거든요! 다리 중간쯤 지날 때 마치 잭나이프처럼 다리가 반으로 접혀 우리를 물 거라는 상상을 자꾸만 하게 돼요. 그래서 전 다리를 지날 때마다 눈을 감게 돼요. 그런데 이상하게도 다리 중간쯤 다다르면 언제나 눈을 뜨게 되더라고요. 왜냐하면, 다리가 반으로 접히는지 안 접히는지 제눈으로 확인하고 싶으니까요. 만일 정말 그런 일이 일어난다면 엄청나게 큰 소리가 날 거예요! 전 언제나 그런 우르릉거리는 소리가 좋아요. 이 세상에 이렇게나 좋아할 만한 것들이 많다는 건 정말 멋지지 않나요? 아, 그러고 보니 벌써 다 지났네요. 이제 눈을 뜰게요. 빛나는 물의 호수야, 잘 자. 저는 사람들에게 인사하는 것처럼 제가 사랑하는 모든 것에 인사해요. 제 생각에 그것들도 제 인사를 받는 걸 좋아하는 것 같아요. 지금도 저 물이 저를 보고 마치 웃는 것처럼 보여요."

그들이 언덕을 더 올라가서 모퉁이를 돌았을 때 매슈가 말했다.

"이제 집에 거의 다 왔구나. 저기 저 초록 지붕 집이……."

"아, 이야기하지 마세요, 아저씨."

아이는 숨 가쁘게 말을 끊었다. 매슈가 든 팔을 잡고서 그의 몸짓을 보지 않으려는 듯 눈을 꼭 감았다.

"제가 맞춰볼게요. 제가 맞출 수 있어요."

아이는 눈을 뜨고 주변을 둘러보았다. 그들은 언덕마루를 지나고 있었다. 해가 서산을 넘어간 뒤였지만, 은은한 저녁노을이 남아 있어 주위 풍경은 선명하게 모습을 드러냈다. 서쪽 하늘에 어두운 교회 첨탑이 금잔화빛 하늘 위로 우뚝 솟아 있었다. 그 아래에 작은 골짜기가 있었고, 길고 완만한 비탈길 뒤로 아담한 농가들이 드문드문 흩어져 있었다. 아이는 동경하는 눈길로 열심히 한 집 한 집 훑어보았다. 마침내 두 사람은 그 길 끝에서 왼쪽으로 난 길로 들어섰다. 주변 숲에서는 하얀 꽃이 흐드러지게 핀 나무들이 저녁노을에 비쳐 희미하게 보였다. 그 위로 구름 한 점 없는 남서쪽 하늘에 수정처럼 하얀 큰 별이 약속의 등불처럼 반짝이고 있었다.

아이가 한 집을 가리키며 말했다.

"저 집이죠?"

매슈는 밤색 암말의 등을 고삐로 기분 좋게 살짝 쳤다.

"그래, 잘 맞췄다! 스펜서 부인이 귀띔해줬나 보구나."

"아니에요. 스펜서 아주머니는 집에 대해서는 아무것도 알려주시지 않았어요. 정말이에요. 아주머니가 제게 들려주신 얘기는 다른 장소들에 관한 것들이 대부분이에요. 집이 어떻게 생겼는지는 전혀 몰랐어요. 하지만 저 집을 보자마자 단박에 초록 지붕 집이라는 걸 알았어요. 그런 느낌이 강하게 들었거든요. 전 지금 꼭 꿈을 꾸고 있는 것만 같아요. 아저씨, 그거 아세요? 제 팔은 팔꿈치부터 그 위로 온통 검게 멍들었어요. 왜인 줄 아세요? 제가 오늘 하도 여러 번 꼬집었기 때문이에요. 잠깐씩 끔찍한 생각이 날 때마다 이 모든 게 꿈이면 어쩌나 너무 두려웠어요. 그래서 이게 현실인지 꿈인지 알아보려고 제 팔을 꼬집었던 거예요. 그러다가 갑자기 꼬집는 일을 그만두었어요. 만일 이게 꿈이라면 조금이라도 더 오랫동안 꿈꾸는 게 차라리 낫겠다는 생각이 들었기 때문이에요. 하지만 다행히도 이건 꿈이 아니었어요. 이렇게 집에 거의 다 왔으니까요."

앤은 기쁨의 한숨을 내쉬고 나서 다시 침묵에 빠졌다. 그 순간, 매슈는 갑자기 마음이 불편해졌다. 그러면서도 이 깡마른 아이가 그토록 갈망하는 집이 제 집이 아니라는 말을 해야 하는 사람이 자신이 아니라 마릴라인 것이 그나마 다행이라고 여겼다. 그들은 린드 부인네 골짜기를 지났다. 날은 이미 꽤 어두워져 있었다. 그렇다고 린드 부인이 창가에 앉아 밖을 내다보지 못할 만큼 어둡지는 않았다. 두 사람이 탄 마차는 오르막길을 오르며 언덕 위에 올라 초록 지붕 집으로 향하는 긴 길에 들어섰다. 그들이 집에 도착할 때까지 매슈는 알 수 없는 어떤 힘에 이끌려 이제 곧 다가올 진실을 밝히는 일을 회피하고 있었다. 이 실수가 마릴라나 매슈 자신에게 그리 큰 문제가 되진 않을 것이었다. 다만, 아이가 실망하는 것이 문제였다. 이 아이의 눈에서 기쁨의 빛이 곧 사라질 수도 있다고 생각하자 매슈는 자신이 뭔가 끔찍하게 나쁜 일에 연루된 것만 같은 불편한 기분이 들었다. 어린 양이나 송아지 같은 작고 순한 동물을 죽여야 했을 때 느끼는 기분과도 크게 다르지 않았다.

그들이 도착했을 때 마당은 꽤 어두웠고, 주변의 포플러 나뭇잎들이 보드랍게 바스락거렸다.

매슈가 아이를 안아 땅에 내려줄 때 아이가 속삭였다.

"나무들이 잠결에 이야기하는 걸 들어보세요. 분명 멋진 꿈을 꾸고 있을 거예요!"

그런 다음 아이는 '자신의 모든 물건'이 들어 있는 여행가방 손잡이를 꽉 붙잡고 매슈를 따라 집으로 들어갔다.

3. 마릴라 커스버트가 놀라다

매슈가 문을 열자, 마릴라가 기분 좋은 얼굴로 콧노래를 부르며 나왔다. 하지만 거칠고 흉한 원피스를 입고 양 갈래로 땋은 빨간 머리카락과 반짝이는 눈을 가진 특이하게 생긴 작은 아이를 보자 그녀는 깜짝 놀라 멈춰 섰다.

마릴라는 큰 소리로 말했다.

"매슈 오라버니, 이 아이는 누구예요? 남자아이는 어디 있어요?"

매슈가 힘없이 대답했다.

"거기에 남자아이는 없었어. 이 아이만 있더구나."

매슈는 고개로 아이를 가리키며 자신이 아직 아이의 이름조차 묻지 않았다는 사실을 깨달았다.

마릴라는 강한 어조로 말했다.

"남자아이가 없다니요. 그게 도대체 무슨 말이에요? 남자아이가 있었어야 하잖아요. 스펜서 부인에게 남자아이가 필요하다고 분명히 말했다고요!"

"그런데 아니었어. 스펜서 부인이 이 아이를 데려왔단다. 역장에게도 내가 물어봤거든. 틀림없다고 하더라고. 그래서 할 수 없이 이 아이를 집으로 데려올 수밖에 없었다. 뭔가 착오가 있었다 해도 이 아이를 그곳에 혼자 두고 올 수는 없잖니."

마릴라는 소리쳤다.

"이건 보통 일이 아니에요!"

두 사람 사이에 대화가 오가는 동안, 아이는 조용히 듣고만 있었다. 매슈와 마릴라를 번갈아 바라보는 아이의 얼굴에서 활기가 사라졌다. 자신이 들은 두 사람의 대화가 무얼 의미하는지 완전히 이해한 얼굴이었다. 아이는 손에 들고 있던 소중한 여행가방을 바닥에 떨어트렸다. 그러고는 한 발짝 앞으로 나오며 두 손을 꼭 모아 쥐었다.

아이는 울면서 말했다.

"저를 원하지 않으시는군요! 제가 남자아이가 아니라서 저를 원하지 않으시는 거예요! 저도 예상했어요. 아무도 저를 원하지 않았어요. 모든 게 너무 아름다워서 오래가지 않을 거라는 걸 어쩌면 저도 이미 알고 있었는지도 몰라요. 정말로 아무도 저를 원하지 않는다는 사실을 잘 알고 있어요. 아, 하지만 이제 저는 어떻게 해야 하나요? 너무 슬퍼서 눈물이 나네요!"

아이는 왈칵 눈물을 쏟았다. 그러더니 의자에 앉아 식탁 위에

팔을 올리고 얼굴을 감싼 채 장대비 같은 눈물을 계속 쏟았다. 마릴라와 매슈는 난로 건너편에서 서로를 원망하듯 바라보았다. 두 사람 다 무슨 말을 해야 할지, 뭘 어떻게 해야 할지 몰랐다. 마침내 마릴라는 어설프게 아이에게 다가갔다.

"얘야, 이 일로 그렇게까지 울 필요는 없어."

아이가 재빨리 고개를 들자 눈물범벅이 된 얼굴에 입술은 부들부들 떨리고 있었다.

"아니요. 그럴 필요가 있어요! 아주머니도 입장 바꿔서 한번 생각해보세요. 아주머니가 고아이고 앞으로 살게 될 집이라고 생각한 곳에 왔는데, 남자아이가 아니라서 주인들이 아주머니를 원하지 않는다는 사실을 알았다고 말예요. 그러면 아주머니도 저처럼 슬피 울 수밖에 없을 거예요. 지금까지 살면서 제가 겪은 일 중 이보다 더 비극적인 일은 없었어요!"

오랫동안 웃지 않은 탓에 조금 어색했지만 마릴라의 얼굴에 미소가 지어졌다. 그 덕분에 그녀의 엄숙한 표정이 한결 부드러워졌다.

"인제 그만 울어라. 오늘 밤에 너를 쫓아내지는 않을 거야. 이 일이 대체 어찌 된 일인지 정확히 알아보기 전까지는 여기에 머물 수 있을 거야. 근데, 네 이름이 뭐니?"

아이는 잠시 망설이다 간절한 표정으로 말했다.

"코델리아라고 불러주시겠어요?"

"코델리아라고 불러달라고? 그게 네 이름이니?"

"아니요. 제 이름은 아니지만, 저는 코델리아라고 불리고 싶어요. 그건 완벽하게 우아한 이름이거든요."

"네가 지금 대체 무슨 말을 하는 건지 도통 모르겠구나. 코델리아가 네 이름이 아니라면 진짜 이름은 뭐니?"

그 이름의 주인은 마지못해 더듬거리며 대답했다.

"앤 셜리요. 하지만 제발 코델리아라고 불러주세요. 제가 여기에 잠시 머무르게 된다면 저를 뭐라고 부르시든 아주머니에겐 상관없잖아요. 그렇지 않나요? 앤은 정말 낭만적이지 않은 이름이거든요."

마릴라는 동조하지 않았다.

"낭만적이지 않다니, 터무니없는 소리를 하는구나! 앤은 정말 멋진 이름인데……. 그 이름을 부끄러워할 필요는 전혀 없단다."

"제 이름이 부끄럽지는 않아요. 다만 코델리아라는 이름이 더 좋을 뿐이에요. 저는 제 이름이 코델리아라고 늘 상상해왔거든요. 최근에는 더 그랬고요. 제가 더 어렸을 때는 제럴딘으로 상상했지만, 이젠 코델리아가 더 좋아요. 만약 저를 앤이라고 부르실 거면 앤의 e를 꼭 같이 불러주세요."

마릴라는 찻주전자를 들고 다시 한 번 어색한 미소를 지으며 물었다.

"e를 넣어서 부르는 거랑 빼고 부르는 거랑 무슨 차이가 있니?"

"엄청난 차이가 있어요. 그게 훨씬 더 멋지거든요! 아주머니는 누군가의 이름을 부를 때 마치 그 이름이 종이에 인쇄되는 것처럼 마음속에 또렷이 보이지 않나요? 저는 그렇거든요. A-n-n은 끔찍하지만 A-n-n-e는 훨씬 기품 있어 보여요. e를 넣어서 앤이라고 불러주시면 저도 코델리아라고 불리지 않는 것을 받아들이도록 노력해볼게요."

"좋구나! e가 들어간 앤, 이런 실수가 어떻게 생긴 건지 말해줄 수 있겠니? 우리는 스펜서 부인에게 남자아이를 원한다고 분명하게 얘기했거든. 보육원에 남자아이가 한 명도 없었던 거니?"

"아니요. 보육원에는 남자아이가 넘쳐났어요. 하지만 스펜서 아주머니는 분명히 아주머니가 열한 살짜리 여자아이를 원한다고 말했어요. 그러면서 원장님이 제가 가는 게 좋겠다고 생각한댔어요. 아주머니는 그 순간 제가 얼마나 기뻤는지 상상도 못 하실 거예요. 너무도 기뻐서 밤새 한 숨도 못 잤을 정도니까요."

앤은 매슈를 보면서 원망하듯 말을 이었다.

"아, 아저씨는 왜 역에서 저를 원하지 않는다고 하고 역에 남겨두지 않으셨어요? 기쁨의 하얀 길과 빛나는 물의 호수를 보지 않았더라면 지금 이렇게까지 힘들지는 않았을 거예요."

마릴라는 매슈를 보며 물었다.

"이 애가 대체 무슨 말을 하는 거예요?"

"여기 오는 길에 우리가 나눴던 대화를 말하는 거야. 마릴라, 말을 안에 들여놓아야겠어. 내가 돌아오면 차를 좀 준비해다오."

매슈는 서둘러 대답하고 밖으로 나갔다. 그러자 마릴라는 계속 물었다.

"스펜서 부인이 너 말고도 다른 아이를 데려왔지?"

"스펜서 아주머니는 릴리 존스를 데려가셨어요. 릴리는 다섯 살밖에 되지 않은, 밤색 머리카락을 가진 아주 예쁜 아이에요. 제가 만일 릴리처럼 밤색 머리카락을 가진 아주 예쁘게 생긴 아이라면,

아주머니는 저를 받아주시겠어요?"

"아니! 우리는 매슈를 도와 농장 일을 할 남자아이를 원한단다. 여자아이는 우리에게 아무 소용이 없어. 그건 그렇고, 우선 모자를 벗지 않으련? 내가 그 모자랑 가방을 현관에 있는 탁자에 놓아 둘게."

앤은 순순히 모자를 벗었다. 이내 매슈가 다시 들어왔고, 그들은 저녁을 먹으려고 식탁에 앉았다. 하지만 앤은 저녁을 먹을 수가 없었다. 빵과 버터를 조금 먹고, 자기 접시 옆에 있는 물결 모양의 유리 접시에서 사과잼을 한 스푼 덜어 먹으려 해보았지만 도저히 삼킬 수가 없었다.

마릴라는 앤을 유심히 지켜보다가 마치 심각한 단점을 발견하기라도 한 것처럼 날카롭게 말했다.

"너, 왜 저녁을 먹지 않니?"

"넘어가지가 않아서요. 지금 전 깊은 절망에 빠져 있거든요. 아주머니 같으면 절망의 나락에 빠져 있는데, 음식이 넘어가겠어요?"

마릴라는 대답했다.

"나는 깊은 절망에 빠져본 적이 없어서 그 질문엔 대답할 수가 없구나."

"절망에 빠져본 적이 없다고요? 그럼 아주머니 자신이 절망에 빠졌다고 상상해본 적은 있으세요?"

"아니, 없단다."

"그러면 아주머니는 그게 어떤 건지 전혀 이해하지 못하시겠군요. 사실, 그건 아주 불편한 감정이에요. 뭘 먹으려는데, 목에서 어떤 덩어리 같은 게 올라와서 아무것도 삼킬 수 없을 때와 같은 상태죠. 심지어 그게 초콜릿 캐러멜이라고 해도 마찬가지예요. 2년 전에 초콜릿 캐러멜을 한 번 먹어본 적이 있는데, 정말 맛있었어요! 그때부터 전 종종 초콜릿 캐러멜을 왕창 먹는 꿈을 꾸었는데, 언제나 막 먹으려는 찰나에 꿈에서 깨곤 했어요. 제가 저녁 식사를 하지 않은 것 때문에 기분 상하지 않으셨으면 좋겠어요. 모든 게 정말 맛있지만, 그래도 전 먹을 수가 없어요."

헛간에서 돌아온 이후 한마디도 하지 않던 매슈가 말을 꺼냈다.

"많이 피곤할 거야. 그만 자라고 하는 게 낫겠어, 마릴라."

마릴라는 앤을 어디에서 재워야 할지 고민하고 있었다. 남자아이가 올 거라고 예상한 터라 약간 어수선한 부엌의 한 공간에 소파를 준비해두었다. 하지만 깨끗하게 정돈되어 있다 해도 여자아이를 재우기에는 별로 적당해 보이지 않았다. 손님용 방이 있지만, 갈 곳 없는 이런 아이를 재우기에는 가당치도 않은 공간이었다. 결국, 앤을 재울 만한 곳은 동쪽 방이 유일하다는 결론을 내렸다. 마릴라는 초에 불을 켜고 앤에게 자신을 따라오라고 말했다. 앤은 지나가는 길에 현관 탁자에 두었던 자기 모자와 가방을 챙겨 힘없이 터덜터덜 마릴라를 따라갔다. 현관은 무척 깨끗했다. 그리고 앤이 잠시 머물게 된 동쪽의 작은 방은 더 깨끗해 보였다.

마릴라는 다리 세 개짜리 삼각형 탁자에 초를 올려놓고 이불을 들치며 물었다.

"갈아입을 잠옷은 있지?"

앤은 고개를 끄덕였다.

"네, 두 벌 있어요. 보육원 원장님이 만들어주셨어요. 그런데 너무 꽉 끼어요. 보육원에서는 뭐든 충분하지 않아서 물건이 항상 모자라거든요. 제가 있던 보육원은 워낙 가난해서요. 아무튼, 저는 꽉 끼는 잠옷이 정말 싫어요. 하지만 목에 주름 장식이 달리고 길게 나부끼는 잠옷을 입은 사람처럼 꿈을 꿀 수는 있어요. 그게 하나의 위안이죠!"

"앤, 빨리 옷을 벗고 잠자리에 들렴. 몇 분 후에 다시 와서 초를 꺼줄게. 네가 알아서 촛불을 끄고 잘 거라고는 생각하지 못하겠구나. 자칫하면 불을 내고도 남을 것 같아."

마릴라가 나가자, 앤은 잠시 생각에 잠긴 채 주위를 둘러보았다. 희게 칠한 벽에는 아무것도 없었다. 벽들도 텅 비어 있어서 외롭고 아플 거라고 앤은 생각했다. 바닥에도 난생처음 보는 둥근 매트가 중간에 깔려 있는 것 말고는 아무것도 없었다. 한쪽 구석에는 침대가 있었다. 짙은 색 낮은 기둥이 네 개 달린 높고 오래된 침대였다. 다른 구석에는 앞서 말한 삼각형 탁자가 놓여 있었다. 그 탁자에는 뾰족한 바늘 끝이 들어가지 않을 정도로 단단하고 불룩한 붉은 벨벳 바늘꽂이가 있었다. 그 위에는 가로 15센티미터, 세로 20센티미터쯤 되는 작은 거울이 달려 있었다. 탁자와 침대 사이에는 창문이 있었다. 창문 위에는 얼음같이 하얀 모슬린 천이 달려 있고, 반대편에 세면대가 있었다. 그 방의 전체 풍경은 말로 표현하기 어려울 정도의 엄숙함을 드러내고 있었다. 앤은 뼛속까지 서늘해지는 찬 기운을 느꼈다. 그녀는 훌쩍거리며 허둥지둥 옷가지를 꺼내 작은 잠옷으로 갈아입고 침대로 뛰어들었다. 그런 다음,

베개 아래에 얼굴을 파묻고 머리 위까지 이불을 끌어당겼다. 마릴라가 촛불을 끄러 방에 왔을 때 작은 옷가지들이 바닥에 어수선하게 흩어져 있고 침대가 격렬하게 흔들리고 있었다. 그 방에 누군가가 있다는 암시인 듯했다.

마릴라는 찬찬히 앤의 옷가지들을 주워 노란색 의자 위에 단정하게 올려둔 다음 초를 들고 침대로 갔다.

"잘 자거라!"

마릴라는 약간 어색했지만 무뚝뚝한 말투는 아니었다.

앤은 깜짝 놀라 이불 밖으로 하얀 얼굴과 큰 눈을 드러내고 원망하듯 말했다.

"지금 제 인생에서 가장 불행한 밤을 보내고 있다는 걸 아시면서, 어떻게 잘 자라고 말씀하실 수 있어요?"

그러고 나서 앤은 다시 이불 속으로 들어가 얼굴을 감췄다.

마릴라는 천천히 부엌으로 내려와 저녁 먹은 그릇들을 설거지했다. 매슈는 담배를 피우고 있었다. 이것은 그의 마음이 흔들리고 있다는 걸 보여주는 분명한 신호였다. 그는 담배를 거의 피우지 않았다. 마릴라가 나쁜 습관이라고 날마다 잔소리하며 반대했기 때문이다. 하지만 매슈는 특별한 일이 있을 때면 담배를 피우고 싶어 했고, 마릴라는 남자도 때때로 감정을 발산해야 한다는 걸 잘 알기에 못 본 척 눈감아주곤 했다.

마릴라는 역정을 냈다.

"정말 굉장히 난처한 상황이에요. 우리가 직접 가지 않고 말만 전달해서 벌어진 일이라고요. 어쨌든 리처드 스펜서가 말을 잘못

전달한 거예요. 내일 우리 둘 중 한 사람이 직접 찾아가 스펜서 부인을 만나봐야 상황이 좀 더 분명해지겠네요. 저 아이는 당연히 다시 보육원으로 보내야 하고요."

매슈가 마지못해 대답했다.

"그런 것 같군."

"그런 것 같다니요! 설마 몰라서 하는 말이에요?"

"저 아이는 정말로 착하더라고, 마릴라. 여기에서 그렇게 살고 싶어 하는데, 다시 돌려보낸다는 게 좀 안됐다는 생각이 들어."

"매슈 커스버트! 설마 우리가 저 아이를 데리고 살아야 한다고 말하고 싶은 건 아니겠죠?"

마릴라는 매슈가 물구나무서기를 좋아한다고 말했어도 지금보다 더 놀라지는 않았을 것이다.

매슈는 말을 더듬었다. 정확하게 자기 의사를 밝혀야 하는 상황이 되자, 그는 왠지 모를 불편함을 느꼈다.

"아니, 꼭 그런 건 아니고. 나도 우리가 저 아이와 같이 지내기는 힘들다고 생각해."

"그건 절대 안 돼요! 저 아이가 우리에게 무슨 도움이 되겠어요?"

매슈가 갑자기 예상치 못한 말을 꺼냈다.

"우리가 저 아이에게 도움이 될 수는 있잖아."

"매슈 오라버니, 저 아이가 오라버니를 완전히 홀린 모양이군요! 오라버니, 지금 저 아이를 데리고 있고 싶어 하는 게 맞죠?"

매슈가 고집스럽게 계속 이야기했다.

"그게, 저 아이는 정말 재미있어! 역에서 집으로 오면서 저 아이가 들려준 이야기를 너도 들었어야 하는데."

"그래요. 저 아이는 말이 너무 많아요. 내가 한눈에 알아봤다고요. 아무튼 난 찬성할 수 없어요. 난 말이 너무 많은 아이를 좋아하지 않거든요. 오라버니도 잘 알잖아요. 우리에겐 고아 여자아이가 필요하지 않을뿐만 아니라 설사 필요하다고 해도 저런 아이를 선택하지는 않았을 거예요. 저 아이한테는 뭔가 이해할 수 없는 구석이 있어요. 아, 어쨌든 안 돼요! 저 아이가 있던 곳으로 당장 돌려보내야겠어요."

"나를 도와줄 프랑스 남자아이를 따로 구해도 되잖니? 저 아이는 틀림없이 네게 좋은 친구가 돼줄 거야, 마릴라."

마릴라는 바로 대답했다.

"친구가 없어서 내가 지금 고생하고 있는 게 아니잖아요. 아무튼 그 일에 대해서는 더 말하지 마세요. 난 저 아이를 돌려보내기로 이미 마음을 굳혔으니까요."

매슈가 담배 파이프를 치우며 말했다.

"결국 네 생각대로 하겠지, 마릴라. 나는 잠이나 자러 가야겠다."

매슈는 잠을 자러 갔다. 마릴라도 그릇을 정리하고 잔뜩 찌푸린 얼굴에 단호한 표정을 지은 채 침실로 갔다. 위층에 있는 동쪽 방에서는 외롭고 쓸쓸하고 친구가 없는 아이가 울다 지쳐 잠이 들었다.

4. 초록 지붕 집에서 맞이한 아침

앤을 깨운 것은 방안에 넓게 들어온 아침 햇살이었다. 앤은 침대에 앉아 창문으로 쏟아져 들어오는 햇살을 멍하니 바라보았다. 창밖에는 하얀 깃털 같은 것들이 파란 하늘을 유유히 날아다니고 있었다.

잠시 동안 앤은 자신이 어디에 있는지 생각나지 않았다. 처음에는 아주 기분 좋은 유쾌한 떨림이 찾아왔지만, 조금 지나자 끔찍한 기억이 떠올랐다. 이곳은 초록 지붕 집이고 남자아이가 아니란 이유로 이제 자신은 곧 이 집에서 쫓겨날 판이었다.

하지만 아침이었고, 창밖에는 벚꽃들이 활짝 피어 있었다. 앤은 침대에서 일어나 한달음에 건너편으로 갔다. 창문을 밀어 올렸는데, 오랫동안 열지 않은 것처럼 삐걱거리며 빽빽하게 올라갔다. 실제로 이 창문은 오랫동안 열리지 않은 듯했다. 창문은 꽉 끼어서 다른 무언가로 고정해놓을 필요도 없었다.

앤은 무릎을 꿇고 6월의 눈부신 아침을 바라보았다. 눈동자가 기쁨으로 반짝거렸다. 아, 정말 아름다워! 정말 사랑스러운 곳이야! 여기서 계속 살 수 없다니! 하지만 내가 여기에서 산다고 얼마든지 상상은 할 수 있잖아? 이곳에는 상상할 거리가 정말 많아!

창밖에는 커다란 벚나무가 있었다. 아주 가까이에 있어서 나뭇가지가 집에 닿았다. 잎이 보이지 않을 정도로 꽃들이 많이 핀 아름드리 나무였다. 집 양쪽으로는 과수원이 넓게 펼쳐져 있었다. 한쪽은 사과나무, 다른 한쪽은 벚나무로 가득했다. 그 나무들 역시 곧 쏟아져 내릴 것처럼 흐드러지게 꽃이 피어 있었다. 풀밭 곳곳에는 민들레꽃이 피어 있었다. 아래 정원에는 라일락 나무가 보라색 꽃을 활짝 피웠고, 아찔한 만큼 달콤한 향기가 아침 바람결에 실려 창문으로 들어왔다.

정원 아래에는 클로버가 무성한 푸른 들판이 골짜기까지 경사지게 이어졌다. 시냇물이 흐르는 골짜기에는 흰 자작나무들이 수십 그루 있었고, 고사리와 이끼와 숲 속 식물들이 늠름하게 솟아 있었다. 그 뒤의 언덕에는 초록색 깃털 같은 잎이 무성한 가문비나무와 전나무가 있었다. 나무 틈으로 빛나는 물의 호수 건너편으로 앤이 보았던 아담한 회색 집의 벽이 보였다.

왼쪽으로 조금 떨어진 곳에는 커다란 헛간이 모습을 드러내고 있었다. 그리고 그 뒤로 완만히 경사진 푸른 들판이 펼쳐져 있었으며, 반짝거리는 푸른 바다도 얼핏 보였다.

아름다운 것을 사랑하는 앤은 자기 눈으로 그 풍경을 모두 담아내려고 오래도록 바라보았다. 앤은 지금껏 살면서 아름답지 않은 곳을 너무 많이 본 불쌍한 아이였다. 그런 앤에게 이곳은 늘 꿈꿔오던 아름다운 곳이었다.

무릎을 꿇은 채 주변의 아름다움에 완벽히 심취해 있던 앤의 어깨에 갑자기 누군가 손을 올렸다. 앤은 깜짝 놀랐다. 이 작은 몽상가 옆에 조용히 들어온 마릴라가 서 있었다.

마릴라는 퉁명스럽게 말했다.

"옷 입을 시간이다."

마릴라는 이 아이에게 어떤 식으로 말해야 할지 몰랐다. 그런 탓에 마음이 편치 않았고, 의도치 않게 딱딱하고 퉁명스러운 말이 그의 입에서 튀어나왔다.

앤이 일어서며 한숨을 쉬었다. 그리고 바깥의 멋진 세상을 향해 손을 크게 흔들었다.

"정말 아름답지 않나요?"

"큰 나무지. 꽃은 예쁘게 피지만 열매는 대부분 작고 벌레가 많아."

"아, 단순히 저 나무만 말한 게 아니었어요. 물론 저 나무도 멋져요! 굉장히 아름다워요! 꽃도 마치 꽃을 피우기 위해 태어난 것 같아요. 아무튼 저는 정원과 과수원, 시냇물과 숲, 이곳의 모든 것이 아름답다고 말하는 거예요. 오늘 같은 아침에는 세상을 사랑하게 될 것 같지 않으세요? 시냇물이 여기까지 흘러오는 내내 웃는 소리가 들려요. 시냇물이 얼마나 명랑하고 유쾌한지 알고 계셨어요? 시냇물은 항상 웃고 있어요. 저는 심지어 겨울에도 얼음 밑에서 시냇물이 웃는 소리를 들은 적이 있거든요. 초록 지붕 집 근처에 시냇물이 있어서 정말 좋아요! 아주머니는 저를 데리고 있지 않을 건데 그게 무슨 차이가 있겠느냐고 생각하시겠지만, 저한테는 큰 차이가 있어요. 제가 저 시냇물을 다시는 못 보게 되더라도 초록 지붕 집에 시냇물이 있다는 걸 항상 기억할 거니까요. 만일 이곳에 시냇물이 없었다면 시냇물이 꼭 있어야 했다는 생각에 불편한 마음이 들었을 거예요. 저는 오늘 아침에는 절망의 늪에 빠지지 않았어요. 아침에는 절대 그럴 수 없거든요. 아침이 온다는 건 정말 멋진 일 아닌가요? 하지만 굉장히 슬퍼요. 방금 아주머니가 저를 필요로 하고, 제가 이곳에서 영원히 사는 상상을 하고 있었거든요. 상상하는 동안만큼은 큰 위로를 받았어요. 하지만 상상할 때 가장 안 좋은 점은 상상을 끝내야 할 때가 곧 다가오고, 결국 상처를 받게 된다는 거예요."

마릴라는 앤이 잠깐 말을 멈춘 사이를 놓치지 않고 얼른 말했다.

"옷을 입고 아래층에 내려가는 게 좋겠구나. 상상은 그만하렴. 아침을 차려놨단다. 세수하고 머리도 빗어라. 창문은 열어두고, 이불은 다시 보기 좋게 개서 침대 발치에 놓아두거라."

앤은 민첩하게 행동해서 10분쯤 뒤에 아래층으로 내려갔다. 앤은 단정하게 옷을 입고, 머리도 빗어서 양 갈래로 땋고, 말끔히 세수도 했다. 앤은 마릴라가 자기에게 시킨 일을 모두 만족스럽게 해냈다는 생각에 편안한 마음으로 앉아 있었다. 그러나 앤은 사실 이불 개는 일을 깜빡 잊어버렸다.

앤은 마릴라가 미리 준비해둔 의자에 앉으며 말했다.

"오늘 아침에는 배가 고파요. 다행히 어젯밤처럼 세상이 황량하게 느껴지진 않네요. 화창한 아침이라 즐거워요! 하지만 저는 비가 내리는 아침도 정말 좋아해요! 모든 아침이 흥미로워요. 그렇지 않나요? 하루 동안 어떤 일이 일어날지 모르니까 상상할 거리도 무척 많잖아요. 그래도 오늘은 비가 오지 않아서 좋아요! 괴로울 때는 날씨라도 화창해야 기운도 나고 꿋꿋하게 버텨내기가 더 쉽거든요. 제 생각에, 저는 상당히 잘 견딜 것 같아요. 슬픈 이야기를 읽고 제가 주인공처럼 씩씩하게 겪어낸다고 상상하는 건 참 좋아요. 하지만 직접 경험하는 것은 그렇게 좋지만은 않은 것 같아요, 그렇죠?"

마릴라는 말했다.

"제발 그 입 좀 다물어라. 어린 여자애가 너무 말이 많구나."

그러자 앤은 순순히 입을 완전히 닫아버렸다. 침묵이 오래 계속되자 마릴라는 오히려 더 긴장되고 자연스럽지 못한 것 같았다. 매슈도 말을 하지 않았는데, 그것은 오히려 당연한 일이었다. 그래서 아주 조용한 분위기에서 모두가 아침 식사를 했다.

식사를 하면서 앤은 점점 마음을 다른 곳에 빼앗겨 커다란 눈을 창밖 하늘에 멍하니 고정한 채 기계적으로 아침을 먹었다. 마릴라는 앤의 이런 모습에 점점 더 불안해졌다. 이 이상한 아이가 몸은 식탁에 앉아 있지만, 영혼은 상상의 날개를 펼쳐 저 멀리 공상의 세계로 날아간 게 아닐까 하는 불편한 생각마저 들었다. '누가 이런 아이와 함께 살고 싶어 할까?'

하지만 매슈는 앤을 데리고 있고 싶어 했다. 마릴라는 매슈가 오늘 아침에도 어젯밤만큼 이 아이를 원하고 있고, 앞으로도 계속 그럴 거라는 걸 알았다. 그게 매슈의 방식이었다. 마음속에 담아두는 것이 있으면 놀랍도록 조용하면서도 집요하게 매달렸다. 말하는 것보다 조용히 고집을 부릴 때 그 효과가 열 배는 더 컸다.

아침 식사가 끝나자, 앤은 공상에서 깨어나 설거지를 하겠다며 자청하고 나섰다.

믿지 못하겠다는 얼굴로 마릴라가 물었다.

"정말 설거지를 할 수 있겠니?"

"그럼요. 저 설거지 잘해요. 물론 아이 돌보는 걸 더 잘하지만요. 아이들을 돌본 경험이 아주 많거든요. 여기에는 제가 돌볼 아이가 없다는 게 안타깝네요!"

"나는 지금 너를 돌보는 것만으로도 충분하단다. 아니, 솔직히 너 하나만도 골칫거리야. 너를 어떻게 해야 할지 모르겠구나. 매슈 오라버니는 좀 웃기는 사람이고."

앤은 못마땅하다는 듯 말했다.

"저는 아저씨가 멋지다고 생각해요! 아저씬 동정심이 많은 분이에요. 제가 아무리 떠들어도 괜찮다고 하셨거든요. 오히려 그걸 좋아하는 것처럼 보였어요. 저는 아저씨를 보자마자 마음이 통하는 사람이라는 걸 느꼈어요."

마릴라는 코웃음을 쳤다.

"네 말대로 마음이 통하는 게 그런 거라면 맞아, 둘 다 이상하긴 하지. 그래, 네가 설거지를 해봐라. 뜨거운 물을 많이 받아쓰고,

그릇들을 깨끗이 씻어서 확실하게 말려놓아야 한다. 오후에는 화이트 샌즈에 가서 스펜서 부인을 만나봐야 해서 오늘 아침에는 할 일이 많단다. 설거지가 끝나면 위층으로 올라가 침대를 좀 정리하고."

앤은 능숙하게 설거지를 했다. 매서운 눈초리로 지켜보던 마릴라가 인정할 정도였다. 하지만 그 후 침대 정리는 완벽하게 해내지 못했다. 깃털 이불을 정리하는 방법을 배운 적이 없기 때문이었다. 하지만 어쨌든 시간을 들여서 결국 이불을 말끔히 정리했다. 마릴라는 앤을 밖으로 내보내려고 점심시간까지 즐겁게 놀다 오라고 말했다.

앤은 밝은 얼굴로 눈을 반짝이며 문 쪽으로 달려갔다. 하지만 문턱에서 갑자기 멈춰서더니, 다시 돌아와 식탁에 앉았다. 누군가 불을 꺼버리기라도 한 것처럼 앤에게서 빛나던 밝은 빛이 완전히 사라져버렸다.

마릴라는 물었다.

"무슨 문제라도 있니?"

앤은 세상의 모든 즐거움을 포기한 순교자처럼 말했다.

"밖에 나가지 않으려고요. 이 사랑스러운 초록 지붕 집에서 살지 못한다면 다 소용없는 일이잖아요. 제가 밖에 나가서 모든 나무와 꽃과 과수원과 시내와 친해진다면 틀림없이 그것들을 사랑하게 될 거예요. 전 지금도 충분히 힘들어서 더 힘들어지고 싶지 않아요. 밖에 나가고 싶은 마음은 굴뚝같지만요. 모든 게 저를 부르고 있는 것만 같아요. '앤, 앤, 어서와. 앤, 앤, 우린 함께 놀 친구가 필요해'라고요. 하지만 역시 나가지 않는 게 좋겠어요. 그들 모두와 곧 헤어져야 하는데, 사랑하게 되면 안 되잖아요. 그렇지 않나요? 사랑하는 마음을 억누르는 건 너무 힘든 일이에요. 맨 처음 제가 여기에서 산다고 생각했을 땐 정말 기뻤어요. 사랑할 것들이 정말 많고, 아무것도 제가 그것들을 사랑하는 걸 방해하지 않는다고 생각했거든요. 하지만 짧은 모두 꿈이 끝나버렸네요. 이제 제 운명을 받아들였어요. 그래서 다시 미련을 갖게 될까 두려워서 못 나가겠어요. 그런데 저 창턱에 있는 제라늄 이름은 뭐예요?"

"사과향 제라늄이란다."

"그런 이름을 묻는 게 아니에요. 아주머니가 저 꽃에 지어주신 이름을 묻는 거예요. 이름을 지어주지 않으셨어요? 그렇다면 제가 이름을 하나 지어주어도 될까요? 보자, 저라면 '보니'라고 하겠어요. 제가 여기 있는 동안 '보니'라고 불러도 될까요? 제발 그렇게 부르게 해주세요!"

"맙소사! 나는 상관없단다. 제라늄에 이름을 지어주겠다는 생각은 대체 어디에서 나오는 거니?"

"저 꽃들이 단지 제라늄에 지나지 않는다 하더라도 저는 이름을 지어주는 걸 좋아해요. 그러면 하찮은 식물이 아니라 마치 진짜 사람처럼 느껴지거든요. 그냥 제라늄이라고 부르거나 마땅한 이름으로 불러주지 않는다면 제라늄의 기분이 상할지도 몰라요. 아주머니도 다른 사람들이 그냥 여자라고만 부른다면 기분이 좋지 않으실 거잖아요. 그래서 저는 지금부터 저 식물을 '보니'라고 부르겠어요. 오늘 아침에 침실 창밖에 있는 벚나무에도 이름을 붙여주었어요. 그 나무가 온통 하얘서 '눈꽃 여왕'이라고 불러주었어요. 물론 사시사철 꽃을 피우진 않지만 누구나 그렇게 상상할 수 있지 않겠어요?"

마릴라는 감자를 가지러 지하 창고로 서둘러 내려가면서 혼자 중얼거렸다.

'내 평생 저런 아이는 보지도 들어보지도 못했어. 오라버니 말처럼 재밌는 아이이긴 해. 나도 저 아이가 다음에 무슨 말을 할지 궁금해하고 있으니까. 저 아이가 나한테도 마술을 건 거야. 매슈 오라버니도 벌써 홀렸잖아. 오라버니가 나가면서 나를 보던 시선은 어젯밤에 내게 말한 걸 고스란히 다시 말하고 있었어. 오라버니도 다른 남자들처럼 말로 표현하면 좋을 텐데. 그러면 적절히 대답하고 논리적으로 설득이라도 할 수 있잖아. 그냥 쳐다만 보는 남자에게 뭘 어쩌겠냐고.'

마릴라가 지하 창고를 둘러보고 돌아왔을 때 앤은 손으로 턱을 괴고 하늘을 바라보며 다시 공상에 빠져 있었다. 마릴라는 이른 점심을 먹기 전까지 앤을 그대로 두었다.

"매슈 오라버니, 오늘 오후에 내가 마차를 써야겠어요."

매슈는 고개를 끄덕이고는 안타까운 표정으로 앤을 바라보았다. 마릴라는 그 시선을 가로막고 무섭게 말했다.

"내가 화이트 샌즈에 가서 이 문제를 해결하겠어요. 앤을 데리고 가면 스펜서 부인이 곧바로 이 아이를 노바스코샤로 돌려보낼 수 있도록 준비해줄 거예요. 식사는 준비해놓을 게요. 우유 짜는 시간에 맞춰 집에 돌아올 수 있을 거예요."

여전히 매슈는 아무 말도 하지 않았다. 마릴라는 쓸데없이 말을 낭비한 기분이었다. 대꾸하지 않는 남자보다 짜증나는 건 세상에 없다고 그녀는 생각했다. 여자가 대꾸하지 않는 경우는 그나마 조금 나았다.

매슈는 시간에 맞춰 밤색 암말을 마차에 묶어 준비해주었고, 마릴라와 앤은 곧바로 출발했다. 매슈는 그들이 지나가도록 마당 문을 열어주었다. 그들이 천천히 빠져나가자 매슈가 특별히 누군가에게 하는 말이 아닌 것처럼 무심하게 내뱉었다.

"오늘 아침, 크리크 출신 제리 부트라는 남자아이가 여기에 왔었어. 여름에 그 아이에게 일손을 거들어달라고 말해두었다."

마릴라는 아무런 대답을 하지 않은 채 불쌍한 말만 채찍으로 세게 내리쳤다. 그런 대우에 익숙하지 않던 통통한 말은 화가 난 듯 무서운 속도로 좁은 길을 달려갔다. 마릴라는 마차가 질주하자 뒤를 돌아보았다. 짜증스럽게도 매슈가 대문에 기대어 서서 애석한 눈빛으로 그들을 보고 있었다.

5. 앤의 가슴 아픈 사연

앤은 자신 있게 말했다.

"그거 아세요? 저는 이 여행을 즐기기로 결심했어요. 제 경험상 무슨 일이든 즐겁게 하겠다고 마음을 굳게 먹으면 언제나 마음먹은 대로 되더라고요. 물론 마음을 진짜 굳게 먹어야 하지만요. 저는 그곳에 가는 동안에는 보육원으로 돌아가는 일은 생각하지 않기로 했어요. 그저 이 짧은 여행만 생각할 거예요. 저기 보세요. 어린 들장미가 벌써 피었어요! 사랑스럽지 않나요? 우리가 장미가 된다면 기쁘지 않을까요? 장미가 사람처럼 말할 수 있다면 정말 멋질 거예요. 장미는 아름다운 이야기를 많이 들려줄 것 같거든요. 제 생각에, 분홍색은 세상에서 가장 황홀한 색이에요. 저는 분홍색을 좋아하지만 분홍색 옷을 입진 못해요. 머리카락 색이 빨간 사람들은 분홍색 옷을 입을 수 없거든요. 상상 속에서도 안 돼요. 아주머니는 어렸을 때 빨간 머리였다가 나중에 자라서 다른 색으로 변한 사람을 혹시 아세요?"

마릴라는 매정하게 대답했다.

"아니. 내가 아는 한 그런 사람은 없구나. 그리고 너한테도 그런 일이 일어날 것 같진 않고."

앤은 한숨을 쉬었다.

"그러면 희망이 또 하나 사라지네요. '제 인생은 완벽하게 버려진 희망의 무덤이에요.' 언젠가 책에서 읽은 문장인데, 제가 실망할 때면 위안 삼아 되풀이해서 하는 말이에요."

"그 말의 어디에서 위안을 받는다는 건지 모르겠구나."

마릴라는 말했다.

"아주 멋지고 낭만적으로 들려서 제가 책 속의 주인공이 된 것 같거든요. 저는 낭만을 정말 좋아해요! 버려진 희망으로 가득 찬 무덤이라니, 상상하기에 정말 낭만적이지 않나요? 그래도 희망이 하나 있어서 다행이에요. 오늘 빛나는 물의 호수를 지나가죠?"

"네가 말하는 빛나는 물의 호수가 배리 연못이라면 우리는 그곳을 건너가지 않을 거야. 해변 길로 갈 거란다."

앤은 꿈을 꾸듯 말했다.

"해변 길이라니 정말 멋진데요! 그곳은 이름만큼 멋진 곳인가요? 아주머니가 '해변 길'이라고 말했을 때 저는 재빨리 마음속으로 그곳을 그려보았어요. 화이트 샌즈도 참 예쁜 이름이에요. 하지만 에이번리만큼 좋아하지는 않아요. 에이번리는 정말 아름다운 이름이에요. 마치 음악 같아요. 근데, 화이트 샌즈까지는 얼마나 가야 하나요?"

"8킬로미터 정도 가야 한단다. 너, 계속 이야기할 작정이지? 그렇다면 다른 거 말고 너 자신에 대한 이야기를 한번 해봐라."

앤은 애원하듯 말했다.

"저에 대한 이야기는 들을 만한 가치가 없어요. 그보단 저를 어떻게 상상하는지 들으시는 게 훨씬 더 재미있을 거예요."

"아니. 나는 네 상상은 듣고 싶지 않아. 상상 말고 사실을 이야기해봐라. 처음부터 시작해봐. 너는 어디에서 태어났고, 몇 살이니?"

앤은 마릴라 아주머니 요청대로 사실을 말하기로 작정하고 작게 한숨을 내쉬었다.

"저는 지난 3월에 열한 살이 되었어요. 노바스코샤의 볼링브룩에서 태어났죠. 제 아빠 이름은 월터 셜리이고 볼링브룩 고등학교 선생님이었어요. 엄마 이름은 버사 셜리고요. 월터와 버사는 참 멋진 이름 아닌가요? 우리 부모님 이름이 멋져서 그래도 다행이에요. 아빠 이름이 제데디아였다면 정말 창피했을 거예요. 그렇지 않나요?"

"행동이 바르다면 이름은 중요하지 않아."

마릴라는 선하고 훌륭한 교훈을 심어준 것 같아 기분이 좋았다.

앤은 잠시 생각에 잠긴 표정이었다.

"잘 모르겠어요. 언젠가 책에서 '장미는 다른 이름이었어도 향기로울 것'이라는 글을 읽은 적이 있어요. 하지만 저는 믿을 수가 없어요. 장미를 엉겅퀴나 앉은부채라고 부른다면 지금처럼 멋질 거라는 생각은 들지 않거든요. 물론 우리 아빠 이름이 '제데디아'였어도 좋은 분이었을 거라고 생각하지만요. 하지만 분명히 이름이 문제였을 거예요. 엄마도 고등학교 선생님이었어요. 하지만 아빠와 결혼할 때 일을 그만두셨대요. 남편만 챙기기에도 일이 많으니까요. 두 분은 아기 같은 한 쌍이었고, 찢어지게 가난했다고 토머스 아주머니가 말했어요. 두 분은 볼링브룩에 있는 아주 작은 노란 집에서 살았대요. 저는 그 집을 본 적이 없지만 수천 번도 넘게 상상해봤어요. 거실 창문 위로 인동덩굴이 내려오고, 앞마당에는 라일락 나무가 있고, 대문 바로 안쪽에는 백합이 피어 있었을 거예요. 그리고 창문에는 전부 모슬린 커튼이 달려 있죠. 모슬린 커튼을 달면 집이 선선해 보이잖아요. 저는 그 집에서 태어났어요. 토머스 아주머니는 자신이 지금까지 본 아이 중에 제가 가장 못생긴 아이였대요. 뼈만 앙상하고 작아서 눈밖에 보이지 않았지만, 엄마는 제가 정말 예쁜 아니라고 생각했대요. 우리 집에 청소하러 온 가난한 아줌마보다는 엄마가 더 나은 판단을 내렸을 거라고 생각해요, 그렇지 않을까요? 어쨌든 엄마가 저를 마음에 들어 해서 기뻐요! 제가 엄마에게 실망을 안겨주었다고 생각하면 정말 슬펐을 거예요. 왜냐하면, 엄마는 그 뒤로 오래 살지 못하셨거든요. 제가 태어난 지 세 달쯤 되었을 때 심한 열이 나서 돌아가셨어요. 제가 엄마라고 부른 기억이 남아 있을 정도만이라도 사셨다면 좋았을 거예요. '엄마'라고 부를 수 있었다면 정말 좋았을 거예요. 아빠도 나흘 뒤 똑같이 심한 고열로 돌아가셨어요. 그래서 저는 고아가 되었고, 토머스 아주머니 말로는 사람들이 저를 어떻게 해야 할지 몰랐대요. 보시다시피 그때도 저를 원하는 사람은 없었거든요. 그게 제 운명인가 봐요. 아빠와 엄마 모두 먼 지방 출신이라 친척이 없었대요. 결국, 토머스 아주머니가 저를 데리고 갔어요. 아주머니도 가난한 데다 술고래 남편까지 있지만요. 그분이 저를 손수 키워주셨죠. 손수 키워진 사람은 다른 사람들보다 더 바르게 자라야 하나요? 제가 말을 안 들을 때마다 토머스 아주머니는 손수 저를 키웠는데, 어떻게 그렇게 못되게 굴 수 있냐고 야단이셨거든요."

"토머스 아주머니와 아저씨는 볼링브룩에서 메리스빌로 이사 갔고, 저는 여덟 살이 될 때까지 그분들과 살았어요. 저는 그 집 아이들을 돌보았어요. 저보다 어린아이들이 네 명이나 있었는데, 정말이지 손이 많이 갔어요. 토머스 아저씨가 기차에서 떨어져 돌아가신 뒤 아저씨의 어머니가 토머스 아주머니에게 아이들을 데리고 같이 떠나자고 하셨어요. 하지만 저는 원하지 않으셨대요. 토머스 아주머니도 저를 어떻게 해야 할지 모르겠더래요. 그때 강 위에 살던 해먼드 아주머니가 와서 저를 데리고 가겠다고 했죠. 제가 아이들을 잘 돌보는 것 같다면서요. 그래서 저는 강 위에 있는 그루터기 사이의 작은 빈터에서 해먼드 아주머니와 살았어요. 아주 외진 곳이었죠. 끊임없이 뭔가를 상상하지 않았더라면 그런 곳에서 절대 살 수 없었을 거예요. 해먼드 아저씨는 작은 제재소에서 일했는데, 그 집에는 아이가 여덟 명이나 있었죠. 쌍둥이를 세 번이나 낳았어요. 저는 아이들이 적당히 있는 건 괜찮다고 생각하지만, 연달아 쌍둥이를 세 번이나 낳는 건 너무 심하잖아요. 마지막 쌍둥이들이 태어났을 때는 해먼드 아주머니에게 이제 그만 낳으라고 단호히 말했어요. 아이들을 다 데리고 다니자면 엄청 피곤했거든요."

"해먼드 아주머니와 강 위에서 2년 넘게 살았어요. 해먼드 아저씨가 돌아가시고, 아주머니는 살림을 때려치웠어요. 그러고는 친척집에 아이들을 나눠 맡기고 미국으로 가버렸죠. 그 바람에 저를 맡아줄 사람이 아무도 없게 되어서 저는 다시 홉튼에 있는 보육원으로 가야 했어요. 근데, 보육원에서도 저를 받아주려 하지 않았죠. 이미 수용 인원이 너무 많다면서요. 하지만 결국에는 저를 받아줄 수밖에 없었고, 거기에서 넉 달을 보냈어요. 스펜서 아주머니가 오시기 전까지요."

앤은 말을 마치고 또다시 한숨을 쉬었다. 이번에는 안도의 한숨이었다. 분명 앤은 자신을 원하지 않았던 세상 경험을 털어놓고 싶지 않았을 것이다.

마릴라는 밤색 암말을 해변 길로 이끌면서 물었다.

"그럼, 학교에 다닌 적은 없니?"

"오래는 아니고요. 토머스 아주머니와 살던 마지막 해에 잠깐 다녔어요. 강 위로 옮기고 나서는 학교가 너무 멀어 겨울에는 걸어다닐 수가 없었고, 여름에는 방학을 해서 봄과 가을에만 다닐 수 있었죠. 물론 보육원에 있을 때도 학교를 다녔어요. 저는 읽기를 꽤 잘하고 시도 많이 외웠죠. 「호헨린덴의 전투」와 「플로든 전투 후의 에딘버러」, 「라인 강의 빙겐」, 「호수의 여인」 여러 편, 그리고 제임스 톰슨의 「사계」도 대부분 외울 수 있어요. 등에 소름이 돋을 정도로 감동적인 시를 좋아하지 않으세요? 5학년 읽기 책에 있는 「폴란드의 몰락」은 감동이 넘쳤어요. 물론 저는 4학년이어서 5학년 읽기 책은 가지고 있지 않았지만, 언니들이 읽으라고 저한테 빌려주었어요."

마릴라는 곁눈질로 앤을 보며 물었다.

"그 여자들, 그러니까 토머스 부인과 해먼드 부인이 너한테 잘해 줬니?"

"아, 아, 그러니까……."

앤은 더듬거렸다. 예민한 작은 얼굴이 갑자기 빨갛게 상기되고 당황한 기색이 이마에 역력히 드러났다.

"그분들은 제게 잘해주려고 노력하셨어요. 가능한 한 친절하게 대해주려고 애쓰셨다는 걸 알아요. 사람들이 잘 대해주려는 마음이 있다면 실제로 항상 그렇지 않더라도 크게 신경 쓰지 않잖아요. 그분들은 걱정거리가 많았어요. 술고래 남편도 있었고, 잇달아 세 번이나 쌍둥이를 낳아서 길러야 했으니까요. 하지만 마음만은 저한테 잘해주시려 했다고 확신해요."

마릴라는 더 묻지 않았다. 앤은 해변 길에 들어서자 황홀감에 빠져 침묵했다. 마릴라는 골똘히 생각에 잠겨 멍하니 말을 몰았다. 갑자기 이 아이에 대한 연민 때문에 마음이 흔들렸다. 얼마나 굶주리고 사랑받지 못한 삶이었는가. 고단하고, 가난하고, 무시당하며 살았을 것이다. 마릴라는 앤의 사연에서 그 행간을 읽고 진실을 예측할 수 있을 만큼 감성이 예민한 편이었다. 앤이 진짜 집이 생긴다는 기대로 그렇게나 즐거워했던 것은 어쩌면 당연한 일이었다. 그런 아이를 다시 돌려보내야 한다고 생각하니 안타까웠다. 마릴라는 매슈의 이해할 수 없는 변덕을 받아주고 이 아이를 집에 데리고 있는다면 어떻게 될까 고민했다. 매슈는 간절히 원하고 있었다. 아이도 착하고 잘 배울 수 있을 것 같았다. 마릴라는 속으로 생각했다.

'이 아이는 말이 너무 많아. 하지만 잘 가르치면 나아질 거야. 무례하게 말하거나 말버릇이 안 좋은 것도 아니고, 숙녀다운 구석도 있어. 그러고 보면, 이 아이를 길러준 사람들이 괜찮은 사람들이었나 봐.'

해변 길은 나무가 우거지고 인적이 드문 곳이었다. 오른편에는 오랜 세월 바닷바람과 싸우면서도 손상되지 않은 전나무 숲이 울창했다. 왼편에는 가파른 붉은 사암 절벽이 있었다. 길이 절벽과 너무 가까워서 착실하지 않은 말이었으면 뒤에 탄 사람들은 긴장했을 것이다. 절벽 아래에는 파도에 깎인 바위가 쌓여 있고, 바다의 보석 같은 조약돌들이 박힌 작은 모래밭이 펼쳐져 있었다. 그 너머로 푸른 바다가 일렁거리고, 그 위로 갈매기들이 햇빛에 은빛으로 반짝이는 날개를 퍼덕이며 날고 있었다.

앤은 눈을 크게 뜨고 오랜 침묵을 깼다.

"바다는 정말 멋지지 않나요? 예전에 메리스빌에 살았을 때 토머스 아저씨가 빌려온 화물차를 타고 우리 모두 하루 동안 16킬로미터나 떨어진 해변에 간 적이 있었어요. 저는 줄곧 아이들을 돌봐야 했지만, 그날은 매 순간이 즐거웠어요. 그때를 오랫동안 행복하게 꿈꾸며 살았죠. 하지만 이 해변은 메리스빌 해변보다 더 멋지네요! 저 갈매기들 좀 보세요. 멋있지 않나요? 아주머니는 갈매기가 되고 싶지 않으세요? 저는 갈매기가 되고 싶어요. 해가 뜰 때 잠에서 깨어 물 위로 급강하하고, 하루 종일 저 멋진 푸른 바다 위를 날아다니다가 밤에는 다시 둥지로 돌아간다고 생각하면, 멋지지 않나요? 저는 제가 그렇게 사는 것을 상상할 수 있어요. 그런데 저 앞에 보이는 큰 집은 뭔가요?"

"저건 화이트 샌즈 호텔이란다. 커크 씨가 운영하는데, 아직 영업할 시기는 아니야. 여름이 되면 많은 미국 사람이 저곳을 찾는단다. 그 사람들이 생각하기에도 이 해변이 괜찮은가 봐."

앤은 슬픈 목소리로 말했다.

"스펜서 아주머니의 집이면 어쩌나 걱정했어요. 그곳에 빨리 도착하는 게 싫거든요. 하지만 이제 곧 모든 것이 끝나겠군요!"

6. 마릴라가 마음을 정하다

그들은 이내 그곳에 도착했다. 스펜서 부인은 화이트 샌즈 만의 노란 저택에 살았다. 스펜서 부인은 놀라움과 반가움이 섞인 자애로운 얼굴로 대문 앞에서 그들을 맞이했다.

"어머나, 생각지도 못한 손님이군요. 정말 반가워요! 말을 안으로 들일래요? 앤, 잘 있었니?"

스펜서 부인은 소리쳤다.

"네. 잘 지냈어요. 고맙습니다!"

앤은 진지하게 대답했다. 앤의 얼굴에 그림자가 드리워진 것 같았다.

마릴라는 말했다.

"말이 쉬는 동안 잠시만 머물다 갈게요. 매슈 오라버니에게 일찍 집에 가겠다고 약속했거든요. 스펜서 부인, 사실은 이상한 오해가 생겨서 어떻게 된 일인지 알아보려고 여기에 온 거예요. 우리가, 그러니까 매슈 오라버니와 제가 보육원에서 남자아이를 데려와달라고 했거든요. 부인의 동생 로버트한테 우리가 열 살이나 열한 살쯤 된 남자아이를 원한다고 전해달라고 했는데……."

스펜서 부인은 당혹스러워했다.

"마릴라 커스버트, 그렇게 말하지 않았어요. 로버트는 딸 낸시를 통해 말을 전했는데, 낸시는 마릴라가 여자아이를 원한다고 분명히 말했어요. 그렇지 않니, 플로라 제인?"

계단에 나와 있던 자기 딸을 가리키며 스펜서 부인은 말했다. 플로라 제인이 분명한 어조로 말했다.

"낸시가 분명히 그랬어요, 커스버트 아주머니."

스펜서 부인이 말했다.

"정말 미안해요! 정말 안된 일이긴 하지만 분명히 내 잘못은 아니었어요, 마릴라. 나는 최선을 다했어요. 마릴라가 원하는 대로 했다고 생각했어요. 낸시가 방정맞은 게 문제예요. 조심성이 없어서 내가 자주 꾸짖어야 하거든요."

마릴라는 체념한 듯 말했다.

"우리 잘못이에요. 우리가 부인께 직접 왔어야 했어요. 중요한 전갈을 그런 식으로 말로 전하는 게 아니었는데……. 어쨌든 실수가 있었으니 이제 바로잡는 일만 남았군요. 이 아이를 다시 보육원으로 보낼 수 있을까요? 보육원에서 다시 받아주겠죠?"

스펜서 부인이 생각에 잠긴 표정으로 말했다.

"그렇겠죠. 하지만 꼭 이 아이를 다시 보낼 필요는 없을 것 같아요. 어제 피터 블루엣 부인이 여기 왔었는데, 마침 집안일을 도와줄 어린 여자아이를 찾아달라고 간절히 부탁하고 갔거든요. 아시겠지만, 피터 부인네는 대가족이라 도와줄 사람을 찾는 게 쉽지 않은가 봐요. 앤이 딱 적당할 것 같네요. 이런 걸 하늘이 돕는다고 하나 봐요."

마릴라는 신의 섭리가 그 문제에 크게 관여했다고 생각하는 얼굴이 아니었다. 이 반갑지 않은 고아를 떠나보낼 좋은 기회가 예상치 않게 찾아왔는데도 다행이라는 생각이 전혀 들지 않았다.

마릴라는 피터 블루엣 부인을 그저 얼굴만 알고 있었다. 체구가 작고 심술궂게 생긴 얼굴에 불필요한 살은 조금도 없는 성마른 사람이었다. 마릴라는 그 부인에 관한 이야기를 여러 번 들었다. 피터 블루엣 부인은 '끔찍하게 일하고 일을 지독스레 많이 시키는 사람'으로 알려져 있었다. 그 집에서 해고된 하녀들 말로는, 블루엣 부인은 성질머리가 고약하고 인색하며, 그 집 아이들은 당돌하고 싸우기 좋아했다고 한다. 마릴라는 앤을 그런 여자에게 보낼 생각을 하니 마음이 불편해졌다.

마릴라는 말했다.

"그럼 들어가서 그 문제에 대해 이야기해보죠."

스펜서 부인은 소리쳤다.

"마침 블루엣 부인이 저기 오네요!"

스펜서 부인은 손님들을 데리고 복도를 지나 거실로 서둘러 들어갔다. 거실로 들어가자, 그들을 맞이한 건 지독한 냉기였다. 내려진 진녹색 블라인드 사이로 공기가 오랫동안 갇혀 있어 따뜻한 온기를 모두 잃어버린 것 같았다.

"정말 운이 좋네요! 지금 바로 이 문제를 해결할 수 있겠어요. 마릴라, 이 안락의자에 앉으세요. 앤은 꼼지락대지 말고 여기 오토만 의자(상자 안에는 물건을 저장하고 윗부분은 의자로 씀－옮긴이)에 앉아 있거라. 그 모자는 나한테 다오. 플로라 제인, 가서 불에 주전자를 올려놓으렴. 블루엣 부인, 어서 오세요. 때맞춰 마릴라 부인이 찾아오셔서 얼마나 다행인지 이야기 나누고 있었어요. 자, 두 사람을 소개할게요. 블루엣 부인, 이쪽은 미스 커스버트예요. 잠시만 실례할게요. 플로라 제인에게 오븐에서 빵을 꺼내라고 말하는 걸 깜박했거든요."

스펜서 부인은 블라인드를 올린 뒤 휙 나가버렸다. 앤은 말없이 의자에 앉아 꼭 움켜진 양손을 무릎 위에 올려놓고 당황스러운 마음을 억누르며 블루엣 부인을 가만히 응시했다. 뾰족한 얼굴에 눈매가 날카로운 이 여자에게 앤을 보내야 할까? 앤은 목으로 덩어리가 올라올 것 같고 눈이 따끔거려서 아팠다. 눈물을 참지 못할까 봐 걱정하기 시작할 무렵, 스펜서 부인이 밝은 얼굴로 돌아왔다. 육체적, 정신적, 영혼의 어떤 어려움이라도 고려해서 바로 해결할 수 있을 것 같은 표정이었다.

스펜서 부인은 말했다.

"이 어린아이와 관련해서 오해가 있었나 봐요, 블루엣 부인. 나는 커스버트 씨와 마릴라가 어린 여자아이를 입양하고 싶어 한다고 생각했어요. 분명히 그렇게 들었거든요. 그런데 남자아이를 원하셨대요. 그래서 부인이 어제 제게 말씀하신 것과 지금도 같은 생각이라면 이 아이가 적당한 것 같아요."

블루엣 부인은 앤을 머리부터 발끝까지 훑어보았다.

"나이는 몇 살이고, 이름은 뭐니?"

움츠러든 앤의 목소리가 흔들렸다. 감히 이름의 철자를 고려해 달라고 조건을 걸지도 못했다.

"앤 셜리입니다. 열한 살이고요."

"흠! 재주가 많아 보이지는 않지만 강단 있어 보이는구나. 어쨌든 강단 있는 아이들이 제일 낫더라고. 그래, 내가 너를 데려가면 착하게 굴어야 해. 너도 알겠지? 착하고 똑똑하고 예의 바르게 굴어라. 네 밥값은 네가 해야지. 실수하면 안 된다. 미스 커스버트, 내가 이 아이를 맡는 게 좋겠군요. 아기가 엄청 보채서 그 애를 돌보느라 너무 지쳤거든요! 괜찮으시다면, 지금 바로 이 아이를 우리 집으로 데려가겠어요."

마릴라는 앤을 바라보았다. 고통이 어린 앤의 창백한 얼굴을 보자 마음이 약해졌다. 그 고통은 가까스로 도망쳤던 덫에 다시 붙잡힌 무기력한 작은 짐승의 고통 같았다. 마릴라는 그 간절한 표정을 외면한다면 죽는 날까지 머릿속을 떠나지 않으리라는 불편한 예감마저 들었다. 게다가 블루엣 부인이 마음에 들지 않았다. 저런 여자에게 감수성 풍부하고 '흥분을 잘하는' 아이를 넘겨주다니! 안 돼. 도저히 그런 일은 할 수 없어!

마릴라는 천천히 말했다.

"글쎄요. 잘 모르겠네요. 매슈 오라버니와 제가 이 아이를 데리

고 있지 않겠다고 확실히 결정 내렸다는 이야기는 아니었어요. 사실, 매슈 오라버니는 이 아이를 데리고 있고 싶어 해요. 제가 여기에 온 것은 어쩌다가 그런 실수가 있었는지 알아보기 위해서였어요. 내가 다시 아이를 집으로 데려가서 매슈 오라버니와 이야기해 보는 게 나을 것 같군요. 매슈 오라버니와 상의하지 않고는 어떤 것도 결정해서는 안 되거든요. 이 아이를 기르지 않기로 결정하면 내일 밤에 우리가 다시 데려오든지 바로 보내든지 할게요. 우리가 오지 않으면 아이가 우리와 살기로 한 거라고 아시면 되겠네요. 블루엣 부인, 그게 좋겠죠?"

블루엣 부인이 퉁명스럽게 말했다.

"그럼, 그러세요."

마릴라가 말하는 동안, 앤의 얼굴은 해가 뜬 것처럼 밝아졌다. 처음에는 절망의 표정이 사라지더니 점차 희망으로 얼굴이 붉어졌다. 샛별처럼 눈도 커지고 빛났다. 앤의 모습은 완전히 변했다. 그리고 잠시 후 블루엣 부인이 빌리려 했던 요리책을 찾으러 스펜서 부인과 함께 자리를 비우자, 앤은 벌떡 일어나 방 건너편에 앉아 있던 마릴라에게 뛰어갔다.

앤은 큰 소리로 이야기하면 기적 같은 가능성이 산산이 부서질까 봐 숨죽인 채 말했다.

"마릴라 아주머니, 저를 초록 지붕 집에서 살게 해주신다고 말씀하신 게 정말인가요? 정말 그렇게 말씀하셨어요? 제가 지금 상상하는 건 아니겠죠?"

마릴라는 무뚝뚝하게 말했다.

"앤, 너는 현실과 현실이 아닌 것을 구분할 수 없다면 상상력을 조절하는 법을 배우는 게 좋겠구나. 그래, 네가 들은 그대로야. 하지만 아직 결정된 건 없어. 어쩌면 너를 블루엣 부인에게 보내는 쪽으로 결론을 내릴지도 몰라. 나보다는 그 부인에게 네가 더 필요한 건 확실하니까."

앤은 흥분해서 말했다.

"그분과 살 바에는 차라리 다시 보육원으로 돌아가겠어요. 그 아주머니는 완전히 송곳처럼 생겼어요."

마릴라는 그런 식으로 말하는 앤을 나무라야 한다고 생각하면서 터져 나오는 웃음을 간신히 참고 엄하게 말했다.

"너같이 어린아이가 어른에게, 그것도 낯선 사람을 그렇게 이야기하는 건 부끄러운 일이야. 저리로 가서 조용히 앉아라. 입 다물고 얌전하게 있어."

앤은 얌전히 앉아 있던 의자로 돌아가며 말했다.

"저를 데려가주시기만 한다면 아주머니가 하라는 건 뭐든지 할 거예요."

그날 저녁, 앤과 마릴라가 초록 지붕 집으로 돌아올 때 매슈는 길에서 그들을 맞이했다. 멀리에서부터 마릴라는 길에서 서성이는 매슈를 알아보고 그 이유를 짐작할 수 있었다. 앤과 함께 돌아오는 자기 모습을 본 매슈의 얼굴에서 안도감을 읽을 준비는 했었다. 하지만 마릴라는 그 일과 관련해서 아무 말도 하지 않다가, 두 사람이 헛간 뒤 마당에 나가서 소젖을 짜는 동안 앤의 사연과 스펜서 부인 집에서 나눴던 대화를 짤막하게 들려주었다. 매슈가 평소와 달리 활기차게 말했다.

"블루엣 같은 여자에게는 내가 좋아하는 개도 줄 수 없지."

"저도 그 여자는 마음에 들지 않아요. 하지만 오라버니, 그렇게 하지 않으면 우리가 이 아이를 데리고 있어야 해요. 오라버니가 원하는 것 같아서 저도 따르기로 했어요. 아니, 그렇게 해야만 하겠죠. 계속 그 생각을 해서 그런지 그래야 할 것만 같아요. 이건 일종의 의무감 같은 거예요. 저는 한 번도 아이를 길러본 적이 없잖아요. 특히 여자아이는요. 아마 실수를 많이 할 거예요. 그래도 최선을 다할 거예요. 오라버니, 어쨌든 나도 앤을 키우자고 할 수밖에 없네요."

마릴라도 인정했다.

매슈의 수줍은 얼굴이 기쁨으로 빛났다.

"너도 그렇게 생각하게 되리라 예상했지, 마릴라. 앤은 정말 재밌는 아이야!"

마릴라는 톡 쏘아붙였다.

"앤이 쓸모 있는 아이라고 말할 수 있는 게 더 중요해요. 이제 내 일은 그 아이를 제대로 가르치는 거겠죠. 그러니까 오라버니는 제 방식에 참견할 생각은 말아요. 늙은 노처녀가 아이 키우는 법은 잘 모르겠지만, 늙은 노총각보다야 더 많이 알 테니까요. 그러니 오라버니는 내가 그 아이를 가르치는 대로 내버려두세요. 내가 실패하면 그때 참견해도 충분할 테니까."

매슈가 안심시키듯 말했다.

"그럼, 그럼. 마릴라, 네 방식대로 해라. 다만 그 아이를 망치지 말고 최대한 친절하고 좋게 대해줘. 앤이 너를 좋아하게만 할 수 있다면 그 아이는 너를 위해 어떤 일이든 할 거야."

매슈가 여자들의 일을 걱정한다는 생각에 마릴라는 코웃음을 치고 무시하며 우유통을 들고 낙농장으로 걸어갔다. 크림 분리기에 우유를 넣으면서 마릴라는 깊이 생각했다.

'여기에서 살게 됐다는 말은 오늘 밤에 하지 말아야겠어. 그 아이는 너무 흥분해서 한숨도 못 잘 거야. 마릴라 커스버트, 네 처지도 참 딱하다. 고아 여자아이를 입양하는 날이 오리라고 생각해본 적 있니? 정말 놀랍군! 하긴, 매슈 오라버니가 주모자라는 것만큼 놀랄 일도 아니지. 오라버니는 늘 어린 여자아이라면 엄청나게 질색했는데. 어쨌든, 우리는 실험을 하기로 결정했으니 신만이 앞으로 어떻게 될지 아시겠지."

7. 앤의 기도

그날 밤, 마릴라는 앤을 침실에 데려다주면서 무뚝뚝한 얼굴로 말했다.

"앤, 어젯밤에는 옷을 벗어서 바닥에 던져놓았더구나. 그건 단정치 못한 습관이고, 나는 그런 꼴을 용납하지 못한다. 옷을 하나라도 벗으면 바로 깔끔하게 접어서 의자에 올려두어라. 깔끔하지 않은 여자아이는 쓸모가 없어."

앤은 말했다.

"어젯밤에는 마음이 너무 괴로워서 옷을 생각할 겨를이 없었어요. 오늘 밤에는 잘 개어놓을게요. 보육원에서도 항상 해야 하던 일이에요. 그렇지만 절반쯤은 깜박한 채 서둘러 침대에 누웠어요. 조용히 상상하고 싶었거든요."

마릴라는 앤을 꾸짖었다.

"여기에서 살려면 기억을 더 잘해야 할 거야. 그러니까 더 낫구나. 이제 기도하고 침대에 누우렴."

앤은 말했다.

"저는 기도해본 적이 없어요."

마릴라의 얼굴이 충격으로 굳어졌다.

"앤, 무슨 뜻이니? 기도하는 법을 배운 적이 없어? 하느님은 언제나 어린아이들이 기도하기를 바라셔. 하느님이 누군지는 알고 있니, 앤?"

앤은 곧바로 유창하게 대답했다.

"하느님은 무한하고, 영원하며, 변하지 않는 영혼이시죠. 지혜롭고, 권능 있고, 신성하며, 정의롭고, 선량하며, 진실한 존재예요."

마릴라는 꽤 안도하는 표정이었다.

"그래도 네가 조금 알기는 알고 있구나! 감사합니다, 하느님! 다행히 네가 이교도는 아니구나! 그런데, 그건 어디에서 배웠니?"

"아, 보육원 주일학교에서요. 교리 문답을 전부 외워야 했어요. 저는 그걸 꽤 좋아했어요. 멋진 말이 있었거든요. '무한하고, 영원하며, 변하지 않는다.' 대단하지 않나요? 커다란 오르간이 연주하는 것 같이 웅장해요. 시라고 부를 수는 없지만, 시처럼 들리지 않나요?"

"우리는 지금 시를 이야기하고 있는 게 아니잖니, 앤. 기도를 해야 한다는 이야기 중이었어. 매일 밤 기도하지 않는 게 얼마나 나쁜 짓인지 모르니? 네가 몹시 나쁜 아이일까 봐 걱정이구나!"

앤은 책망하듯 말했다.

"아주머니도 빨간 머리였으면 착하기보다 못되게 행동하는 게 더 쉽다는 걸 아셨을 거예요. 빨간 머리가 아닌 사람은 어떤 문제가 있는지 몰라요. 토머스 아주머니는 하느님이 일부러 제 머리카락 색을 빨갛게 만들었다고 했어요. 그 뒤로 하느님은 전혀 신경 쓰지 않게 되었어요. 어쨌든, 저는 밤마다 너무 피곤해서 기도할 수도 없었고요. 쌍둥이들을 돌보아야 하는 사람들은 기도할 수 없어요. 설마 그게 가능하다고 생각하진 않으시죠?"

마릴라는 즉시 앤에게 신앙심을 심어줘야겠다고 결심했다. 낭비할 시간이 없었다.

"내 집에 있는 동안은 반드시 기도를 해야 한다, 앤."

앤도 활기찬 목소리로 동의했다.

"물론 아주머니가 원하시면 어떤 것이든 할 거예요. 하지만 이번에는 뭐라고 말해야 하는지 알려주셔야 해요. 그러면 매일 침대에 누운 뒤 멋진 기도를 상상할게요. 지금 생각해보니 기도도 꽤 재밌을 것 같아요."

마릴라는 당황하며 말했다.

"무릎을 꿇고 앉아야지."

앤은 마릴라의 무릎 앞에서 무릎을 꿇고 진지한 얼굴로 올려다보았다.

"기도할 때 사람들은 왜 무릎을 꿇어야 하죠? 저는 정말로 기도하고 싶으면 이렇게 할 거예요. 혼자 드넓은 들판으로 나가거나, 숲속 깊은 곳으로 들어가서 푸른빛이 끝나지 않을 것 같은 멋진 푸른 하늘을 높이, 높이, 높이 올려다볼 거예요. 그리고 그냥 기도를 느낄 거예요. 자, 준비됐어요. 제가 뭐라고 말하면 되죠?"

마릴라는 점점 더 당황스러웠다. 처음에는 "이제 잠자리에 듭니다" 같은 전형적인 어린아이 식 기도를 가르칠 작정이었다. 하지만 앞서 얘기했듯이, 마릴라는 조금이나마 유머 감각이란 걸 가지고 있었다. 다른 말로 하자면, 그녀에게는 합리적인 면이 있었다. 성스러운 흰 옷을 입고 어머니 무릎에 앉아 혀 짧은 소리로 기도하는 아이의 모습은 이 주근깨 많은 어린 마녀 같은 아이에게는 전혀 어울리지 않는다는 생각이 갑자기 들었다. 인간의 사랑을 통해 하느님의 사랑을 느껴본 적이 한 번도 없어서 하느님의 사랑은 알지도 신경 쓰지도 않던 이 아이에게는 더욱더 어울리지 않았다.

마침내 마릴라는 말했다.

"앤, 너도 스스로 기도할 만큼 나이를 먹었단다. 그러니 네가 받은 축복을 하느님께 감사드리고 네가 바라는 것들을 겸손하게 빌면 돼."

앤은 마릴라의 무릎에 얼굴을 묻으며 약속했다.

"최선을 다해볼게요. 하늘에 계신 자비로운 아버지여."

앤은 잠시 고개를 들고 갑자기 물었다.

"교회에서 목사님이 이렇게 말하더라고요. 개인적으로 기도할 때도 그렇게 말해도 괜찮겠죠?"

"하늘에 계신 자비로운 아버지시여, 기쁨의 하얀 길과 빛나는 물의 호수와 보니와 눈꽃 여왕을 주셔서 감사합니다! 그것을 볼 수 있어서 정말 정말 감사합니다! 그리고 하느님께 감사해야 할 축복은, 지금 생각나는 건, 그게 전부입니다. 제가 바라는 것들을 말씀드리자면 너무 많아서 다 말하려면 상당히 오랜 시간이 걸릴 거예요. 그래서 가장 중요한 두 가지만 말씀드릴게요. 제발 제가 초록 지붕 집에서 살게 해주세요. 그리고 자라면 예뻐지게 해주세요. 당신을 존경하는 앤 셜리 올림."

앤은 자리에서 일어나 진지하게 물었다.

"제가 제대로 했나요? 생각할 시간이 더 있었다면 훨씬 더 꾸며서 말할 수 있었을 거예요."

앤이 불손해서가 아니라 종교적으로 무지하기 때문에 그토록 이상한 기도를 한 것이라고 생각하며 마릴라는 완전히 허탈해하지는 않았다. 마릴라는 앤의 이불을 잘 덮어주면서 다음 날부터 기도를 가르쳐야겠다고 마음속으로 다짐했다. 촛불을 들고 방을 나서려는데, 앤이 다시 마릴라를 불렀다.

"지금 막 생각났어요. '당신을 존경하는'이 아니라 '아멘'이라고 말했어야 했는데, 그쵸? 목사님은 그렇게 했어요. 그걸 깜박했네요. 하지만 어떻게든 기도를 끝내야 한다고 생각해서 다른 말을 했어요. 차이가 있을까요?"

"그럴 것 같진 않구나. 이제 착한 아이처럼 잠을 자거라. 잘 자라."

앤은 베개 속으로 얼굴을 파묻으며 말했다.

"저도 오늘 밤에는 편안한 마음으로 안녕히 주무시라고 말할 수 있겠어요."

마릴라는 부엌으로 돌아가 촛불을 식탁에 올려두고 매슈를 노려보았다.

"매슈 오라버니, 누구든 저 아이를 입양해서 가르칠 때이긴 해요. 저 아이는 거의 완벽한 이교도에 가까워요. 앤이 살면서 오늘 밤까지 기도를 한 번도 해본 적이 없다는 게 믿어져요? 내일 저 애를 목사관에 보내 어린이 성경공부 책을 빌려오게 해야겠어요. 그게 내가 할 일이에요. 그리고 저 아이한테 잘 맞는 옷을 만들어 곧바로 주일학교에도 보내야겠어요. 내일부터 내가 엄청 바빠질 게 눈에 보이네요. 그래요. 우리는 우리 몫의 고난을 겪지 않고서는 이 세상을 잘 헤쳐 나갈 수 없을 거예요. 여태까지 꽤 편안하게 살아왔는데, 마침내 고난이 시작되는 것 같군요. 그래도 나름대로 최선을 다할 거예요."

8. 앤을 양육하기로 하다

이미 말한 대로, 마릴라는 다음 날 오후까지 앤에게 초록 지붕 집에서 살게 되었다는 이야기를 하지 않았다. 오전에는 분주하게 다양한 일거리를 맡겨서 앤이 그 일을 하는 동안 유심히 살펴보았다. 정오가 되자, 마릴라는 앤이 영리하며, 순종적이고, 열심히 일하고, 무엇이든 빨리 배우는 아이라는 결론을 내렸다. 앤의 가장 심각한 단점은 일하는 중간에 몽상에 빠져 야단을 맞거나 실수를 저지르기 전까지는 모든 것을 잊어버릴 때가 종종 있다는 점이었다.

앤은 점심을 먹고 설거지를 끝내자, 갑자기 최악의 상황이라도 알기로 결심한 표정으로 마릴라에게 다가갔다. 작고 마른 몸이 머리부터 발까지 떨리고 있었다. 붉게 상기된 얼굴에 눈을 엄청 크게 뜨고 두 손을 꼭 맞잡은 채 간절한 목소리로 말했다.

"커스버트 아주머니, 이제 저를 보낼 건지 말 건지 말씀해주시면 안 될까요? 오전 내내 참아보려고 애썼지만, 이제 더는 못 참겠어요. 정말 무서워요! 제발 말씀해주세요."

마릴라는 흔들리지 않았다.

"내가 시킨 대로 행주를 깨끗한 뜨거운 물에 헹구지 않았구나. 질문하기 전에 가서 그 일부터 해라, 앤."

앤은 가서 행주를 헹궜다. 그리고 마릴라에게 돌아가 애원하는 눈빛으로 마릴라의 얼굴을 바라보았다. 마릴라는 더 설명을 미룰 만한 핑계를 찾지 못했다.

"그래. 이제 말하는 게 좋겠구나. 매슈 오라버니와 나는 너를 데리고 있기로 결정했단다. 착한 아이가 되도록 노력하고 감사하는 모습을 보여주길 바란다. 얘, 왜 그러니?"

앤도 당황한 목소리였다.

"눈물이 나요! 저도 우는 이유를 모르겠어요. 말로 표현할 수 없을 만큼 기뻐요! 아, 기쁘다는 말은 적당한 표현이 아닌 것 같아요. 저는 하얀 길과 벚꽃을 보고도 기뻤어요. 그런데 지금은, 단지 기쁜 것 그 훨씬 이상이에요. 정말 행복해요! 착한 아이가 되도록 노력할게요. 힘든 일이겠지만요. 토머스 아주머니는 종종 제가 지독하게 못됐다고 말했거든요. 하지만 정말 최선을 다할 거예요. 그런데 제가 왜 울고 있는지 말해주실 수 있나요?"

마릴라는 못마땅한 듯 말했다.

"내 생각에는 네가 너무 흥분하고 감정이 벅차서 그런 것 같구나. 의자에 앉아 차분하게 있어 봐. 네가 너무 쉽게 울다가 웃다가

하니 걱정이 된다. 그래, 너는 여기에서 살 거야. 우리는 너를 잘 대해주려고 노력할 거고. 학교에도 가야 한단다. 방학까지 2주밖에 안 남았으니 9월에 다시 개학할 때 다니면 될 거야."

"제가 아주머니를 뭐라고 불러야 하죠? 미스 커스버트라고 불러야 하나요? 마릴라 이모라고 불러도 될까요?"

"아니. 그냥 마릴라 아주머니라고 불러라. 미스 커스버트라고 불리는 건 익숙하지 않은 데다 긴장까지 하게 되거든."

"그냥 마릴라 아주머니라고 부르는 건 아주 무례하게 들리는데요."

앤은 이의를 제기했다.

"네가 공손하게 부르기만 한다면 전혀 무례할 것 없다. 젊은 사람이든 나이든 사람이든 에이번리 마을에서는 모두가 나를 마릴라라고 불러. 목사님만 빼고. 그분은 미스 커스버트라고 부르지. 물론 이름이 생각날 때만."

앤은 아쉬워하며 말했다.

"저는 마릴라 이모라고 부르고 싶어요. 저는 이모나 다른 친척이 없거든요. 심지어 할머니도요. 그렇게 부르면 제가 정말로 아주머니의 가족이 된 것 같은 기분이 들 거예요. 마릴라 이모라고 부르면 안 될까요?"

"안 된다. 나는 네 이모가 아닌 데다 가족이 아닌 사람을 그렇게 부르는 걸 별로 좋아하지 않아."

"하지만 아주머니가 제 이모라고 상상할 수는 있잖아요."

마릴라는 엄격하게 말했다.

"나는 못해."

앤은 눈을 크게 뜨며 물었다.

"현실과 다른 것을 상상해본 적 없으세요?"

"없단다."

"와! 미스, 아니 마릴라 아주머니는 정말 많은 걸 놓치고 계시는군요!"

앤은 긴 한숨을 내쉬었다.

"나는 현실과 다르게 상상한 것은 믿지 않아. 하느님이 우리를 어떤 상황에 처하게 했을 때는 우리가 그것을 상상하라고 그렇게 하신 게 아니란다. 그리고 이제야 생각났구나. 앤, 거실에 가서 벽난로 위에 있는 그림 카드를 좀 가져오너라. 발이 깨끗한지 확인하고 파리가 들어가지 못하게 해. 그 카드에 주기도문이 나와 있으니 오늘 오후에 시간이 날 때마다 그걸 보고 외워라. 어젯밤에 내가 들은 그런 기도는 더는 용납하지 않는다."

앤은 사과하듯 말했다.

"제가 생각해도 아주 이상했어요. 하지만 아주머니도 아시다시피 전 연습을 해본 적이 없어요. 처음부터 기도를 아주 잘하기를 기대하신 건 아니죠? 아주머니와 약속한 대로 침대에 누워서 훌륭한 기도에 대해 생각해봤어요. 그건 목사님 기도만큼 길고 아주 시적이었어요. 하지만 오늘 아침에 일어났을 때 한마디도 기억나지 않았어요. 믿어지세요? 그렇게 좋은 기도가 다시 생각나지 않을까 봐 걱정이에요. 두 번째로 생각할 때는 처음만큼 좋은 건 생각나지 않으니까요. 아주머니도 아시죠?"

"네가 알아야 할 게 있다, 앤. 내가 너한테 어떤 일을 하라고 시키면 너는 그 즉시 내가 하라는 대로 해야 한다. 꼼짝 않고 서서 이야기를 늘어놓지 말고. 이제 가서 내가 시킨 대로 해라."

앤은 바로 일어나 복도를 지나 거실로 갔지만 돌아오지 않았다. 10분을 기다린 마릴라는 뜨개질거리를 내려놓고 굳은 표정으로 앤에게 갔다. 앤은 창문 두 개 사이의 벽에 걸린 그림 앞에서 꼼짝하지 않고 서 있었다. 꿈을 꾸는 듯한 눈빛이었다. 흰색과 초록색의 기이한 빛이 사과나무와 담쟁이덩굴 사이로 스며들어 넋이 나간 어린아이 위로 쏟아졌다.

마릴라는 무서운 말투로 물었다.

"앤, 지금 무슨 생각을 하고 있는 거니?"

앤은 깜짝 놀라서 다시 현실로 돌아왔다. 앤은 〈어린아이들을 축복하는 그리스도〉라는 제목의 석판화를 가리켰다.

"제가 저 아이들 중 한 명이라고 상상하고 있었어요. 파란 옷을 입고 구석에 혼자 서 있는 아이가 저라고요. 저 아이는 저처럼 가족이 없는 것 같아요. 외롭고 슬퍼 보여요, 그렇지 않나요? 아마 저 아이도 아버지나 어머니가 없을 거예요. 하지만 축복받고 싶어서 수줍게 사람들 쪽으로 몰래 다가갔어요. 예수님만 빼고는 아무도 자신을 눈치채지 못하기를 희망하면서요. 저 아이의 기분을 잘 알아요. 심장이 두근거리고 손은 차가울 거예요. 제가 아주머니한테 여기에서 살게 해달라고 부탁했을 때 그랬던 것처럼요. 저 아이는 예수님이 자신을 알아보지 못할까 봐 걱정해요. 하지만 예수님은 알아보셨을 거예요. 그렇게 생각하지 않으세요? 모든 것을 상상하려고 노력하고 있었어요. 예수님에게 가까워질 때까지 계속 조금씩 가까이 다가가고 있어요. 예수님이 저 아이를 보고 아이의 머리에 손을 올렸을 거예요. 저 아이는 기쁨의 전율이 넘칠 거예요. 이 화가가 예수님을 저렇게 슬픈 표정으로 그리지 않았으면 좋았겠어요. 아주머니도 아시겠지만, 예수님 모습은 모두 다 그래요. 저는 예수님 얼굴이 그렇게 슬펐을 거라고는 생각하지 않아요. 그렇지 않으면 아이들이 예수님을 두려워했을 거예요."

마릴라는 자신이 이렇게 긴 이야기를 왜 진작 끊지 않았는지 의아했다.

"앤. 그런 식으로 말하면 안 된다. 불경한 거야. 굉장히 불경해."

앤은 깜짝 놀라 눈이 커졌다.

"저는 아주 경건하게 느꼈을 뿐이에요. 불경하게 말하려는 의도는 전혀 없었어요."

"나도 네가 그런 의도였다고는 생각하지 않아. 하지만 그런 생각을 아무렇지 않게 이야기하는 게 올바른 것 같진 않구나. 그리고 앤, 내가 뭘 가져오라고 너를 보냈으면 그걸 바로 가지고 와야지. 그림 앞에서 생각에 빠져 상상하면 안 된다. 꼭 명심해라. 그 카드를 가지고 바로 부엌으로 가거라. 이제 저 쪽에 앉아서 주기도문을 외워."

앤은 점심 식탁을 장식하려고 가져왔던 사과꽃이 가득 꽂힌 꽃병에 카드를 기대 세웠다. 마릴라는 곁눈질로 앤이 꽃을 장식하는 모습을 지켜보았지만 아무 말도 하지 않았다. 앤은 손으로 턱을 괴고 조용히 몇 분 동안 집중해서 외웠다.

앤은 말했다.

"저는 주기도문이 좋아요. 아름다워요! 전에도 들어본 적이 있거든요. 보육원 주일학교 교장 선생님이 이 기도문을 읽는 걸 들은 적이 있어요. 하지만 그때는 별로 좋아하지 않았죠. 교장 선생님이 갈라진 목소리로 아주 슬프게 기도했거든요. 그래서 그분은 기도를 불쾌한 의무로 여긴다고 확신했어요. 이건 시가 아니지만 시가 주는 느낌과 똑같아요. '하늘에 계신 우리 아버지여, 그 이름이 거룩히 여김을 받으시오며.' 음악의 한 가사 같아요. 제가 이런 걸 알게 해주셔서 정말 기뻐요! 미스, 아니, 마릴라 아주머니."

마릴라는 곧바로 말했다.

"잠자코 외우기나 해."

앤은 사과꽃이 꽂힌 꽃병을 살짝 기울여 분홍색 꽃봉오리에 가볍게 입을 맞춘 다음 좀 더 열심히 외웠다.

하지만 이내 앤은 물었다.

"마릴라 아주머니, 제가 에이번리 마을에서 친한 친구를 사귈 수 있을까요?"

"무슨 친구 말이냐?"

"정말 친한 친구요. 아주 가까운 친구요. 마음속 깊은 이야기까지 털어놓을 수 있는, 마음이 통하는 친구 말이에요. 평생 그런 친구를 만나는 것을 꿈꿔왔거든요. 그런 친구를 사귀게 될 거라고 생각하진 못했지만 제가 늘 꿈꿔오던 많은 것이 지금 이루어졌으니 아마 그 꿈도 이루어질 거예요. 가능하다고 생각하지 않으세요?"

"다이애나 배리가 비탈길 과수원집에 사는데, 네 나이 또래란다. 아주 착한 아이지. 아마 그 아이가 집에 오면 네 친구가 될 수 있을 거야. 지금은 카모디에 있는 숙모 집에 가 있거든. 그렇지만 너는 행동을 조심해야 할 거야. 배리 부인은 아주 까다로운 사람이거든. 착하지 않고 친절하지 않은 아이와는 다이애나를 놀게 하지 않을 거다."

사과꽃 사이로 마릴라를 보는 앤의 눈이 호기심으로 빛났다.

"다이애나는 어떻게 생겼어요? 설마 빨간 머리는 아니겠죠? 아, 제발 아니길 빌어요. 제 머리가 빨간색인 것만으로도 충분하거든요. 친한 친구라도 그건 견딜 수는 없을 거예요."

"다이애나는 아주 예쁜 아이란다. 검은 눈동자에 머리칼도 검은색이고, 볼은 발그레하지. 착하고 똑똑해. 예쁜 것보다 더 좋은 거지."

마릴라는 『이상한 나라의 앨리스』에 나오는 공작부인처럼 도덕적인 것을 좋아했고, 자라는 아이가 하는 모든 말에 도덕적인 말을 덧붙여야 한다고 굳게 확신했다.

하지만 앤은 도덕적인 말은 중요하지 않았고 오로지 기분 좋은 이야기에만 집중했다.

"아, 그 아이가 예쁘다니 정말 기뻐요! 제가 예쁘면 좋겠지만 제 경우에는 불가능하니까 예쁜 친구를 사귀는 게 좋아요. 토머스 아주머니와 살 때 거실에 유리문이 달린 책장이 있었어요. 거기에 책은 없었어요. 토머스 아주머니는 제일 좋아하는 도자기와 잼을 거기에 두었어요. 잼이 있으면요. 그런데 유리문 하나가 깨졌어요. 어느 날 밤, 술에 취한 토머스 아저씨가 깨버렸거든요. 하지만 다른 유리문은 괜찮았고, 저는 거기에 비친 제 모습을 보고 그곳에 여자아이가 산다고 생각했어요. 그 아이를 케이티 모리스라고 불렀는데, 우리는 금세 아주 친해졌죠. 한 시간씩 이야기하곤 했는데, 특히 일요일에 모든 것을 이야기했어요. 케이티는 제 삶에 위안이 되었죠. 그 책장은 마법에 걸려 있었는데, 그 문을 열 수 있는 주문을 유일하게 아는 사람이 저였어요. 그래서 토머스 아주머니의 잼들과 그릇이 아니라 케이티가 모리스가 살고 있는 방으로 들어갈 수 있는 것처럼 행동했죠. 그러면 케이티 모리스는 제 손을 잡고, 꽃들이 만발하고 따스한 햇살이 비치며 요정들이 사는 멋진 나라로 저를 데려가주었어요. 우리는 그곳에서 영원히 행복하게 살 거로 생각했어요. 해먼드 아주머니와 함께 살게 되었을 때 케이티 모리스를 떠나야 한다는 생각에 가슴이 무척 아팠어요. 케이티도 굉장히 슬펐을 거예요. 저는 케이티 마음을 잘 알아요. 책장 문 사이로 이별의 입맞춤을 해줄 때 울고 있었기 때문이죠. 해먼드 아주머니네는 책장이 없었어요. 하지만 그 집에서 강 위로 조금 더 올라가면 길고 푸르른 골짜기가 있었고, 그곳에는 사랑스러운 메아리가 살았어요. 크게 말하지 않아도 제가 하는 모든 말이 울려요. 그래서 저는 그 골짜기에 비올레타라는 어린 여자아이가 산다고 상상했죠. 우리는 좋은 친구가 되었고, 케이티 모리스를 좋아한 만큼 비올레타도 좋아했어요. 그 마음은 완전히 똑같지는 않았지만 거의 비슷했어요. 보육원으로 가기 전날 밤, 비올레타에게 작별 인사를 했어요. 그런데 비올레타도 제게 아주 슬픈 목소리로 작별인사를 했어요. 비올레타에게 너무 마음을 많이 빼앗겨 보육원에서는 친한 친구를 상상할 마음조차 생기지 않았어요. 그곳에 상상할 거리가 조금 있었더라도 그랬을 거예요."

마릴라는 건조하게 말했다.

"보육원에 상상할 게 없어서 다행이었구나! 나는 그런 상상은 허락하지 않을 거야. 너는 네 상상을 절반 정도는 믿는 것 같구나. 네 머릿속에서 그런 터무니없는 생각을 없애기 위해서라도 진짜 친구를 사귀는 게 좋겠어. 하지만 배리 부인 앞에서는 케이티 모리스와 비올레타 이야기는 꺼내지도 말아라. 안 그러면 배리 부인은 네가 이야기를 지어낸다고 생각할거야."

"안 그럴 거예요. 그런 이야기를 모든 사람에게 하진 않아요. 그 친구들의 기억은 아주 소중해요. 하지만 아주머니는 그 아이들을 아시는 게 좋다고 생각했어요. 보세요. 사과꽃에서 큰 벌이 굴러 떨어졌어요. 사과꽃이라니, 벌이 살기에 정말 아름다운 곳일 거예요! 바람이 꽃을 흔들거릴 때 그 안에서 잔다고 상상해보세요. 제가 사람이 아니었다면 벌이 되어서 꽃 속에서 살고 싶어요."

마릴라는 코웃음을 쳤다.

"어제는 갈매기가 되고 싶다고 했잖니. 너는 굉장히 변덕스럽구나. 기도를 외우라고 했지 말을 하라고는 안 했다. 너는 이야기 들어줄 사람이 있으면 말을 그만두는 건 불가능해 보이는구나. 네 방으로 가서 외워라."

"이제 거의 다 알아요. 마지막 줄만 빼고요."

"시키는 대로 해. 네 방에 가서 외우는 걸 끝내. 내가 식사 준비를 도와달라고 아래로 부를 때까지 방에 있거라."

앤은 정중히 부탁했다.

"사과꽃을 같이 가져가도 될까요?"

"안 돼. 네 방을 꽃으로 가득 채우고 싶지는 않겠지. 처음부터 꺾지 말았어야 했어."

"저도 조금은 그렇게 생각해요. 이 꽃들을 꺾어서 아름다운 생명을 단축시키면 안 되는 거였어요. 제가 사과꽃이었다면 꺾이고 싶지 않았을 거예요. 하지만 그 유혹을 뿌리칠 수 없었어요. 뿌리칠 수 없는 유혹이 닥치면 아주머니는 어떻게 하세요?"

"앤, 네 방에 올라가라고 말한 거 못 들었니?"

앤은 한숨을 쉬고는, 동쪽 방으로 올라가 창가에 있는 의자에 앉았다.

'기도문은 다 외웠어. 계단을 올라오면서 마지막 문장도 외웠지. 이제 이 방에 있는 것들을 상상하며 그 상태로 지낼 거야. 바닥에는 분홍 장미로 장식된 하얀 벨벳 카펫이 깔려 있고, 창문에는 분홍색 실크 커튼이 달려 있지. 벽에는 금실과 은실로 짠 양단 천이 걸려 있어. 마호가니 가구도 있어. 나는 마호가니 가구를 본 적은 없지만 아주 호화로운 가구일 거야. 분홍색과 파란색, 진홍색과 금색의 멋지고 부드러운 쿠션들이 수북이 쌓인 긴 의자도 있어서 거기에 내가 우아하게 기대어 앉아 있어. 벽에 걸려 있는 멋지고 큰 거울에 내 모습을 비춰볼 수도 있지. 나는 키가 크고 멋져서, 흰 레이스가 나부끼는 가운을 입고 가슴에 진주 십자가를 하고 머리도 진주로 된 핀을 꽂았지. 내 머리카락 색은 칠흑같이 검고 피부는 맑은 상아처럼 창백해. 내 이름은 코델리아 피츠제럴드 공주야. 아니야. 나라도 그건 진짜처럼 상상할 수가 없어.'

앤은 춤추듯 작은 거울 앞으로 뛰어가 거울을 자세히 들여다보았다. 주근깨 많은 뾰족한 얼굴과 진지한 갈색 눈이 앤을 보고 있었다.

앤은 진지하게 말했다.

"너는 초록 지붕 집의 앤일 뿐이야. 내가 코델리아 공주라고 상상할 때마다 지금 네가 보고 있는 것처럼 나도 너를 보겠지. 하지만 어디에도 속하지 않은 앤보다 초록 지붕 집의 앤이 되는 게 백 배는 더 멋져, 그렇지 않니?"

앤은 몸을 굽혀 거울에 비친 자기 모습에 애정을 담아 입을 맞추고 창가로 갔다.

'눈꽃 여왕님, 잘 있었죠? 골짜기 아래의 자작나무들도 안녕! 언덕 위에 있는 회색 집도 안녕! 다이애나가 내 친구가 될지 정말 궁금해. 그렇게 되면 정말 좋겠어! 다이애나를 정말 많이 좋아할 거야. 하지만 케이티 모리스와 비올레타를 절대 잊어선 안 돼. 내가 잊어버리면 그 아이들은 크게 상처받을 거야. 그게 책장 안에 사는 작은 소녀나 작은 메아리 소녀라 하더라도 누군가에게 상처 입히기 싫어. 나는 꼭 그 아이들을 기억하고 매일 입맞춤을 보낼 거야.'

앤은 손가락 끝에 두 번 입 맞추고 벚꽃들 사이로 날렸다. 그리고 손으로 턱을 괴고 아주 편안하게 공상의 바다에 빠져들었다.

9. 앤이 린드 부인에게 불같이 화낸 이유

앤이 초록 지붕 집에서 지낸 지도 2주가 지났다. 린드 부인은 그제야 앤을 자세히 보기 위해 찾아왔다. 공정하게 말해서, 그것은 린드 부인 탓이 아니었다. 초록 지붕 집에 마지막으로 다녀간 후 때 아닌 독감에 걸려 집에만 있어야 했기 때문이다. 린드 부인은 아픈 적이 별로 없어서 자주 아픈 사람들을 경멸했다. 하지만 린드 부인의 주장에 따르면, 독감은 다른 질병들과 달리 신이 내린 특별한 재앙으로만 해석될 수 있었다. 의사가 집밖으로 나가도 된다고 허락하자마자, 린드 부인은 매슈와 마릴라가 입양한 고아를 보고 싶은 호기심에 초록 지붕 집으로 달려왔다. 에이번리에는 이 고아에 대한 온갖 이야기와 추측이 이미 퍼져 있었다.

앤은 2주 동안 깨어 있는 순간에는 꽤 쓸모가 있었다. 이미 그곳의 모든 나무와 친해졌고, 사과 과수원 아래로 난 길이 삼림지대 안으로 이어진다는 것도 알아냈다. 그 길 끝까지 들어가 시내와 다리, 전나무 숲과 야생 벚나무 아치, 양치식물이 가득 자란 모퉁이들, 단풍나무와 마가목의 가지가 뻗은 샛길 등에서 기분 좋은 변화들을 탐험했다.

앤은 골짜기 아래에 있는 샘과도 친구를 맺었다. 그곳에는 깊고 깨끗하고 얼음처럼 차가운 물이 흘렀다. 부드러운 붉은 사암에 둘러싸인 샘에는 손바닥 같이 생긴 물고사리가 자라고 있었다. 그 뒤에는 시냇물을 지나는 통나무 다리가 있었다.

앤은 가벼운 발걸음으로 그 다리를 지나 울창한 언덕으로 올라갔다. 그 뒤에는 굵고 쭉 뻗은 전나무와 가문비나무 아래로 땅거미가 내렸다. 숲 속에서 가장 수줍음 많고 가장 향기로운 여린 '방울꽃'이 많이 피어 있었다. 지난해 피었던 꽃의 영혼처럼 창백하고 신기한 별꽃도 조금 있었다. 나무들 사이에 걸린 거미줄이 은색 실처럼 반짝였고, 전나무 가지와 술처럼 생긴 꽃은 아주 친근하게 말을 걸고 있는 것 같았다.

앤은 자유를 허락받은 30분 동안 이런 황홀한 탐험을 즐겼다. 앤은 자기가 발견한 것들을 매슈와 마릴라에게 이야기했지만 그들은 듣는 둥 마는 둥 했다. 확실히 매슈는 불평하지 않았다. 말없이 즐거운 미소를 띠며 전부 들어주었다. 마릴라는 그런 '재잘거림'을 허락은 했지만 자기가 그 이야기를 재미있어 한다는 사실을 깨달으면 항상 퉁명스럽게 입을 다물라고 지시해 앤의 수다를 막았다.

린드 부인이 초록 지붕 집에 왔을 때 앤은 과수원을 걷고 있었다. 무성한 풀들이 붉은 저녁노을에 물든 채 바람에 흔들렸다. 이 착한 부인에게는 자신이 앓았던 병을 이야기하기에 좋은 기회였다. 신이 나서 아팠던 곳부터 맥박 수까지 전부 설명하는 바람에 마릴라는 그 독감이 보상해야 한다고까지 생각했다. 세세하게 다 이야기하고 나서 린드 부인은 이곳에 온 진짜 이유를 밝혔다.

"마릴라와 매슈에 대한 놀라운 얘기를 들었어요."

마릴라는 말했다.

"나보다 더 놀라지는 않았을 거예요. 이제야 좀 받아들이고 있는 중이에요."

린드 부인은 동정하듯 말했다.

"그런 실수가 있었다니, 정말 안됐군요! 그 아이를 다시 돌려보낼 수 없었어요?"

"그럴 수는 있었지만, 그렇게 하지 않기로 했어요. 매슈 오라버니가 그 아이를 무척 좋아하거든요. 그리고 사실 저도 그 아이가 좋아요. 그 아이한테 결점이 있다는 건 인정하지만요. 우리 집이 완전히 다른 집 같아졌어요. 정말 밝은 아이예요!"

마릴라는 말을 꺼내기 시작했을 때 생각했던 것보다 더 많은 말을 하고 있었다. 린드 부인의 표정에서 못마땅함을 읽었기 때문이다.

린드 부인은 비관적으로 말했다.

"큰 책임감이 따를 거예요. 특히 마릴라처럼 아이를 키워본 경험이 전혀 없을 때는요. 그 아이나 그 아이의 진짜 성격에 대해 모르는 게 많잖아요. 그런 아이가 어떻게 변할지 아무도 모르는 일이니까요. 하지만 이건 마릴라를 실망시키려고 한 말은 아니에요. 정말이에요, 마릴라."

마릴라는 퉁명스럽게 대답했다.

"실망하지 않아요. 전 어떤 일을 하기로 마음먹으면 끝까지 해내니까요. 레이철도 앤을 보고 싶겠군요. 제가 들어오라고 할게요."

앤은 곧 안으로 뛰어들어왔다. 과수원을 돌아다녔다는 기쁨에 얼굴에 생기가 넘쳤다. 하지만 예상치 못한 낯선 사람의 모습에 당황해서 문 앞에 멈춰 섰다. 앤은 보육원에서 나올 때 입었던 짧고 몸에 꽉 끼는 원피스를 입고 있어서 확실히 이상하게 보였다. 원피스 아래로 나온 마른 다리는 볼품없이 길었다. 주근깨도 더 많이 두드러져 보였다. 모자를 쓰지 않은 머리는 바람 때문에 어지럽게 헝클어졌고, 그 순간 어느 때보다도 빨갛게 보였다.

"이분들이 네 외모를 보고 너를 선택한 건 아니겠구나. 그건 확실해."

린드 부인은 힘을 주어 말했다. 린드 부인은 자기 마음을 솔직하게 말하는 것에 자부심을 느끼기로 유명한 사람이었다.

"마릴라, 이 아이는 엄청 마르고 못생겼군요. 얘야, 이리 와보렴. 자세히 좀 보자꾸나. 아이고, 주근깨가 엄청 많구나! 홍당무처럼 빨간 머리라니! 얘야, 이리 가까이 와봐."

앤은 가까이 다가갔다. 하지만 린드 부인이 예상한 대로가 아니었다. 단번에 부엌을 가로질러 린드 부인 바로 앞에 선 앤의 얼굴은 화가 나서 새빨개졌고 입술은 떨렸다. 앤은 머리부터 발끝까지 가녀린 몸을 떨고 있었다.

앤은 목이 멘 채 소리치며 발을 굴렀다.

"아주머니 싫어요! 정말 싫어요! 싫어요!"

증오에 찬 한마디 한마디를 내뱉을 때마다 발을 더 크게 쿵쿵거렸다.

"어떻게 저한테 마르고 못생겼다고 하실 수 있죠? 제가 주근깨 많고 빨간 머리라는 말을 어떻게 그렇게 대놓고 하실 수 있어요? 아주머니는 정말 무례하고 예의 없고 감정도 없으시군요!"

깜짝 놀란 마릴라는 소리쳤다.

"앤!"

하지만 앤은 굴하지 않고 고개를 들어 이글거리는 눈빛으로 두 손을 꽉 쥔 채 린드 부인을 쳐다보았다. 앤의 몸에서 분노의 기운이 뿜어져 나왔다.

앤은 격렬하게 따졌다.

"저에 대해 어떻게 그렇게 함부로 말씀하실 수 있죠? 아주머니에 대해 그런 식으로 이야기하면 어떠시겠어요? 아주머니는 뚱뚱하고 까다롭고 번뜩이는 상상력이라고는 조금도 없을 거라고 이야기하면 어떠시겠느냐고요. 그렇게 말해서 아주머니가 기분이 상한다고 해도 저는 전혀 신경 쓰지 않겠어요. 아주머니에게 상처 주고 싶어요. 토머스 아주머니의 술 취한 남편이 제게 준 상처보다 아주머니가 준 상처가 훨씬 더 크고 아프네요. 아주머니를 절대로, 절대로 용서하지 않을 거예요."

쿵! 쿵!

충격을 받은 린드 부인은 소리쳤다.

"저런 성질머리를 봤나!"

마릴라는 어렵사리 말할 기운을 찾아서 말했다.

"앤, 네 방으로 가서 내가 갈 때까지 꼼짝 말고 방에 있거라."

울음을 터트린 앤은 현관으로 뛰어갔다. 현관 바깥벽에 있는 함석들이 공감을 표시하듯 덜컹거릴 정도로 문을 세게 닫았다. 그리고 앤은 회오리바람처럼 현관을 지나 계단을 올라갔다. 동쪽 방의 문도 똑같이 거칠게 닫히는 소리가 묵직하게 들려왔다.

린드 부인은 말로 할 수 없을 정도로 침통한 표정으로 말했다.

"저런 애를 키운다니 전혀 부럽지 않군요, 마릴라."

마릴라는 뭐라고 사과하거나 용서를 구해야 할지 모르겠다는 말을 하려고 입을 열었다. 그러나 마릴라는 자신이 한 말이 그 당시는 물론 시간이 한참 지나서 생각해봐도 놀라웠다.

"레이철, 저 아이의 외모를 가지고 비웃으면 안 되죠."

린드 부인은 분개하며 따졌다.

"마릴라 커스버트, 방금 본 것처럼 끔찍한 성질머리를 보여준 저 아이를 지금 감싸는 거예요?"

"아니에요. 저 아이를 두둔하려는 게 아니에요. 저 아이가 버릇없었던 건 맞아요. 제가 그 부분은 따끔하게 야단칠 거예요. 하지만 우리는 그 애에게 아량을 베풀어야 해요. 뭐가 옳은지 제대로 배운 적이 없는 아이니까요. 레이철이 그 애에게 너무 가혹했어요."

마릴라는 다시 그렇게 말한 것에 스스로 놀랐지만, 마지막 한마디 말을 덧붙일 수밖에 없었다. 린드 부인은 기분이 상해서 일어났다.

"마릴라, 이제부터 좀 더 신중하게 말해야겠군요. 어디에서 왔는지도 모를 고아의 기분을 제일 먼저 고려해야 하니까요. 아, 짜증 난 게 아니니까 걱정 말아요. 당신이 너무 안됐다는 생각에 화를 낼 수도 없네요. 저 아이 때문에 골치 좀 아프겠어요. 내 충고는 안 들을 것 같지만, 그래도 내가 아이를 열 명이나 키웠고 두 명을 먼저 보냈잖아요. 그래서 한마디만 충고하자면, 마릴라가 저 아이를 제대로 '야단치려면' 꽤 굵은 자작나무 회초리로 해야 할 거예요. 저런 아이에게는 회초리가 가장 효과 좋은 언어일 테니까. 저 아이의 성질머리는 머리카락 색과 딱 어울리는군요. 아무튼 잘 있어요, 마릴라. 평소처럼 종종 나를 보러 오면 좋겠어요. 하지만 이런 식으로 모욕당하고 공격당할 것 같아 내가 여기에 다시 오는 일은 앞으로 없겠네요. 이런 일은 처음 겪어보거든요."

언제나 뒤뚱거리며 걷는 뚱뚱한 여자가 휩쓸고 지나갔다고 말할 수 있다면 린드 부인은 그야말로 휩쓸고 나가버렸다. 마릴라는 엄한 얼굴을 하고 동쪽 방으로 올라갔다.

마릴라는 계단을 올라가면서 뭘 어떻게 해야 할지 곰곰이 생각했다. 방금 벌어졌던 광경에 적잖이 실망했다. 앤이 하필이면 다른 사람도 아닌 린드 부인 앞에서 그런 성질을 보이다니, 얼마나 운이 나쁜가! 마릴라는 앤의 성격에 그런 심각한 결함을 발견한 것을 슬퍼하기보다 이 일을 창피하게 느끼고 있는 자신의 불편한 기분을 갑자기 깨달았다. 앤에게 어떤 벌을 주어야 할까? 린드 부인이 아이들을 키울 때 효과를 보았다면서 친절하게 제안한 자작나무 회초리에 마릴라는 전혀 관심이 없었다. 마릴라는 자신이 아이를 때릴 수 있다고 믿지 않았다. 그러니 다른 방법을 찾아 앤이 그런 공격적인 성향의 심각성을 제대로 깨닫게 해주어야 했다.

마릴라가 들어갔을 때 앤은 침대에 엎드려 큰 소리로 울고 있었다. 깨끗한 이불 위에 진흙투성이 부츠를 그대로 신고 올라간 것도 의식하지 못했다.

마릴라는 부드럽게 앤을 불렀다.

"앤."

대답이 없었다.

마릴라는 조금 더 엄하게 말했다.

"앤. 지금 당장 침대에서 일어나 내가 하는 말을 잘 들어라."

앤은 꼼지락대며 침대에서 일어나 옆에 있는 의자에 뻣뻣하게 앉았다. 퉁퉁 부은 얼굴에 눈물 자국이 그대로 남아 있었고, 시선은 고집스럽게 바닥을 향했다.

"이렇게 행동하다니 잘했구나, 앤! 너는 부끄럽지도 않니?"

앤은 반항적으로 대꾸했다.

"그 아주머니가 저를 못생긴 빨간 머리라고 말할 권리는 없어요."

"너에게도 그분한테 한 것처럼 그렇게 화내면서 이야기할 권리는 없단다, 앤. 나는 네가 부끄러웠어! 정말 부끄러웠어! 네가 린드 부인에게 예의바르게 행동하길 바랐는데, 오히려 내게 망신을 줬구나. 린드 부인이 너를 보고 빨간 머리에 못생겼다고 말했다고 해서 그렇게 화가 나서 이성을 잃을 필요까진 없었을 것 같은데……. 그건 너도 자주 하는 말이잖니."

앤은 울부짖었다.

“제가 그렇게 얘기하는 거랑 다른 사람이 그렇게 얘기하는 걸 듣는 건 완전히 다르다고요. 원래 그렇다는 걸 알고 있어도 다른 사람은 그렇게 생각하지 않기를 바란다고요. 아주머니는 제 성격이 끔찍하다고 생각하시겠지만, 저도 어쩔 수 없었어요. 그 아주머니가 바로 앞에서 그렇게 말하는데, 어떻게 참을 수 있겠어요. 그 순간, 제 속에서 뭔가가 치밀어 올라 숨이 막혔어요. 그래서 그 아주머니에게 뛰어갈 수밖에 없었어요.”

“어쨌든 넌 오늘 아주 좋은 웃음거리가 된 거야. 린드 부인이 어디서나 너에 대해 떠들고 다닐 좋은 얘깃거리를 만들어준 거라고. 린드 부인은 오늘 있었던 일을 온 마을을 다니며 얘기할 거다. 아까처럼 네가 화를 낸 건 잘못한 일이야, 앤.”

앤은 눈물을 흘리며 말했다.

“누가 아주머니 면전에서 아주머니가 말라빠지고 못생겼다고 말한다면 어떤 기분일지 한번 상상해보세요.”

마릴라는 갑자기 오래전 기억이 떠올랐다. 아주 어렸을 때 한 고모가 다른 고모에게 자기에 대해 ‘너무 까맣고 못생긴 아이라서 불쌍해’라고 말하는 것을 들은 적이 있었다. 마릴라는 그 상처의 기억을 없애는 데 무려 50년이 걸렸다.

마릴라는 조금 누그러진 목소리로 말했다.

“나도 린드 부인이 네게 그런 식으로 말한 게 옳다고 생각하지는 않아. 린드 부인은 너무 노골적으로 말하는 사람이지. 하지만 네가 한 행동에는 변명의 여지가 없어. 린드 부인은 낯선 사람이고 어른인 데다 내 손님이었잖니. 이 세 가지 이유만으로도 너는 린드 부인에게 예의바르게 행동했어야 했다. 그런데 너는 무례하고 버릇없었어."

그때 마릴라는 앤에게 어떤 벌을 주는 게 좋을지 떠올랐다.

"린드 부인에게 가서 성질부린 걸 사과하고 용서를 구해라."

앤은 우울하지만 단호하게 말했다.

"절대 그럴 수 없어요, 마릴라 아주머니! 얼마든지 다른 벌을 내려주실 수 있잖아요. 차라리 뱀과 두꺼비가 사는 어둡고 눅눅한 지하 감옥에 저를 가두고 빵과 물만 주셔도 돼요. 그래도 저는 불평하지 않을 거예요. 하지만 린드 아주머니에게 용서해달라는 말은 절대 못해요."

마릴라는 냉정하게 말했다.

"우리는 어둡고 눅눅한 지하 감옥에 사람들을 가두지 않아. 더구나 에이번리 마을에 그런 지하 감옥은 없단다. 린드 부인에게 가서 꼭 사과해야 해. 네가 기꺼이 그럴 마음이 생기면 나한테 말해다오. 그전까지는 이 방에만 있어라."

앤은 구슬프게 말했다.

"그렇다면 저는 영원히 이 방에서만 지내야겠군요. 린드 아주머니에게 제가 했던 말을 잘못했다고 말할 수는 없으니까요. 제가 어떻게 그런 말을 할 수 있겠어요? 저는 미안하지 않아요. 아주머니를 성가시게 한 건 죄송해요! 하지만 그 아주머니에게 그렇게 말한 건 기뻐요! 대만족이에요! 죄송하지 않은데 죄송하다고 말할 수는 없는 거 아닌가요? 그런 건 상상조차 할 수 없어요."

마릴라는 방에서 나가려고 일어섰다.

"아마 내일 아침까지 네 상상력이 제대로 작동하는 게 좋을 거야. 오늘 밤에 네가 한 행동을 잘 생각해봐라. 그러면 기분이 좀 나아질 테니까. 너는 우리가 너를 초록 지붕 집에 있게 해주면 착한 아이가 되도록 노력하겠다고 말했지만, 오늘 저녁에는 그럴 기미가 전혀 보이지 않는구나."

마릴라가 떠나면서 내뱉은 이 말이 앤의 가슴을 격렬하게 괴롭혔다. 마릴라는 부엌으로 내려왔지만 마음이 심하게 불편하고 짜증이 났다. 앤에게 화가 나기도 났지만 자신에게도 화가 났다. 말문이 막힌 린드 부인의 얼굴을 떠올릴 때마다 재밌어서 입술이 씰룩거렸고 큰 소리로 웃고 싶은 부끄러운 마음이 생겼기 때문이었다.

10. 린드 부인에게 사과하는 앤

그날 저녁, 마릴라는 매슈에게 그 일에 대해 아무 이야기도 하지 않았다. 하지만 다음 날 아침에도 앤이 말을 듣지 않고 아침을 먹으러 내려오지 않자, 할 수 없이 그 이유를 설명해야 했다. 마릴라는 매슈에게 있었던 일을 전부 이야기하면서 앤의 행동이 얼마나 심각한 것인지 매슈가 정확히 이해하도록 설명하려고 노력했다.

매슈가 위안이 되는 대답을 내놓았다.

"레이철 린드가 그런 소리를 듣다니 잘됐군. 남의 일에 간섭하기 좋아하는 수다쟁이 할멈이 말이야."

"매슈 오라버니, 오라버니가 자꾸 나를 놀라게 하네요. 앤의 행동이 잘못됐다는 건 오라버니도 알고 있으면서 지금 그 아이를 편드는 거예요? 이다음에 나올 말은 그 아이에게 벌을 주면 안 된다는 말이겠군요."

매슈는 불편하게 말했다.

"아니, 꼭 그런 건 아니고. 나도 앤이 조금은 벌을 받아야 한다고 생각해. 하지만 너무 심하게는 혼내지 마라, 마릴라. 그 아이는 제대로 교육받은 적이 없었다는 걸 생각해야지. 네가 그 애에게 먹을 걸 가져다주겠니?"

마릴라는 화를 내며 따졌다.

"내가 언제 사람을 굶겨서 착하게 만든다고 한 적 있어요? 밥은 제때 먹일 거예요. 내가 직접 가져다줄 거라고요. 하지만 자발적으로 린드 부인에게 가서 사과하기 전까지는 그 방에서 꼼짝 않고 있어야 할 거예요. 그건 변함없어요, 오라버니."

아침, 점심, 저녁 식사 시간은 아주 조용했다. 앤이 계속 고집을 부렸기 때문이다. 식사하고 나서 마릴라는 음식을 담은 쟁반을 들고 동쪽 방에 갔고, 얼마 후 양이 거의 줄지 않은 쟁반을 들고 다시 내려왔다. 저녁에 매슈는 걱정스러운 눈으로 마릴라가 내려오는 모습을 쳐다보았다. '앤이 전혀 먹지 않고 있잖아?'

그날 저녁, 마릴라가 뒤쪽 목초지에서 소들을 데려오려고 밖으로 나가자, 헛간 주변을 배회하며 마릴라를 지켜보던 매슈가 도둑처럼 살그머니 집으로 들어가 위층으로 올라갔다. 매슈는 보통 부엌과 자신이 자는 복도 끝에 있는 작은 침실 사이를 오갔다. 가끔 목사가 차를 마시러 오면 응접실이나 거실에 불편하게 들어갈 뿐이었다. 하지만 봄에 마릴라를 도와 손님방에 도배하러 올라간 뒤로 위층에는 올라가본 적이 없었다. 그게 벌써 4년 전 일이었다.

매슈는 복도를 발끝으로 조용히 걸어가 동쪽 방 문 앞에 몇 분 동안 서 있었다. 그러다 용기를 내서 손가락으로 문을 살짝 두드리고 문을 열어 안을 살펴보았다.

앤은 창가에 있는 노란 의자에 앉아 슬픔에 잠긴 채 정원을 내다보고 있었다. 아주 작고 불행해 보이는 앤의 얼굴을 보자 매슈는 가슴이 아팠다. 조심스레 문을 닫고 앤에게 다가갔다.

매슈는 누구라도 엿들으면 안 된다는 듯 나직이 말했다.

"앤. 괜찮니, 앤?"

앤은 힘없이 미소 지었다.

"괜찮아요. 상상을 많이 해서 시간을 보내는 데 도움이 돼요. 물론 약간은 외롭지만요. 그렇지만 곧 익숙해지겠죠."

앤은 외로운 감금을 용감하게 맞서겠다는 듯 다시 미소 지었다.

매슈는 마릴라가 빨리 돌아오기라도 하면 큰일이니까 시간을 낭비하지 말고 할 말을 해야 한다고 생각하며 조용히 말했다.

"앤, 사과하고 끝내버리는 게 더 낫다고 생각하지 않니? 조만간 해야 할 일이야. 너도 알겠지만, 마릴라는 한번 결심하면 무섭거든. 고집이 세단다, 앤. 그냥 그걸 하고 끝내버려라."

"저보고 린드 아주머니에게 사과하라는 말씀이세요?"

매슈가 간절하게 말했다.

"그래, 사과. 바로 그거 말이야. 말하자면, 원만하게 넘어가자는 거지. 그게 내가 말하려고 했던 거야."

앤은 생각에 잠긴 채 대답했다.

"아저씨 말씀을 따르기 위해서라면 사과는 할 수 있을 것 같아요. 사실, 제가 죄송하다고 말해야겠죠. 지금은 정말 죄송하니까요! 어젯밤에는 조금도 미안하지 않았어요. 밤새 화만 났어요. 세 번이나 깼는데, 그때마다 정말 화가 났거든요. 하지만 오늘 아침에는 그렇지 않았어요. 이제 더는 화가 나지 않아요. 화가 났던 마음이 완전히 사라진 것 같아요. 저 자신이 부끄러웠어요. 하지만 린드 아주머니에게 가서 사과할 생각은 하지 못했어요. 그건 너무 굴욕적이거든요. 사과하지 않고 영원히 이 방에 갇혀 있겠다고 결심했어요. 하지만 아저씨가 정말로 원하신다면, 아저씨를 위해서라면 뭐든 하겠어요."

"물론 네가 사과하길 원하지. 네가 없으니까 아래층이 엄청나게 허전해. 가서 원만하게 해결해라. 그래야 착한 아이지!"

앤은 체념한 듯 말했다.

"좋아요! 마릴라 아주머니가 돌아오시면 후회하고 있다고 말씀드릴게요."

"그래, 그래, 앤. 하지만 마릴라한테는 내가 그 일에 대해 얘기했다고는 말하지 마라. 내가 간섭했다고 생각할 거야. 그러지 않기로 약속했거든."

앤은 진지하게 약속했다.

"야생마들도 저한테서 비밀을 끌어내진 못할 거예요. 그런데 야생마들이 어떻게 사람에게서 비밀을 끌어내는 걸까요?"

그러나 매슈는 이미 방을 나가고 없었다. 자신이 성공했다는 사실에 놀랐다. 매슈는 마릴라가 무엇 때문에 위층에 올라갔는지 의심하지 않도록 서둘러서 목초지의 가장 먼 곳으로 도망치듯 나왔다. 마릴라가 집으로 돌아오자, 위층 난간에서 "마릴라 아주머니" 라고 구슬프게 부르는 목소리가 들렸다. 놀랐지만 반가웠다.

마릴라가 대답하며 안으로 들어왔다.

"웬일이니?"

"화가 나서 성질부리고 무례하게 군 거 잘못했어요. 린드 아주머니에게도 가서 말할게요."

"잘 생각했다. 우유를 짜고 나서 내가 데려다주마."

마릴라는 안도감을 내색하지 않은 채 여전히 뻣뻣하게 대답했다. 하지만 사실 그녀는 앤이 항복하지 않으면 도대체 자기가 어떻게 해야 할지 몰라 내심 고민하고 있었다.

마릴라는 우유를 짠 뒤 앤과 함께 길을 내려갔다. 마릴라는 승리한 듯 의기양양하게 똑바로 서서 갔고, 앤은 고개를 숙인 채 풀이 죽은 모습이었다. 하지만 중간쯤 가자 마법이라도 건 것처럼 앤에게서 낙담한 모습은 찾아볼 수 없었다. 고개를 들고 해 질 녘 하늘을 쳐다보며 가벼운 발걸음으로 걷고 있었다. 들뜬 마음을 억누르는 느낌이었다. 마릴라는 이런 변화를 못마땅한 얼굴로 바라보았다. 린드 부인을 불쾌하게 한 앤이 보여줘야 할 모습과는 달리 이것은 온순하게 뉘우치는 모습이 아니었다.

마릴라는 날카롭게 물었다.

"지금 무슨 생각을 하고 있니, 앤?"

앤은 꿈을 꾸듯 대답했다.

"린드 아주머니에게 무슨 말을 해야 할지 생각하고 있었어요."

이 대답은 만족스러웠다. 당연히 그렇게 생각해야 한다. 하지만 마릴라는 앤을 벌주려는 자신의 계획이 뭔가 삐딱하게 흘러가고 있다는 생각을 지울 수 없었다. 앤이 그렇게 즐겁고 밝은 모습이어서는 안 되는 상황이었다.

앤의 즐겁고 환한 모습은 계속되었다. 린드 부인은 부엌 창가에 앉아 뜨개질을 하고 있었는데, 그 앞에 가서야 앤의 얼굴에서 밝은 모습이 사라졌다. 그리고 애절한 참회의 표정이 나타났다. 앤은 말을 꺼내기 전에 깜짝 놀란 린드 부인 앞에 갑자기 무릎을 꿇고 애원하듯 손을 내밀었다.

앤은 떨리는 목소리로 말했다.

"린드 아주머니, 정말 정말 죄송해요! 사전에 있는 단어들을 전부 쓰지 않는 한 절대 제 슬픈 마음을 모두 표현할 수 없을 거예요. 아주머니는 상상하셔야 해요. 제가 너무 못되게 행동했어요. 제가 남자아이가 아닌데도 초록 지붕 집에서 살게 해주신, 제게 정말 소중한 매슈 아저씨와 마릴라 아주머니를 부끄럽게 했어요. 저는 정말로 못되고 은혜를 모르는 아이예요. 벌을 받고 영원히 훌륭한 분들에게서 내쫓겨도 할 말이 없어요. 아주머니는 사실을 말씀하셨을 뿐인데, 제가 발끈해서 화를 낸 건 정말 못된 짓이었어요. 모든 게 사실이었어요. 아주머니가 말씀하신 것은 전부 진실이에요. 저는 머리카락이 빨갛고, 주근깨도 많고, 말라깽이에 못생긴 아이죠. 제가 아주머니께 한 말도 사실이지만 그렇게 말하면 안 되는 거였어요. 아, 린드 아주머니, 제발, 제발, 저를 용서해주세요. 용서해주시지 않으면 불쌍한 이 고아는 평생 슬픔을 안고 살게 될 거예요. 제가 성질머리가 고약하더라도 용서해주시겠어요?

용서해주실 거라 믿어요. 제발 용서한다고 말해주세요, 린드 아주머니."

앤은 두 손을 굳게 맞잡고 머리를 숙인 채로 심판관의 말을 기다렸다.

앤의 말은 진심에서 우러나온 것이었다. 목소리에서도 진심이 가득 묻어났다. 마릴라와 린드 부인 모두 틀림없이 알고 있었다. 하지만 마릴라는 앤이 그 굴욕의 상황을 사실은 즐기고 있음을 눈치채고 실망했다. 앤은 철저하게 굴욕당하는 것을 즐기고 있었던 것이다. 마릴라가 자부했던 유익한 처벌은 어디로 갔을까? 앤은 그 벌을 긍정적인 즐거움으로 바꿔버렸다.

착한 린드 부인은 눈치가 없어서 이 사실을 알지 못했다. 앤은 완벽하게 사과했다고만 생각했고, 약간 거들먹거려서 그렇지 원래 마음씨가 고운 린드 부인은 분했던 마음을 전부 풀어버렸다.

린드 부인은 진심으로 말했다.

"그래, 그래. 그만 일어나거라. 물론 너를 용서하고말고. 내가 너한테 좀 심했던 것 같구나. 하지만 내가 워낙 솔직하게 말하는 사람이라 그런 거니 내 말을 너무 신경 쓰지 마라. 정말이야. 네 머리카락 색이 지독한 빨강이라는 사실을 부정할 수는 없지. 하지만 예전에 알던 어떤 여자아이가 있었어. 사실 그 애와 학교에 같이 다녔는데, 그 아이의 머리칼도 어렸을 때는 너처럼 빨간색이었어. 그런데 어른이 되고 나서 정말로 멋진 적갈색으로 바뀌었단다. 네 머리가 그렇게 변해도 난 조금도 놀라지 않을 거야. 조금도 말이야."

앤은 일어서면서 길게 숨을 내쉬었다.

"아, 린드 아주머니! 제게 희망을 주셨어요. 저는 언제나 아주머니를 은인으로 생각하겠어요. 어른이 됐을 때 제 머리가 멋진 적갈색이 될 거라고 생각하면 어떤 일이든 참을 수 있을 거예요. 머리카락이 아름다운 적갈색이면 착한 사람이 되기도 훨씬 쉬울 거예요, 그렇지 않나요? 그럼 마릴라 아주머니와 이야기를 나누시는 동안 저는 아주머니댁 정원에 나가 사과나무 아래에 있는 벤치에 잠시 앉아 있어도 될까요? 저기에는 상상할 거리가 훨씬 많을 것 같아서요."

"그래, 그러렴. 나가보거라. 네가 좋다면 구석에 피어 있는 하얀 수선화를 한 다발 꺾어도 된단다."

앤이 나간 뒤, 문이 닫히고 린드 부인은 활발하게 램프에 불을 붙였다.

"정말로 신기한 아이네요. 이 의자에 앉아요, 마릴라. 지금 앉아 있는 의자보다 이 의자가 더 편할 거예요. 그건 일하는 남자아이가 앉는 의자로 마련한 거예요. 아무튼, 저 아이는 확실히 좀 이상하지만 사람을 끄는 뭔가가 있네요. 매슈와 당신이 저 아이를 데리고 있는다고 한 게 그리 놀랍지도 않네요. 마릴라가 안됐다는 생각도 없어졌어요. 저 아이는 바르게 자랄 것 같아요. 물론 자기를 이상한 방식으로 표현해서, 약간 과장된 면이 있는 것 같기는 하지만요. 그래도 이제 교양 있는 사람들과 살게 됐으니 나아지겠죠. 그런데 성미는 꽤 급한 것 같아요. 그래도 위안이 되는 건 성격이 급한 아이는 쉽게 화를 내지만, 또 빨리 풀어요. 그런 아이는 절대 교활하거나 남을 속이지는 않죠. '교활한 아이한테서 나를 지켜라' 라는 말도 있잖아요. 마릴라, 어쩐지 나도 저 아이가 약간 마음에 드네요!"

마릴라가 집으로 가려고 나왔을 때, 앤은 하얀 수선화 한 다발을 손에 들고 땅거미가 내린 향기로운 과수원에서 나왔다.

두 사람이 길을 내려갈 때 앤은 자랑스럽게 말했다.

"제가 사과를 꽤 잘했죠? 어차피 사과해야 하기 때문에 이왕 할 거 철저하게 잘하자고 생각했어요."

"정말 완벽하게 잘했다."

마릴라는 그 순간의 기억을 떠올리자 웃음이 나서 조금 당황스러웠다. 또 사과를 너무 잘했다는 이유로 앤을 야단쳐야 한다는 사실이 불편했다. 하지만 그건 조롱이었다! 마릴라는 엄하게 한번 짚고 넘어가는 것으로 양심과 타협했다.

"더는 그렇게 사과할 일을 만들지 않기를 바란다. 이제 화를 참도록 노력해봐, 앤."

앤은 한숨을 내쉬며 이야기했다.

"사람들이 제 외모를 비웃지만 않으면 그건 어렵지 않아요. 저는 다른 것에는 화가 나지 않아요. 하지만 제 머리카락 색으로 비웃는 건 너무 지겹고, 그런 얘기를 들으면 바로 폭발하거든요. 정말 더 크면 제 머리카락 색도 멋진 적갈색으로 변할까요?"

"외모에 대해서 생각을 너무 많이 하지 마라, 앤. 네가 허영심 많은 아이일까 봐 걱정이구나."

앤은 거세게 항의했다.

"제가 못생긴 걸 알고 있는데, 어떻게 허영심이 생길 수 있겠어요? 저는 예쁜 것들이 좋아요. 거울을 보고 예쁘지 않은 모습을 보는 게 싫어요. 아주 슬퍼지거든요. 못생긴 것을 볼 때도 그런 기분이에요. 아름답지 않은 것들은 불쌍해요."

마릴라는 속담을 인용했다.

"행동이 아름다우면 외모도 멋져 보인다는 말이 있어."

그 말을 믿지 않는다는 듯 앤은 수선화 향기를 맡으며 말했다.

"전에도 그런 말을 들었지만 믿지 못하겠어요. 아, 정말 향기로운 꽃이에요! 저한테 꽃을 주시다니 린드 아주머니는 좋은 분인 것 같아요. 이제 린드 아주머니에게 안 좋은 감정은 없어요. 제가 사과하고 용서를 받아서 아주머니 마음도 편해지셨어요? 오늘 밤 별들이 정말 밝지 않나요? 별에서 살 수 있다면 어느 별을 고르시겠어요? 저는 저 어두운 언덕 위에 떠 있는 맑고 큰 별을 고르겠어요."

마릴라는 앤의 생각이 끊임없이 꼬리에 꼬리를 무는 것에 완전히 지쳤다.

"앤, 이제 입 좀 다물어라."

집 앞 좁은 길에 들어설 때까지 앤은 아무 말도 하지 않았다. 집시 바람이 이슬에 젖은 어린 고사리의 강한 향기를 가득 싣고 그들을 맞이했다. 멀리 어둠 위로 초록 지붕 집의 부엌에서 나오는 밝은 불빛이 나무들 사이로 어슴푸레 빛났다. 앤은 갑자기 마릴라에게 바짝 다가가 나이든 여자의 굳은 손을 슬며시 잡았다.

"집으로 간다는 게 정말 좋아요! 제 집이에요. 저는 벌써 초록 지붕 집을 사랑하게 됐어요. 전에는 어떤 곳도 사랑하지 못했어요. 집처럼 느껴지는 곳이 없었거든요. 아, 마릴라 아주머니, 정말 행복해요! 지금 당장 기도할 수 있겠어요. 이제 기도가 조금도 어렵지 않아요."

마르고 작은 손이 자신의 손을 잡자, 마릴라의 가슴에 어떤 따스하고 즐거운 것이 차올랐다. 아마 자신이 놓쳤던 모성애일 것이다. 낯설지만 달콤한 감정에 마릴라는 혼란스러웠다. 서둘러 차분해지려고 앤에게 도덕적 교훈을 심어주었다.

"네가 착한 아이가 되면 언제나 행복할 거야, 앤. 그리고 기도하는 것을 어렵게 생각해서는 안 된다."

앤은 골똘히 생각하다가 말했다.

"누군가의 기도문을 말하는 것과 제가 기도하는 것은 다른 것 같아요. 저는 저 나무 꼭대기로 부는 바람이라고 상상할 거예요. 나무에 있는 게 지겨워지면 여기로 내려와 고사리를 흔들어주고, 린드 아주머니네 정원으로 날아가서 꽃들을 춤추게 할 거예요. 그리고 클로버가 핀 들판도 크게 휩쓸 거예요. 또 빛나는 물의 호수 위로 불어 잔물결을 일으켜서 반짝이는 파도를 만들 거예요. 아, 바람으로도 상상할 거리가 엄청나게 많아요! 그래서 이제 아무 말도 하지 않을 거예요, 마릴라 아주머니."

마릴라는 안도의 한숨을 내쉬며 말했다.

"그것 참 고맙기도 해라."

11. 주일학교에 대한 앤의 인상

마릴라는 물었다.

“마음에 드니?”

앤은 방에 서서 침대 위에 펼쳐진 새 원피스 세 벌을 진지하게 바라보았다. 하나는 우중충한 색깔의 체크무늬 원피스였다. 지난 여름, 아주 튼튼해 보여서 마릴라가 행상인에게 샀던 옷감으로 만든 옷이었다. 하나는 흰색과 검은색이 들어간 체크무늬 새틴 원피스였다. 겨울에 특별 할인 매장에서 고른 것이었다. 마지막은 보기 흉한 파란 무늬가 들어간 원피스였다. 카모디 가게에서 그 주에 구입한 옷감으로 만들었다.

마릴라가 손수 만든 옷으로, 모두 비슷비슷해 보였다. 꾸밈이 없는 치마에 허리선도 평범했다. 소매는 치마와 허리선과 마찬가지로 평범했고 좁았다.

앤은 진지하게 말했다.

"이 옷들이 마음에 든다고 상상해야겠어요."

기분이 상한 마릴라는 말했다.

"네가 상상하기를 바라는 게 아니야. 아, 이 옷들이 마음에 들지 않는 거구나! 뭐가 문제니? 단정하고 깨끗한 새 옷이잖니?"

"맞아요."

"그런데 왜 마음에 들지 않는 거니?"

앤은 마지못해 대답했다.

"이 옷들은, 이 옷들은 예쁘지 않아요."

마릴라는 코웃음을 쳤다.

"예쁘지 않다고? 나는 네게 맞는 예쁜 원피스를 고르느라 골치를 앓기는 싫구나. 너한테 바로 얘기하는데, 나는 허영심을 키워줄 마음이 없어, 앤. 저 원피스들은 주름 장식이나 화려한 장식이 없지만 단정하고, 실용적이고, 튼튼해. 이번 여름에 네가 입을 옷은 이게 전부다. 갈색 체크무늬와 파란 무늬 원피스는 학교에 갈 때 입어라. 새틴 원피스는 교회와 주일학교에 갈 때 입고. 단정하고 깔끔하게 간수하고 찢어먹지 않길 바란다. 네가 그 꽉 끼는 옷만 입고 있어서 나는 네가 어떤 옷이든 감사하게 여길 줄 알았다."

앤은 군소리를 덧붙였다.

"아, 당연히 감사해요! 하지만 만약, 만약 저 중에 하나라도 퍼프소매가 있었다면 훨씬 더 감사했을 거예요. 퍼프소매는 요즘 엄청 유행이거든요. 마릴라 아주머니, 퍼프소매 원피스를 입으면 정말 감동적일 거예요."

"너는 앞으로도 그런 감동을 느끼지 못하고 입어야 할 거야. 퍼프소매에 낭비할 천은 없어. 그런 것은 우스꽝스러워 보일 뿐이야. 나는 꾸밈없고 실용적인 것을 더 좋아한단다."

앤은 슬프지만 주장을 굽히지 않았다.

"하지만 저 혼자 단순하고 실용적인 옷을 입는 것보다 다른 사람들처럼 퍼프소매를 입고 우스꽝스럽게 보이는 게 더 나을 것 같아요."

"물론 너는 그렇겠지! 저 옷들을 가지런히 옷장에 걸어놓고 앉아서 주일학교 수업을 공부해. 내가 벨 씨에게 교리 문답집을 받아 놨단다. 너는 내일 주일학교에 갈 거야."

마릴라는 그렇게 말하고서 화가 난 채 아래층으로 내려갔다.

앤은 두 손을 모아 잡고 그 옷들을 바라보았다. 그리고 실망을 감추지 못하고 조용히 중얼거렸다.

"나는 저 중에 퍼프소매가 있는 흰색 원피스가 하나 있길 바랐을 뿐이야. 기도를 하긴 했지만 사실 큰 기대는 하지 않았어. 하느님은 어린 고아의 옷까지 신경 쓸 시간이 없으니까. 마릴라 아주머니 선택에 달려 있다는 걸 알고 있었어. 이 옷들 중 하나가 사랑스러운 레이스 장식이 있고 삼단 퍼프소매가 달린 눈처럼 새하얀 모슬린 원피스라고 상상할 수 있어 정말 다행이야!"

다음 날 아침, 마릴라는 편두통이 심해져 앤과 함께 주일학교에 갈 수 없었다.

"린드 부인 집으로 가서 부탁해라, 앤. 레이철이 네가 가야 할 교실을 찾아줄 거야. 이제 예의바르게 행동하고. 나중에 하는 설교까지 듣고 오너라. 린드 부인께 우리 신도석을 알려 달라고 해. 헌금으로 낼 1센트가 여기 있다. 사람들을 빤히 쳐다보지 말고 산만하게 굴지도 말아라. 집에 돌아오면 나한테 어떤 성경 내용을 배웠는지 이야기해줘야 한다."

앤은 흠잡을 데 없는 모습으로 출발했다. 뻣뻣한 흰색과 검정 체크무늬 새틴 원피스를 입었는데, 길이감이 적당했고 앤의 마른 체형 구석구석을 강조하려고 고민했지만 노출은 확실히 적었다.

모자는 작고 평평하고 광이 나는 새로운 밀짚 모자였다. 너무나 평범해서 리본과 꽃 장식을 은근히 바랐던 앤은 또 한 번 크게 실망했다. 그러나 큰길에 들어서기 전에 꽃 장식은 준비가 되었다. 좁은 길 절반쯤 갔을 때 바람에 흔들리는 황금빛 미나리아재비와 들장미를 만나서 앤은 곧바로 그 꽃들로 자유롭게 화환을 만들어 모자에 씌웠다. 다른 사람들이 그 모습을 어떻게 생각하든 앤은 그 장식이 만족스러워 분홍색 꽃과 노란색 꽃으로 장식된 모자를 쓰고 불그레한 얼굴을 자랑스럽게 들고 즐거운 마음으로 길을 걸어갔다.

앤이 린드 부인 집에 도착했을 때 린드 부인은 없었다. 조금도 기죽지 않고 앤은 혼자서 교회를 향해 걸어갔다. 교회 입구에는 여자아이들이 모여 있었다. 거의 모두 흰색과 파란색, 분홍색 옷을 화사하게 차려입고 있었다. 모두가 머리에 이상한 장식을 하고 나타난 이 낯선 아이를 호기심 어린 눈으로 쳐다보았다. 에이번리 마을에 사는 여자아이들은 이미 앤에 대한 이상한 이야기를 들었다. 린드 부인은 앤의 성미가 무시무시하다고 말했고, 초록 지붕 집에서 일하는 제리 부트는 앤이 미친 아이처럼 줄곧 혼자서 이야기하거나 나무나 꽃들과 이야기한다고 말했다. 여자아이들은 앤을 보고 교리 문답집으로 얼굴을 가리고는 서로를 쳐다보며 수군거렸다. 그때나 개회 예배가 끝난 뒤에나 누구도 앤에게 친절하게 다가오지 않았다. 앤은 로저슨 선생의 반이었다.

로저슨은 20년간 주일학교에서 아이들을 가르친 중년 여성이었다. 로저슨의 교육 방식은 교리 문답집에 나오는 질문들을 묻고,

그 질문에 답해야 한다고 생각하는 특정 아이를 골라 엄하게 쳐다보는 것이었다. 로저슨 선생은 앤을 자주 쳐다보았고, 마릴라가 연습시킨 덕분에 앤은 바로 바로 대답할 수 있었다. 그러나 앤이 그 질문이나 대답을 제대로 이해했는지는 의문이 남았다.

앤은 로저슨 선생이 마음에 들지 않았다. 비참한 기분도 들었다. 그 수업을 듣는 다른 여자아이들 모두 퍼프소매가 달린 옷을 입고 있었기 때문이다. 퍼프소매를 입지 않으면 살 가치도 없는 것 같았다.

앤이 집에 돌아오자 마릴라는 궁금해했다.

"그래, 주일학교는 어땠니?"

집에 오는 길에 화환이 시들어서 버리고 온 터라 마릴라는 그 사이의 일은 전혀 알지 못했다.

"조금도 마음에 들지 않았어요. 끔찍했어요."

마릴라는 앤을 꾸짖었다.

"앤 셜리!"

앤은 흔들의자에 앉아 긴 한숨을 내쉬었다. 보니의 잎사귀에 입을 맞추고 꽃이 핀 푸크시아에 손을 흔들었다.

"제가 없는 동안 이 아이들은 외로웠을 거예요. 이제 주일학교 얘기를 할게요. 아주머니 말씀대로 저는 행동을 조심했어요. 린드 아주머니는 안 계셨지만, 저 혼자서 제대로 찾아갔어요. 교회에 갔더니 여자아이들이 많았어요. 개회 예배가 진행되는 동안 창가에 있는 의자 구석에 앉았어요. 벨 아저씨는 끔찍하게 오랫동안 기도했어요. 창가에 앉아 있지 않았다면 벨 아저씨의 기도가 끝나기 전에 저는 완전히 지쳐버렸을 거예요. 하지만 빛나는 물의 호수가 잘 보여서 저는 호수를 바라보며 멋진 상상을 했어요."

"그런 짓을 하면 안 돼. 벨 씨의 기도를 들었어야지."

앤은 항의하듯 말했다.

"하지만 벨 아저씨는 제게 이야기하지 않았어요. 하느님에게 이야기했어요. 그것도 크게 관심 있는 것 같지 않아 보였어요. 제 생각에 벨 아저씨는 하느님이 너무 멀리 있다고 생각하는 것 같았어요. 길게 줄 지어 선 하얀 자작나무들이 호수 위로 가지를 늘어트리고 햇살이 자작나무들 사이를 지나 물속 깊은 곳까지 비췄어요. 아, 마릴라 아주머니, 정말 아름다운 꿈을 꾼 것 같았어요! 저는 감동해서 '하느님, 감사합니다'라고 말했어요. 두 번, 아니 세 번이나요."

마릴라는 걱정스럽게 말했다.

"큰 소리로 말한 게 아니길 빈다."

"아, 아니에요. 그냥 중얼거렸어요. 마침내 벨 아저씨의 기도가 끝나자, 저보고 로저슨 선생님의 교실로 가라고 했어요. 교실에는 아홉 명 더 있었어요. 그 아이들 모두 퍼프소매 원피스를 입고 있었죠. 제 옷에도 퍼프소매가 있다고 상상해봤지만 상상할 수 없었어요. 왜 못했을까요? 동쪽 방에 혼자 있을 때는 퍼프소매 옷을 상상하기가 쉬웠는데, 정말로 퍼프소매 옷을 입은 아이들 사이에 있으니까 상상하는 게 어려웠어요."

"주일학교에서 소매만 생각하고 있으면 안 된다. 수업에 집중했어야지. 네가 그걸 알고 있기를 바란다."

"그럼요. 저는 질문을 많이 받았고 대답도 잘했어요. 로저슨 선생님은 질문을 너무 많이 했어요. 저는 선생님만 내내 질문하는 게 공평하지 않다고 생각해요. 선생님에게 질문하고 싶었던 게 많았지만 그러지 않았어요. 왜냐하면, 그분은 저와 마음이 통하는 사람은 아닌 것 같았거든요. 다른 아이들 모두 한 구절씩 암송했어요. 선생님이 제게 아느냐고 물으셨죠. 그래서 그건 모르지만 선생님이 원하시면 「주인 무덤 앞의 개」를 암송할 수 있다고 말했어요. 그건 3학년 책에 나와요. 아주 종교적인 시는 아니지만 너무 슬프고 우울해서 종교적인 시라고 해도 될 거예요. 하지만 선생님은 그 시는 안 된다고 하면서 다음 주까지 열아홉 번째 구절을 외워오라고 말씀하셨어요. 그 뒤에 교회에서 다 읽었는데, 정말 멋지더라고요. 특히 두 줄이 감동적이었어요."

"'미디안의 불길한 날에 살육당한 비행 중대는 빠르게 무너졌다.'"

"'비행 중대'나 '미디안'(구약성서에 나오는 유목민 부족으로 기드온 장군이 이끄는 이스라엘 군대에 패함-옮긴이)이 무슨 뜻인지는 모르겠지만 굉장히 비극적으로 들려요. 빨리 다음 일요일이 돼서 암송하고 싶어요. 일주일 내내 연습할 거예요. 주일학교가 끝나고 린드 아주머니가 너무 멀리 있어서 로저슨 선생님에게 우리 자리가 어디인지 알려달라고 부탁했어요. 저는 최대한 조용히 앉아 있었어요. 요한 계시록 3장 2절과 3절이었어요. 아주 긴 구절이었어요. 제가 목사님이었다면 짧고 산뜻한 내용을 골랐을 거예요. 설교도 끔찍하게 길었어요. 목사님은 설교를 성경 내용과 맞혀야 한다고 생각했나 봐요. 그분도 별로 재미있지 않았어요. 목사님 문제는 상상력이 부족해 보인다는 거예요. 저는 목사님 설교를 거의 듣지 않았어요. 자유롭게 다른 생각을 하면서 아주 놀라운 것들을 떠올렸죠."

마릴라는 이 모든 일을 엄하게 꾸짖어야 한다고 생각했지만, 앤이 말했던 어떤 것들은 완전히 부인할 수 없어 무조건 혼낼 수가 없었다. 특히 목사의 설교와 벨 씨의 기도에 관한 이야기는 마릴라 자신도 오랫동안 마음속 깊이 그렇게 생각해왔지만 결코 표현하지 못했을 뿐이었다. 말로 표현하지 못했던 비밀스럽고 비판적인 생각이 거침없이 말하는 이 작은 아이를 통해 갑자기 비난하는 모양으로 드러났다.

12. 친구를 사귀다

마릴라는 다음 주 금요일이 되어서야 화환으로 장식한 모자 이야기를 들었다. 린드 부인을 만나고 돌아와서 설명을 들으려고 앤을 불렀다.

"앤, 린드 부인 말이 네가 지난 일요일에 장미와 미나리아재비로 장식한 우스꽝스러운 모자를 쓰고 교회에 갔다더구나. 도대체 그런 경박한 행동은 왜 하는 거니? 너는 아주 좋은 구경거리가 됐을 거야!"

앤은 말을 꺼냈다.

"저도 분홍색과 노란색이 저한테 안 어울린다는 걸 알고 있어요."

"터무니없는 소리! 지금 꽃 색깔이 문제가 아니라 네 모자에 꽃을 꽂았다는 게 웃긴 거야. 너는 정말 골치 아픈 아이구나!"

앤은 따지고 들었다.

"옷에는 꽃을 달면서, 모자에 꽃을 다는 건 왜 우스꽝스러운 건지 전 그 이유를 모르겠어요. 많은 여자아이가 옷에 꽃을 달고 있었어요. 그거랑 뭐가 다른가요?"

마릴라는 확실하고 구체적인 사실에서 추상적이고 모호한 길로 끌려가지 않았다.

"그런 식으로 말대꾸하지 마라, 앤. 그런 건 아주 바보 같은 짓이야. 다시는 그런 일을 한 걸 내게 들키지 않았으면 좋겠구나. 린드 부인은 네가 그런 꼴로 들어오는 걸 보고 쥐구멍에라도 숨고 싶었다더구나. 꽃을 떼라고 말해주려고 했지만, 멀어서 이미 너무 늦었다고 하더구나. 사람들이 그 모자를 보고 끔찍하다는 식으로 말했다더라. 물론 그 사람들은 내가 감각이 없어 너를 그렇게 꾸미고 나가게 했다고 생각하겠지."

앤은 눈시울이 뜨거워졌다.

"아, 정말 죄송하군요! 아주머니가 신경 쓰실 줄은 몰랐어요. 장미와 미나리아재비가 너무 향기롭고 예뻐서 모자에 꽂으면 예쁠 거로 생각했어요. 많은 여자애가 모자에 조화를 달았어요. 제가 아주머니에게 끔찍한 골칫거리가 될까 걱정이네요. 저를 보육원에 다시 돌려보내는 게 나을 수도 있어요. 제게 그건 끔찍한 일이지만요. 제가 견딜 수 있을지는 모르겠어요. 아마 폐결핵에 걸릴 거예요. 보다시피 저는 많이 말랐거든요. 하지만 아주머니의 골칫거리가 되는 것보다는 그게 차라리 나을 거예요."

마릴라는 이 아이를 울렸다는 이유로 자신에게 짜증이 났다.

"말도 안 되는 소리를 하는구나. 너를 보육원으로 다시 보내고 싶은 마음은 없단다. 확실해. 내가 원하는 건 다른 여자아이들처럼 행동하고 너 자신을 웃음거리로 만들지 않는 거야. 인제 그만 울어라. 너한테 좋은 소식이 있어. 다이애나 배리가 오늘 오후에 집에 돌아왔단다. 배리 부인에게 치마 패턴을 빌릴 수 있는지 알아보러 갈 계획이다. 원하면 나와 함께 가서 다이애나를 만나보려무나."

뺨에 여전히 눈물 자국이 반짝이는 앤은 두 손을 맞잡고 벌떡 일어섰다. 그러자 앤의 치마 단에 걸쳐 있던 행주가 바닥으로 떨어졌다.

"아, 마릴라 아주머니, 정말 두려워요! 그 순간이 찾아오니 정말로 두렵네요. 만일 그 아이가 저를 좋아하지 않으면 어쩌죠? 그러면 제 인생에서 가장 비극적이고 실망스러운 일이 될 거예요."

"허둥대지 마라. 그리고 제발 그렇게 거창한 단어를 쓰지 않으면 좋겠구나. 어린 애가 그런 말을 하니까 웃겨. 내 생각에 다이애나는 너를 많이 좋아할 거다. 네가 신경 써야 할 사람은 다이애나의 엄마야. 배리 부인이 너를 좋아하지 않으면 다이애나가 너를 얼마나 좋아하는지는 상관없을 테니까. 만약 네가 린드 부인에게 성질부린 이야기와 모자에 미나리아재비를 꽂고 교회에 간 이야기를 들었다면 배리 부인이 너를 어떻게 생각할지 모르겠구나. 예의 바르고 얌전하게 행동해야 한다. 엉뚱한 이야기는 하지 말고. 어머나, 얘가 정말로 떨고 있잖아!"

앤은 정말 몸을 떨고 있었다. 얼굴은 긴장해서 창백하게 굳어 있었다.

"아, 마릴라 아주머니, 친한 친구가 되기를 바라는 아이를 만나러 가는데, 그 아이의 엄마가 아주머니를 좋아하지 않을 수도 있다면 아주머니도 저처럼 긴장해서 떠실 거예요."

앤은 서둘러 모자를 가지러 갔다.

앤과 마릴라는 시내를 건너고 전나무 숲이 있는 언덕을 올라 지름길로 비탈길 과수원집에 갔다. 마릴라가 부엌문을 두드리자 배리 부인이 나왔다. 키가 크고 눈과 머리는 검은색이었으며, 입 매무새가 단호해 보였다. 배리 부인은 아이들에게 굉장히 엄격한 것으로 유명했다.

배리 부인이 다정하게 말했다.

"마릴라, 잘 지냈어요? 들어오세요. 이 아이가 입양한 아이로군요, 그렇죠?"

마릴라는 대답했다.

"네. 앤 셜리에요."

"e도 같이요."

앤은 조용히 덧붙였다. 흥분으로 떨렸지만, 중요한 점에서 오해가 있어서는 안 된다고 생각했다.

배리 부인은 그 말을 못 들었거나 이해하지 못했는지 앤과 악수하며 친절하게 말했다.

"잘 지내니?"

"몸은 건강하지만 마음은 상당히 복잡해요. 감사합니다, 아주머니!"

앤은 진지하게 말하고 나서 마릴라를 보며 잘 들리도록 속삭였다.

"엉뚱한 말은 안 했죠, 마릴라 아주머니?"

다이애나는 소파에 앉아서 책을 읽고 있다가 방문객이 들어오자 책을 내려놓았다. 어머니에게는 검은 눈과 머리카락 색, 발그레한 뺨을 물려받고 아버지에게는 명랑한 표정을 물려받아 굉장히 예쁜 아이였다.

배리 부인은 자기 딸을 소개했다.

"이 아이는 우리 딸 다이애나란다. 다이애나, 네가 앤을 데리고 정원에 가서 꽃들을 보여주렴. 책을 보느라 눈이 무리하는 것보다 그게 더 좋겠구나."

아이들이 밖으로 나가자, 배리 부인은 마릴라에게 말했다.

"다이애나는 책을 너무 많이 읽어요. 아이 아버지가 부추겨서 저는 막을 수가 없어요. 다이애나는 친구들과 잘 놀지도 않고 항상 책만 봐요. 한데, 이렇게 좋은 친구가 생겨서 잘됐네요! 앞으론 다이애나도 더 자주 집밖에서 놀게 되겠네요."

정원에는 부드러운 노을빛이 서쪽의 어둡고 늙은 전나무 숲 사이로 비쳤다. 앤과 다이애나는 예쁜 참나리 꽃 덤불 옆에 서서 수줍게 서로를 바라보았다.

배리네 정원은 꽃이 가득 핀 나무들로 그늘이 우거져 있었다. 자신의 운명 때문에 걱정하지 않아도 되었다면 분명 앤의 마음을 기쁘게 해주는 순간이었을 것이다. 오래된 굵은 버드나무와 키 큰 전나무가 둘러싸고 있고, 그 아래에는 그늘을 좋아하는 꽃들이 활짝 피어 있었다. 조개로 가장자리를 깔끔하게 장식한 단정하고 직각을 이룬 길들이 촉촉한 붉은 리본처럼 정원을 가로질렀다. 그 사이에 있는 꽃밭에는 예쁜 꽃들이 활짝 피어 있었다. 장밋빛 금낭화와 아름다운 진홍색 모란, 향기로운 하얀 수선화와 가시가 난 향긋한 스코틀랜드 장미도 있었다. 분홍색과 파란색, 흰색의 매발톱꽃과 연보라색 사포나리아도 있었다. 개사철쑥 덤불과 은선초와 박하, 아담과 이브라고도 불리는 자주색 수선화, 연약하고 향기롭고 솜털이 난 하얀 클로버와 단정하고 하얀 사향꽃 위로 불타는 창을 쏘는 듯한 수레동자꽃도 있었다. 햇살이 꾸물거리듯 천천히 쏟아지고, 벌들이 윙윙거리며 바람이 어슬렁거리며 바스락거렸다.

마침내 앤은 두 손을 맞잡고 거의 속삭이는 듯 말을 꺼냈다.

"다이애나. 너는 나를 조금이라도 좋아할 수 있을 것 같니? 친한 친구가 될 수 있을 정도로 말이야."

다이애나가 웃었다. 그 아이는 말하기 전에 항상 웃었다.

"그럴 것 같아. 네가 초록 지붕 집에서 살게 되어 정말 기뻐! 함께 놀 사람이 있다는 건 정말 행복한 일이야! 지금까지 가까이에 살면서 같이 놀 친구가 없었거든. 여동생들이 있지만, 같이 놀기에는 아직 너무 어리고."

다이애나는 솔직하게 말했다. 앤은 간절하게 물었다.

"영원히 내 친구가 되어주겠다고 맹세할 거니?"

다이애나는 충격 받은 표정으로 꾸짖듯 말했다.

"맹세하는 건 나쁜 거야."

"아, 아니야. 내가 말한 맹세는 그런 게 아니야. 맹세에는 두 가지 종류가 있잖아."

다이애나는 의심쩍은 듯 말했다.

"나는 하나만 들어봤는데."

"정말로 다른 뜻이 있어. 그건 전혀 나쁜 게 아니야. 그냥 진지하게 다짐하면서 약속하는 거야."

다이애나는 안심했다.

"그렇다면 괜찮아! 어떻게 하는 거니?"

앤은 진지하게 말했다.

"손을 잡아야 해. 원래 흐르는 물 위에서 해야 하는데……. 우리는 그냥 이 길이 흐르는 물이라고 상상하자. 내가 먼저 맹세를 할게. 저는 친한 친구 다이애나 배리에게 해와 달이 뜨는 한 충실할 것을 엄숙하게 맹세합니다. 이제 내 이름을 넣어서 똑같이 말해."

다이애나는 그 '맹세'를 말하기 전과 후에 웃으면서 따라 말했다.

"넌 정말 특이한 아이구나, 앤. 네가 특이하다는 이야기는 이미 들었어. 하지만 너를 정말로 좋아하게 되리라 생각했어."

마릴라와 앤이 집에 돌아갈 때 다이애나도 함께 통나무 다리까지 갔다. 앤과 다이애나는 서로 팔짱을 끼고 걸었다. 시냇가에서 헤어질 때 다음 날 오후에 함께 놀기로 몇 번이나 약속했다.

초록 지붕 집 정원으로 들어오면서 마릴라는 물었다.

"다이애나는 너와 마음이 통할 것 같니?"

"그럼요!"

다행스럽게도 앤은 마릴라가 빈정대는 것을 눈치채지 못하고 한숨을 쉬며 대답했다.

"마릴라 아주머니, 지금 이 순간만큼은 프린스에드워드 섬에서 제가 가장 행복한 아이일 거예요. 오늘 밤에는 정말 진심으로 기도할 수 있을 거예요. 내일 저는 다이애나랑 윌리엄 벨 아저씨의 자작나무 숲에 놀이집을 지을 거예요. 장작 헛간 밖에 있는 깨진 사기 그릇 조각을 가져도 될까요? 다이애나의 생일이 2월이고 제 생일은 3월이에요. 아주 이상한 우연이라고 생각하지 않으세요? 다이애나가 제게 책을 빌려주기로 했어요. 굉장히 재미있고, 멋지고, 완벽한 책이랬어요. 숲 속에 쌀백합이 자라는 곳도 보여주기로 했어요. 다이애나의 눈에는 감정이 풍부하게 담겨 있어요. 그렇게 생각하지 않으세요? 제 눈도 그랬으면 좋겠어요. 다이애나는 〈개암나무 골짜기의 넬리〉라는 노래도 가르쳐주기로 했어요. 제 방에 걸어놓을 그림도 주기로 했고요. 완벽하게 아름다운 그림이라고 했어요. 담청색 실크 드레스를 입은 아름다운 여인이 그려진 그림이래요. 재봉틀 아줌마가 다이애나에게 줬대요. 저도 다이애나에게 줄 만한 것이 있으면 좋겠어요. 저는 다이애나보다 키가 2.5센티미터 정도 더 크고, 다이애나는 저보다 훨씬 더 통통해요. 다이애나는 자기가 좀 말랐으면 좋겠대요. 그게 훨씬 더 우아하다고 생각한대요. 하지만 저는 그 애가 제 기분을 맞춰주려고 말만 그렇게 한 게 아닐까 싶어요. 우리는 언젠가 해변에 가서 조개도 줍기로 했어요. 통나무 다리 옆에 있는 샘을 '드리아스의 비눗방울'

이라 부르기로 했어요. 완벽하게 우아한 이름 아닌가요? 예전에 그렇게 불린 샘에 대한 이야기를 읽은 적이 있거든요. 드리아스는 어른 요정 같은 거예요."

"다이애나가 지겹다고 느낄 정도로 이야기를 계속하지는 말아라. 그리고 네 계획들 중에 꼭 명심해야 할 게 있단다, 앤. 앞으로 날마다 그렇게 놀러 다닐 수만은 없어. 해야 할 일이 있고, 그게 제일 우선이야."

앤은 행복이 극에 달해 있었는데, 매슈 덕분에 더 행복해졌다. 매슈는 카모디 가게에 갔다가 집으로 막 돌아오는 길이었다. 그는 마릴라에게는 미안하다는 표정을 지으며 주머니에서 소심하게 작은 꾸러미를 꺼내서 앤에게 건네며 말했다.

"네가 초콜릿 사탕을 좋아한다고 했던 것 같아서 조금 사와봤단다."

마릴라는 코웃음을 쳤다.

"흥. 그 사탕 때문에 이가 썩고 배가 아플 거다. 그래, 알았다, 얘. 그렇게 울적한 표정은 짓지 마라. 오라버니가 가서 사온 거니, 오늘은 특별히 허락해주마. 오라버니가 박하사탕을 사왔다면 더 좋았을 텐데……. 건강에는 그게 더 좋으니까. 지금 한꺼번에 몽땅 다 먹어서 아프지는 마라."

앤은 간절히 말했다.

"네. 절대 안 그럴게요. 오늘 밤엔 하나만 먹을게요, 마릴라 아주머니. 아니, 절반만 먹고 나머지 절반은 다이애나를 줘도 될까요? 그 애에게 나눠준다면 나머지 절반은 두 배 더 달콤할 거예요. 다이애나에게 줄 게 생겼다고 생각하니 기분이 아주 좋아요!"

앤이 자신의 방으로 가자, 마릴라는 말했다.

"저 아이가 인색하지 않아 다행이에요! 내가 제일 싫어하는 게 인색한 거잖아요. 아 이런, 그 아이가 온 지 3주밖에 안 됐는데 마치 이곳에서 계속 살았던 것 같네요. 이제 저 아이가 없는 이 집은 상상조차 할 수 없어요. '내가 뭐랬어'라는 시선으로 날 쳐다보지 말아요, 오라버니. 여자가 그래도 기분 나쁜데, 남자가 그러는 건 정말 참을 수 없어요. 아무튼 앤을 키우기로 한 게 잘한 일이고, 나 역시 저 아이를 점점 더 좋아하게 됐다는 사실도 인정할 수밖에 없겠네요. 그렇다고 자꾸 상기시키지는 말아요, 매슈 오라버니."

13. 소풍을 손꼽아 기다리다

"앤이 들어와서 바느질할 시간인데……."

마릴라는 시계를 흘낏 보고, 모든 것이 뜨거운 열기에 졸고 있는 듯한 8월의 노란빛 오후를 내다보았다.

"내가 잠깐 쉬라고 준 30분 이상을 다이애나와 놀더니, 다시 일해야 할 시간인 걸 뻔히 알면서도 장작더미에 앉아 매슈 오라버니에게 쉴 새 없이 떠들고 있군. 오라버니는 바보같이 잘 듣고 있으니, 원. 오라버니가 무엇에든 저렇게 푹 빠져 있는 모습을 본 적이 없어. 저 애가 이야기를 하면 할수록, 게다가 이상한 말을 많이 하면 할수록 오라버니는 더 즐거워하는 게 보인단 말이지. 앤 셜리, 지금 당장 들어와. 내 말 들리니?"

서쪽 창문을 짧게 연속해서 두들기는 소리에 앤은 마당에서 뛰어 들어왔다. 두 눈은 반짝거리고, 볼은 연하게 상기되고, 땋지 않아 등 뒤로 흘러내린 머리카락은 밝게 빛났다.

앤은 숨을 헐떡이며 소리쳤다.

"마릴라 아주머니, 다음 주에 주일학교에서 소풍을 갈 거래요. 빛나는 물의 호수 바로 옆에 있는 하먼 앤드루스 씨의 농장으로요. 벨 부인과 린드 아주머니가 아이스크림도 만들어줄 거예요. 생각해보세요, 마릴라 아주머니. 아이스크림이래요. 마릴라 아주머니, 저도 가도 될까요?"

"제발 시계를 봐라, 앤. 내가 몇 시까지 오라고 했지?"

"두 시요. 하지만 소풍이라니 멋지지 않나요, 마릴라 아주머니? 제발 저도 보내주세요. 전 소풍을 한 번도 가보지 못했어요. 얼마나 꿈꾸던 소풍인데요. 저는……."

"그래. 내가 두 시 정각까지 오라고 말했지. 그런데 지금은 두 시 사십오 분이야. 왜 내 말을 듣지 않는지 알고 싶구나, 앤."

"저도 최대한 그러려고 했어요, 마릴라 아주머니. 그런데 한가한 황무지가 얼마나 멋진지 아주머니는 잘 모르실 거예요. 게다가 매슈 아저씨에게도 소풍에 대해 말씀드려야 했고요. 매슈 아저씨는 제 말에 공감하면서 잘 들어주시거든요. 제발요, 저도 가면 안 될까요?"

"한가한 그 뭐냐, 거기에 빠지지 않는 법부터 배워야 할 거다. 내가 언제까지 들어오라고 하면, 딱 그 시간에 맞춰서 돌아와야 해. 30분이나 더 지나서 돌아오면 안 된다. 그리고 네 말에 공감해주는 사람과 이야기 나누어야 한다는 핑계로 늦는 것도 용납이 안 돼. 소풍은, 물론 가도록 허락해주마. 너도 엄연한 주일학교 학생이잖니. 다른 아이들이 다 가는데, 너만 가지 말라고 할 이유는 없지."

앤은 더듬거렸다.

"그런데요. 다이애나 말로는, 모두 각자 자기 점심 도시락을 싸와야 한대요. 아시다시피 저는 요리를 못해요, 마릴라 아주머니. 퍼프소매 옷을 입지 않고 소풍에 가는 건 괜찮지만, 도시락 없이 가야 한다면 무척 창피할 거예요. 다이애나에게 그 말을 들은 뒤부터 그 생각이 제 머릿속을 떠나지 않아요."

"그렇다면 더는 그런 생각을 할 필요 없다. 내가 도시락을 싸줄 테니까."

"와, 천사 같은 마릴라 아주머니. 저한테 정말 친절하시군요! 정말 정말 감사해요!"

"와"라는 말을 다 끝내고 앤은 마릴라의 품으로 파고들어 누르스름한 그녀의 뺨에 열광적으로 입을 맞추었다. 어린아이의 입술이 자발적으로 얼굴에 닿은 것은 마릴라의 일생에 처음 있는 일이었다. 다시 갑작스레 찾아온 깜짝 놀랄 달콤한 느낌에 마릴라는 순간 황홀했다. 앤의 충동적인 애정 표시에 마릴라는 속으로 엄청 기뻤다. 그러나 그녀는 그래서 더 퉁명스럽게 말했다.

"또, 또, 입 맞추는 걸로 넘어가려고. 네가 들은 대로 정확하게 하는 걸 어서 보고 싶구나. 안 그래도 네게 곧 요리를 가르쳐주려고 생각하고 있었단다. 그런데 너는 너무 덤벙거려, 앤. 시작하기 전에 네가 좀 더 차분해지고 꾸준히 배울 준비가 됐는지 보려고 기다리고 있었단다. 요리할 때는 생각을 집중해야지 중간에 딴 데 정신을 팔면 안 된다. 이제 천을 들고 와서 식사 시간 전에 조각보 만들기를 끝내거라."

앤은 반짇고리를 들고 한숨을 쉬면서 빨간색과 흰색 마름모꼴 천 더미 앞에 앉았다. 그리고 슬픈 얼굴로 말했다.

"조각보 바느질은 저와 맞지 않아요. 물론 재미있는 바느질도 있긴 있을 거예요. 하지만 조각보 깁기에는 상상할 여지가 없어요. 한쪽 솔기에 다른 솔기를 이어 붙이는 것 외에는 아무런 성과가 없어요. 물론 놀기만 하고 아무것도 하지 않는 다른 곳의 앤보다는 조각보 바느질을 하는 초록 지붕 집의 앤이 더 좋지만요. 이 조각 천들을 바느질할 때도 다이애나와 놀 때만큼 시간이 빨리 갔으면 좋겠어요. 마릴라 아주머니, 우리는 정말 재밌는 시간을 보내요. 제가 생각할 거리를 대부분 제시해야 하지만, 그건 제가 잘하는 거잖아요. 다이애나는 다른 모든 면에서 정말 완벽해요! 우리 농장과 배리 아저씨네 농장 사이에 흐르는 시내 건너 조그만 땅을 아시죠? 그곳은 윌리엄 벨 아저씨네 땅인데, 그곳 오른쪽 구석에 하얀 자작나무가 둘러싼 곳이 있어요. 아주 낭만적인 곳이에요, 마릴라 아주머니. 다이애나와 저는 그곳에 놀이집을 지었어요. 그곳을 한가한 황무지라고 불러요. 시적인 이름이죠? 그 이름을 생각해내기까지 시간이 좀 걸렸어요. 밤을 거의 새우고 나자, 그 이름이 떠올랐거든요. 막 잠들려고 하는데 영감이 떠올랐어요. 다이애나도 그 이름을 듣고 황홀해했어요. 우리는 그 놀이집을 아름답게 꾸며놨어요. 아주머니도 꼭 와서 보셔야 해요. 그러실 거죠? 이

끼로 뒤덮인 엄청 큰 돌이 있어서 앉을 자리도 있어요. 나무와 나무 사이에 널빤지를 얹어 선반을 만들었어요. 그리고 거기에 그릇들을 모두 올려놓았죠. 물론 모두 깨진 그릇이지만 온전한 그릇이라고 상상하는 건 정말 쉽거든요. 빨갛고 노란 담쟁이 덩굴가지가 그려진 접시 조각도 하나 있는데, 특히 아름다워요! 우리는 그걸 거실에 두었어요. 거실에는 요정 거울도 있어요. 요정 거울은 꿈처럼 아름다워요. 다이애나가 닭장 뒤 숲 속에서 그걸 발견했어요. 그 거울에는 무지개가 가득 그려져 있어요. 아직 크게 자라지 않은 어린 무지개예요. 다이애나 엄마가 예전에 천장에 매다는 등에서 깨진 거라고 이야기해주셨대요. 하지만 요정들이 어느 날 밤 무도회가 열리던 중에 그걸 잃어버렸다고 상상하는 게 너무 멋져서 요정 거울이라 부르기로 했어요. 매슈 아저씨는 탁자를 만들어 주시기로 했어요. 배리 아저씨 마당 너머에 있는 작고 둥근 웅덩이에도 버드나무 연못라고 이름 지었어요. 다이애나가 저한테 빌려준 책에 나온 이름이에요. 그 책은 정말 짜릿한 책이었어요, 마릴라 아주머니. 여자 주인공이 사랑하는 사람이 다섯 명 있어요. 저는 한 명으로도 만족했을 거예요. 그 여자는 아주 멋지고 엄청난 고난도 이겨냈죠. 그런데 아주 쉽게 기절했어요. 저도 기절할 수 있으면 좋겠어요. 기절하는 건 무척 낭만적일 거예요. 하지만 저는 엄청 말랐는데도 아주 건강해요. 그런데 저도 조금씩 살이 찌고 있는 것 같아요. 그렇게 생각하지 않으세요? 저는 아침마다 일어나면 제 팔꿈치를 봐요. 팔꿈치가 움푹 들어가나 보려고요. 다이애나는 소매가 팔꿈치까지 오는 새 원피스를 마련했대요. 소풍 갈 때 입고 갈 거예요. 아, 다음 주 수요일에 날씨가 꼭 맑으면 좋겠어요. 소풍을 못 가게 된다면 엄청 실망할 것 같아요. 물론 견뎌내겠지만 평생의 슬픔이 될 거라 확신해요. 나중에 소풍을 백 번 가더라도 그건 중요하지 않아요. 그 백 번의 소풍들이 이번에 놓친 소풍을 대신할 순 없을 거예요. 빛나는 물의 호수에서 배도 탄대요. 그리고 말씀드린 대로 아이스크림도 먹을 거예요. 저는 지금까지 아이스크림을 먹어본 적이 없어요. 다이애나가 어떤 맛인지 설명하려 애썼지만, 아이스크림 맛은 제 상상력을 벗어난 것이에요."

마릴라는 말했다.

"앤, 너는 정확히 10분 동안 이야기했어. 이제부터 네가 그만큼 입을 다물 수 있는지 보자꾸나. 정말 궁금해서 그래."

앤은 마릴라의 바람대로 아무 말도 하지 않았다. 하지만 그 주 내내 소풍 이야기를 했고, 소풍만 생각했으며, 소풍 가는 꿈을 꿨다. 토요일이 되자, 비가 내렸다. 수요일까지 계속 비가 내릴까 봐 제정신이 아니었다. 마릴라는 앤의 긴장을 풀어주기 위해 남은 조각 천 바느질을 시켰다.

일요일, 교회에 갔다 집으로 오는 길에 앤은 목사님이 연단에서 소풍을 간다고 발표했을 때 너무 흥분해서 몸이 정말 차가워지는 것 같았다고 마릴라에게 털어놓았다.

"제 등을 타고 전율이 흘렀어요, 마릴라 아주머니! 그때까지는 정말로 소풍을 가게 되리라 믿지 않았거든요. 오로지 상상이 아닐까 사실 두렵기도 했어요. 하지만 목사님이 연단에서 그렇게 말씀하셨으니 믿어도 되겠죠?"

마릴라는 한숨을 내쉬며 말했다.

"앤, 너는 어떤 것이든 신경을 너무 많이 써. 인생을 살아가면서 앞으로 네가 실망할 일들이 엄청나게 많을 것 같아 걱정이다!"

앤은 큰 소리로 말했다.

"마릴라 아주머니, 뭔가를 기대하는 것이 그것이 주는 즐거움의 절반을 차지해요. 어쩌면 원하는 것을 얻지 못할 수도 있어요. 하지만 그렇다 해도 그걸 기대하는 즐거움을 막을 수는 없어요. 린드 아주머니가 말씀하셨죠. '아무것도 기대하지 않는 사람들은 실망할 것이 없으니 축복받았다'라고. 하지만 제 생각에 실망하는 것보다 더 나쁜 건 아무것도 기대하지 않는 거예요."

그날 마릴라는 평소처럼 교회에 갈 때 자수정 브로치를 달았다. 마릴라는 교회에 갈 때면 언제나 자수정 브로치를 했다. 성경책이나 헌금을 잊어버리는 것만큼 그 브로치를 빼놓는 것도 신성을 모독하는 것이라고 여겼기 때문이다. 그 자수정 브로치는 마릴라가 세상에서 가장 귀하게 여기는 보물이었다. 선원이었던 삼촌이 마릴라의 어머니에게 준 것을 어머니가 다시 마릴라에게 물려주었다. 구식의 타원형에 어머니의 땋은 머리카락이 들어 있고, 가장자리에 멋진 자수정이 장식되어 있었다. 마릴라는 보석에 대해 아는 게 없어서 그 자수정이 실제로 얼마나 좋은 건지는 몰랐다. 하지만 자수정이 무척 아름답다고 생각했고, 자기는 보지 못하더라도 갈색 새틴 드레스의 목 부분에서 보라색 빛이 반짝인다는 생각을 하면 늘 기분이 좋았다.

앤은 처음 그 브로치를 보았을 때도 감탄하면서 홀딱 반했었다.

"와, 마릴라 아주머니. 완벽하게 우아한 브로치예요! 그 브로치를 달고 어떻게 설교나 기도에 집중할 수 있으세요? 저라면 못했을 거예요. 자수정은 정말 아름다워요! 다이아몬드라고 생각했던 모습과 똑같아요. 아주 오래전, 다이아몬드를 직접 보기 전에 책에서 읽고 다이아몬드가 어떻게 생겼을지 상상해본 적이 있거든요. 은은한 보라색으로 빛나는 돌일 거로 생각했어요. 그런데 어느 날, 어느 부인이 낀 반지에 있는 진짜 다이아몬드를 봤을 때 너무 실망해서 저는 그만 울고 말았어요. 물론 다이아몬드는 무척 아름다웠지만, 제가 생각하던 것과는 달랐거든요. 그 브로치를 1분만 만져봐도 될까요, 마릴라 아주머니? 자수정이 예쁜 제비꽃의 영혼일 거로 생각하지 않으세요?"

14. 마릴라의 브로치 분실 사건

소풍 가기 전 월요일 저녁, 마릴라는 난감한 표정으로 방에서 나왔다.

"앤."

마릴라는 어린아이를 불렀다. 앤은 티끌 하나 없는 식탁에 앉아 완두콩 껍질을 까며 다이애나가 가르쳐준 대로 활기차게 〈개암나무 골짜기의 넬리〉를 부르고 있었다.

"내 자수정 브로치 못 봤니? 어제 저녁에 교회에 다녀와서 내 바늘꽂이에 꽂아놨다고 생각했는데, 어디에도 없구나."

앤은 천천히 대답했다.

"오늘 오후에 아주머니가 자선 모임에 가셨을 때 봤어요. 아주머니 방문 앞을 지나가고 있었는데, 바늘꽂이에 있는 게 보여서 들어가서 자세히 봤어요."

마릴라는 엄한 목소리로 물었다.

"거기에 손댔니?"

"네에. 어떻게 생겼는지 궁금해서 잠깐 빼서 살펴보다가 제 가슴에 달아봤어요."

"앞으로 절대 그런 짓을 하면 안 돼. 어린아이가 다른 사람의 물건에 손 대는 건 몹시 나쁜 짓이야. 첫째 너는 내 방에 들어가서는 안 됐고, 둘째 네 물건이 아닌 브로치를 만져서도 안 됐어. 그걸 어디에 두었니?"

"아, 화장대에 다시 올려뒀어요. 1분도 안 되는 짧은 시간이었어요. 정말로 손댈 생각은 없었어요, 마릴라 아주머니. 방에 들어가서 브로치를 달아보는 게 나쁜 행동이라는 생각도 미처 하지 못했어요. 하지만 이제 잘못된 행동이라는 걸 알았으니 다시는 그러지 않을게요. 그게 제 장점 중 하나예요. 저는 같은 실수를 두 번 반복하지 않아요."

마릴라는 말했다.

"너는 브로치를 그 자리에 다시 돌려놓지 않았어. 화장대를 다 찾아봤는데, 보이지 않았거든. 혹시 네가 그걸 가지고 나갔거나 어떻게 한 거 아니니, 앤?"

자기 말이 채 끝나기도 전에 대꾸하는 걸 보고 마릴라는 앤이 버릇없다고 생각했다.

"분명히 다시 놔뒀어요. 그 브로치를 바늘꽂이에 다시 꽂아놨는지 사기 쟁반에 두었는지는 정확히 기억나지 않지만요. 하지만 다시 놓고 나온 것만은 확실해요."

마릴라는 공정해지기로 결심하고 말했다.

"그래, 그럼 내가 가서 다시 잘 찾아보마. 네가 브로치를 제자리에 두었다면 거기 어딘가에 그대로 있겠지. 그렇지 않다면 네가 제자리에 돌려놓지 않았다는 증거 아니겠니?"

마릴라는 자기 방으로 돌아가 꼼꼼하게 브로치를 찾아보았다. 화장대뿐만 아니라 브로치가 있을 만한 곳은 모두 구석구석 찾아보았다. 하지만 브로치는 보이지 않았다. 마릴라는 다시 부엌으로 갔다.

"앤, 브로치가 없다. 네가 방에 들어갔기 때문에 브로치를 만진 마지막 사람은 틀림없이 너야. 도대체 브로치를 어떻게 한 거니? 당장 사실대로 말해라. 브로치를 가지고 나갔다가 잃어버린 거니?"

앤은 화가 난 마릴라를 똑바로 마주 보며 진지하게 말했다.

"아니에요. 그러지 않았어요. 저는 절대 아주머니 방에서 브로치를 가지고 나오지 않았다고요. 사실이에요. 이 일로 제가 단두대에 끌려간다 해도 그건 틀림없는 사실이에요. 단두대가 뭔지 정확히는 모르지만요. 그러니 인제 그만하세요, 아주머니."

앤은 자신의 결백함을 강조하기 위해 일부러 "인제 그만하세요"라고 말했지만, 마릴라는 그 말을 반항의 표시로 받아들였다.

마릴라는 날카롭게 말했다.

"넌 지금 거짓말을 하고 있어, 앤. 난 너를 알아. 그만 됐다. 모두 사실대로 말할 준비가 될 때까지 더는 아무 말도 하지 마라. 네 방에 가서 고백할 준비가 될 때까지 밖으로 나오지 마."

앤은 온순하게 물었다.

"완두콩도 가져갈까요?"

"아니. 내가 할 테니 너는 어서 네 방으로 올라가기나 해."

앤이 가고 나자, 마릴라는 심란한 마음으로 저녁 일을 하기 시작했다. 자신의 소중한 브로치가 걱정되었다. 앤이 정말로 잃어버렸으면 어쩌지? 누가 봐도 저 애가 브로치를 가져간 게 분명한데. 그래놓고 아니라고 잡아떼다니, 정말 못된 아이야! 저렇게 순진한 얼굴을 하고서!

마릴라는 신경질적으로 완두콩 껍질을 까면서 괘씸한 생각이 들었다.

'이럴 땐 내가 도대체 어떻게 해야 하는 건지. 물론 그 아이가 브로치를 훔치려거나 뭐 다른 나쁜 의도로 한 일은 아니었을 거야. 그냥 브로치를 가지고 놀거나 뭔가를 상상하기 위해 가져갔겠지. 어쨌든 앤이 브로치를 가져간 것만은 분명해. 그 애도 그렇게 말했잖아. 그리고 그 애가 방에 들어갔다 나온 뒤 그 방에 들어간 사람은 아무도 없었어. 오늘 밤 내가 들어가기 전까진 말이야. 그리고 브로치는 없어졌다고. 여기까지는 분명한 사실이잖아. 브로치를 잃어버렸는데, 혼나는 게 무서워서 사실대로 말하지 못하는 걸 거야. 앤이 거짓말을 한다고 생각하니 끔찍해! 그건 고약하게 성질부리는 것보다 훨씬 더 나쁜 일인데. 믿을 수 없는 아이를 집에 데리고 있는 것보다 걱정스러운 일도 없으니까. 내게 교활한 거짓말을 한 거잖아. 브로치를 잃어버린 것보다 그것 때문에 더 기

분이 나빠. 사실대로만 말했어도 이렇게까지 신경을 쓰진 않았을 텐데.'

마릴라는 저녁 내내 틈만 나면 자기 방에 들어가 브로치를 찾아보았다. 그러나 아무리 찾아도 브로치는 보이지 않았다. 잠자리에 들기 전 동쪽 방에 다시 가서 찾아봤지만 아무 성과도 없었다. 앤은 브로치가 어디로 갔는지 자기는 모르는 일이라고 계속 잡아뗐지만 그럴수록 마릴라는 앤이 그랬을 거라는 확신만 더 강해졌다.

다음 날 아침, 마릴라는 매슈에게 전날 있었던 이야기를 들려주었다. 매슈는 당혹스러워했다. 그렇게 빨리 앤에 대한 신뢰를 잃지는 않았지만 정황이 앤에게 불리하다는 사실을 인정해야 했다.

매슈가 내놓은 유일한 의견은 이랬다.

"화장대 뒤로 빠지지 않은 게 확실한 거야?"

마릴라는 대답했다.

"화장대를 옮겨도 보고 서랍도 꺼내 보고 틈이란 틈은 빼놓지 않고 샅샅이 찾아봤어요. 그런데도 브로치를 찾지 못했다고요. 분명 그 아이가 가져가놓고는 거짓말하는 거예요. 그게 불편한 진실이라고요, 오라버니. 우리는 이 일을 사실로 받아들여야 해요."

"이제 너는 어쩔 셈이냐?"

매슈가 쓸쓸하게 물었다. 이 곤란한 상황을 자신이 처리하지 않아도 된다는 사실에 내심 안도했다. 이번에 메슈는 이 일에 참견하고 싶은 마음이 전혀 없었다.

마릴라는 지난번에 이 방법이 성공적이었다는 것을 떠올리고 단호한 목소리로 말했다.

"앤이 자신의 잘못을 인정하고 고백할 때까지 방에서 나오지 못하게 할 거예요. 일단 두고 보죠. 브로치를 가져다 어떻게 했는지 고백한다면 방에서 나오게 해줄 거예요. 하지만 어떤 경우라도 앤은 엄하게 벌을 받아야 할 거예요, 매슈 오라버니."

매슈가 모자를 집으며 말했다.

"그래. 벌을 줘야겠지. 아무튼, 난 상관하지 않겠다. 참견하지 말라고 내가 분명하게 경고했잖니."

마릴라는 모두에게 버림받은 기분이었다. 이 일을 린드 부인에게 상의하고 조언을 구할 수도 없었다. 마릴라는 심각한 얼굴로 동쪽 방에 갔다가 더 심각해진 얼굴로 나왔다. 앤은 여전히 꿋꿋하게 자신의 잘못을 인정하지 않았다. 계속 브로치를 가져가지 않았다고만 주장했다. 앤이 슬프게 울고 있어서 마릴라는 가엾다는 생각도 들었지만 그런 생각을 냉정하게 떨쳐버리려고 애를 썼다. 밤이 되자, 마릴라의 표현대로 그녀는 완전히 '지쳐버렸다.'

마릴라는 단호하게 말했다.

"앤, 고백하기 전까지 너는 이 방에서 한 발자국도 못 나가. 모든 건 네가 마음먹기에 달렸다."

앤은 울면서 말했다.

"하지만 내일은 소풍날이에요, 마릴라 아주머니. 설마 소풍을 못 가게 하진 않으실 거죠? 오후에는 나가게 해주실 거죠? 그 후로는 아주머니가 원하시는 만큼 얼마든지 이 방에 있을게요. 하지만 소풍은 꼭 가야 해요."

"네가 고백하기 전까진 소풍이든 어디든 아무데도 못 가, 앤."

앤은 숨이 턱 막혔다.

"아, 마릴라 아주머니!"

하지만 마릴라는 문을 닫고 방에서 나가버렸다.

수요일 아침이 밝았다. 특별히 소풍을 위해 주문한 것처럼 맑고 화창한 날씨였다. 초록 지붕 집 주위에서 새들이 지저귀었다. 정원에 핀 흰 백합 향기가 보이지 않는 바람에 실려 모든 문과 창으로 들어와 축복해주기라도 하는 것처럼 복도와 방에도 향기가 진하게 풍겼다. 골짜기의 자작나무들은 동쪽 방에서 앤이 평소처럼 아침 인사해주기를 기다리는 듯 기분 좋게 나뭇가지를 흔들었다. 하지만 앤은 창문가에 나타나지 않았다. 마릴라가 아침 식사를 가지고 방으로 올라갔을 때 앤은 침대 끝에 앉아 있었다. 창백하고 단호한 표정에 입술은 꽉 다문 채로. 앤의 두 눈은 빛났다.

"마릴라 아주머니, 고백할게요."

마릴라는 쟁반을 내려놓았다. 다시 한 번 자신의 방법이 통한 것이었다. 하지만 마릴라에게는 아주 씁쓸한 성공이었다.

"아, 그래. 무슨 이야기를 할 건지 한번 들어보자, 앤."

앤은 배운 내용을 반복해서 말하는 것 같았다.

"제가 자수정 브로치를 가져갔어요. 아주머니가 말씀하신 것처럼 제가 브로치를 가져갔어요. 방에 들어갔을 때만 해도 그럴 의도는 전혀 없었어요. 하지만 제 가슴에 브로치를 달자 너무 아름다워 보여서 거부할 수 없는 유혹에 빠졌어요. 한가한 황무지에 브로치를 가져가서 코델리아 피츠제럴드 공주놀이를 하면 얼마나 신날지 상상했어요. 진짜 자수정 브로치를 하고 있으면 코델리아 공주가 되었다고 상상하는 게 훨씬 쉬울 것 같았거든요. 다이애나와 같이 로즈베리로 목걸이를 만들었지만 어떻게 로즈베리가 자수정과 비교가 되겠어요? 그래서 제가 브로치를 가져갔어요. 아주머니가 집에 오시기 전에 다시 가져다놓을 수 있으리라 생각했어요. 그런데 브로치를 좀 더 가지고 놀고 싶어서 꾸물거리며 이 길 저 길을 돌아다녔어요. 그러다가 빛나는 물의 호수에 있는 다리를 건널 때 브로치를 한 번 더 보려고 꺼냈어요. 햇빛에 어찌나 아름답게 반짝거리던지요! 그때 마침 다리에 몸을 기대려 했는데, 손가락 사이로 브로치가 미끄러져 아래로, 아래로, 아래로 떨어졌어요. 보라색 빛을 반짝거리며 빛나는 물의 호수 아래로 영원히 가라앉아버렸죠. 이게 최선을 다한 제 고백이에요, 마릴라 아주머니."

마릴라는 다시 속에서 불같은 화가 치밀어 올랐다. 이 아이는 자신의 소중한 자수정 브로치를 가져가서 잃어버리고서는 여기에 차분하게 앉아 최소한의 죄책감이나 뉘우침도 없이 자세하게 상황을 설명하고 있는 것이었다.

마릴라는 애써 차분하게 말하려고 노력했다.

"앤, 정말 너무하구나! 넌 내가 지금까지 들어본 아이 중에 가장 못된 아이야."

앤은 조용하게 대답했다.

"네, 그런 것 같아요. 저도 제가 벌 받아야 한다는 걸 잘 알아요. 아주머니는 당연히 제게 벌을 주셔야 해요. 그러니 지금 당장 벌을 주시고 끝내주세요. 저는 죄책감 없이 소풍을 가고 싶어요."

"소풍이라니! 너는 오늘 소풍 못 간다, 앤 셜리. 그게 네가 받아야 할 벌이야. 네가 한 짓에 비하면 절대로 가혹하지 않아!"

앤은 벌떡 일어나 마릴라의 손을 붙잡았다.

"소풍에 못 간다니요! 가도 된다고 약속하셨잖아요! 아, 마릴라 아주머니, 저는 소풍을 꼭 가야 해요. 그래서 고백한 거라고요. 어떤 벌을 주셔도 되지만 그것만은 안 돼요. 마릴라 아주머니, 제발요, 제발. 소풍을 가게 해주세요. 아이스크림을 생각해보세요! 제가 아이스크림을 다시 맛볼 기회는 없을지도 몰라요."

마릴라는 매달리는 앤의 손을 냉정하게 뿌리쳤다.

"애원할 필요 없다, 앤. 너는 소풍에 가지 못해. 그걸로 끝이야. 안 돼. 더는 아무 말도 하지 마라."

앤은 마릴라의 마음이 바뀌지 않으리란 걸 깨달았다. 손을 거두고 날카로운 비명을 지른 뒤 침대에 몸을 던져 얼굴을 묻었다. 완전히 포기한 채 실망과 절망으로 몸부림치며 울음을 터트렸다.

"맙소사!"

마릴라는 숨이 턱 막혔다. 서둘러 그 방에서 나오면서 말했다.

"저 애는 제정신이 아닌 게 분명해. 제정신이라면 저렇게 행동하지는 못해. 제정신이라면 완전히 못된 거야. 맙소사, 린드 부인이 처음부터 맞았던 거야. 하지만 이미 시작된 일이니 되돌릴 수도 없어."

우울한 아침이었다. 마릴라는 무섭게 일에 매달렸다. 달리 할 일을 찾지 못하자, 현관 바닥과 유제품을 두는 선반까지 닦았다. 선반이나 현관까지 닦을 필요는 없었지만 마릴라는 그것들을 모두 깨끗하게 닦고 또 닦았다. 그리고 밖으로 나가 마당을 열심히 갈퀴

질했다.

점심 식사를 준비하고 계단으로 가서 앤을 불렀다.

"앤, 내려와서 점심 먹어라."

얼굴이 눈물로 범벅된 앤은 난간에서 비참한 표정으로 내려다보면서 흐느껴 울었다.

"점심 같은 건 먹고 싶지 않아요, 마릴라 아주머니. 아무것도 먹을 수 없어요. 마음이 찢어지는 것 같아요. 언젠가 아주머니도 제 마음을 아프게 한 걸 후회하실 거예요. 마릴라 아주머니, 하지만 저는 아주머니를 용서할게요. 때가 되면 제가 아주머니를 용서했다는 것을 꼭 기억해주세요. 그렇지만 저한테 뭘 먹으라고 하진 마세요. 특히 삶은 돼지고기와 푸른 채소는요. 고통에 빠져 있을 때 삶은 돼지고기와 푸른 채소를 먹는 건 너무 낭만이 없어요."

몹시 화가 난 마릴라는 부엌으로 돌아가 매슈에게 넋두리를 늘어놓았다. 매슈는 공정해야 한다는 생각과 올바르지 못한 앤에 대한 동정심 사이에서 괴로워하는 것 같았다.

매슈도 앤처럼 감정이 격한 상황에 어울리지 않은 음식이라 생각하듯 애석한 표정으로 접시 가득한 낭만적이지 않은 돼지고기와 채소를 뒤적거리며 말했다.

"앤은 그 브로치를 가져가서는 안 됐어, 마릴라. 아니면 전부 다 털어놨어야 했지. 하지만 아직 어린아이잖니. 좀 엉뚱한 아이고. 그렇게 가고 싶어 하는데, 소풍 못 가게 하는 건 너무하다는 생각이 들지 않니?"

"요즘 오라버니 때문에 내가 정말 자주 놀라네요. 나는 저 애를 너무 쉽게 용서해준다고 생각하고 있었거든요. 그리고 저 애는 자기가 저지른 일이 얼마나 나쁜 일인지 깨닫는 기미조차 보이지 않아요. 그게 제일 걱정되는 부분이에요. 정말로 잘못을 뉘우친다면 그렇게 나쁘진 않을 거예요. 오라버니도 정확히 상황 파악을 못하는 것 같군요. 언제나 그 애의 변명거리만 만들고 있잖아요. 나는 다 보여요."

매슈는 힘없이 되풀이해 말했다.

"그렇지만 저 애는 아직 어리잖아. 그걸 감안해야 한다고 봐, 마릴라. 저 아이는 훈육 받은 적이 없다는 걸 너도 알잖니."

마릴라는 매슈에게 쏘아붙였다.

"그래서 지금 저 아이를 가르치고 있잖아요."

마릴라의 대꾸가 매슈는 얼른 이해되지 않았지만 침묵해야 했다. 그날 점심 식사는 아주 우울했다. 일을 돕도록 고용한 제리 부트만 유일하게 활기찼다. 마릴라는 그런 제리의 활기참에 오히려 모욕감이 들어 화가 났다.

마릴라는 설거지를 끝내고 빵 구울 준비를 한 뒤 암탉에게 먹이를 주었다. 그때 여성 자선회 모임에 다녀온 월요일 오후에 가장 아끼는 검은색 레이스 숄을 벗다가 조금 찢어진 부분을 발견했던 것이 생각났다.

마릴라는 숄을 수선하러 집으로 들어갔다. 숄은 큰 가방의 상자 안에 있었다. 마릴라가 숄을 꺼내 드는데, 창문 주위로 빽빽하게 자란 덩굴들 사이로 비춰든 햇살에 숄에 달려 있는 무언가가 보라색 빛을 내며 반짝거렸다. 마릴라는 숨을 들이쉬며 그것을 잡았다. 그것은 레이스 실에 매달려 있는 자수정 브로치였다!

마릴라는 멍한 표정으로 혼잣말을 했다.

"어머나, 이게 뭐람! 이게 무슨 뜻이지? 배리네 연못 바닥에 있을 거로 생각했던 내 브로치가 여기에 무사하게 있잖아. 그럼 저 아이가 가져가서 잃어버렸다고 말한 건 무슨 뜻이지? 이 초록 지붕 집이 마법에 걸린 게 분명하군. 이제야 기억나. 월요일 오후에 숄을 벗어서 잠시 화장대에 올려놓았어. 그때 브로치가 숄에 딸려 간 거였어!"

마릴라는 손에 브로치를 들고 동쪽 방으로 갔다. 앤은 울다 지쳐 창가에 맥없이 앉아 있었다.

마릴라는 진지하게 말했다.

"앤 셜리. 내가 방금 검은 레이스 숄에 달려 있는 브로치를 찾았단다. 그러니 이제 네가 오늘 아침에 말했던 복잡한 이야기가 어찌 된 일인지 알고 싶구나."

앤은 지쳐서 힘없이 대답했다.

"제가 고백할 때까지 저를 이 방에서 못 나오게 하겠다고 하셨잖아요. 하지만 저는 소풍에 꼭 가야 하니까 고백하기로 결심한 거예요. 어젯밤 침대에 누워서 고백할 이야기를 생각해봤어요. 최대한 재미있게 만들었죠. 그리고 까먹지 않으려고 여러 번 반복해서 연습도 했어요. 그런데도 아주머니는 저를 소풍에 안 보내주셨잖아요. 괜한 고생만 사서 한 거죠."

마릴라는 자신도 모르게 웃음이 나왔다. 하지만 양심의 가책을 느꼈다.

"앤, 너는 정말 사람을 놀라게 하는구나! 하지만 내가 잘못했다. 이제야 알겠어. 네 말을 의심하면 안 되는 거였어. 네가 이야기를 지어낼 줄은 몰랐다. 물론 네가 하지도 않은 일을 했다고 고백한 건 옳지 않아. 그건 아주 잘못된 일이야. 하지만 내가 너를 그렇게 만들었구나. 그래서 네가 나를 용서한다면 앤, 나도 너를 용서할게. 처음으로 돌아가자. 그리고 이제 소풍갈 준비를 하렴."

앤은 로켓처럼 벌떡 일어났다.

"아, 마릴라 아주머니, 너무 늦지 않았을까요?"

"아니야. 아직 두 시밖에 안 됐어. 아직 다 모이지도 않았을 거야. 차를 마시려면 한 시간은 더 걸릴 거야. 세수부터 하고 머리도 빗으렴. 체크무늬 원피스를 입어라. 내가 맛있는 도시락을 싸주마. 집에는 구워놓은 것들이 많이 있단다. 그리고 제리에게 마차로 소풍가는 곳까지 너를 데려다주라고 얘기해놓으마."

앤은 세면대로 뛰어가면서 소리쳤다.

"마릴라 아주머니. 5분 전만 해도 전 너무 비참해서 차라리 태어나지 말았어야 했다고 생각했어요. 하지만 지금은 천사가 바꾸자고 해도 제 자리를 바꾸지 않을 거예요!"

그날 밤, 초록 지붕 집에 돌아온 앤은 완전히 녹초가 되었지만 말할 수 없이 행복해 보였다.

"아, 마릴라 아주머니, 오늘 정말 굉장한 시간을 보냈어요. '굉장하다'라는 말은 오늘 새로 배운 단어예요. 메리 엘리스 벨이 그 단어를 쓰는 걸 들었거든요. 근사한 표현 아닌가요? 모든 것이 훌륭했어요. 우리는 맛있는 차를 마시고, 하먼 앤드루스 씨가 빛나는 물의 호수로 우리를 데려가서 배를 태워줬어요. 한 번에 여섯 명이 탔거든요. 그런데 제인 앤드루스가 물속으로 거의 떨어질 뻔했어요. 수련을 잡으려고 배에 너무 가까이 기대고 있었거든요. 앤드루스 씨가 아슬아슬하게 장식 띠를 잡지 않았다면 제인은 아마 물에 빠져 죽었을 거예요. 저는 그게 저였기를 바랐어요. 익사할 뻔한 일은 아주 낭만적인 경험이 될 테니까요. 흥분되는 이야깃거리죠. 그리고 우리는 아이스크림을 먹었어요. 아이스크림 맛을 표현할 마땅한 말이 떠오르질 않네요. 마릴라 아주머니, 아이스크림은 정말 위대한 것이었어요!"

그날 저녁, 마릴라는 양말 바구니 너머에 있는 매슈에게 그날 있었던 이야기를 전부 들려주었다.

마릴라는 솔직하게 말했다.

"내가 실수했다는 걸 인정해야겠군요. 하지만 한 가지 교훈을 얻었어요. 앤의 '고백'을 떠올리면 웃음밖에 안 나요. 완전한 거짓말이었으니 그러면 안 된다고 생각하지만요. 그게 다른 거짓말만큼 나쁜 것 같진 않지만, 어쨌든 내 책임도 있어요. 저 아이는 어떤 면에서 정말 이해하기 힘들어요. 하지만 아직까진 올바르게 자랄 거라 믿어요. 그리고 한 가지 확실한 건, 저 아이가 있는 한 어떤 집이라도 따분할 일은 없을 거예요."

15. 학교에서 일어난 소동

앤은 길게 숨을 쉬며 말했다.

"오늘 날씨 정말 좋다! 오늘 같은 날에는 살아 있다는 게 기쁘지 않니? 아직 태어나지 않은 사람들은 이렇게 좋은 날을 보지 못하니 정말 불쌍해. 물론 그들도 좋은 날을 보내겠지만 오늘은 아니잖아. 학교 가는 길에 이렇게 아름다운 길이 있어서 정말 좋아, 안 그래?"

"큰길로 돌아가는 것보다는 훨씬 더 좋아. 거긴 먼지가 너무 많고 덥거든."

다이애나는 현실적으로 말했다. 점심 도시락을 들여다보면서 맛있는 산딸기 타르트 세 개를 열 명이 나눠 먹으면 각자 몇 입씩 먹을 수 있을지 마음속으로 계산하고 있었다.

에이번리 학교의 여자아이들은 언제나 모두 함께 점심을 먹었다. 만약 산딸기 타르트 세 개를 전부 혼자 먹거나 가장 친한 친구하고만 나눠 먹으면 영원히 '엄청나게 쩨쩨한' 아이로 낙인찍힐 것이다. 하지만 타르트를 열 명이 나눠 먹으면 감질나게 먹을 수밖에 없었다.

앤과 다이애나가 학교 가는 길은 무척이나 예뻤다. 앤은 다이애나와 함께 학교를 오가는 것이 그 어떤 상상보다 좋다고 생각했다. 큰길로 다녔다면 그런 낭만은 없었을 것이다. 하지만 연인의 길과 버드나무 연못과 제비꽃 골짜기와 자작나무 길은 낭만적이었다.

연인의 길은 초록 지붕 집 과수원 아래에서 시작되어 커스버트 농장 끝에 있는 숲 속 깊은 곳까지 이어졌다. 소들을 집 뒤의 목초지로 데려갈 때 이 길로 갔고, 겨울에 집으로 땔감을 끌고 올 때도 이 길로 다녔다. 앤은 초록 지붕 집에서 지낸 지 한 달쯤 되었을 때 그 길을 '연인의 길'이라고 이름 붙였다.

앤은 마릴라에게 설명했다.

"실제로 연인들이 그 길을 걷지는 않아요. 하지만 다이애나와 제가 아주 감명 깊게 읽은 책이 있는데, 거기에 연인의 길이 나와요. 그래서 우리도 그런 길을 갖고 싶었죠. 정말 예쁜 이름 아닌가요? 그렇게 생각하지 않으세요? 굉장히 낭만적이에요! 그 길에 연인들이 있다고 상상할 수는 없어요. 저는 그 길이 좋은 이유가 거기에선 생각나는 걸 큰 소리로 말해도 사람들이 미쳤다고 하지 않아요."

앤은 아침에 혼자 연인의 길을 따라 시냇물이 있는 곳까지 걸어갔다. 그리고 그곳에서 다이애나를 만났고, 이 두 소녀는 단풍나무 가지들이 아치를 이룬 길까지 올라갔다.

앤은 단풍나무를 보고 말했다.

"단풍나무는 사교적인 나무야. 언제나 바스락거리면서 속삭이고 있어."

앤과 다이애나는 통나무 다리에 도착했다. 그 길을 지나 배리 씨의 뒷마당으로 가서 버드나무 연못을 지나갔다. 버드나무 연못 뒤로 제비꽃 골짜기가 나왔다. 이곳은 앤드루스 벨 씨의 넓은 숲 그림자가 드리운 작은 '초록 골짜기'였다.

앤은 마릴라에게 말했다.

"물론 지금은 제비꽃이 없어요. 하지만 봄이 되면 제비꽃이 엄청 많이 핀다고 다이애나가 말했어요. 아, 마릴라 아주머니, 제비꽃이 흐드러지게 핀 골짜기를 상상하실 수 있어요? 실제로 보면 숨이 막힐 것 같아요. 그래서 제가 '제비꽃 골짜기'라고 이름 지었어요. 다이애나는 그런 장소에 어울리는 멋진 이름을 저보다 잘 짓는 사람은 지금까지 본 적이 없대요. 어떤 것에 재주가 있다는 건 멋져요, 그렇지 않나요? 하지만 '자작나무 길'은 다이애나가 지은 이름이에요. 다이애나가 이름을 짓고 싶어 해서 제가 그러라고 했어요. 하지만 저라면 '자작나무 길'이라는 평범한 이름보다는 좀 더 시적인 이름을 찾았을 거예요. 그런 이름은 누구나 생각해낼 수 있잖아요. 아무튼, 자작나무 길은 이 세상에서 가장 아름다운 곳이에요, 마릴라 아주머니."

정말로 그랬다. 앤 말고도 그곳을 우연히 발견한 사람들 모두 그렇게 생각했다. 구불구불한 좁은 길이 긴 언덕길 아래로 좁아지면서 벨 씨의 숲으로 이어졌다. 그곳에는 햇빛이 에메랄드빛 장막 사이로 무수히 쏟아져 내려 다이아몬드처럼 반짝였다. 길가에는 가느다란 어린 자작나무들이 희고 야리야리한 가지를 뻗고 있었다. 고사리와 별꽃, 야생 은방울꽃과 진홍색 미국자리공들이 그 길을 따라 무성하게 피었다. 언제나 기분 좋은 향이 나고, 새들은 노래를 부르고, 나무 위로 지나가는 바람이 웃으며 속삭였다. 가끔 조용히 있으면 깡충깡충 뛰어 길을 건너는 토끼도 볼 수 있었는데, 앤과 다이애나도 아주 가끔 본 적이 있었다. 골짜기 아래에서 그 길은 큰길로 연결되고, 그 길을 따라 가문비나무 언덕을 올라가면 학교에 도착했다.

에이번리 학교는 흰색으로 페인트칠한 건물이었다. 낮은 처마에 옆으로 넓은 창문들이 있었다. 교실에는 덮개가 달린 편안하고 튼튼한 구식 책상들이 단조롭게 자리 잡았다. 그 덮개에는 3대에 걸쳐 학교에 다닌 아이들 이름의 머리글자와 문자들이 새겨져 있었다. 학교 건물은 큰길에서 뒤로 들어가 있었고, 건물 뒤에는 울창한 전나무 숲과 시내가 있었다. 학교 아이들은 점심시간에 우유를 시원하게 마시려고 아침에 우유병을 이 시냇물에 넣어두었다.

9월 1일, 마릴라는 티는 내지는 않았지만 불안한 마음으로 앤이 학교에 가는 모습을 지켜보았다. 앤은 특이한 아이였다. 다른 아이들과 잘 어울릴 수 있을까? 수업 시간에는 어떻게 입을 다물고 있을까?

그러나 마릴라가 걱정한 것보다 상황은 훨씬 좋았다. 그날 오후, 앤은 무척 기분 좋은 상태로 집에 돌아왔다.

앤은 말했다.

"여기 학교가 좋아질 것 같아요. 그렇지만 선생님은 별로예요. 선생님은 내내 손가락으로 자기 콧수염을 감으면서 프리시 앤드루스 쪽만 바라보았어요. 아시겠지만 프리시는 다 컸다고요. 열여섯 살이고, 내년에 샬럿타운에 있는 퀸스 학교 입학시험을 준비하고 있어요. 틸리 볼터 말로는, 선생님이 프리시에게 푹 빠졌대요. 프리시는 얼굴이 예쁘고 갈색 곱슬머리예요. 아주 우아하게 머리를 올렸어요. 교실 뒤쪽 긴 의자에 앉는데, 선생님도 거의 수업 내내 거기에 앉아 있어요. 공부를 봐준다고 하지만 루비 길리스가 선생님이 프리시의 석판에 뭔가 쓰는 걸 봤대요. 프리시가 그걸 읽고서 얼굴이 사탕수수처럼 빨개지더니 웃었대요. 루비 길리스는 그게 수업과 관련된 건 아닐 거라고 했어요."

마릴라는 톡 쏘아붙였다.

"앤 셜리. 선생님을 그런 식으로 말하는 걸 다시는 듣고 싶지 않구나. 선생님을 비난하려거든 학교에 가지 마라. 선생님은 네게 뭔가를 가르쳐주고, 넌 그걸 배우는 게 일이야. 선생님 험담을 하려고 학교에 다니는 게 아니라는 걸 알아야지. 나는 그런 걸 보고만 있지 않을 거야. 학교에서 얌전하게 행동했길 바란다."

앤은 편안하게 말했다.

"물론이죠. 아주머니가 생각하시는 것처럼 어렵지는 않았어요. 저는 다이애나와 같이 앉아요. 우리 자리는 창문 바로 옆이라서 빛나는 물의 호수를 내다볼 수 있어요. 학교에는 괜찮은 여자아이들이 많아서 점심시간에 재미있게 놀았어요. 같이 놀 아이들이 많아서 좋아요. 물론 저는 다이애나가 제일 좋고, 앞으로도 그럴 테지만요. 저는 다이애나가 정말 좋아요! 그런데 제가 다른 아이들보다도 많이 뒤처져요. 그 애들은 모두 5학년 책을 보는데, 저만 4학년 책을 봐요. 그래서 조금 창피해요. 하지만 그 아이들 중에 저만큼 상상력이 좋은 아이는 아무도 없었어요. 저는 바로 알아봤어요. 오늘은 읽기와 지리, 캐나다 역사와 받아쓰기를 했어요. 필립스 선생님은 제 철자가 엉망이라고 제 석판을 들어서 모두에게 보여주셨어요. 아주 굴욕적이었어요, 마릴라 아주머니. 선생님은 새로 온 학생에게 조금 더 예의를 갖추셨어야 해요. 루비 길리스는 제게 사과를 주었고, 소피아 슬론은 '너희 집에 가도 될까?'라고 적힌 예쁜 분홍색 카드를 빌려주었어요. 내일 그 애에게 그 카드를 돌려줄 거예요. 그리고 틸리 볼터는 자기 구슬 반지를 오후 내내 끼게 해줬어요. 반지를 만들려고 하는데, 다락방에 있는 오래된 바늘겨레에서 진주 구슬을 가져가도 될까요? 아, 마릴라 아주머니, 제인 앤드루스가 전하길, 미니 맥퍼슨은 프리시 앤드루스가 사라 길리스에게 제 코가 아주 예쁘다고 말하는 걸 들었다고 했어요. 마릴라 아주머니, 그건 제가 살면서 처음 듣는 칭찬이었어요. 아주머니는 제 기분이 얼마나 이상했는지 상상도 못하실 거예요. 마릴라 아주머니, 제 코가 정말 예쁜가요? 아주머니는 사실을 말해주실 거로 생각해요."

"네 코는 그런 대로 괜찮아."

마릴라는 망설이지 않고 대답했다. 사실, 마릴라는 앤의 코가 눈에 띄게 예쁘다고 생각했다. 하지만 앤에게 그렇게 말해줄 마음은 전혀 없었다.

앤이 학교에 다닌 지 3주가 지났고, 지금까지 모든 일이 순조로웠다. 상쾌한 9월의 아침, 에이번리 마을에서 가장 행복한 소녀 두 명이 자작나무 길을 유쾌하게 걷고 있었다.

다이애나는 말했다.

"오늘 길버트 블라이스가 학교에 나올 것 같아. 길버트는 여름 내내 뉴브런즈윅에 사는 사촌 집에 가 있었거든. 토요일 밤에 집으로 돌아왔대. 길버트는 굉장히 잘생겼어, 앤. 하지만 여자아이들을 잘 놀려. 그 애가 아마 우리도 괴롭힐 거야."

다이애나의 목소리는 오히려 괴롭힘을 당하고 싶어 하는 것처럼 들렸다.

"길버트 블라이스? 현관 벽에 줄리아 벨 이름과 같이 쓰여 있던 이름? 그 위에 크게 '주의'라고 쓰여 있던데, 그 아이 말이니?"

다이애나는 머리를 치켜들고 대답했다.

"맞아. 길버트는 줄리아 벨을 그렇게 많이 좋아하지는 않나 봐. 줄리아의 주근깨로 구구단을 공부해도 되겠다고 말하는 걸 내가 들었거든."

앤은 부탁했다.

"내 앞에서 주근깨 얘기는 꺼내지 마. 나처럼 주근깨가 많은 사람 앞에서 그런 얘기는 하는 게 아니야. 어쨌든 벽에 남자아이와 여자아이의 이름을 적고 주의라고 쓰는 건 세상에서 제일 한심한 짓 같아. 누가 내 이름을 남자아이 이름과 함께 적으면 가만 안 있을 거야."

앤은 서둘러 덧붙여 말했다.

"물론 아무도 그러지 않겠지만."

앤은 한숨을 쉬었다. 앤은 자기 이름이 적히기를 바라지 않았다. 하지만 그럴 위험이 전혀 없다는 사실을 아는 것도 약간 굴욕적이었다.

다이애나는 말했다.

"말도 안 돼! 장난으로 그러는 거야. 네 이름이 절대 적히지 않으리라 너무 확신하진 마. 찰리 슬론은 너한테 완전히 빠졌어. 그 애가 자기 엄마에게, 무려 엄마에게, 네가 학교에서 가장 똑똑한 아이라고 말했대. 그게 얼굴이 예쁜 것보다 더 좋은 거야."

다이애나의 검은 눈과 윤기 나는 머리카락은 에이번리 마을 남자아이들의 마음을 흔들어놓아 현관 벽에 다이애나의 이름은 '주의'와 함께 여섯 군데나 적혀 있었다.

앤은 아주 여성스럽게 말했다.

"아니야. 나는 똑똑한 것보다 예쁜 게 더 좋아. 그리고 난 찰리 슬론이 싫어. 안경 낀 남자아이는 참을 수 없거든. 누구든 내 이름을 찰리 슬론 이름과 같이 적어놓으면 절대 참지 못할 거야, 다이애나 배리. 하지만 반에서 1등인 건 멋진 것 같아!"

다이애나는 말했다.

"오늘부터 길버트가 너희 반이 될 거야. 길버트는 늘 1등을 해왔어. 나이는 열네 살이 다 되어가지만 아직 4학년이거든. 4년 전에 그 애 아버지가 편찮으셔서 건강을 위해 앨버타로 가야 했을 때 길버트도 함께 갔거든. 거기에서 3년을 살았는데, 이곳에 다시 돌아오기 전까지 학교를 거의 다니지 못했대. 이제부터 1등을 하기가 쉽지 않을 거야, 앤."

앤은 재빨리 말했다.

"잘됐다. 나는 아홉 살이나 열 살밖에 안 된 어린 애들 사이에서 1등하는 게 자랑스럽지 않았거든. 어제는 내가 일어나서 '비등'이라는 단어의 철자를 말했어. 조시 파이가 1등이었다는데, 글쎄 책을 몰래 들여다보는 거야. 그런데 필립스 선생님이 프리시 앤드루스를 보느라고 그걸 못 봤어. 하지만 내가 봤지. 내가 경멸하는 표정으로 차갑게 조시를 쳐다봤더니, 조시는 사탕무처럼 얼굴이 빨개져서는 결국 철자를 틀리게 말했어."

다이애나는 화를 내며 말했다. 그들은 큰길의 울타리를 오르고 있었다.

"파이네 여자아이들은 늘 속임수를 써. 거티 파이는 어제 시냇물에 내가 우유병을 놓는 자리에 자기 우유병을 두고 갔어. 무슨 그런 일이 다 있니! 이제 그 애랑 말도 안 할 거야."

필립스 선생이 교실 뒤에서 프리시 앤드루스가 라틴어를 읽는 것을 듣고 있는 동안 다이애나는 앤에게 속삭였다.

"네 옆 통로 건너편에 앉아 있는 애가 길버트 블라이스야, 앤. 한번 봐. 잘생긴 것 같지?"

앤은 곧바로 길버트를 쳐다보았다. 앤이 쳐다보기 좋았던 것은 길버트 블라이스가 앞에 앉아 있던 루비 길리스의 길고 노란 양 갈래머리를 몰래 핀으로 꽂는 데 관심이 쏠려 있기 때문이었다. 길버트는 키가 크고 갈색 곱슬머리에 악동 같은 적갈색 눈이었다. 입은 짓궂게 웃고 있었다. 이내 루비 길리스가 선생님의 지적을 받아 더하기 문제의 답을 말하려고 일어나다가 짧게 비명을 지르며 의자 위로 다시 넘어졌다. 루비는 머리카락이 뿌리째 뽑히는 줄 알았다. 모두가 루비를 쳐다보았다. 필립스 선생이 아주 무섭게 노려보자, 루비는 울음을 터트렸다. 길버트는 핀을 보이지 않는 곳에 숨기고는 세상에서 가장 진지한 얼굴로 역사책을 보고 있었다. 하지만 소란스러운 분위기가 가라앉자, 길버트는 앤을 보면서 말로 표현할 수 없는 익살스러운 표정으로 윙크했다.

앤은 다이애나에게 솔직하게 말했다.

"내 생각에 길버트 블라이스는 잘생겼어. 하지만 아주 건방진 것 같아. 친하지 않은 여자에게 윙크하는 건 예의가 아니지."

하지만 그날 오후부터 정말로 일이 벌어지기 시작했다.

필립스 선생이 프리시 앤드루스에게 수학문제를 설명해주려고 뒤쪽 구석으로 갔다. 그때 나머지 학생들은 대부분 기분 좋게 풋사과를 먹거나 소곤거리거나 석판에 그림을 그리고 귀뚜라미에 줄을 매달아 통로 위아래로 몰고 있었다. 길버트 블라이스는 앤 셜리의 시선을 끌려고 부단히 노력했지만 완전히 실패했다. 그 순간, 앤은 길버트 블라이스의 존재뿐만 아니라 에이번리 학교의 다른 학생들 모두를 전혀 의식하지 못했다. 앤은 손으로 턱을 괴고 서쪽 창문으로 보이는 빛나는 물의 호수의 푸른 물결을 하염없이 바라보았다. 아름다운 환상의 세계에 빠져 자기가 그려낸 멋진 상상

외에는 아무것도 보지도 듣지도 못했다.

길버트 블라이스는 여자아이의 시선을 끌려고 애쓴 적은 물론 실패한 적도 없었다. 그래서 작고 뾰족한 턱에 에이번리 학교의 다른 여자아이들의 눈과는 다르게 큰 눈을 가진 저 빨간 머리 앤 셜리도 당연히 자기를 봐야만 했다.

길버트는 통로 건너편으로 팔을 뻗어 앤의 땋은 빨간 머리 한쪽 끝을 잡아당기며 날카로운 목소리로 속삭였다.

"홍당무! 홍당무!"

그제야 앤은 길버트를 사납게 쳐다보았다!

앤은 그냥 쳐다보기만 한 게 아니었다. 멋진 공상은 이미 산산조각이 났다. 앤은 자리에서 벌떡 일어나 분노에 찬 눈빛으로 길버트를 쏘아보다가 너무 화가 난 나머지 금세 눈물까지 흘렸다.

앤은 격렬하게 소리쳤다.

"넌 정말 못됐고 혐오스러운 아이야! 어떻게 그런 말을!"

탁!

그때 그런 소리가 났다. 앤은 자신의 석판을 들어 길버트의 머리 위로 내리쳤고, 머리가 아닌 석판이 정확하게 반으로 갈라졌다.

에이번리 학생들은 언제나 사건이 일어나는 걸 즐거워했다. 이것은 특히나 즐거운 사건이었다. 모두 충격을 받았지만, 재미난 듯 "와" 하고 소리를 질렀다. 다이애나는 숨이 턱 막히는 기분이었다. 신경질적인 성격의 루비 길리스는 울음을 터트렸다. 토미 슬론은 귀뚜라미들이 모두 달아나는데도 입을 벌린 채 그 광경을 바라보고만 있었다.

필립스 선생이 통로로 다가와 앤의 어깨를 세게 잡고 신경질적으로 물었다.

"앤 셜리, 이게 무슨 짓이야?"

앤은 대답하지 않았다. 전체 학생이 보는 앞에서 앤이 '홍당무'로 불렸다는 사실을 말할 것이라 기대하는 것은 너무 많은 피와 살을 요구하는 것이나 마찬가지였다. 용감하게 말을 꺼낸 것은 길버트였다.

"제 잘못이에요, 선생님. 제가 앤을 놀렸어요."

필립스 선생은 길버트의 말은 신경 쓰지 않았다.

"내 학생이 그런 성질머리를 보이고 친구에게 앙심을 품은 모습을 보여주다니 유감이구나. 앤, 남은 시간 동안 칠판 앞 교단에 가서 서 있어라."

필립스 선생은 마치 자기 학생이 되려면 작고 불완전한 아이의 마음에서 사악한 기운을 뿌리 뽑아야 한다는 듯 근엄한 어조로 말했다.

앤에게는 이런 처벌보다 매를 맞는 것이 차라리 나을 것이다. 하지만 예민한 성격인 앤은 이미 채찍질 당한 것처럼 떨었다. 앤은 하얗게 굳은 얼굴로 선생님의 말을 따랐다. 필립스 선생은 분필을 들어 앤의 머리 위쪽 칠판에 이렇게 썼다.

"앤 셜리는 성미가 아주 고약하다. 앤 셜리는 자기 성미 다스리는 법을 배워야 한다."

그리고 그 글을 아주 큰 소리로 읽어서 글을 읽을 줄 모르는 초급반까지 무슨 내용인지 알게 되었다.

오후 내내 앤은 머리 위에 쓰인 설명과 함께 그곳에 서 있었다. 고개를 숙이거나 울지는 않았다. 여전히 마음속에는 분노가 치밀었고 굴욕감에 고통스러웠다. 화가 나서 뺨이 붉게 달아올랐다. 앤은 억울한 눈빛으로 다이애나의 동정어린 시선과 찰리 슬론의 분노의 끄덕거림, 조시 파이의 악의적인 비웃음을 마주 보았다. 길버트 블라이스는 아예 쳐다보지도 않았다. 다시는 저 애를 보지 않을 거야! 절대 저 애와 이야기도 나누지 않을 거야!

학교 수업이 끝나자, 앤은 빨간 머리를 꼿꼿이 들고 걸어갔다. 입구에서 길버트 블라이스가 앤을 가로막았다.

길버트가 깊이 뉘우치는 듯 조용히 말했다.

"머리카락 색으로 놀려서 정말 미안해, 앤. 진심이야! 인제 그만 화내."

앤은 보거나 들은 체도 하지 않고 길버트를 완전히 무시하며 지나갔다.

다이애나는 길을 내려가면서 반은 비난하는 투에 반은 감탄하는 투로 말했다. 자신이라면 길버트의 애원을 절대 뿌리칠 수 없으리라고 다이애나는 생각했다.

"앤, 너 어떻게 그럴 수 있니?"

앤은 단호하게 말했다.

"나는 절대로 길버트 블라이스를 용서하지 않을 거야. 필립스 선생님은 내 이름에 e를 적지 않았어. 뜨거운 다리미가 내 영혼으로 들어오는 것처럼 고통스러웠어, 다이애나."

다이애나는 앤의 말뜻을 전혀 이해하지 못했지만 끔찍하다는 이야기인 줄은 알고 있었다.

다이애나는 앤을 위로했다.

"길버트가 네 머리카락 색으로 놀린 걸 너무 오래 마음에 담아두지 마. 길버트는 여자아이라면 누구나 다 놀려. 내 머리카락을 보고는 너무 까맣다고 비웃었다니까. 나를 몇 번이나 까마귀라고 불렀어. 하지만 전에는 그 애가 사과하는 걸 한 번도 들어본 적이 없어."

앤은 위엄 있게 말했다.

"까마귀라고 불리는 것과 홍당무라고 불리는 것은 차이가 엄청나게 커. 길버트 블라이스는 내 기분을 고통스럽게 망쳐놨어, 다이애나."

다른 일이 일어나지 않았다면 그 일은 더 큰 고통 없이 지나갔을 것이다. 하지만 한번 사건이 시작되자 계속 사건이 꼬리에 꼬리를 물고 일어나기 시작했다.

에이번리 학교 학생들은 점심시간에 넓은 벨 씨의 목초지 건너편 언덕 위에 있는 가문비나무 숲에서 열매를 주웠다. 그곳에서 아이들은 필립스 선생이 하숙하고 있는 에번 라이트 씨의 집을 볼 수 있었다. 그 집에서 필립스 선생이 나오는 걸 보고 아이들은 학교로 달려갔다. 하지만 라이트 씨의 집에서 오는 길보다 세 배나 더 멀어서 학생들은 숨을 헐떡이며 아슬아슬하게 도착했고, 몇몇은 3분 정도 늦게 도착했다.

다음 날, 필립스 선생은 갑작스럽게 학생들을 교화시키고 싶은 마음에 점심을 먹으로 하숙집에 가기 전, 자기가 돌아왔을 때 모든 학생이 제자리에 앉아 있어야 한다고 말했다. 늦게 오는 사람은 벌을 받게 될 거라고.

남자아이들 전부와 여자아이 몇몇은 평소처럼 벨 씨의 가문비나무 숲에 가서 열매만 줍다가 올 생각이었다. 그러나 가문비나무 숲에는 유혹 거리가 많았고 노란 열매는 매력적이었다. 아이들은 열매를 줍고 어슬렁거리다 길을 벗어났다. 평소처럼 시간이 쏜살같이 지난 것을 상기시켜준 것은 오래된 가문비나무 꼭대기에 올라가 있던 지미 글로버였다. 지미가 제일 먼저 "선생님이 나오셨어"라고 소리쳤다.

땅에 있던 여자아이들이 먼저 뛰기 시작해 가까스로 제 시간에 학교에 도착했지만 단 1초의 여유도 없었다. 나무 위에서 꿈틀대며 급히 내려온 남자아이들은 늦었다. 열매를 하나도 줍지 않았지만 양치식물이 허리까지 오는 숲 끝까지 즐겁게 거닐면서 조용히 노래하고 그늘진 땅의 여신이 된 것마냥 쌀백합으로 화환을 만들어 쓴 앤은 가장 늦게 출발했다. 그러나 재미있게도 앤은 사슴처럼 달릴 수 있어서 문 앞에서 남자아이들을 따라잡는 놀라운 결과를 만들어냈다. 앤은 그들과 섞여 교실로 들어갔을 때 필립스 선생은 벌써 자신의 모자를 걸려고 하는 중이었다.

필립스 선생은 짧게나마 학생들을 교화하려던 생각이 사라졌다. 열두 명의 학생을 벌주는 일도 성가셨다. 하지만 자신이 내뱉은 말을 지켜야 했기에 희생양을 찾았다. 그 와중에 앤은 숨을 헐떡이며 자리에 앉았지만 한쪽 귀 위로 삐딱하게 쓴 백합 화환을 깜빡하고 벗지 않아 특히 단정치 못한 모습이었다. 필립스 선생은 그런 앤을 희생양으로 삼았다.

필립스 선생은 비꼬는 투로 말했다.

"앤 셜리. 너는 남자아이들과 같이 다니는 걸 아주 좋아하는 것 같으니 오늘 오후에 마음껏 즐겨라. 머리에 쓴 그 꽃은 벗고 길버트 블라이스와 앉아."

다른 남자아이들은 킥킥거리며 웃었다. 다이애나는 안쓰러운 마음에 창백해진 얼굴로 앤의 머리에서 화관을 벗겨주고 손을 꼭 잡았다. 앤은 돌처럼 굳은 채 선생을 가만히 쳐다보았다.

필립스 선생은 엄하게 물었다.

"내가 한 말 들었니, 앤?"

앤은 천천히 대답했다.

"네, 선생님. 하지만 선생님의 진심이라고 생각하지 않아요."

"장담하는데, 진심이야. 지금 바로 시키는 대로 해라."

필립스 선생의 말에 모든 아이가, 특히 앤이 싫어하는 빈정대는 어투가 여전했다. 그 말투가 앤의 아픈 곳을 찔렀다.

잠시 동안 앤은 반항하는 것처럼 쳐다보기만 했다. 그러나 피할 수 없다는 사실을 깨닫고 도도하게 일어나 통로를 건너 길버트 블라이스 옆에 가서 앉았다. 그리고 책상에 엎드렸다. 루비 길리스가 앤의 얼굴을 힐끗 쳐다보았다. 루비는 수업을 마치고 집으로 가는 길에 다른 아이들에게 "지금까지 그런 얼굴은 본 적이 없어. 하얗게 질려 작은 빨간 점들이 무시무시하게 보였어"라고 말했다.

앤은 이제 모든 게 끝난 것 같았다. 똑같이 잘못한 열두 명 중에서 혼자만 벌을 받는 것도 충분히 기분 나빴다. 그런데다 남자아이 옆에 앉게 되어서 더 기분 나빴고, 하필 그 아이가 길버트 블라이스라는 사실이 참을 수 없는 상처에 모욕감으로 더해졌다. 앤은 참을 수 없었다. 아무리 참으려고 애를 써도 소용없었다. 온몸이 수치와 분노, 모욕감으로 끓어올랐다.

처음에 아이들은 쳐다보고, 속닥거리고, 킥킥거리며 옆구리를 쿡쿡 찔러댔다. 하지만 앤은 아예 고개를 들지 않고 길버트가 오로지 분수 풀기에만 열중하자 이내 다른 아이들도 각자 하던 일로 돌아갔고 앤도 곧 잊혔다. 필립스 선생이 역사 수업을 시작한다고 했을 때 앤은 나가야 했지만 그대로 있었다. 수업을 시작하기 전에 「프리실라에게」라는 시 몇 구절을 칠판에 쓰고 있던 필립스 선생은 난감한 운에 대해 생각하고 있어서 앤이 나가지 않은 것도 눈치채지 못했다. 아무도 보지 않자, 길버트는 자신의 책상에서 금색으로 "당신은 달콤해요"라고 적힌 작은 분홍색 사탕을 꺼내 슬며시 앤의 팔 밑으로 넣었다. 그러자 앤은 갑자기 일어나 손끝으로 사탕을 조심스럽게 집어 들어 바닥에 떨어트리고는 발뒤꿈치로 밟아 가루를 냈다. 그리고 길버트에게는 눈길 한 번 주지 않은 채 다시 엎드렸다.

수업이 끝나자 앤은 자기 책상으로 가서 책과 갓돌, 펜과 잉크, 성경책과 산수책 등 보란 듯이 안에 있는 모든 것을 죄다 꺼내 조각난 석판 위에 깔끔하게 쌓아 올렸다.

학교 밖으로 나오자마자, 궁금해서 참을 수 없었던 다이애나는 앤에게 물었다. 그전에는 물어볼 엄두도 내지 못했던 것이다.

"그걸 왜 전부 집에 가져가는 거야, 앤?"

"나 이제 다시는 학교에 오지 않을 거야."

다이애나는 헉 하고 숨을 들이쉬고, 그 말이 진심에서 온 것인지 알고 싶어 앤을 쳐다보았다.

다이애나는 물었다.

"마릴라 아주머니가 집에 있으라고 하실까?"

앤은 말했다.

"아주머니는 허락하셔야만 해. 난 다시는 그 선생님이 있는 학교에는 가지 않을 테니까."

다이애나는 금방이라도 울음을 터트릴 것 같은 얼굴이었다.

"아, 앤! 너 진심이구나. 난 어쩌면 좋니? 필립스 선생님은 이제 나를 끔찍한 거티 파이 옆에 앉게 할 거야. 그 아이는 지금 혼자 앉아 있으니까 분명히 그렇게 할 거야. 제발 그러지 마, 앤."

앤은 슬픈 목소리로 말했다.

"다이애나, 너를 위해서라면 나는 어떤 일이든 다 할 거야. 너를 위한 일이라면 내 몸을 갈기갈기 찢을 수도 있어. 하지만 이번에는 그럴 수 없어. 그러니 제발 내게 부탁하지 마. 마음이 너무 괴로워!"

다이애나는 간절하게 말했다.

"네가 그리워할 재미난 일들을 떠올려봐. 우리는 시냇물 아래에 아름다운 새 집을 지을 거야. 그리고 다음 주에는 공놀이를 할 거야. 너는 공놀이를 해본 적이 없다고 했지, 앤. 엄청나게 재밌어. 그리고 새 노래도 배울 거야. 제인 앤드루스가 지금 연습 중이야. 앨리스 앤드루스가 다음 주에 새로운 팬지 꽃 책을 가져오기로 해서 우리 모두 시냇가에서 그 책을 큰 소리로 읽을 거야. 큰 소리로 책 읽는 걸 네가 얼마나 좋아하니, 앤."

하지만 그 어떤 것도 앤의 마음을 움직이지는 못했다. 앤은 이미 마음을 정했다. 필립스 선생이 있는 학교에는 다시 돌아가지 않을 것이다. 집에 도착해서 마릴라에게 그렇게 말했다.

마릴라는 말했다.

"말도 안 되는 소리야."

앤은 진지한 눈으로 마릴라를 바라보며 원망의 눈빛을 보냈다.

"말이 안 되는 건 전혀 없어요. 모르시겠어요, 마릴라 아주머니? 저는 모욕을 당했다고요."

"모욕이라니 말도 안 돼! 너는 평소처럼 내일 학교에 가야 할 거다."

앤은 조용히 고개를 저었다.

"아니요. 전 학교에 가지 않을 거예요, 마릴라 아주머니. 집에서 공부할 거고, 최대한 착하게 지낼게요. 가능하면 말도 거의 하지 않을 게요. 하지만 학교에는 돌아가지 않을 거예요. 이건 진심이에요."

마릴라는 앤의 작은 얼굴에서 완고한 고집 같은 것을 보았다. 마릴라도 쉽게 꺾기 어려울 거라고 생각했다. 그래서 더는 말하지 않는 게 낫겠다고 현명하게 판단하고 혼자 생각했다.

'오늘 저녁에 레이철에게 가서 물어봐야겠어. 지금 앤에게는 논리적으로 말해도 소용없을 거야. 지금 너무 흥분해서 억지로 학교에 가라고 하면 점점 더 고집을 부릴 거야. 이 아이 이야기만 봐서는 필립스 선생이 강압적으로 문제를 처리한 것으로 보여. 하지만 이 아이에게 그렇게 말하면 안 되지. 레이철과 이 문제를 상의해야겠어. 레이철은 아이를 열 명이나 학교에 보내본 경험이 있으니 이런 문제에 대해 잘 알 거야. 아마 지금쯤이면 이 이야기를 벌써 들어서 알고 있을 거야."

마릴라가 갔을 때, 린드 부인은 평소처럼 유쾌하게 뜨개질을 하고 있었다.

마릴라는 겸연쩍게 말을 꺼냈다.

"제가 왜 왔는지 이미 알고 계시겠죠?"

린드 부인은 고개를 끄덕였다.

"학교에서 앤이 벌인 소동이라면 벌써 들어서 알고 있어요. 틸리 볼터가 집에 가는 길에 들러서 귀띔해주더군요."

마릴라는 말했다.

"앤을 어떻게 해야 할지 모르겠어요. 앤은 제게 앞으로 학교에 가지 않겠다고 선언했어요. 어린아이가 그렇게 화난 건 처음 봐요. 앤이 학교를 다니기 시작하면 문제가 생길 거라고 예상은 하고 있었어요. 일이 너무 순조롭게 돌아간다 싶었죠. 그 아이는 지금 극도로 흥분해 있어요. 조언 좀 해주세요, 레이철."

린드 부인은 조언해달라고 찾아오는 것을 몹시 좋아했으므로 매우 상냥하게 대답했다.

"마릴라가 내 조언을 구하니까 하는 말이에요. 나라면 처음에는 그 아이의 비위를 맞춰주겠어요. 내가 보기에도 필립스 선생이 잘못했어요. 물론 애들한테는 그렇게 말하면 안 되지만요. 어제 앤이 성질부린 것은 올바르게 벌을 줬다고 봐요. 하지만 오늘은 달라요. 앤과 같이 늦은 다른 아이들에게도 벌을 줬어야죠. 그리고 여자아이를 남자아이 옆에 앉히는 벌도 잘못됐다고 봐요. 신중하지 못했어요. 틸리 볼터도 무척 분해하더라고요. 앤의 편이었어요. 그 애 말로는, 학생들 모두 앤의 편이라고 하더군요. 앤이 아이들 사이에서 정말 인기가 많나 봐요. 그 애가 아이들에게 그렇게 인기가 있을 거라고는 생각지도 못했어요."

마릴라는 깜짝 놀랐다.

"그러면 정말 그 아이를 학교에 안 보내는 게 올바른 일이라고 생각하시는 거예요?"

"네. 저라면 앤이 먼저 꺼내기 전까지 다시는 학교 이야기를 하지 않을 거예요. 마릴라, 염려 말아요. 일주일 정도만 지나면 앤도 화가 풀려 자발적으로 다시 학교에 갈 준비를 할 거예요. 그런데 만일 마릴라가 지금 당장 학교에 보내려고 한다면 잘 알겠지만, 앤은 더 성질을 부리게 될 거고 앞으로 문제를 더 많이 일으킬 거예요. 문제는 작을수록 좋다는 게 내 생각이에요. 앤이 학교에 가지 않는다고 크게 손해 볼 건 없을 거예요. 필립스 선생은 교사로서 자질이 부족해요. 수업하는 방식에 대해서도 말이 많아요. 어린 애들은 방치하고 퀸스 학교 입학을 준비하는 나이 많은 학생들만 내내 신경 쓴다는 거예요. 필립스 선생의 삼촌이 학교 이사가 아니었다면 1년을 더 학교에서 가르치지 못했을 거예요. 그 이사도 다른 이사 두 명을 완전히 마음대로 쥐고 흔든대요. 이 섬에는 제대로 된 교육이 이뤄지지 않고 있어요, 마릴라."

린드 부인은 자신이 이곳의 교육감이었다면 일을 훨씬 더 잘 처리했을 것처럼 한숨을 내쉬며 고개를 저었다.

마릴라는 린드 부인의 조언을 받아들여 앤에게 다시 학교에 가라는 말을 더는 하지 않았다. 앤은 집에서 공부했고, 집안일을 도왔으며, 쌀쌀한 자주빛 가을볕을 받으며 다이애나와 놀았다. 하지만 길에서나 주일학교에서 길버트 블라이스를 만나면 그는 앤의 화를 풀어주고 싶어 하는 것 같았다. 하지만 앤은 조금도 마음이 풀리지 않은 채 얼음장처럼 차가운 태도로 길버트를 무시하고 지나쳐 갔다. 중재자로 나선 다이애나의 노력도 아무 소용이 없었다. 앤은 평생 길버트 블라이스를 싫어하기로 작심한 게 분명했다.

그런데 앤은 길버트를 증오하는 마음만큼 열정적인 작은 가슴속 온 마음을 다해 다이애나를 사랑했다. 좋아하고 싫어하는 마음이 똑같을 정도였다. 어느 날 저녁, 과수원에서 사과 바구니를 들고 돌아오던 마릴라는 동쪽 방 창가에 앉아 노을빛을 바라보며 비통하게 울고 있는 앤을 발견했다.

마릴라가 물었다.

"무슨 일이니, 앤?"

앤은 흐느끼며 대답했다.

"다이애나 때문에요. 마릴라 아주머니, 전 다이애나가 정말 좋아요! 그 애 없이는 못 살 것 같아요. 그렇지만 우리가 자라면 다이애나는 결혼을 할 거고, 그러면 저를 떠나겠죠. 저는 아주 잘 알아요. 아, 그러면 전 어쩌죠? 다이애나의 남편이 싫어요. 그 사람이 미치도록 싫어요. 저는 늘 상상해요. 결혼식과 모든 것을요. 다이애나는 눈같이 새하얀 드레스를 입고 면사포를 써서 여왕처럼 아름답고 품위 있어 보여요. 저는 신부 들러리라서 퍼프소매가 달린 아름다운 드레스를 입고 있죠. 하지만 웃는 얼굴 뒤에 찢어지는 마음이 숨어 있어요. 그리고 다이애나에게 이별을 고했어요."

이때 앤은 완전히 무너진 채 더욱 슬프게 펑펑 울었다.

마릴라는 씰룩거리는 얼굴을 숨기려고 재빨리 고개를 돌렸다. 하지만 소용없었다. 마릴라는 가까운 의자에 주저앉아 평소답지 않게 큰 소리를 내며 쾌활하게 웃음을 터트렸다. 마당을 지나가던 매슈가 놀라서 멈춰 섰다. 마릴라가 이렇게 웃는 소리를 들어본 적이 언제였던가.

마릴라는 겨우 웃음을 멈추고 말했다.

"앤 셜리. 쓸데없는 걱정을 하려거든 제발 집안일이나 걱정해라. 네가 상상력이 풍부하다고 생각은 했지만 이정도인 줄은 몰랐다."

16. 비극적인 결과를 맞이한 다이애나 초대

초록 지붕 집의 10월은 아름다웠다. 골짜기의 자작나무들이 햇살 같은 황금빛으로 변하고, 과수원 뒤에 있는 단풍나무들은 장엄한 선홍색을 띠며, 길을 따라 자란 야생 벚나무들이 짙은 빨강과 구릿빛 녹색으로 아름다운 그림자를 드리우는 동안 들판은 햇볕을 쬐고 있었다.

앤은 다채롭게 변한 세상이 즐거웠다.

어느 토요일 아침, 앤은 멋진 나뭇가지를 팔에 한 아름 안고 춤추듯 들어오며 소리쳤다.

"와, 마릴라 아주머니. 10월이 있는 세상에 살다니, 정말 기뻐요! 9월에서 11월로 바로 넘어갔다면 정말 끔찍했을 거예요. 그렇지 않나요? 이 단풍나무 가지들 좀 보세요. 감동이 밀려오지 않나요?

이 가지들로 방을 장식하려고요."

마릴라의 미적 감각은 크게 떨어지는 편이었다.

"지저분하다. 밖에서 주워온 것들로 네 방을 너무 많이 채우는 것 같구나, 앤. 침실은 잠을 자기 위한 곳이란다."

"꿈도 꾸잖아요, 마릴라 아주머니. 방에 예쁜 것이 많으면 훨씬 좋은 꿈을 꿀 수 있어요. 이 나뭇가지들을 오래된 파란색 항아리에 꽂아서 탁자 위에 둘 거예요."

"계단에 잎들을 떨어트리지 마라. 나는 오늘 오후에 자선 모임이 있어서 카모디에 가야 해, 앤. 어두워진 뒤에나 돌아올 것 같구나. 그러니 네가 매슈 오라버니와 제리의 저녁 식사를 준비해야 한다. 저번처럼 식탁에 앉기 전까지 차를 우려내는 것을 잊지 마라."

앤은 미안해하며 말했다.

"저도 그걸 잊어버려서 죄송했어요! 하지만 그날 오후에 제비꽃 골짜기 이름을 생각하느라 다른 일들은 잠시 잊어버렸던 거예요. 매슈 아저씨는 정말 좋은 분인 것 같아요. 저를 조금도 야단치지 않으셨어요. 아저씨가 직접 차를 내리면서 우리가 잠시만 기다리면 된다고 말씀하셨죠. 그래서 제가 기다리는 동안 재미있는 요정 이야기를 들려드렸더니 아저씨는 시간 가는 줄 모르셨대요. 그건 정말 아름다운 이야기였어요, 마릴라 아주머니. 그 이야기의 결말을 잊어버려서 제가 마음대로 지어냈는데, 아저씨는 어디서부터 지어낸 건지 모르겠다고 하셨어요."

"네가 한밤중에 일어나 점심을 먹겠다고 해도 매슈 오라버니는 괜찮다고 생각할 사람이야, 앤. 하지만 이번에는 차분히 있거라.

그리고 나도 이게 잘하는 건지 정말 모르겠고, 어쩌면 너를 더 정신없게 만들지도 모르겠다. 아무튼 오후에 다이애나를 불러서 함께 차를 마셔도 된다."

앤은 두 손을 맞잡았다.

"와, 마릴라 아주머니! 정말 멋져요! 아주머니도 상상할 수 있군요. 아니면 제가 그런 걸 얼마나 바라고 있었는지 아실 리가 없죠. 정말 멋지고 어른이 된 기분일 거예요. 친구가 같이 있다면 차 우려내는 걸 잊어버릴 걱정도 없어요. 아, 마릴라 아주머니, 장미꽃 무늬 찻잔을 써도 될까요?"

"절대 안 된다. 장미꽃 찻잔이라니! 그다음은 뭐냐? 목사님이나 교회 자선회 사람이 올 때가 아니면 그 찻잔을 쓰지 않는다는 걸 너도 잘 알 텐데. 오래된 갈색 찻잔 세트를 꺼내 써라. 노란색 작은 항아리에 있는 딸기 잼은 먹어도 된다. 어차피 먹을 때가 됐거든. 딱 맛있게 익었을 거야. 과일 케이크를 내고 쿠키도 먹어라."

앤은 황홀함에 빠져 눈을 감고 말했다.

"저는 지금 식탁의 상석에 앉아 차를 따르는 제 모습을 상상하고 있어요. 다이애나에게 설탕을 넣을지 말지 물어보겠어요. 물론 넣지 않는다는 걸 알지만 마치 몰랐던 것처럼 물어볼 거예요. 그리고 과일 케이크 한 조각과 잼을 더 먹으라고 권할 거예요. 마릴라 아주머니, 생각만 해도 멋져요! 다이애나가 오면 손님방으로 데려가서 모자를 벗게 해도 될까요? 그리고 거실에 앉으라고 할게요."

"안 돼. 방에 가면 안 돼. 거실에만 있어야 한다. 대신, 저번에 고회 친목회에서 썼던 라즈베리 주스가 반병 정도 남아 있단다. 거실 벽장 두 번째 선반에 있으니 원한다면 다이애나와 함께 마셔라. 오후에 그 주스와 함께 쿠키도 먹으렴. 아무래도 매슈 오라버니는 감자를 배까지 운반하느라 식사 시간보다 좀 늦게 올 것 같아."

앤은 골짜기를 달려가 드리아스의 비눗방울을 지나 비탈길 과수원집으로 향하는 가문비나무 길을 뛰어가서 다이애나에게 차를 마시러 오라고 초대했다. 그래서 마릴라가 카모디로 출발한 뒤에 다이애나는 자신의 옷 중에 두 번째로 예쁜 원피스를 입고 초록 지붕 집으로 왔다. 그 모습은 사교 모임에 초대된 손님의 모습에 아주 적합했다. 평소에는 노크하지 않고 부엌으로 뛰어들어오곤 했지만, 이번에는 현관에서 단정하게 노크했다. 역시 두 번째로 예쁜 원피스를 입은 앤이 점잖게 문을 열자, 둘은 전에 만난 적이 없던 사람들처럼 정중하게 악수를 나눴다. 이 부자연스러운 진지함은 다이애나가 동쪽 방에 가서 모자를 벗어놓고 거실로 돌아와 얌전히 앉아 있는 10분 동안 계속되었다.

앤은 그날 아침 아주 건강한 모습으로 사과를 줍는 배리 부인을 마치 못 본 것처럼 정중하게 물었다.

"어머니는 잘 지내시나요?"

다이애나는 대답했다. 그리고 그날 아침 매슈의 마차를 타고 하먼 앤드루스 씨의 집에 갔지만 이렇게 물었다.

"어머니는 아주 잘 지내십니다. 고맙습니다! 커스버트 씨가 오늘 오후에 릴리 샌즈로 감자를 운반한다고 들었는데, 맞나요?"

"맞아요. 올해 감자 수확량이 아주 좋아요. 당신 아버지의 수확

량도 좋기를 바랍니다."

"꽤 괜찮아요, 감사합니다! 사과는 얼마나 땄나요?"

"아주 많이 땄습니다."

앤은 품위를 지키는 것을 깜빡 잊고 갑자기 벌떡 일어섰다.

"과수원에 가서 빨간 사과를 따자, 다이애나. 마릴라 아주머니가 나무에 달려 있는 건 전부 먹어도 된다고 하셨어. 마릴라 아주머니는 굉장히 너그러운 분이야. 차를 마시면서 과일 케이크와 딸기잼을 먹어도 된다고 하셨어. 하지만 손님에게 어떤 것을 먹을지 미리 말하는 건 올바른 예절이 아니니까 너한테 아주머니가 뭘 마시라고 했는지는 말하지 않을게. '라' 자와 '주' 자로 시작하고 밝은 붉은색이라는 것만 알려줄게. 나는 밝은 붉은색 음료를 좋아해. 너는 그렇지 않니? 그게 다른 색보다 두 배는 더 맛있어."

사과가 매달린 나뭇가지들이 땅으로 크게 우거진 과수원은 아주 즐거운 곳이었다. 이 아이들은 오후 내내 그곳에서 시간을 보냈다. 서리가 초록색을 남기고 부드러운 가을 햇살이 따뜻하게 머무는 한쪽 풀밭에 앉아 사과를 먹고 열심히 이야기를 나눴다. 다이애나는 앤에게 들려줄 학교에서의 이야기가 아주 많았다.

"나는 거티 파이와 앉아야 했고, 그게 너무 싫었어. 거티는 계속 연필로 끽끽거리는 소리를 냈고, 그 소리 때문에 오싹한 기분이 들었어. 루비 길리스는 크리크에서 메리 조 할머니가 보내준 마법 조약돌로 사마귀를 고쳤어. 초승달이 뜰 때 그 조약돌로 사마귀를 문지르고 왼쪽 어깨 너머로 그 돌을 던지면 사마귀가 사라진대. 찰리 슬론이라는 이름이 엠 화이트라는 이름과 같이 현관 벽에 적혀서 엠 화이트가 엄청 화를 냈어. 샘 볼터는 수업 시간에 필립스 선생님에게 말대꾸해서 선생님한테 맞았어. 그래서 샘의 아빠가 학교에 와서 필립스 선생님이 다시는 자기 아이에게 손대지 말라고 으름장을 놓고 갔어. 마티 앤드루스는 새로운 빨간 모자와 술이 달린 파란색 숄이 생겼는데, 어찌나 잘난 척을 하는지 구역질 날 정도로 보기 싫었어. 리지 라이트는 마미 윌슨과 말하지 않아. 마미 윌슨의 언니가 리지 라이트 언니의 남자친구를 빼앗았기 때문이야. 그리고 모두가 너를 많이 그리워하고 다시 학교로 돌아오기를 바라고 있어. 길버트 블라이스는……."

그러나 앤은 길버트 블라이스 이야기를 듣고 싶지 않았다. 다급하게 일어나 집으로 가서 라즈베리 주스를 마시자고 말했다.

앤은 찬장의 두 번째 선반을 보았지만 라즈베리 주스 병은 없었다. 제일 위의 선반에서 찾아낸 앤은 쟁반에 그 병을 놓고 큰 잔과 함께 가지고 갔다.

앤은 예의바르게 말했다.

"차린 건 없지만 많이 먹어, 다이애나. 나는 지금 아무것도 못 먹겠어. 사과를 너무 많이 먹었더니 먹고 싶은 마음이 없어졌어."

다이애나는 직접 큰 컵 한 잔 가득 주스를 따라 밝은 붉은색을 감탄하며 바라보다가 우아하게 한 모금 마셨다.

다이애나가 말했다.

"정말 맛있는 라즈베리 주스구나, 앤! 라즈베리 주스가 이렇게 맛있는 줄은 미처 몰랐어."

"맛있다니 정말 기쁘다! 실컷 마셔. 나는 나가서 불을 좀 보고 올게. 집안일을 하는 데는 책임감이 많이 따르거든."

앤이 부엌에서 돌아왔을 때 다이애나는 잔 가득 따른 주스를 두 잔째 마시고 있었다. 앤이 더 권하자, 다이애나는 딱히 거절하지 않고 세 번째 잔을 마셨다. 잔은 엄청 컸고 라즈베리 주스는 확실히 맛있었다.

다이애나가 말했다.

"내가 지금까지 마셔본 것 중에 제일 맛있어! 린드 아주머니네 주스보다 훨씬 맛있어! 그 아주머니는 자기 집 주스를 엄청 자랑하지만. 그 집 주스와는 조금 다른 맛이야."

앤은 진심으로 말했다.

"나도 마릴라 아주머니의 라즈베리 주스가 린드 아주머니의 주스보다 훨씬 맛있다고 생각해. 마릴라 아주머니는 요리도 아주 잘하셔. 내게 요리를 가르쳐주려고 하시는데, 다이애나, 내가 장담하는데, 요리는 정말 힘든 일이야! 요리에는 상상할 여지가 너무 적어. 규칙에 따라야만 하니까. 지난번에 케이크를 만들 때는 밀가루 넣는 걸 잊었지 뭐야. 너와 나에 관한 아름다운 이야기를 생각중이었거든, 다이애나. 네가 천연두에 걸려 엄청 아픈데 모두가 너를 버리는 거야. 하지만 나는 용감하게 네 곁에서 다시 나을 수 있게 널 간호하지. 그러고는 내가 천연두에 걸려서 죽는 거야. 그리고 묘지에 있는 포플러 나무 아래에 묻히고 너는 내 무덤 옆에 장미 나무를 심고 네 눈물로 물을 주는 거야. 너는 너를 위해 목숨을 희생한 어린 시절의 친구를 절대로, 절대로 잊지 않아. 정말 안타까운 이야기 아니니, 다이애나? 케이크 반죽을 섞는 동안 눈물이 내 뺨 위로 비처럼 쏟아졌어. 하지만 나는 밀가루 넣는 걸 잊어버려서 케이크는 형편없는 실패작이 되었지. 너도 알다시피 케이크 만드는 데 밀가루는 꼭 들어가야 하잖아. 마릴라 아주머니는 굉장히 화를 내셨지만, 나는 놀랍지 않아. 아주머니에게 나는 크나큰 골칫거리거든. 지난주에는 푸딩 소스 때문에 완전히 당황하셨지. 우리는 화요일에 점심으로 자두 푸딩을 먹었는데, 푸딩이 반

정도 남고 소스도 한 주전자 가득 남았지. 마릴라 아주머니는 점심 때 한 번 더 먹을 수 있겠다고 내게 찬장 선반에 뚜껑을 잘 덮어서 올려놓으라고 말씀하셨어. 나는 꼭 잘 덮어놓으려고 했어, 다이애나. 그런데 그걸 들고 가면서 수녀가 된 내 모습을 상상했어. 물론 난 개신교도지만 가톨릭 신자라고 상상했던 거야. 세상과 격리된 호젓한 생활로 무너진 마음을 달래려고 수녀가 되었던 거지. 그래서 푸딩 소스를 덮어놔야 하는 걸 완전히 잊어버렸어. 다음 날 아침이 되어서야 생각이 나서 찬장으로 뛰어갔어. 그런데 다이애나, 푸딩 소스에 쥐가 한 마리 빠져서 죽어 있는 거야. 그걸 발견했을 때, 내가 얼마나 무서웠을지 상상해봐. 나는 숟가락으로 쥐를 꺼내서 마당에 던져버렸어. 그리고 숟가락을 물에 세 번이나 씻었어. 마릴라 아주머니는 나가서 우유를 짜고 있었고, 나는 아주머니가 돌아오면 소스를 돼지들에게 줘도 되는지 물어볼 작정이었어. 그런데 하필 아주머니가 돌아오셨을 때 나는 서리 요정이 되어 숲속에서 나무들이 원하는 대로 빨갛고 노랗게 색깔을 바꾸는 상상을 하고 있었던 거야. 그래서 푸딩 소스는 또 까맣게 잊어버리고 말았지 뭐야. 마릴라 아주머니는 또 나보고 사과를 따오라고 시켰어. 그런데 그날 아침, 스펜서 베일에서 체스터 로스 부부가 우리 집에 온 거야. 너도 알겠지만, 그 부부는 아주 품위 있는 사람들이잖아. 특히 체스터 로스 부인 말이야. 마릴라 아주머니가 나를 불렀을 때는 점심 식사가 이미 다 준비되어 모두 식탁에 앉아 있었어. 나는 최대한 정중하고 품위 있게 보이도록 노력했어. 체스터 로스 부인이 내가 예쁘진 않아도 숙녀다운 아이라고 생각하길 바랐으니까. 모든 게 괜찮았어. 마릴라 아주머니가 한 손에 자두 푸딩을 들고, 다른 손에는 따뜻하게 데운 푸딩 소스 주전자를 들고 오는 것을 보기 전까지는 말이야. 다이애나, 정말 끔찍한 순간이었어. 나는 모든 것을 떠올리고는 자리에서 벌떡 일어나 소리쳤지. '마릴라 아주머니, 그 푸딩 소스를 먹으면 안 돼요. 거기에 쥐가 빠졌었어요. 제가 말씀드린다는 걸 깜박했어요.' 아, 다이애나, 내가 백 살까지 산다고 해도 그 끔찍한 순간은 절대 잊지 못할 거야. 체스터 로스 부인은 나를 가만히 쳐다만 보았어. 굴욕감에 쥐구멍에라도 숨고 싶었지. 체스터 로스 부인은 완벽한 주부라던데, 우리를 어떻게 생각했을지 훤해. 마릴라 아주머니는 불이 난 것처럼 얼굴이 빨갛게 변했지만, 그땐 아무 말도 하지 않으셨어. 그저 소스와 푸딩을 밖으로 가지고 나가고, 대신 딸기잼을 들고 오셨지. 내게도 조금 주셨지만, 나는 한 입도 먹을 수 없었어. 너무 부끄러웠으니까! 체스터 로스 부인이 돌아가고 난 뒤 마릴라 아주머니한테 무섭게 혼났어. 다이애나, 무슨 일이야?"

다이애나는 휘청거리며 자리에서 일어섰다. 그리고 다시 앉았다가 두 손을 머리에 올렸다.

다이애나는 약간 잠긴 목소리로 말했다.

"나, 나 너무 아파. 집에 가야겠어."

앤은 곧 울 것 같은 목소리로 말했다.

"차도 마시지 않았는데, 집에 가다니. 그런 생각은 꿈도 꾸지 마. 내가 바로 차를 내올게. 지금 가서 차를 바로 우려 올게."

다이애나의 말투는 어눌했지만 확고하게 되풀이해서 말했다.

"집에 가야겠어."

앤은 애원하듯 말했다.

"점심은 먹고 가야지. 과일 케이크랑 딸기 잼을 조금 가져올게. 소파에 잠시 누워 있으면 괜찮아질 거야. 어디가 아픈 거니?"

"집에 가야겠어."

다이애나는 이 말만 되풀이했다. 앤이 애원해도 소용없었다.

앤은 흐느껴 울었다.

"손님이 차도 마시지 않고 집에 간다는 얘긴 들어본 적이 없어. 아, 다이애나, 너 정말 천연두라도 걸린 거 아냐? 그렇다면 내가 너를 간호해줄게. 나만 믿으면 돼. 나는 절대 너를 버리지 않을 거야. 하지만 차를 마시고 가면 좋겠어. 도대체 어디가 아픈 거야?"

다이애나가 말했다.

"너무 어지러워!"

정말로 다이애나는 어지러운 듯 비틀거리며 걸었다. 이런 상황이 실망스러워 눈에 눈물이 가득 고인 앤은 다이애나의 모자를 챙겨들고 배리 씨네 마당 울타리까지 다이애나를 데려다주었다. 그리고 초록 지붕 집으로 돌아오는 내내 울었다. 아주 슬펐지만, 남은 라즈베리 주스를 찬장에 다시 가져다놓고 아무런 열의 없이 매슈와 제리가 마실 차를 준비했다.

다음 날은 일요일이었다. 새벽부터 저녁까지 비가 억수같이 내려서 앤은 초록 지붕 집에서 나가지 못했다. 월요일 오후, 앤은 마릴라의 심부름으로 린드 부인 집에 갔다. 잠시 후, 눈물로 범벅이 된 얼굴로 좁은 길을 뛰어왔다. 황급히 부엌으로 뛰어들어온 앤은 소파로 달려가 얼굴을 묻고 고통스럽게 울었다.

깜짝 놀란 마릴라는 영문을 몰라 물었다.

"도대체 무슨 일이니, 앤? 린드 부인에게 다시 무례하게 군 건 아니길 바란다."

앤은 아무 대답도 하지 않았다. 하염없이 눈물만 흘리면서 더 격렬하게 흐느꼈다.

"앤 셜리, 내가 질문을 했을 때는 대답이 듣고 싶어서야. 빨리 일어나서 바로 앉아 네가 왜 우는 건지 이유를 설명해봐."

앤은 전형적으로 비극적인 모습이었다. 울면서 일어나 앉았다.

"린드 아주머니가 오늘 배리 아주머니를 만나러 집에 갔는데, 배리 아주머니가 화가 많이 나셨대요. 배리 아주머니 말씀이, 제가 토요일에 다이애나를 취하게 만들고 수치스러운 상태로 집에 돌려보냈대요. 제가 너무나 나쁘고 못된 아이라서 절대로, 절대로, 다이애나와 다시는 같이 못 놀게 하겠다고 하셨대요. 아, 마릴라 아주머니. 저는 너무 슬퍼요!"

마릴라는 잠시 멍하니 쳐다보기만 했다. 기가 막혀 말문이 막혔다가 다시 말했다.

"다이애나를 취하게 했다니! 너 정신이 어떻게 된 거 아니니? 아니면 배리 부인이 이상한 거니? 대체 그 아이에게 뭘 준 거야?"

앤은 흐느꼈다.

"라즈베리 주스 말고는 없어요. 라즈베리 주스가 사람을 취하게 하는 줄은 정말 몰랐어요, 마릴라 아주머니. 다이애나처럼 큰 잔으로 세 잔이나 마셔도 취할 거라고는 생각도 못했어요. 아, 토머스 아주머니의 남편이 말할 때와 비슷했어요! 하지만 다이애나를 취하게 할 생각은 전혀 없었어요."

"취하다니, 말도 안 돼!"

마릴라는 거실 찬장으로 걸어갔다. 선반에는 병이 하나 있었다. 마릴라는 에이번리 마을에서 건포도 와인을 잘 담그는 것으로 명성이 높았기 때문에 그것이 3년 전에 집에서 담근 건포도 와인이라는 걸 한눈에 알아보았다. 배리 부인과 더 깐깐한 사람들은 술 담그는 것을 못마땅해했다. 그때 마릴라는 라즈베리 주스 병이 앤에게 말해준 찬장이 아니라 지하실에 있다는 사실이 기억났다.

마릴라는 손에 와인 병을 들고 다시 부엌으로 갔다. 자기도 모르게 얼굴에 경련이 일었다.

"앤, 넌 확실히 문제를 일으키는 데는 천재구나! 네가 다이애나에게 준 건 라즈베리 주스가 아니라 건포도 와인이었어. 두 개가 다르다는 걸 정말 몰랐니?"

앤은 말했다.

"저는 맛보지 않았어요. 그저 주스라고만 생각했죠. 대접을 잘 하고 싶었을 뿐이에요. 다이애나는 정말로 아파서 집에 가야 했던 거군요. 배리 아주머니가 린드 아주머니에게 다이애나가 완전히 고주망태가 되었다고 말했대요. 엄마가 무슨 일이냐고 물었더니 바보처럼 웃고 아주 오랫동안 잠만 잤대요. 다이애나의 입에서 술 냄새가 나서 취한 줄 알았대요. 어제 다이애나는 하루 종일 끔찍한 두통에 시달렸다고 했어요. 배리 아주머니는 화가 아주 많이 났대요. 제가 일부러 그랬다고 생각하고 계신대요."

마릴라는 곧바로 말했다.

"배리 부인은 뭔지도 모르고 욕심내서 세 잔이나 마신 다이애나를 혼내야 해. 그게 주스라고 하더라도 그렇게 큰 잔에 세 잔이나 마셨으면 아플 수밖에 없겠다. 이 일은 건포도 와인 담그는 것 때문에 나를 못마땅해하던 사람들에게 좋은 빌미가 되겠구나. 목사님이 좋게 생각하지 않는 걸 알고 나서는 3년 동안 담그지도 않았지만 말이다. 그저 아플 때 먹으려고 이 병을 놔뒀던 건데. 얘, 그만 울어. 이런 일이 일어나서 유감이지만, 네 탓이 아니야."

앤은 말했다.

"눈물밖에 안 나요. 가슴이 찢어져요! 별들이 제게 싸움을 거네요, 마릴라 아주머니. 다이애나와 저는 영원히 이별하게 됐어요. 아, 마릴라 아주머니, 우리가 처음 우정을 맹세했을 때 이런 일은 상상도 못했어요."

"바보같이 굴지 마, 앤. 배리 부인은 네 잘못이 아니라는 걸 알면 좋게 생각하실 거야. 아마 배리 부인은 네가 장난으로 그랬다고 생각할 수도 있을 거야. 오늘 저녁에 가서 어떻게 된 일인지 말씀드리는 게 좋겠다."

앤은 한숨을 쉬었다.

"기분이 많이 상한 다이애나 엄마를 만난다고 생각하면 용기가 나지 않아요. 아주머니가 가주시면 안 될까요? 아주머니가 저보다 훨씬 더 위엄 있으시니까요. 저보다는 아주머니 말씀을 더 잘 들어주실 것 같아요."

마릴라도 그게 더 현명한 방법이라고 생각했다.

"그래, 네 말대로 내가 다녀오는 게 낫겠구나. 그러니 그만 울어, 앤. 괜찮을 거야!"

마릴라는 비탈길 과수원집에서 돌아올 때는 괜찮으리라 생각했던 마음이 바뀌어 있었다. 마릴라가 오는 걸 지켜보고 있던 앤은 현관으로 뛰어나왔다.

앤은 슬프게 말했다.

"아, 마릴라 아주머니, 아주머니 얼굴을 보니 아무 소용도 없었군요. 배리 부인이 저를 용서하지 않으시겠대요?"

마릴라는 툭 내뱉었다.

"용서 안 하겠대! 지금까지 내가 만나본 사람 중에 제일 말이 안 통하는 여자야. 모든 게 실수였고 네 탓이 아니라고 말했지만, 배리 부인은 내 말을 믿지 않았어. 내 건포도 와인을 두고 시비만 걸더구나. 내가 늘 그 와인은 아무에게도 영향을 주지 않을 거라고 말했거든. 그래서 건포도 와인은 한 번에 세 잔이나 마시면 안 되는 거고, 내가 기르는 아이가 그렇게 욕심이 많다면 엉덩이를 때려서 정신을 차리게 했을 거라고 확실하게 말해주고 왔단다."

마릴라는 심란해하는 앤을 현관에 남겨두고 복잡한 심경으로 부엌으로 휙 들어갔다. 앤은 모자도 쓰지 않고 어두워진 쌀쌀한 가을 속으로 뛰어갔다. 결연하고 꿋꿋한 태도로 마른 클로버 밭을 내려가 통나무 다리를 건넌 다음, 서쪽 숲 위로 낮게 뜬 창백한 달빛을 받으며 가문비나무 숲을 걸어갔다. 조심히 문을 두드리는 소리에 배리 부인은 문을 열었다. 현관 계단에는 입술이 새파랗게 질린 채 애절한 눈빛을 한 앤이 서 있었다.

배리 부인의 얼굴이 굳어졌다. 배리 부인은 편견이 있고 호불호가 강해서 한 번 화가 나면 차갑고 침울해져 화를 풀기가 아주 어려운 사람이었다. 공정하게 말해서, 배리 부인은 앤이 순전히 악의적인 의도로 다이애나를 취하게 했다고 정말로 믿고 있었다. 그리고 자기 딸이 그런 아이와 더는 친하게 지내지 못하게 막아 타락하지 않도록 지켜야겠다고 생각했다.

배리 부인은 딱딱하게 말했다.

"무슨 일이니?"

앤은 두 손을 모으고 말했다.

"배리 아주머니, 제발 저를 용서해주세요. 다이애나를 취하게 할 의도는 전혀 없었어요. 제가 어떻게 그럴 수 있겠어요? 아주머니가 불쌍한 고아라서 친절한 사람들에게 입양되었는데, 세상에서 가장 친한 친구가 한 명 생겼다고 상상해보세요. 그런데 그 친구를 일부러 취하게 만들 수 있을 거라고 생각하세요? 저는 정말 그게 라즈베리 주스인 줄 알았어요. 라즈베리 주스라고 굳게 확신했어요. 다이애나와 놀지 못한다는 말은 제발 하지 말아주세요. 그렇게 하시면 제 인생에는 슬픔의 먹구름만 드리울 거예요."

착한 린드 부인이었다면 이 말을 듣고 눈 깜짝할 사이에 마음이 녹았겠지만 배리 부인에게는 통하지 않았다. 오히려 앤의 말과 행동이 배리 부인을 더 짜증나게 만들었다. 앤이 쓰는 과장된 단어와 극적인 몸짓을 미심쩍게 여겼고, 이 아이가 자신을 조롱한다고 생각했다. 그래서 배리 부인은 차갑고 잔인하게 말했다.

"넌 다이애나와 어울릴 만한 애가 아니야. 집에 돌아가거라."

앤은 입술을 떨면서 애원했다.

"마지막으로 다이애나와 작별인사라도 하면 안 될까요?"

"다이애나는 아빠와 함께 카모디에 갔다."

배리 부인은 이렇게 말하고는 집안으로 들어가 문을 닫았다.

앤은 절망에 빠진 채 초록 지붕 집으로 돌아갔다.

앤은 마릴라에게 말했다.

"마지막 희망이 사라졌어요. 저 혼자 가서 배리 아주머니를 만났는데, 저를 무척 모욕적으로 대하셨어요. 마릴라 아주머니, 그 아주머니는 예절바른 사람 같지는 않아요. 기도하는 것 외에는 할 수 있는 게 없네요. 기도가 큰 도움이 될 거라고는 생각하지 않아요. 마릴라 아주머니, 배리 아주머니처럼 고집 센 사람에게는 하느님조차 할 수 있는 일이 많지 않을 것 같으니까요."

"앤, 그런 말은 하면 안 되는 거야."

마릴라는 앤을 호되게 꾸짖었다. 하지만 자꾸 웃음이 나는 자신에게 실망해서 웃지 않으려고 노력해야 했다. 그날 밤, 마릴라는 매슈에게 앤의 시련에 대해 모두 이야기해주면서 실컷 웃었다.

하지만 마릴라가 잠을 자러 가기 전 동쪽 방에 살짝 들어가서 울다가 잠든 앤을 바라볼 때는 평소와 다르게 마릴라의 표정이 한결 더 부드러웠다.

마릴라는 눈물로 얼룩진 앤의 얼굴에서 머리카락을 치워주며 중얼거렸다.

"애고 불쌍한 것!"

그녀는 베개 위의 상기된 앤의 뺨에 허리를 굽혀 입 맞추었다.

17. 학교로 다시 돌아온 앤

다음 날 오후, 앤은 부엌 창가에 앉아 몸을 굽힌 채 조각보 바느질을 하고 있었다. 잠시 창밖을 힐끔 내다보았는데, 다이애나가 드리아스의 비눗방울 옆에서 신비롭게 손짓하는 게 보였다. 앤은 곧바로 밖으로 달려 나가 골짜기로 뛰어갔다. 커다란 두 눈에 놀라움과 희망이 깃들었지만 다이애나의 낙담한 얼굴을 보자 희망은 사라졌다.

앤은 숨을 몰아쉬며 물었다.

"엄마가 아직도 화를 풀지 않으셨어?"

다이애나는 슬프게 고개를 끄덕였다.

"응. 앤, 엄마가 너랑 다시는 놀 수 없대. 울고불고하면서 그건 네 잘못이 아니라고 말했지만 소용이 없었어. 너와 작별인사를 하게 해달라고 엄마에게 사정했어. 엄마가 딱 10분만 줄 테니 다녀오라고 하셨어. 아마 지금 시간을 재고 계실 거야."

앤은 울먹였다.

"10분은 영원한 안녕을 말하기에 너무 짧아. 아, 다이애나, 앞으로 소중한 친구들이 더 생기더라도 어린 시절 친구인 나를 절대 잊지 않겠다고 약속해주겠니?"

다이애나는 흐느꼈다.

"약속할게. 다른 친한 친구는 아예 만들지도 않을 거야. 다른 친구는 없어도 돼. 이 세상 누구도 내가 너를 사랑하는 만큼 사랑할 수는 없을 거야."

앤은 두 손을 맞잡고 울었다.

"아, 다이애나. 정말 나를 사랑하니?"

"당연하지! 너는 아직까지도 그걸 몰랐니?"

앤은 길게 숨을 내쉬었다.

"몰랐어. 물론 네가 나를 좋아한다고는 생각했지만 나를 사랑해주기를 바라지는 않았어. 다이애나, 누구도 나를 사랑하지 않으리라 생각했거든. 내가 기억하는 한 나를 사랑했던 사람은 아무도 없었어. 와, 정말 기쁘다! 그 말은 너와 이별한 어두운 길을 영원히 비춰줄 한 줄기 빛과 같아. 한 번만 더 말해줄래."

다이애나는 확실하게 말했다.

"나는 너를 진심으로 사랑해, 앤! 그리고 언제나 너를 사랑할 테니까 확신을 가져도 돼."

앤은 손을 내밀며 진지하게 말했다.

"나도 언제까지나 그댈 사랑할 거야, 다이애나! 저번에 우리가 함께 읽은 책에 나온 것처럼, 앞으로도 그대에 대한 기억은 나의 외로운 인생에서 별처럼 빛날 거야. 다이애나, 영원히 보물로 간직하게 칠흑 같은 그대의 그 머리카락을 조금 잘라주겠니?"

앤의 슬프면서 색다른 말투에 분위기가 바뀌어 현실로 돌아온 다이애나는 눈물을 닦으며 물었다.

"머리카락을 자를 만한 게 있니?"

앤은 대답했다.

"있어. 다행히도 앞치마 주머니에 바느질 가위가 있어."

앤은 진지하게 다이애나의 곱슬머리 몇 가닥을 조금 잘랐다.

"잘 지내, 사랑하는 내 친구여! 바로 옆에 살아도 앞으로 우리는 낯선 이가 되어야 하는구나. 하지만 그댈 향한 마음만은 영원히 변치 않을 거야."

앤은 다이애나가 보이지 않을 때까지 그 자리에 서서 지켜보았다. 그리고 다이애나가 뒤돌아볼 때마다 슬프게 손을 흔들어주었다. 그런 뒤, 앤은 집으로 돌아왔지만 이렇게 낭만적인 이별도 아무런 위로가 되지 않았다.

앤은 마릴라에게 말했다.

"이제 다 끝났어요. 이제 다른 친구는 절대 사귀지 않을 거예요. 저는 어느 때보다 더 불행해요. 지금은 케이티 모리스와 바이올레타도 없으니까요. 설사 있다고 해도 전과 같지는 않아요. 진짜 친구를 사귀고 나니까 상상 속 아이들로 만족하지 못하겠어요. 다이애나와 저는 시냇물 옆에서 아주 슬프게 이별했어요. 그 이별은 제 기억 속에 영원히 성스럽게 남을 거예요. 제가 생각해낼 수 있는 가장 애처로운 단어를 떠올려 다이애나를 '그대'라고 불렀어요. '너'보다는 '그대'라고 부르는 게 훨씬 낭만적이거든요. 다이애나는 제게 머리카락도 잘라줬어요. 저는 그걸 작은 주머니에 넣고 바느질해서 평생 목에 걸고 다닐 거예요. 제가 죽으면 그 주머니를 저와 함께 묻어주세요. 아무래도 전 오래 살지 못할 것 같거든요. 죽어서 차갑게 누워 있는 저를 보면 배리 아주머니도 자기가 한 일을 후회하면서 다이애나가 제 장례식에 오도록 허락할 거예요."

마릴라는 앤의 말에 전혀 공감이 되지 않았다.

"네가 그렇게 말할 수 있는 걸 보면 슬퍼서 죽을까 봐 염려하지는 않아도 되겠구나, 앤."

다음 주 월요일, 앤은 책이 든 바구니를 팔에 끼고 결심한 듯 입술을 굳게 다물고 방에서 나왔다. 마릴라는 그것을 보고 깜짝 놀랐다.

앤은 선언했다.

"다시 학교에 가겠어요. 저는 친구와도 어쩔 수 없이 무자비하게 헤어져야 했으니까 이제 제 인생에 남은 건 학교밖에 없어요. 학교에 가면 다이애나를 보면서 옛날을 생각할 수 있으니까요."

마릴라는 상황이 이렇게 진전된 것이 기뻤지만 겉으로 드러내지는 않았다.

"공부나 수학을 생각하는 게 더 좋을 거다. 학교에 돌아가거든 사람 머리 위에 석판을 내리쳐서 깨트렸다는 등의 경망스러운 이야기는 더 듣지 않게 해라. 얌전하게 행동하고 선생님 말씀을 잘 따라야 한다."

앤은 슬픈 목소리로 동의했다.

"모범생이 되도록 노력할 거예요. 아마 그러면 재미는 별로 없겠죠. 필립스 선생님은 미니 앤드루스가 모범생이라고 말했어요. 하지만 그 애한테는 번뜩이는 상상력이나 생기가 없어요. 따분하고 굼떠서 전혀 재미있게 사는 것 같지 않아요. 하지만 저는 너무 우울해서 이제 모범생이 되는 게 더 쉬울 거예요. 큰길로 돌아서 학교에 다닐 거예요. 자작나무 길을 혼자 걷는 건 견디기 힘들 거예요. 아마 혼자 다닌다면 쓰라린 눈물을 흘리고 말 거예요."

앤이 학교에 돌아오자, 모두가 두 팔 벌려 환영해주었다. 놀이할 때 앤의 상상력이 몹시 필요했고, 노래할 때는 앤의 목소리가, 점심시간에 큰 소리로 책을 읽을 때는 앤의 연극적인 재능이 그리웠다. 루비 길리스는 성경 읽기 시간에 앤에게 파란 자두 세 개를 몰래 건네주었다. 엘라 메이 맥퍼슨은 꽃 카탈로그 표지에서 자른 커다란 노란 팬지꽃 사진을 주었다. 팬지꽃은 에이번리 학교에서 책상을 장식하는 데 아주 귀하게 사용되는 꽃이었다. 소피아 슬론은 앞치마 테두리 장식을 하기에 좋은 우아한 모양으로 레이스 짜는 법을 가르쳐주겠다고 했다. 케이티 볼터는 석판에 뿌리는 물을 담을 수 있는 향수병을 주었고, 줄리아 벨은 모서리가 부채꼴로 접힌 연분홍색 종이에 글을 써주었다.

황혼이 커튼을 내리고
별이 그 위에 박힐 때

네게는 친구가 있음을 기억해
그녀가 멀리 방황하더라도

그날 밤, 앤은 무척 즐거워하며 마릴라에게 이야기했다.

"다들 저를 인정해주니 정말 좋았어요!"

앤을 '인정해준' 학생들은 비단 여자아이들만이 아니었다. 점심시간이 끝난 뒤 앤이 자리에 가자 책상 위에 커다랗고 달달해 보이는 '딸기 사과'가 있었다. 앤은 필립스 선생의 지시에 따라 모범생인 미니 앤드루스와 함께 앉았다. 앤은 사과를 들고 한 입 베어 물려다가 에이번리에서 딸기 사과가 나는 곳은 빛나는 물의 호수 건너편의 블라이스네 과수원밖에 없다는 사실을 떠올렸다. 앤은 그 사과가 벌겋게 탄 석탄이라도 되듯이 떨어트렸고, 보란 듯이 손수건으로 손가락을 닦았다. 다음 날 아침까지 그 사과는 앤의 책상에 그대로 남아 있었고, 교실을 쓸고 불을 피우는 어린 티모시 앤드루스가 부수입으로 가져갔다. 찰리 슬론은 빨간색과 노란색 줄무늬 종이로 화려하게 장식된 석판 연필을 가지고 있었다. 한데, 다른 평범한 연필은 1센트인데 그 연필은 2센트나 했다. 찰리 슬론은 점심시간이 끝나고 앤에게 그 연필을 주었고 앤은 호의적으로 받아주었다. 앤이 기뻐하면서 답례의 의미로 웃어주자, 앤에게 빠져 있던 찰리는 앤의 미소를 보고 너무 기쁜 나머지 천국에 빠진 듯 받아쓰기에서 어마어마한 실수를 저질렀다. 결국 필립스 선생은 찰리에게 방과 후 남아서 다시 쓰도록 시켰다.

브루투스의 흉상이 없는 카이사르의 행렬은
로마 최고의 아들만을 더 떠올리게 했다.

이 시처럼 거티 파이 옆에 앉는 다이애나 배리가 그 어떤 찬사나 아는 척도 하지 않자, 앤은 자신이 거둔 작은 승리를 온전히 기뻐하지 못하고 가슴 아파했다.

그날 밤, 앤은 마릴라에게 한탄했다.

"다이애나는 저를 보고 한 번은 웃었을 거예요."

하지만 다음 날 아침, 앤은 엄청나게 구겨지고 접힌 쪽지와 함께 작은 꾸러미를 전해 받았다.

사랑하는 앤에게

엄마가 학교에서도 너와 놀거나 말하지 말라고 하셨어. 그건 내 잘못이 아니니 나한테 화내면 안 돼. 나는 언제까지나 너를 많이 사랑하니까. 내 비밀을 전부 털어놓을 수 있는 네가 몹시 그리워. 거티 파이는 조금도 좋아하지 않아. 너에게 주려고 빨간색 종이로 새 책갈피를 만들어봤어. 요즘 엄청 유행하고 있는데, 이렇게 만드는 법을 아는 사람은 우리 학교에서는 오직 세 명뿐이야. 그걸 볼 때면 나를 기억해줘.

너의 진정한 친구,
다이애나 배리

앤은 그 쪽지를 읽고 책갈피에 입 맞춘 뒤, 곧바로 답장을 써서 교실 반대편으로 보냈다.

나의 사랑 다이애나에게

물론 나는 너한테 화가 나지 않아. 넌 엄마 말을 따라야 하니까. 우리의 영혼은 서로 대화할 수 있을 거야. 네가 준 사랑스러운 선물은 영원히 간직할게. 미니 앤드루스는 상상력은 없지만 아주 착한 아이야. 하지만 내가 다이애나의 절친한 친구인 이상 미니는 내 친한 친구가 될 수 없어. 철자 실력이 많이 향상했지만, 아직도 조금씩 틀리니 내 실수를 용서해줘.

죽음이 우리를 갈라놓을 때까지,
너의 앤 또는 코델리아 셜리.

추신 : 오늘 밤 나는 베개 밑에 네 편지를 넣고 잘 거야.
앤 또는 코델리아 셜리

마릴라는 앤이 다시 학교에 다니기 시작하면 더 많은 문제를 일으킬 거라고 비관적으로 생각했다. 하지만 아무 일도 일어나지 않았다. 어쩌면 앤이 미니 앤드루스에게서 '모범생' 정신 같은 것을 본받았을지도 모른다. 그때부터 적어도 앤은 필립스 선생과 아주 잘 지냈다. 어떤 과목도 길버트 블라이스에게 뒤처지지 않겠다고 결심한 앤은 열심히 공부했다. 두 사람 사이의 경쟁관계는 곧 드러났다. 길버트의 입장에서는 선의의 경쟁이었지만, 앤의 입장은 달랐다. 앤은 좋아하는 마음만큼 증오심도 강렬했다. 학업에서 길버트가 경쟁상대라는 점을 쉽사리 인정하지도 않았다. 그걸 인정하게 되면 앤이 오랫동안 집요하게 무시해온 길버트의 존재를 인정하는 꼴이 되었기 때문이다. 하지만 경쟁의식은 분명히 존재했고, 그들은 번갈아가며 1등을 했다. 철자 수업에서는 길버트가 1등이었지만, 그다음에는 앤이 길버트를 이겼다. 어느 날 아침, 길버트가 산수 문제를 모두 맞혀 칠판에 이름을 올리면, 다음 날 아침에는 전날 저녁 내내 십진법과 씨름한 앤이 1등을 했다. 동점을 이뤄 두 사람의 이름이 나란히 적히는 끔찍한 날도 있었다. 앤에게는 벽에 '주의'라고 같이 적히는 것만큼이나 기분 나쁘고 굴욕적인 일이었지만 길버트는 분명히 만족해했다. 매달 마지막에 필기시험을 칠 때는 엄청난 긴장감이 감돌았다. 첫 번째 달에는 길버트가 3점 앞섰다. 두 번째 달에는 앤이 5점 앞서 길버트를 이겼다. 하지만 길버트가 학생들이 모두 보는 앞에서 앤을 진심으로 축하해주었다는 사실 때문에 앤의 승리는 빛이 바랬다. 길버트가 자신의 패배를 상처로 느꼈다면 앤은 그 승리의 기쁨을 더 달콤하게 맛보았을 것이다.

필립스 선생은 좋은 선생이 아닐지 모른다. 하지만 앤처럼 융통성 없이 무작정 공부하기로 결심한 학생은 어떤 선생 밑에서도 크게 발전할 수 있었다. 학기가 끝나갈 무렵, 앤과 길버트는 둘 다 5학년으로 진급했다. 라틴어와 수학, 프랑스어와 대수 같은 '교양 과목들'을 공부했다. 앤은 수학에서 큰 패배를 맛보았다.

앤은 마릴라에게 한탄했다.

"정말 끔찍한 과목이에요, 마릴라 아주머니. 무슨 말인지 도무지 이해를 못하겠어요. 그 과목에는 상상의 여지가 전혀 없어요. 필립스 선생님은 저보고 자기가 본 최악의 지진아라고 했어요. 그리고 길은, 아니 다른 아이들 몇몇은 아주 잘했어요. 정말 굴욕적이에요, 마릴라 아주머니. 다이애나까지 저보다 잘해요. 하지만 다이애나에게 지는 건 상관없어요. 우리가 지금은 모르는 사람처럼 지내지만, 다이애나에 대한 제 사랑의 불꽃은 절대로 꺼지지 않을 테니까요. 다이애나를 생각할 때마다 너무 슬퍼요! 하지만 마릴라 아주머니, 이렇게 재미있는 세상에서 사람이 너무 오랫동안 슬픔에 잠겨 있을 수만은 없잖아요, 안 그래요?"

18. 앤이 미니 메이의 생명을 구하다

모든 큰일은 반드시 작은 일들과 함께 일어난다. 처음에 얼핏 보기에는 캐나다 수상이 정치순회에 프린스에드워드 섬을 포함시킨 결정이 초록 지붕 집의 앤 셜리와는 아무런 관련이 없는 것처럼 보였다. 하지만 실상은 달랐다.

수상은 1월에 샬럿타운에 와서 충실한 지지자들과 지지하진 않지만 대규모 집회에 참석한 사람들 앞에서 연설을 했다. 에이번리 사람들은 대다수 정치적으로 수상을 지지했다. 그래서 집회가 열렸던 날 밤, 거의 대다수 남자와 상당수 여자들이 48킬로미터나 떨어진 샬럿타운으로 갔다. 레이철 린드 부인 역시 그곳에 갔다. 린드 부인은 정치에 관심이 아주 많았고, 그런 정치 집회가 자기 없이 진행될 수 없다고 생각했다. 하지만 린드 부인은 수상을 지지

하지는 않았다. 린드 부인은 말을 몰아줄 남편 토머스, 마릴라 커스버트와 함께 샬럿타운에 갔다. 마릴라는 정치에 은근히 관심이 있었고, 살아 있는 수상을 실제로 볼 수 있는 유일한 기회라 생각하고 그 기회를 바로잡아 다음 날 돌아올 때까지 앤과 매슈에게 집을 맡기고 떠났다.

마릴라와 레이철 린드 부인이 집회에서 즐거운 시간을 보내는 동안 앤과 매슈도 초록 지붕 집의 부엌에서 유쾌한 시간을 보냈다. 오래된 워털루 난로에는 불이 활활 타오르고 있었다. 창문에는 하얗고 푸른 서리가 반짝였다. 매슈는 소파에서 '농부의 후원자'를 손에 든 채 꾸벅꾸벅 졸았다. 앤은 식탁에 앉아 무척이나 결연한 표정으로 공부에 매달려 있었다. 하지만 앤은 아쉬운 시선으로 시계 선반을 힐끔거렸다. 선반에 제인 앤드루스가 그날 빌려준 새로운 책이 놓여 있었기 때문이다. 제인이 엄청나게 재미있는 책이고 소름 돋는 단어들이 많이 나온다고 장담한 터라 앤은 그 책을 집어 들고 싶어서 손가락이 간질간질했다. 하지만 책을 읽는다면 내일 길버트 블라이스가 승리할 게 분명했다. 앤은 다시 시계 선반을 등 진 채 그곳에 책이 없다고 상상하려고 애를 썼다.

"매슈 아저씨, 학교에 다니실 때 수학 공부해보신 적 있어요?"

매슈가 깜짝 놀라 졸다가 깼다.

"아니, 없단다."

앤은 한숨을 쉬었다.

"아저씨가 공부해보셨으면 좋았을 텐데요. 그래야만 저를 이해하실 수 있을 테니까요. 수학을 공부해본 적이 없다면 아저씨는 제 마음에 제대로 공감할 수 없어요. 이게 제 인생에 어두운 그림자를 드리우고 있어요. 제 수학 실력은 정말 형편없어요, 매슈 아저씨."

매슈는 앤을 위로했다.

"그러게. 난 잘 모르겠지만, 내가 보기에 넌 뭐든지 잘할 거야. 지난주에 카모디의 블레어 가게에서 필립스 선생이 네가 학교에서 가장 똑똑하고 끊임없이 약진하고 있다고 말했단다. '약진'은 그 선생이 쓴 단어야. 사람들은 테디 필립스를 좋은 선생이 아니라고 흉보지만, 내가 보기엔 꽤 괜찮은 선생 같아!"

매슈는 앤을 칭찬했던 사람은 누구라도 '괜찮다'고 생각했다.

앤은 불평했다.

"선생님이 글자만 바꾸지 않아도 제가 수학을 더 잘할 거예요. 문제를 다 외우면 선생님은 칠판에 쓸 때 책에 있던 것 말고 다른 글자를 넣는 거예요. 그래서 자꾸 헷갈려요. 선생님이 그런 약점을 공격하면 안 된다고 생각해요, 그렇지 않나요? 요즘 농업에 대해 배우고 있어서 드디어 길이 왜 붉은색인지 알아냈어요. 그게 큰 위안이 돼요. 마릴라 아주머니와 린드 아주머니는 즐겁게 지내고 계실까요? 린드 아주머니 말씀이 오타와에서 진행되는 걸 보면 캐나다가 엉망으로 변하고 있는 것 같대요. 그래서 유권자들은 그걸 경고로 받아들여야 한다고 했어요. 여자들에게 투표권이 생기면 세상이 곧 좋게 변할 거라고도 했어요. 아저씨는 어디에 투표하실 거예요?"

매슈는 즉시 대답했다.

"나는 보수당에."

보수당을 지지하는 것은 매슈에게는 종교나 다름없었다.

앤은 단호하게 말했다.

"그러면 저도 보수당에 한 표요. 다행이에요! 길이, 아, 학교에서 남자아이들 몇 명은 그리트당(캐나다 자유당의 별칭—옮긴이)이거든요. 프리시 앤드루스의 아버지가 그리트당이니까 필립스 선생님도 그리트당일 거예요. 그리고 루비 길리스 말이 남자가 여자의 환심을 사려면 언제나 그 여자 어머니의 종교와 아버지의 정치관을 따라야 한댔어요. 정말인가요, 매슈 아저씨?"

매슈가 대답했다.

"글쎄다. 잘 모르겠구나."

"누군가의 환심을 사본 적 있으세요, 매슈 아저씨?"

매슈는 살면서 그런 것을 생각해본 적이 확실히 없었다.

"아니, 그런 적이 있었는지도 모르겠어."

앤은 손으로 턱을 괴고 생각에 잠긴 채 말했다.

"그런 일도 분명 재밌을 거예요. 그렇게 생각하지 않으세요, 매슈 아저씨? 루비 길리스는 어른이 되면 줄 세울 정도로 남자친구를 많이 사귀고 모두 자기한테 푹 빠지게 만들 거래요. 그것도 재밌기는 하겠지만, 저는 마음이 바른 한 사람만 있으면 될 것 같아요. 하지만 루비 길리스가 큰 언니들이 많아서 그런 문제에 빠삭해요. 린드 아주머니는 길리스네 딸들이 핫케이크처럼 잘 팔린다고 했어요. 필립스 선생님은 거의 매일 저녁 프리시 앤드루스를 보러 가요. 선생님은 프리시의 공부를 도와주기 위해서라지만, 미란다 슬론도 퀸스 학교에 가려고 공부하고 있거든요. 제가 보기에 프리시보다 미란다가 훨씬 많은 도움이 필요해요. 미란다가 머리가 더 안 좋은 것 같거든요. 그런데 선생님이 저녁에 미란다 공부를 도와주러 간 적은 한 번도 없어요. 이 세상에는 제가 잘 이해할 수 없는 일들이 정말 많아요, 매슈 아저씨."

매슈도 인정했다.

"나도 이해하기 어려운 일이 많더구나."

"이제 마저 공부를 끝내야겠어요. 공부를 다 끝내기 전까진 제인이 빌려준 새 책을 펼쳐보지 않기로 했어요. 하지만 이건 정말 큰 유혹이에요, 매슈 아저씨. 책에 등 돌리고 있어도 저기에 있는 책이 분명하게 보이는 것 같아요. 제인은 저 책을 읽고 마음이 아파서 울었대요. 저는 책을 읽고 우는 게 정말 좋아요. 하지만 저 책을 거실로 가져가서 잼을 넣는 벽장에 넣고 잠근 다음 그 열쇠를 아저씨께 드려야겠어요. 아저씨는 제가 공부를 끝낼 때까지 제게 열쇠를 절대 주시면 안 돼요. 제가 무릎 꿇고 애원하더라도 주시면 안 돼요. 유혹을 이겨낸다는 말은 좋지만, 아저씨가 열쇠를 주시지 않는다면 견디기가 훨씬 더 쉬울 거예요. 제가 지하실에 가서 갈색 사과 좀 가져올까요, 아저씨? 사과 좀 드시겠어요?"

매슈는 갈색 사과를 먹지 않았지만, 앤이 좋아한다는 걸 알고 있어서 이렇게 대답했다.

"글쎄 모르겠다만, 조금만 먹어볼까?"

앤이 의기양양하게 지하에서 접시 가득 사과를 담아 올라오는데, 얼음 낀 판자 길에 발자국 소리가 들리더니 다음 순간 부엌문이 벌컥 열렸다. 머리에 대충 숄을 두른 다이애나 배리가 얼굴이 하얗게 질린 채 숨을 헐떡이며 뛰어들어왔다. 앤은 너무 놀란 나머지 초와 접시를 바닥에 떨어트렸다. 그래서 접시와 초와 사과들은 지하실로 내려가는 계단 아래로 요란하게 굴러떨어졌다. 다음 날, 마릴라는 지하실 바닥에 녹아 있는 기름에서 그것들을 발견하고 치우면서 집이 불타지 않은 것에 감사했다.

앤은 소리쳤다.

"무슨 일이야, 다이애나? 엄마가 드디어 화를 푸셨니?"

다이애나는 초조하게 말했다.

"아, 앤, 빨리 와봐. 미니 메이가 엄청 아파. 메리 조 말이 후두염에 걸렸대. 아빠와 엄마 모두 샬럿타운에 가셔서 의사를 부르러 갈 사람이 없어. 미니 메이 상태가 몹시 나쁜데, 메리 조는 어떻게 해야 할지를 몰라. 앤, 나 너무 무서워!"

매슈가 아무 말 없이 모자와 코트를 챙겨 다이애나 옆을 스쳐 지나 어두운 마당으로 나갔다.

앤은 서둘러 모자를 쓰고 외투를 입으면서 말했다.

"아저씨가 말에 마구를 채우러 나가신 거야. 카모디로 가서 의사를 모시고 올 거야. 아저씨는 아무 말도 하지 않았지만 나는 알아. 매슈 아저씨와 나는 그렇게 마음이 통하는 사이라 아무 말 하지 않아도 아저씨의 생각을 읽을 수 있어."

다이애나는 흐느꼈다.

"아저씨가 카모디에서 의사를 찾을 수 있을지 모르겠어. 블레어 선생님도 샬럿타운에 가셨고, 아마 스펜서 선생님도 가셨을 거야.

메리 조는 후두염에 걸린 사람을 처음 봤대. 린드 아주머니도 안 계시고. 아, 앤!"

앤은 힘 있게 말했다.

"울지 마, 다이애나. 내가 후두염이라면 뭘 해야 하는지 잘 알고 있어. 해먼드 아주머니가 쌍둥이를 세 번이나 낳았다는 거, 기억하지? 쌍둥이를 세 쌍이나 돌보다 보면 자연스레 경험도 많아져. 그 아이들 모두 후두염에 자주 걸렸어. 내가 토근 담긴 병을 가져올 테니 잠시 기다려. 너희 집에는 아마 없을 거야. 이제 가자."

두 소녀가 손을 잡고 서둘러 연인의 길을 지나 그 뒤의 얼어붙은 들판으로 갔다. 눈이 너무 많이 쌓여 숲속 지름길로는 갈 수 없었기 때문이다. 미니 메이에게는 진심으로 미안하지만, 앤은 그 상황이 낭만적이라고 느꼈다. 마음이 통하는 친구와 그런 낭만을 한 번 더 나눌 수 있다는 생각에 기분이 좋았다.

그날 밤은 맑고 서리가 내려 온통 깜깜한 나무 그림자에 눈 덮인 길은 은빛으로 빛났다. 조용한 들판 위로 별들이 반짝였고, 어둠 속에 솟아 있는 전나무 가지에는 눈가루가 내려앉았다. 그 사이로 바람이 쌩하니 지나갔다. 앤은 아주 오랫동안 떨어져 지낸 단짝 친구와 함께 이 신비롭고 아름다운 길을 가는 게 기뻤다.

세 살배기 미니 메이는 정말 많이 아팠다. 부엌 소파에 누워 있었는데, 열이 많이 올라 가만히 있지 못했다. 쉰 목소리로 숨을 쌕쌕거리는 소리가 집안 전체에 울렸다. 크리크 출신의 통통하고 얼굴이 넓적한 프랑스 소녀 메리 조는 배리 부인이 집을 비우는 동안 아이들을 돌보라고 고용한 사람이었다. 메리 조는 속수무책으로 무엇을 해야 할지 몰랐다. 설사 알았더라도 제대로 할 수 없어 보일 만큼 정신이 나가 있었다.

앤은 지체 없이 능숙하게 일을 시작했다.

"미니 메이는 후두염에 걸렸어. 상태가 안 좋지만, 나는 더 심한 아이도 봤어. 먼저 뜨거운 물이 많이 필요해. 다이애나, 주전자에 물이 한 잔 정도밖에 없어! 내가 주전자를 채워올게. 메리 조, 난로에 나무를 더 넣어줘요. 기분을 상하게 하고 싶지 않지만, 생각이란 게 있다면 이 정도는 미리 생각했어야죠. 이제 미니 메이의 옷을 벗기고 침대에 눕힐 거야. 다이애나, 너는 부드러운 천을 찾아봐. 나는 우선 토근을 먹일 거야."

미니 메이는 순순히 토근을 먹지 않았지만, 앤이 쌍둥이 세 쌍을 거저 키웠던 것은 아니었기에 길고 불안한 밤이 지나는 동안 미니 메이에게 여러 번 토근을 먹였다. 이 두 소녀는 참을성 있게 아파하는 미니 메이를 돌보았다. 진정으로 무슨 일이든 하고 싶었던 메리 조는 불을 활활 지펴서 후두염에 걸린 아이들을 치료하는 병원에서 필요한 것보다 더 많은 양의 물을 데웠다.

새벽 세 시가 다 되어서야 매슈가 의사와 함께 돌아왔다. 의사를 찾으러 스펜서 베일까지 가야만 했기 때문이다. 하지만 도움이 절실하게 필요한 시기는 지났다. 미니 메이는 상태가 많이 호전되어 곤히 잠들어 있었다.

앤은 설명했다.

"절망스러워서 거의 포기할 뻔했어요. 미니 메이 상태가 점점 나빠지더니 해먼드네 쌍둥이들보다, 심지어 마지막 쌍둥이들보다 더 상태가 안 좋았어요. 정말 죽는 게 아닌가 싶을 정도로 숨을 제대로 못 쉬었어요. 그래도 병에 있는 토근을 한 방울도 남기지 않고 다 먹였어요. 마지막 한 방울을 먹이고 나서 다이애나나 메리 조가 아닌 저 자신에게 이렇게 말했어요. '이것은 마지막 남은 희망이야. 이 모든 게 허사가 될까 두려워!' 그들이 지금보다 더 걱정하는 것을 바라지 않았고, 제 기분 전환을 위해서라도 그렇게 말해야 했어요. 하지만 약 3분 뒤에 미니 메이가 기침을 하더니 가래를 내뱉고 점점 좋아지기 시작했어요. 제가 얼마나 안도했는지 상상하지 않으면 아마 모르실 거예요, 선생님. 그걸 말로 표현할 수는 없거든요. 말로 표현할 수 없는 것들이 있다는 걸 선생님도 잘 아시겠죠?"

의사가 고개를 끄덕였다.

"물론, 알고 있지."

의사는 앤에게도 말로 표현할 수 없는 것이 있다고 생각하는 듯 앤을 가만히 바라보았다. 나중에 배리 부부에게 이렇게 전했다.

"커스버트 씨가 데리고 있는 그 빨간 머리 아이는 정말 똑똑하더군요! 그 아이가 아기의 목숨을 살렸습니다. 제가 여기 도착했을 때는 이미 너무 늦었거든요. 저 또래 아이가 저렇게 재주 있고 훌륭한 마음씨를 가지기는 어렵죠. 그 아이가 제게 상황을 설명하면서 보인 그 눈빛을 평생 잊을 수 없을 겁니다."

앤은 하얗게 서리가 내린 아름다운 겨울 아침에 집으로 돌아갔다. 잠을 자지 못해 눈은 졸렸지만 지치지 않고 매슈에게 계속 이야기했다. 그들은 길고 긴 하얀 들판을 건너 단풍나무들이 만든 반짝이는 아치 아래 연인의 길을 걸어갔다.

"매슈 아저씨, 정말 아름다운 아침 아닌가요? 세상이 하느님이 즐기려고 만든 모습 그대로인 것 같아요. 저 나무들은 제가 후 하고 입김만 한번 불면 날아갈 것 같아요. 하얀 서리가 있는 세상에 살다니 정말 기뻐요, 그렇지 않나요? 그리고 해먼드 아주머니가 쌍둥이를 세 번이나 낳은 것도 기뻐요. 아주머니가 그렇게 낳지 않았다면 저는 미니 메이에게 뭘 어떻게 해줘야 할지 몰랐을 테니까요. 그때는 아주머니가 쌍둥이를 낳았다고 짜증을 냈는데, 지금은 정말 죄송하네요! 하지만 아, 아저씨, 잠이 쏟아져요. 오늘 학교에는 못 가겠어요. 눈을 뜨고 있을 수가 없어서 아주 바보 같을 거예요. 하지만 집에 있는 것도 싫어요. 길 때문에, 아니 다른 아이들이 1등을 할 거고, 그러면 다시 따라잡기도 어려울 거예요. 물론 어려울수록 따라잡았을 때 만족감은 더 크겠죠, 그렇지 않나요?"

매슈는 앤의 하얗고 작은 얼굴과 눈 밑에 검게 드리운 그림자를 보고 말했다.

"넌 다 잘해낼 거야. 지금 바로 가서 푹 자거라. 집안일은 내가 전부 할 테니."

그래서 앤은 침대로 가서 하얀 장밋빛 겨울 오후까지 아주 오랫동안 깊이 잠들었다. 잠에서 깬 앤이 부엌에 내려오자, 그 사이 집에 도착한 마릴라는 앉아서 뜨개질을 하고 있었다.

앤은 곧바로 소리쳤다.

"아, 수상은 보셨어요? 어떻게 생겼어요, 마릴라 아주머니?"

마릴라는 말했다.

"외모만 보면 전혀 수상처럼 보이지 않더구나. 남자가 코가 그게 뭐람! 하지만 말은 잘하더구나. 내가 보수당 지지자인 게 자랑스러웠단다. 물론 자유당인 린드 부인은 수상을 싫어했어. 오븐에 네 점심이 있어, 앤. 찬장에서 파란 자두 잼을 꺼내서 먹으렴. 배가 고프겠구나. 매슈 오라버니에게 어젯밤 이야기를 다 들었다. 네가 방법을 알고 있었다니 정말 다행이구나! 나도 후두염에 걸린 사람은 본 적이 없어서 뭘 어떻게 해야 할지 몰랐을 거야. 말하고 싶은 게 있어도 점심을 먹고 나서 해라. 할 이야기가 엄청 많아 보이는 표정이지만, 잠시만 아껴둬."

마릴라는 앤에게 해줄 이야기가 있었지만 하지 않았다. 지금 말했다가는 앤이 너무 흥분한 나머지 식욕이 없어져 점심도 먹지 않을 거라는 걸 알고 있었기 때문이다. 앤이 파란 자두 한 접시를 다 먹은 뒤에야 마릴라는 말했다.

"앤, 오늘 오후에 배리 부인이 집에 왔었단다. 배리 부인은 너를 보고 싶어 했지만, 내가 일부러 널 깨우지 않았어. 네가 미니 메이의 목숨을 살렸다고 말하더구나. 그리고 건포도 와인 일로 그렇게 행동해서 너무 미안하다고 했어. 이젠 네가 다이애나를 일부러 취하게 했던 게 아니라는 걸 믿겠대. 그리고 네가 자기를 용서해주었으면 하고, 다시 다이애나의 좋은 친구가 되어주길 바란다고 하더라. 다이애나가 어젯밤에 독감에 걸려서 외출을 할 수 없다더구나. 그래서 너만 좋다면 오늘 오후에 네가 와주면 좋겠다는구나. 앤 셜리, 제발 너무 들뜨지는 마라."

그 경고는 쓸데없어 보이지 않았다. 벌떡 일어선 앤의 표정과 태도는 행복감에 들떴고 얼굴에선 불꽃이 일 듯 빛이 났다.

"아, 마릴라 아주머니, 설거지를 하지 않고 지금 당장 가도 될까요? 돌아와서 제가 할게요. 이렇게 흥분되는 순간에 설거지처럼 낭만적이지 않은 일에 매달려 있을 수는 없거든요."

마릴라는 너그럽게 말했다.

"그래, 그래, 가봐라. 앤 셜리, 머리가 어떻게 된 거 아니니? 지금 당장 돌아와서 뭐라도 입고 가. 차라리 바람을 부르는 게 낫겠군. 저런, 모자나 숄도 없이 가버렸네. 저렇게 머리카락을 휘날리며 과수원을 뛰어가는 것 좀 봐. 감기에 걸리지 않아야 할 텐데."

자줏빛 겨울의 황혼 녘에 앤은 눈 덮인 들판을 지나 가벼운 발걸음으로 집에 돌아왔다. 천상의 장밋빛과 희미한 황금빛을 띠는 남서쪽 먼 하늘에서 진주같이 빛나는 저녁별이 하얗게 빛나는 땅과 어두운 가문비나무 골짜기 위로 반짝였다. 눈 덮인 언덕들 사이로 썰매 방울이 딸랑거리는 소리가 차가운 공기를 타고 요정이 울리는 종소리처럼 들렸지만, 그들의 음악보다 앤의 마음과 입술에서 나오는 노랫소리가 더 달콤했다.

앤은 말했다.

"마릴라 아주머니, 아주머니 앞에 완벽하게 행복한 사람이 있어요. 전 지금 완벽하게 행복해요! 네, 물론 빨간 머리지만요. 지금 이 순간만큼은 빨간 머리라도 상관없어요. 배리 아주머니가 제게 입을 맞추고 한참 동안 우셨어요. 정말 정말 미안했고, 절대 보상할 수 없을 거라고 말씀하셨어요. 저는 굉장히 당황스러웠어요, 마릴라 아주머니. 하지만 최대한 정중하게 말했어요. '아주머니에게 나쁜 감정은 없어요, 배리 아주머니. 이번에 다시 한 번 분명히 말씀드리지만, 다이애나를 취하게 할 의도는 전혀 없었어요. 그리고 저는 지난 일은 다 잊었어요.' 꽤 위엄 있게 말하지 않았나요, 마릴라 아주머니? 제가 배리 아주머니를 부끄럽게 했다고 느꼈어요. 그리고 다이애나와 저는 멋진 시간을 보냈어요. 다이애나는 카모디에 사는 숙모가 가르쳐준 새로운 코바늘뜨기를 보여줬어요. 에이번리 마을에서 그걸 아는 사람은 우리 말고는 아무도 없대요. 그래서 우리는 다른 사람에게 절대 알려주지 않기로 약속했어요. 다이애나는 장미꽃이 그려져 있고 시가 적힌 아름다운 카드를 제게 줬어요."

내가 당신을 사랑하는 만큼 당신이 나를 사랑한다면
죽음만이 우리를 갈라놓을 수 있을 겁니다.

"마릴라 아주머니, 그건 정말이에요. 우리는 필립스 선생님에게 다시 같이 앉게 해달라고 부탁할 거예요. 거티 파이가 미니 앤드루스와 앉으면 되니까요. 우리는 우아하게 차를 마셨어요. 배리

아주머니가 제일 좋은 도자기 찻잔을 내주셨어요, 마릴라 아주머니. 제가 진짜 손님인 것처럼요. 얼마나 감동적이었는지 말로 다 표현할 수 없어요. 지금까지 저 때문에 제일 좋은 도자기 찻잔을 내놓은 사람은 아무도 없었어요. 우리는 과일 케이크와 파운드케이크와 도넛과 잼 두 가지를 먹었어요, 마릴라 아주머니. 배리 아주머니는 제게 차를 마실 건지 물으면서 이렇게 말했어요. '여보, 앤에게 비스킷을 건네주지 않을래요?' 어른이 된다는 건 분명히 멋진 일이에요, 마릴라 아주머니. 어른처럼 대우받는 걸로도 이렇게 기분이 좋으니까요."

마릴라는 짧게 한숨을 쉬고 말했다.

"그건 잘 모르겠구나."

앤은 단호하게 말했다.

"어쨌든 제가 어른이 되면 어린 여자아이들에게 항상 어른을 대하듯 말할 거예요. 그리고 아이들이 과장된 말을 써도 절대 웃지 않을 거고요. 그게 얼마나 기분을 상하게 하는지 슬픈 경험을 통해 알고 있거든요. 차를 마시고 나서 다이애나와 저는 태피 사탕(설탕을 녹여 만든 무른 사탕-옮긴이)을 만들었어요. 솔직히 맛은 별로였어요. 아마도 다이애나나 제가 전에 만들어본 적이 없어서일 거예요. 다이애나가 접시에 버터를 바르는 동안 제가 그걸 젓기로 했는데, 제가 깜박하고 태워버렸어요. 그리고 그것을 현관 밖에 내놓고 식히는데, 고양이가 접시 위로 지나가는 바람에 다 버려야 했어요. 하지만 태피 사탕 만들기는 굉장히 재밌었어요. 그리고 제가 집으로 올 때 배리 아주머니가 앞으로 자주 놀러 와도 된다고 하셨어요. 다이애나는 창가에 서서 제가 연인의 길까지 가는 동안 손 키스를 날렸어요. 마릴라 아주머니, 오늘 밤에는 정말 기도하고 싶어요. 오늘 낮에 있었던 이 황홀한 일을 축하하는 특별하고 새로운 기도를 생각할 거예요."

19. 발표회, 한밤의 소동, 고백

"마릴라 아주머니, 잠시만 다이애나를 만나고 와도 될까요?"

2월의 어느 저녁, 동쪽 방에서 앤이 숨을 헐떡이며 뛰어 내려오더니 물었다.

마릴라는 바로 대답했다.

"날이 벌써 어두워졌는데, 나갈 일이 뭐가 있니? 다이애나와는 학교에서부터 같이 집으로 온 것도 모자라 눈 속에 서서 30분이나 넘게 얘기했잖니. 온종일 혀를 움직이고 수다를 떨어놓고는 왜 또 만나러 간다는 거니?"

앤은 간절하게 말했다.

"하지만 다이애나가 저를 만나고 싶어 해요. 저한테 알려줘야 할 중요한 일이 있대요."

"네가 그걸 어떻게 아니?"

"방금 다이애나가 창문에서 신호를 보냈거든요. 우리는 촛불과 판지로 신호를 보내는 방법을 개발했어요. 창틀에 초를 올려두고 초 앞으로 판지를 왔다 갔다 해서 불빛이 번쩍이게 만들어요. 불꽃이 번쩍이는 횟수마다 의미를 정해두었어요. 제가 생각해낸 방법이에요, 마릴라 아주머니."

마릴라는 강한 어조로 말했다.

"아무렴, 당연히 네 생각이겠지. 그러다 터무니없는 신호 때문에 커튼에 불이라도 붙으면 어쩌려고 그러니?"

"아, 그런 건 아주 조심하고 있어요, 마릴라 아주머니. 그리고 이건 아주 재미있어요. 두 번 번쩍이면 '거기 있어?'라는 뜻이고, 세 번은 '응', 네 번은 '아니'라는 뜻이에요. 다섯 번은 '가능한 빨리 와, 알려줄 중요한 말이 있어'라는 뜻이에요. 그런데 방금 다이애나가 불꽃을 다섯 번 번쩍였어요. 무슨 일인지 궁금해 죽겠어요."

마릴라는 빈정대며 말했다.

"인제 그만 괴로워해라. 가도 좋아. 하지만 정확히 10분 뒤에 돌아와야 해. 명심해라."

앤은 약속한 시간에 돌아왔다. 10분이라는 제한 시간 안에 다이애나와 중요한 사항을 의논하는 건 굉장히 어려웠다. 하지만 앤은 그 시간을 적절히 활용했다.

"마릴라 아주머니, 어떻게 생각하세요? 내일이 다이애나의 생일이잖아요. 그래서 다이애나 엄마가 학교를 마치고 집으로 와서 저와 같이 자도 된다고 말씀하셨대요. 그리고 다이애나의 사촌들이 뉴브리지에서 큰 썰매를 타고 오는데, 내일 밤에 대강당에서 열리는 토론 클럽 발표회에 갈 거래요. 그래서 사촌들이 다이애나와 저를 그 발표회에 데려갈 거래요. 물론 아주머니가 허락하시면요. 허락해주실 거죠, 마릴라 아주머니? 와, 정말 흥분돼요!"

"우선 좀 진정해라. 너는 못 가니까. 자기 집, 자기 침대에서 자는 게 제일 좋은 거란다. 그 발표회라는 것도 그래. 그것도 터무니없지. 어린 여자아이들은 그런 곳에 가면 안 돼."

앤은 애원했다.

"토론 클럽은 아주 점잖은 모임이에요."

"그렇지 않다는 말이 아니야. 발표회에 참석한답시고 밖으로 나다니고 밤을 새우고 하는 게 안 된다는 거야. 아이들이 할 일이 아니란다. 배리 부인이 다이애나를 보낸다니, 그게 더 놀랍구나!"

앤은 금방이라도 눈물을 흘릴 것처럼 슬퍼했다.

"하지만 아주 특별한 날이잖아요. 다이애나의 생일은 1년에 한 번뿐이라고요. 생일은 흔한 일이 아니잖아요, 마릴라 아주머니. 프리시 앤드루스가 「통행금지 종아, 오늘 밤 울리지 마라」를 낭송할 거예요. 그건 도덕적인 시예요, 마릴라 아주머니. 그 시를 들으면 저한테 도움이 많이 될 거라고 확신해요. 합창단은 찬송가만큼 아름답고 슬픈 노래를 네 곡 부른대요. 아, 마릴라 아주머니, 목사님도 참석할 거예요. 맞아요, 진짜예요. 목사님이 연설하실 거예요. 설교와 똑같을 거예요. 제발요, 저도 가면 안 될까요, 마릴라 아주머니?"

"내가 한 말 못 들었니, 앤? 이제 부츠를 벗고 침대로 가라. 벌써 여덟 시가 넘었어."

앤은 마지막 시도라고 생각하고 간절하게 말했다.

"한 가지 더 있어요, 마릴라 아주머니. 배리 아주머니가 다이애나에게 우리가 손님용 침실에서 자도 좋다고 하셨대요. 아주머니의 작은 앤이 손님용 침대에서 자는 영광을 누린다고 생각해보세요."

"그런 거 없이도 잘 지내는 게 영광인 거야. 어서 방으로 가라, 앤. 다른 말은 듣기 싫구나."

앤은 슬픔의 눈물을 흘리며 위층으로 올라갔다. 이런 대화가 오가는 동안 분명히 거실에서 깊이 잠든 줄 알았던 매슈가 눈을 뜨고 단호하게 말했다.

"마릴라, 내 생각에 앤을 보내줘야 할 것 같아."

마릴라는 앤을 쏘아붙였다.

"그러지 않을 거예요. 저 아이를 키우는 게 누구죠, 저인가요, 오라버니인가요?"

매슈가 인정했다.

"물론, 그거야 너지."

"그러면 간섭하지 마세요."

"간섭하는 게 아니야. 네 의견에 간섭하는 게 아니란다. 그저 네가 앤을 보내야 한다고 내 의견을 말하는 거야."

마릴라는 쾌활하게 응수했다.

"오라버니는 저 애가 원한다면 달에라도 보내라고 할 사람이에요. 틀림없어요. 나는 앤이 다이애나 집에서 자는 건 허락할 수 있어요. 하지만 발표회는 찬성할 수 없어요. 앤은 거기 가면 틀림없이 감기에 걸릴 거고, 터무니없는 생각만 머릿속에 가득 넣어 올 거고, 잔뜩 흥분할 거라고요. 그러면 일주일 내내 저 아이는 마음을 못 잡을 거예요. 내가 오라버니보다 저 아이의 성격을 더 잘 알고, 저 아이에게 뭐가 더 좋은지도 잘 안다고요, 매슈 오라버니."

"그래도 나는 앤을 보내줘야 한다고 생각해."

매슈는 똑같은 말만 되풀이했다. 매슈는 토론은 잘 못했지만 자신의 입장을 굽히지 않는 데는 소질이 있었다. 마릴라는 무척 난감해서 숨이 막힐 것 같았다. 그녀는 침묵으로 그 상황을 피했다. 다음 날 아침, 앤이 부엌에서 아침 먹은 그릇을 설거지하고 있을 때 헛간으로 가던 매슈가 멈춰 서서 마릴라에게 다시 말했다.

"앤을 보내줘야 한다고 생각해, 마릴라."

마릴라는 잠시 표정이 안 좋았지만 어쩔 수 없이 항복했다.

"좋아요, 앤을 보낼게요. 오라버니 때문이에요."

앤은 물이 뚝뚝 떨어지는 행주를 손에 들고 주방에서 급히 뛰어나왔다.

"아, 마릴라 아주머니, 마릴라 아주머니, 다시 한 번 그 축복의 말을 해주세요."

"한 번 말한 걸로 충분해. 이건 매슈 오라버니 때문이야. 나는 두 손 두 발 다 들었다. 네가 낯선 침대에서 자거나 따뜻한 강당에 있다가 한밤중에 밖에 나와서 폐렴에 걸려도 나를 원망하지는 마라. 매슈 오라버니를 원망해. 앤 셜리, 지금 기름 섞인 물을 바닥에 흘리고 있잖니. 이렇게 조심성 없는 아이를 봤나!"

앤은 뉘우치며 말했다.

"제가 아주머니에게 큰 골칫거리라는 걸 저도 알아요, 마릴라 아주머니. 실수도 엄청나게 많이 하죠. 그렇지만 제가 하지 않은 실수들도 생각해주세요. 언젠가 저지를 수도 있지만요. 학교 가기 전에 모래를 가져와 얼룩을 지울게요. 아, 마릴라 아주머니, 제 머릿속은 온통 발표회에 가는 생각뿐이에요. 저는 여태 발표회에 가본 적이 한 번도 없어서 다른 여자아이들이 학교에서 발표회 이야기를 할 때면 소외감을 많이 느꼈어요. 아주머니는 그럴 때 제 기분이 어떤지 모르시겠지만 매슈 아저씨는 아시는 거예요. 아저씨는 저를 이해해주세요. 이해받는 기분은 정말 좋아요, 마릴라 아주머니."

그날 오전, 앤은 학교에서 너무 흥분해서 실력을 충분히 발휘할 수 없었다. 철자 쓰기에서 길버트 블라이스에게 졌고 암산에서 완전히 뒤처졌다. 그러나 발표회와 손님용 침실을 생각하면 앤은 그 결과에 전처럼 굴욕감을 크게 느끼지 않았다. 앤과 다이애나는 하루 종일 발표회 이야기로 재잘거렸다. 필립스 선생보다 더 엄한 선생이었다면 둘은 크게 혼났을 것이다.

그날 학교에서는 다른 이야기는 일절 하지 않았으므로 앤은 발표회를 가지 못했다면 견딜 수 없었으리라 생각했다. 에이번리 토론 클럽은 겨울 동안 2주에 한 번씩 모였고, 무료로 몇 가지 작은 오락 행사를 열었다. 하지만 이번 발표회는 도서관을 돕기 위한 큰 행사여서 한 명당 10센트의 입장료를 내야 했다. 에이번리에 사는 젊은 사람들이 몇 주 동안 연습했고, 모든 학생이 토론에 참석할 예정인 형과 언니가 있어서 특별히 관심이 많았다. 학교에서도 아홉 살 이상인 학생은 모두 갈 예정이었지만 캐리 슬론만은 예외였다. 캐리의 아버지도 어린 여자아이들이 밤에 발표회에 가는 것과 관련해 마릴라와 같은 의견이었다. 캐리 슬론은 오후 내내 자신의 문법책으로 얼굴을 가리고 눈물을 흘리며 살 가치가 없다고 생각했다.

앤은 수업을 마치자 흥분되기 시작했고, 발표회의 황홀함을 직접 느낄 때까지 그 흥분은 점점 더 커졌다. 앤과 다이애나는 '완벽히 우아하게 차'를 마신 뒤 위층으로 올라가 다이애나의 작은 방에서 옷을 입어보았다. 다이애나는 앤의 앞머리를 뒤로 넘겨 새로운 스타일을 만들어주었고, 앤은 자신이 가진 특별한 재주로 다이애나의 리본을 예쁘게 매주었다. 그리고 둘은 최소 여섯 가지 이상의 다른 방식으로 뒷머리를 묶어보았다. 마침내 준비를 마친 앤과 다이애나는 볼이 빨갛게 상기되었고 두 눈은 흥분으로 반짝였다.

사실 앤은 자신의 평범한 검은 모자와 못생기고 꽉 끼는 소매가 달린 회색 코트를 다이애나의 멋진 털모자와 깔끔하고 딱 맞는 재킷과 비교하자 조금 씁쓸해졌다. 하지만 이윽고 앤은 자기에겐 상상력이 있으니 상상으로 해결할 수 있다고 생각했다.

뉴브리지에서 다이애나의 사촌, 머레이 가 사람들이 왔다. 그들은 짚을 덮고 털 망토를 걸치고 큰 썰매에 옹기종기 타고 있었다. 눈이 쌓여 뽀드득 소리를 내는 비단처럼 부드러운 길을 썰매를 타고 대강당까지 가는 동안 앤은 굉장히 즐거웠다. 해가 지는 모습이 무척 아름다웠고, 눈 덮인 언덕과 세이트로렌스 만의 깊고 푸른 바다는 진주와 사파이어를 담은 커다란 그릇을 와인과 불로 장식한 것처럼 보였다. 썰매의 방울이 딸랑거리는 소리와 희미한 웃음소리가 마치 숲속 요정들의 웃음소리처럼 곳곳에서 들려왔다.

앤은 숨을 들이쉬며 모피 망토 아래에 벙어리장갑을 낀 다이애나의 손을 꽉 잡았다.

"아, 다이애나. 이 모든 게 정말 아름다운 꿈같지 않니? 내가 정말 평소와 똑같아 보이니? 너무 다르게 느껴져서 내 외모도 달라졌을 것 같아."

방금 사촌에게 칭찬을 들었던 다이애나는 자기도 누군가를 칭찬해야 할 것 같은 기분이었다.

"넌 지금 굉장히 근사해! 얼굴에서 빛이 나!"

그날 밤 프로그램은 청중 중 적어도 한 명에게는 '전율'의 연속이었다. 앤이 다이애나에게 말했듯이, 프로그램이 진행될수록 매번 이전보다 더 강렬한 전율을 느꼈다. 프리시 앤드루스는 새 분홍색 실크 드레스를 입고, 부드러운 하얀 목에 진주 목걸이를 하고, 머리에는 소문에 필립스 선생이 프리시를 위해 시내에 나가 구해왔다는 카네이션 생화를 꽂고 있었다. '한 줄기 빛도 들지 않는 어두운 곳에서 얇은 사다리가 올라갔을 때' 앤은 자기가 올라가는 것처럼 몸을 떨었다. 합창단이 "고결한 데이지는 저 높은 곳으로"를 부를 때 앤은 천장에 천사들의 프레스코 화가 있는 것처럼 천장을 올려다보았다. 샘 슬론이 "소커리는 어떻게 암탉이 알을 품게 했는가"를 시작하자, 앤은 너무 웃어서 주위에 앉아 있던 사람들까지 덩달아 웃었다. 에이번리 마을에서조차 아주 뻔한 이야기여서 애

기가 재밌어서라기보다 앤이 너무 웃어서 따라 웃게 된 것이었다. 그리고 필립스 선생이 문장이 끝날 때마다 프리시 앤드루스를 바라보면서 아주 감동적인 어조로 마크 안토니가 시저의 시체를 두고 했던 연설을 낭독할 때 앤은 로마 시민이 앞장서기만 한다면 즉시 따라나서 반란을 일으킬 수 있을 것 같다고 생각했다.

그날 유일하게 앤의 관심을 끌지 못한 프로그램이 하나 있었다. 그것은 바로 길버트 블라이스가 낭송하는 「라인 강의 빙겐」이었다. 길버트가 낭송하는 동안, 앤은 도서관에서 빌린 로다 머레이의 책을 꺼내 끝날 때까지 읽었다. 다이애나가 손바닥이 얼얼할 때까지 박수를 치는 동안 앤은 아무런 미동 없이 뻣뻣하게 앉아 있었다.

앤과 다이애나는 밤 열한 시가 되어서야 집에 도착했다. 실컷 재미있게 보냈지만 발표회 이야기를 계속하면서 즐거움은 더해갔다. 모두가 잠들었는지 집은 어둡고 조용했다. 앤과 다이애나는 발끝으로 걸어 손님용 침실과 이어지는 길고 좁은 응접실로 들어갔다. 쾌적하게 따뜻했고, 벽난로에 타다 남은 잉걸불이 희미하게 불빛을 냈다.

다이애나는 말했다.

"여기서 옷을 벗자. 아늑하고 따뜻해!"

앤은 황홀감에 빠져 감탄했다.

"정말 즐거운 시간이었지? 무대에 올라가서 낭송하는 일은 정말 멋질 거야! 나중에 우리도 낭송할 기회가 생길까, 다이애나?"

"그럼, 물론이지. 언젠가는 생길 거야. 발표회에는 늘 낭송할 큰 학생들이 필요하거든. 길버트 블라이스도 종종 했어. 길은 우리보다 두 살밖에 더 많지 않잖아. 앤, 너는 어떻게 길버트가 낭송하는데 안 듣는 척할 수가 있니? 길버트가 '그리고 또 한 명, 여동생은 아니다'를 말할 때 너를 바로 쳐다봤단 말이야."

앤은 근엄하게 말했다.

"다이애나. 너는 내 단짝 친구지만, 아무리 너라도 내게 그 애 얘기를 하는 것은 용납할 수 없어. 자러 갈 준비 됐지? 우리, 누가 먼저 침대에 들어가나 달리기 시합하자."

다이애나도 그 제안에 흥미를 보였다. 흰색 잠옷을 입은 두 아이가 긴 방을 뛰어서 열려 있는 손님용 침실 문을 지나 동시에 침대에 뛰어들었다. 그때 뭔가가 그들 아래에서 움직이며 헉 하는 외침이 들렸다. 누군가 숨죽인 목소리로 말했다.

"맙소사!"

앤과 다이애나는 어떻게 침대에서 일어나 그 방을 나왔는지 기억도 나지 않았다. 그저 정신없이 달린 뒤에 보니 위층에서 벌벌 떨며 발끝으로 서 있었다.

앤은 추운 데다 너무 놀라서 이를 딱딱 맞부딪치며 속삭였다.

"그건 누구였을까? 도대체 뭐였지?"

다이애나는 말하면서 웃느라 숨을 몰아쉬었다.

"조세핀 고모할머니였어. 아, 앤, 그건 조세핀 고모할머니였어. 그런데 고모할머니가 여기에 오셨다니 틀림없이 엄청나게 화를 내실 거야. 끔찍해! 정말로 큰일이다! 그런데 정말 웃기지 않니, 앤?"

"조세핀 고모할머니가 누구야?"

"우리 아빠의 고모야. 샬럿타운에 사시는데, 연세가 굉장히 많

아. 일흔 몇 살이셔. 그 고모할머니에게도 어린 시절이 있었다는 게 믿기지 않아. 고모할머니가 오실 줄은 알고 있었지만, 이렇게 빨리 오실 줄은 몰랐어. 고모할머니는 너무 고지식하고 엄격해서 이 일을 굉장히 무섭게 야단치실 거야. 그나저나 우리는 미니 메이와 자야겠다. 미니가 얼마나 발길질을 심하게 너는 상상도 못할 거야."

다음 날 아침, 조세핀 배리는 이른 아침 식사 시간에 나타나지 않았다. 배리 부인은 두 아이에게 친절하게 웃으며 물었다.

"어젯밤에 즐거운 시간 보냈니? 너희가 집에 올 때까지 깨어 있으려고 노력했단다. 조세핀 고모님이 오셔서 너희들은 위층에서 자야 한다고 말해주려고 했거든. 그런데 너무 피곤해서 그만 잠들었지 뭐니. 고모님을 방해하진 않았겠지, 다이애나?"

다이애나는 신중하게 아무 말도 하지 않았다. 하지만 죄책감이 들지만 재미있다는 듯 식탁 너머로 앤과 은밀하게 미소를 주고받았다. 앤은 아침을 먹은 뒤 서둘러 집으로 돌아가서 다행히 배리네 집에 닥친 소란을 알지 못했다. 하지만 늦은 오후, 마릴라의 심부름으로 린드 부인 집에 갔을 때 모두 알게 되었다.

린드 부인은 심각하게 말했지만 눈빛은 반짝거렸다.

"어젯밤에 너와 다이애나가 불쌍한 미스 배리를 죽을 만큼 놀라게 했다며? 배리 부인이 몇 분 전에 카모디에 가는 길에 잠시 들렀단다. 배리 부인은 그 일로 걱정이 많은 것 같더라. 미스 배리가 오늘 아침에 굉장히 화를 냈대. 그분은 성미가 장난이 아니거든. 정말이란다. 다이애나에게도 전혀 말을 하지 않는대."

앤은 후회한다는 듯 말했다.

"그건 다이애나의 잘못이 아니에요. 제 잘못이에요. 제가 누가 먼저 침대에 도착하는지 시합하자고 했거든요."

린드 부인은 자신이 정확히 추측한 것을 기뻐하며 말했다.

"내 그럴 줄 알았지! 그런 생각은 네 머리에서 나올 수밖에 없지. 그런데 그게 엄청난 문제를 일으켰구나. 미스 배리는 한 달 동안 지내려고 왔는데, 하루도 더 있지 못하겠다며 내일 당장 샬럿타운으로 돌아가겠다고 했대. 일요일인데도 말이지. 배리 부부가 말리지 않았으면 아마 오늘 가셨을 거야. 다이애나가 음악 수업을 듣도록 3개월 치 수업료를 내주기로 약속했는데, 이제 그런 말괄량이에게는 아무것도 해줄 수 없다고 마음을 바꿨다는구나. 아마 오늘 아침에 그 집 식구들은 무척 괴로웠을 거야. 배리 부부는 많이 상심했을 거다. 미스 배리가 부자라서 비위를 맞추고 싶어 하거든. 물론, 배리 부인은 내게 그런 이야기는 하지 않지만 나는 인간 본성을 잘 알지."

앤은 슬프게 말했다.

"저는 정말 재수가 없는 아이에요. 저는 늘 제가 가장 사랑하고 아끼는 사람들을 곤경에 빠트리네요. 제 심장의 피라도 나눠 줄 수 있는 사람들인데 말이에요. 도대체 왜 자꾸 이런 일이 일어나는 걸까요, 린드 아주머니?"

"그건 네가 조심성이 너무 없고 충동적이기 때문이야, 얘야. 너는 머릿속에 뭔가 할 말이나 할 일이 떠오르면 잠깐 생각해보지도 않고 바로 말하거나 행동에 옮기잖니."

앤은 항의했다.

"하지만 그게 제일 좋은 거잖아요. 마음속에 뭔가가 반짝이면 너무 신나서 그걸 다 말해야 해요. 생각하기 위해 멈춘다면 그걸 전부 망칠 거예요. 아주머니는 그런 걸 느껴본 적 없으세요, 린드 아주머니?"

린드 부인은 그런 적이 없었다는 표시로 점잖게 고개를 저었다.

"너는 조금 더 생각하는 법을 배워야 해, 앤. 너는 '생각해보고 행동하라'라는 속담을 따라야겠다. 특히 손님용 침실에서 더 그렇지."

린드 부인은 자신이 한 가벼운 농담에 만족스럽게 웃었다. 하지만 앤은 수심에 잠겼다. 그 상황은 전혀 웃을 수 없는 상황이었고, 앤의 눈에는 굉장히 심각하게 보였다. 앤은 린드 부인 집을 나와 얼어붙은 들판을 지나 비탈길 과수원집으로 갔다. 그리고 잠시 후 부엌문으로 나온 다이애나를 만났다.

앤은 속삭였다.

"조세핀 할머니가 그 일로 많이 화나셨다면서?"

다이애나는 대답하면서 어깨 너머로 닫힌 거실 문을 불안한 시선으로 돌아보며 웃음이 나는 것을 참았다.

"응, 고모할머니는 화를 내며 펄펄 뛰셨어, 앤. 얼마나 야단치시던지. 지금까지 자기가 본 아이 중에 내가 제일 버릇없이 행동했고, 나를 이렇게 키웠으니 우리 부모님도 부끄러워해야 한다고 하셨어. 우리 집에 더 머물지 않으실 거라는데, 나는 신경 안 써. 아빠와 엄마는 신경 쓰시지만."

앤은 따지듯 물었다.

"네 탓이 아니라고 왜 말씀드리지 않았니?"

다이애나는 약간 기분이 상한 듯 말했다.

"내가 그렇게 말할 사람처럼 보이니? 난 고자질쟁이가 아니야, 앤 셜리. 어쨌든 나도 너와 같이 잘못을 했잖아."

앤은 단호하게 말했다.

"내가 직접 할머니에게 말씀드려야겠어."

다이애나는 앤을 빤히 바라보았다.

"앤 셜리, 절대 안 돼! 왜냐하면, 고모할머니는 널 산 채로 잡아먹을 거거든!"

앤은 부탁했다.

"이미 많이 놀랐으니까 더는 겁주지 마. 네 고모할머니에게 가느니 차라리 대포 속으로 걸어 들어가는 게 더 낫겠어. 하지만 그렇더라도 이건 내가 해야 하는 일이야, 다이애나. 그건 내 잘못이니 고백해야 해. 다행히 고백하는 연습도 해본 적이 있어."

다이애나는 말했다.

"고모할머니는 방에 계셔. 네가 꼭 그렇게 해야겠다면 가봐. 나라면 그럴 용기가 없겠지만. 하지만 네가 그렇게 한다 해도 소용은 없을 거야."

앤은 이런 말을 듣고도 사자가 있는 굴로 들어갔다. 굳은 의지로 거실 문으로 걸어가 소심하게 노크했다. "들어와"라는 날카로운 소리가 들렸다.

조세핀 배리는 마르고 단정하지만 엄격해 보였다. 불 옆에서 열심히 뜨개질을 하고 있었고, 아직 화가 진정되지 않아 보였다. 금테 안경 너머로 배리의 깜박거리는 눈이 보였다. 의자에 앉아 다이애나일 거라 예상하고 돌아본 조세핀 배리는 하얀 얼굴에 필사적인 용기와 극심한 공포가 가득 찬 커다란 두 눈을 보았다.

미스 조세핀 베리가 격식 없이 물었다.

"너는 누구니?"

이 작은 손님은 특유의 몸짓인 두 손을 맞잡고 떨면서 대답했다.

"저는 초록 지붕 집에 사는 앤입니다. 괜찮으시다면, 고백을 하려고 왔어요."

"뭘 고백한단 말이냐?"

"어젯밤에 할머니가 계신 침대에 뛰어든 것은 모두 제 잘못이에요. 제가 그러자고 한 거예요. 다이애나는 절대 그런 일을 생각해내지 않아요. 다이애나는 굉장히 얌전한 아이에요, 할머니. 그러니 다이애나를 탓하는 게 얼마나 부당한 일인지 아셔야 해요."

"아, 부당하다고? 아무리 그래도 다이애나도 너와 함께 뛰었잖니. 점잖은 집안에서 그런 경망한 행동은 가당치도 않다!"

앤은 고집스레 말했다.

"하지만 저희는 그저 재미로 그랬어요. 저희가 지금 정중히 사과드렸으니 용서해주셔야 한다고 생각해요. 그리고 제발 다이애나를 용서해주시고 음악 수업을 듣게 해주세요. 다이애나는 음악 수업을 정말 받고 싶어 해요, 할머니. 저는 간절히 바라는 것이 있는데 얻지 못할 때 어떤 기분인지 너무 잘 알아요. 할머니가 누군가에게 화를 내야 한다면 저에게 화를 내세요. 어릴 때부터 사람들이 제게 화를 내는 것에 굉장히 익숙해서 저는 다이애나보다 훨씬 더 잘 견딜 수 있어요."

이때부터 노부인의 눈에서 화는 거의 사라지고 흥미로운 호기심으로 눈이 반짝였다. 하지만 여전히 엄한 목소리였다.

"재미로 그랬다는 건 변명이 되지 않아. 내가 어렸을 때는 어린 여자아이들은 절대 그런 장난을 치지 않았다. 아주 고된 긴 여행을 한 뒤 곤히 잠들었는데, 여자아이 두 명이 뛰어올라 잠이 깨면 어떤 기분인지 너는 모를 거다."

앤은 열심히 설명했다.

"저는 잘 모르지만 상상할 수는 있어요. 분명히 아주 성가신 일이겠죠. 하지만 그건 저희 입장에서도 마찬가지였어요. 상상해 본 적 있으세요, 할머니? 있으시다면, 할머니도 저희 입장에서 한 번 상상해보세요. 저희는 그 침대에 누가 있다는 것을 전혀 몰랐어요. 그래서 무서워서 죽을 뻔했다고요. 정말 끔찍한 기분이었어요. 그리고 손님용 침실에서 자기로 약속됐는데, 자지도 못했어요. 할머니는 손님용 방에서 주무시는 게 익숙하시겠죠. 하지만 그런 영광을 누려본 적이 없는 어린 고아였다면 어떤 기분일지 한번 상상해보세요."

이제는 미스 배리의 화가 거의 다 사라져버린 것 같았다. 사실, 미스 배리는 웃고 있었다. 부엌에서 불안에 떨며 말없이 기다리던 다이애나는 그 웃음소리를 듣고 안도의 한숨을 내쉬었다.

미스 배리가 말했다.

"내 상상력이 예전 같지 않아 유감이구나. 사실 상상해본 것도 아주 오래되었거든. 동정심에 대한 네 주장은 내 입장만큼이나 강렬하구나. 그 일을 어떤 식으로 보느냐에 달렸겠지. 여기에 앉아 너에 대해 이야기해주렴."

앤은 단호하게 말했다.

"정말 죄송하지만, 그럴 수가 없어요. 저도 그러고 싶지만요. 할머니는 재미있는 분인 것 같고, 전혀 그렇게 보이지는 않지만 심지어 저와 마음이 통할 것 같거든요. 하지만 집에 있는 마릴라 아주머니에게 바로 가야 해요. 마릴라 아주머니는 저를 정성껏 키워주시는 아주 친절한 분이랍니다. 최선을 다하고 계시지만, 아주 힘든 일이죠. 제가 침대에 뛰어든 일로 그분을 비난하시면 안 돼요. 하지만 제가 가기 전에 할머니가 다이애나를 용서해주셨으면 해요. 에이번리 마을에 오면서 계획한 대로 오래 머물겠다고 말씀해주시면 정말 좋겠어요!"

미스 배리는 말했다.

"네가 다시 와서 가끔 내 말동무가 되겠다면 그러도록 하마."

그날 저녁, 미스 조세핀 배리는 다이애나에게 은팔찌를 주고 어른들에게는 여행가방을 다시 풀었다고 말했다.

미스 조세핀 배리는 솔직하게 말했다.

"그 앤이라는 아이와 더 친해지고 싶어서 여기에 더 머물기로 마음을 정했다. 그 아이 때문에 즐거웠어! 내 나이가 되면 즐겁게 만날 수 있는 사람이 드물단다."

마릴라가 그 이야기를 들었을 때 유일하게 한 말은 "그러게, 내가 뭐랬어"였다. 이것은 매슈가 들으라고 한 말이었다.

미스 배리는 그 집에 한 달 이상 머물렀다. 앤 덕분에 평소보다 더 기분 좋게 지냈다. 결국 그들은 좋은 친구가 되었다.

미스 배리는 떠나면서 말했다.

"기억해라, 앤. 네가 샬럿타운에 오면 나를 꼭 찾아오너라. 너를 가장 좋은 손님용 침실에서 자게 해주마."

앤은 마릴라에게 말했다.

"배리 할머니도 저와 마음이 통하는 사람이었어요. 전혀 그렇게 보이지 않는다고 생각하시겠지만, 정말이에요. 매슈 아저씨의 경우처럼 처음에는 바로 알 수 없지만 조금만 지나면 알게 돼요. 마음이 통하는 사람을 만나기가 제가 생각했던 것만큼 힘들지는 않네요. 이 세상에 그런 사람이 많다는 걸 알게 돼서 정말 기뻐요!"

20. 상상력이 만들어낸 유령의 숲

초록 지붕 집에 한 번 더 봄이 찾아왔다. 아름답지만 변덕스럽고 마지못해 온 것 같은 캐나다의 봄이 화창하고 신선하며 차가운 날들이 이어지는 4월과 5월 사이에 분홍빛 일몰과 부활과 성장의 기적과 함께 머물렀다. 연인의 길에 있는 단풍나무들은 붉게 싹을 틔우고 드리아스의 비눗방울 주위에는 동그랗게 말린 작은 고사리들이 올라왔다. 사일러스 슬론의 집 뒤편에 있는 황무지에서 조금 위로 올라가면 갈색 잎 아래로 분홍색과 하얀색 별꽃이 달린 메이플라워 꽃이 활짝 피었다. 어느 화창한 황금빛 오후, 에이번리 학교 여학생들을 비롯해 남학생들까지 모두 집으로 가는 길에 그 꽃들을 주워 손이나 바구니에 한가득 담았다.

앤은 마릴라에게 말했다.

"메이플라워가 피지 않는 곳에 사는 사람들은 너무 불쌍해요! 다이애나는 그 사람들에게는 더 좋은 것이 있을 거라고 말했지만, 메이플라워보다 더 좋은 것은 있을 수 없어요. 그렇죠, 마릴라 아주머니? 그리고 다이애나는 자기에게 없는 것이 뭔지 모르면 그리워하지도 않을 거라고 했어요. 하지만 저는 그 점이 무엇보다 가장 슬프다고 생각해요. 마릴라 아주머니, 메이플라워가 어떤 꽃인지도 모르고 그걸 그리워하지 않는다는 건 비극이에요. 제가 메이플라워를 어떻게 생각하는지 아세요, 마릴라 아주머니? 저는 이 꽃이 작년 여름에 죽은 꽃들의 영혼이고, 이곳은 그 꽃들의 천국이라고 생각해요. 오늘 우리는 멋진 시간을 보냈어요, 마릴라 아주머니. 이끼가 많이 낀 오래된 우물이 있는 곳에 가서 점심을 먹었어요. 정말 낭만적인 곳이었어요. 찰리 슬론은 마티 길리스에게 우물을 뛰어넘으라고 했어요. 마티는 도전에 응해서 정말로 뛰어넘었어요. 학생 중에 그걸 한 사람은 아무도 없었어요. 도전은 요즘 유행하는 놀이거든요. 필립스 선생님이 메이플라워를 찾아 전부 프리시 앤드루스에게 주면서 '아름다운 이에게 아름다운 꽃을'이라고 말하는 걸 제가 들었어요. 선생님은 아마 책에서 인용했을 거예요. 저는 알아요. 하지만 그건 선생님도 상상력이 조금 있다는 얘기겠죠. 제게도 메이플라워를 주는 아이가 있었지만 무시하고 받지 않았어요. 그 애의 이름은 말씀드릴 수가 없네요. 그 이름을 제 입에 올리지 않기로 다짐했거든요. 우리는 메이플라워로 화환을 만들어 모자를 장식했어요. 집에 갈 시간이 되어 두 명씩 짝지어 길을 걸었죠. 꽃다발을 들고, 화환을 쓰고, '언덕 위의 나의 집'

이라는 노래를 불렀어요. 정말 감동적이었어요, 마릴라 아주머니! 사일러스 슬론 가족 모두가 우리를 보려고 뛰어나왔고, 길에서 만난 사람들도 모두 멈춰 서서 우리를 바라보았어요. 우리가 시선을 집중시킨 거예요."

마릴라는 대답했다.

"안 봐도 뻔해! 그런 바보 같은 짓이라니!"

메이플라워 뒤를 이어 제비꽃이 피어서 제비꽃 골짜기는 보랏빛으로 물들었다. 앤은 학교에 가면서 그곳으로 걸어갔다. 마치 성지에 발을 디디는 것처럼 발걸음은 경건했고 찬양하는 눈빛을 보냈다.

앤은 다이애나에게 말했다.

"어쩐지 여기를 지나갈 때면 길, 아니 누가 나보다 공부를 잘하든 말든 그런 건 신경 안 쓰게 돼. 하지만 학교에만 가면 완전히 달라져서 너무 신경이 쓰여. 내 안에는 너무 다른 앤들이 많이 사나 봐. 가끔 그래서 내가 그렇게 골칫거리일까 하는 생각도 들어. 그냥 단 한 명의 앤이라면 훨씬 편안했을 텐데. 하지만 그러면 재미는 반으로 줄었겠지."

6월의 어느 날 저녁, 과수원에는 다시 분홍색 꽃들이 피고, 개구리들은 빛나는 물의 호수의 상류 습지에서 맑은 소리로 노래하며, 공기에는 클로버 들판과 전나무 숲에서 나는 향기가 가득했다. 앤은 자신의 방 창가에 앉아 있었다. 공부를 하고 있었지만 날이 점점 어두워져 책을 읽기가 힘들어졌다. 눈을 크게 뜨고 순진한 공상에 빠진 앤은 다시 별처럼 생긴 꽃송이를 가득 달고 있는 눈꽃 여왕 가지들을 바라보고 있었다.

어떤 면에서 앤의 그 작은 방은 전혀 달라진 게 없었다. 하얀 벽에 딱딱한 바늘겨레도 그대로, 노란색 의자도 그대로였다. 하지만 그 방의 전체적인 분위기는 달라졌다. 활기 넘치는 개성이 가득 스며 있었다. 꽤 독립적인 여학생의 책들과 옷가지들, 리본, 심지어 탁자에 파란색 금이 간 항아리에는 사과꽃이 가득 꽂혀 있었다. 그 방에 사는 발랄한 소녀가 잠자고 깨면서 꾸는 모든 꿈들이 형체는 없지만 생생하게 보이는 것 같았고, 휑한 방에 무지개와 달빛 조각 천이 쳐져 있는 것 같았다.

얼마 후, 마릴라는 깨끗하게 다린 앤의 학교 앞치마를 들고 방으로 들어왔다. 마릴라는 앞치마를 의자 위에 걸어놓고 짧게 한숨을 내쉬며 의자에 앉았다. 그날 오후에 또다시 두통이 찾아왔다. 아픈 건 없어졌지만 피곤했고, 마릴라의 표현대로라면 '지쳐 있었다.' 앤이 맑은 눈망울로 안타까운 심정을 내보이며 마릴라를 쳐다보았다.

"아주머니를 대신해서 제 머리가 아프면 정말 좋겠어요, 마릴라 아주머니. 아주머니를 위해서라면 저는 즐겁게 참을 수 있어요."

두통이 있으면 마릴라는 언제나 비꼬게 된다.

"네가 일을 잘하면 내가 쉴 수 있단다. 그래도 요즘 일을 꽤 잘 해내고, 전보다 실수도 줄었구나. 물론 매슈 오라버니의 손수건에 풀을 먹일 필요는 없었지만! 그리고 사람들은 보통 점심으로 먹으려고 파이를 오븐에 넣었으면 그걸 다 부서질 정도로 탈 때까지 내버려두지는 않는단다. 데워지기만 하면 꺼내서 먹지. 하지만 그건 네 방식이 분명 아닌 것 같구나."

앤은 뉘우치며 말했다.

"정말 죄송해요! 파이를 오븐에 넣고 나서 지금까지 파이를 완전히 잊어버리고 있었어요. 본능적으로 점심 식탁에 뭔가 빠진 게 있다고 느꼈지만요. 오늘 아침, 아주머니가 제가 할 일을 알려주셨을 때 아무것도 상상하지 않고 해야 할 일만 기억하겠다고 굳게 다짐했어요. 파이를 오븐에 넣을 때까지는 아주 잘했는데, 그만 거부할 수 없는 유혹에 빠지고 말았어요. 제가 마법에 걸린 공주가 되어 성에 갇혀 외롭게 지내는데, 잘생긴 기사가 흑마를 타고 와서 저를 구해주는 상상을 했어요. 그래서 파이를 잊어버리게 된 거예요. 손수건에 풀을 먹인 것도 몰랐어요. 다리미질하는 내내 다이애나와 제가 시냇물에서 발견한 새로운 섬에 붙일 이름을 생각하고 있었거든요. 그곳은 정말 황홀한 곳이에요, 마릴라 아주머니. 그곳에 단풍나무 두 그루가 있고 주위로 시냇물이 흘러요. 마침내 빅토리아 섬이라고 부르는 게 멋지겠다고 생각했어요. 여왕의 생일에 그 섬을 발견했기 때문이죠. 다이애나와 저는 충성심이 강하거든요. 하지만 파이와 손수건 일은 정말 죄송해요! 오늘은 기념일이니까 남아 있는 일은 잘하고 싶어요. 작년 오늘 무슨 일이 있었는지 기억나세요, 마릴라 아주머니?"

"아니, 특별한 건 기억나지 않는구나."

"아, 마릴라 아주머니, 제가 초록 지붕 집에 온 날이잖아요. 저는 그날을 절대 잊지 못해요. 제 인생이 완전히 바뀐 날이거든요. 물론 아주머니에게는 그렇게 중요하지 않을 수 있지만요. 저는 여기에서 1년 동안 살면서 정말 행복했어요! 물론 문제도 일으켰지만, 문제는 만회할 수 있잖아요. 저를 데려다 키운 것을 후회하세요, 마릴라 아주머니?"

"아니, 후회한다고 말할 수 없구나. 아니, 전혀 후회하지 않아. 앤, 공부를 끝냈으면 배리 부인에게 가서 다이애나의 앞치마 패턴을 빌려줄 수 있는지 물어봐라."

마릴라는 가끔 앤이 초록 지붕 집에 오기 전에는 어떻게 살았는지 궁금했다.

앤은 소리쳤다.

"아, 그건, 밖이 너무 어두워요."

"너무 어둡다니? 이제 해가 지고 있을 뿐이야. 네가 어두워진 뒤에도 종종 밖에 나가는 건 하느님도 아실 거다."

앤은 간절하게 말했다.

"아침 일찍 다녀올게요. 해가 뜨면 일어나서 바로 다녀올게요, 마릴라 아주머니."

"지금 네 머릿속에 뭐가 들어 있는 거니, 앤 셜리? 오늘 저녁에 새로운 앞치마를 만들어주려고 하기 때문에 패턴이 필요한 거야. 당장 다녀와."

앤은 마지못해 모자를 집어 들면서 말했다.

"그러면 큰길로 돌아가야겠어요."

"돌아가면 30분이나 낭비하잖니! 네가 지금 무슨 말을 하는 건지 알고 싶구나."

앤은 절망적으로 말했다.

"유령의 숲을 지나갈 수는 없어요, 마릴라 아주머니."

마릴라는 앤을 빤히 바라보았다.

"유령의 숲이라니! 너, 머리가 어떻게 된 거 아니니? 도대체 유령의 숲이 뭐냐?"

앤은 속삭였다.

"시냇가 너머에 있는 가문비나무 숲이요."

"어처구니없구나! 어디에도 유령이 나오는 숲 같은 것은 없어. 대체 누가 그런 엉뚱한 소리를 너한테 했니?"

앤은 고백했다.

"그런 말을 한 사람은 없어요. 다이애나와 제가 그냥 그 숲에 유령이 나온다고 상상했어요. 여기 주위의 모든 곳이 너무 평범해서요. 저희가 재미로 그렇게 정했어요. 4월부터요. 유령이 나오는 숲은 아주 낭만적이에요, 마릴라 아주머니. 가문비나무 숲을 선택한 건 그 숲이 너무 어둑어둑해서예요. 우리는 가장 참혹한 것들을 상상했어요. 밤마다 이쯤이면 흰 옷을 입은 여인이 두 손을 비비며 울부짖으면서 시냇가를 돌아다녀요. 가족 중에 누가 죽어서 나타나는 거예요. 그리고 살해된 어린아이의 유령이 한적한 황무지 구석에서 나타나요. 지나가는 사람 뒤로 기어와 차가운 손가락으로 손을 잡는 거예요. 아, 마릴라 아주머니, 생각만 해도 몸이 떨려요. 머리가 잘린 남자도 있어요. 가만히 뒤따라오고, 해골들이 나뭇가지 사이로 노려봐요. 마릴라 아주머니, 저는 어두워진 뒤에는 도저히 유령의 숲을 지나갈 수 없어요. 나무 뒤에서 하얀 게 손을 뻗어 저를 잡을 게 분명해요."

말문이 막혀 듣고만 있던 마릴라는 갑자기 소리쳤다.

"어처구니없는 소리를 다 듣는구나! 앤 셜리, 네가 상상한 말도 안 되는 그런 사악한 내용을 전부 믿는 건 아니겠지?"

앤은 말을 더듬었다.

"완전히 믿지는 않아요. 적어도 낮에는 믿지 않아요. 하지만 어두워진 뒤에는 마릴라 아주머니, 달라요. 유령들이 걸어 다니고 있다니까요."

"유령 같은 건 없어, 앤."

앤은 간절하게 소리쳤다.

"있어요, 마릴라 아주머니. 유령을 봤다는 사람도 있어요. 그 사람들은 존경할 만한 사람들인걸요. 찰리 슬론이 자기 할머니는 할아버지가 돌아가신 지 1년 후 어느 날 밤, 소를 몰고 집으로 오는 할아버지를 보셨대요. 찰리 슬론의 할머니는 무슨 일이 있어도 없는 이야기를 지어낼 분은 아니잖아요. 신앙심도 굉장히 깊은 분이고요. 그리고 토머스 아주머니의 아버지도 어느 날 밤 집에 오는 길에 머리가 잘려 나간 양이 가죽이 벗겨진 채 불이 붙어서 뒤따라 왔대요. 그게 그분의 형의 영혼이라는 걸 알고 있었고, 자기가 9일 이내에 죽을 거라는 경고라고 생각했대요. 물론 그때 돌아가시진 않고 2년 뒤에 돌아가셨대요. 사실이라니까요. 그리고 루비 길리스 말이……."

"앤 셜리, 네가 이런 식으로 이야기하는 걸 다시는 듣고 싶지 않다. 네가 줄곧 상상하던 것들이 의심스럽구나. 그 상상의 결과가 이런 식으로 나타난다면 나는 가만히 있지 않을 거야. 당장 배리 부인 집으로 가거라. 가문비나무 숲을 지나가도록 해. 이건 네게 교훈을 주고 경고하기 위해서야. 그리고 다시는 네 머릿속에 있는 유령의 숲에 대한 이야기는 단 한 마디도 꺼내지 마라."

앤은 애원하며 울고 싶었다. 앤이 느끼는 공포는 진짜였기 때문에 눈물이 나왔다. 앤의 상상력이 제멋대로 상상을 펼쳐 해가 진 후 가문비나무 숲은 끔찍하게 무서웠다. 하지만 마릴라는 결정을 번복할 생각이 없었다. 잔뜩 겁먹은 유령을 본다는 앤을 데리고 시냇가로 내려가 다리를 곧장 건너 울부짖는 여인과 머리가 잘린 유령이 쫓아올 것 같은 어두운 숲으로 가라고 명령했다.

앤은 흐느껴 울었다.

"마릴라 아주머니, 어쩌면 이렇게 잔인하실 수 있어요? 흰색 유령이 저를 잡아서 데려가면 어떤 기분일 것 같으세요?"

마릴라는 냉정하게 말했다.

"내가 널 구해주마. 나는 언제나 진심만 말하는 걸 너도 알잖니. 유령이 나온다는 네 망상을 고쳐줄게. 그러니 이제 가거라."

앤은 앞으로 걸어갔다. 휘청거리면서 다리를 지나 무시무시한 어두운 길을 보고 몸서리쳤다. 앤은 그날 그 길을 절대 잊을 수 없었다. 그런 상상을 했던 것을 쓰라리게 후회했다. 상상의 마귀가 그림자마다 숨어서 살 없는 차가운 손을 뻗어 그들을 불러낸, 겁에 질린 작은 소녀를 잡을 것만 같았다. 골짜기에서 불어오는 바람에 자작나무의 하얀 껍질이 벗겨져 숲 바닥으로 떨어지자 앤은 심장이 멎을 것만 같았다. 늙은 가지들이 서로 스치면서 길게 나는 소리에 앤의 이마에 땀방울이 맺혔다. 머리 위로는 어둠속에서 박

쥐들이 날개를 펼치고 날아와 섬뜩했다. 윌리엄 벨 씨의 농장에 도착했을 때는 흰 무리가 쫓아오는 것 같아서 그곳을 가로질러 도망쳤다. 배리 씨네 부엌문에 도착했을 때는 숨이 너무 차서 앞치마 패턴을 부탁하는 말조차 제대로 꺼낼 수 없었다. 다이애나가 집에 없어서 더 머물 핑계도 없었다. 이 무서운 길을 다시 돌아가야만 했다. 앤은 하얀 유령을 보는 것보다 나뭇가지에 머리를 부딪치는 게 더 낫겠다고 생각해 눈을 감고 걸어갔다. 마침내 통나무 다리를 비틀대며 건넌 뒤에야 여전히 떨렸지만 안도의 한숨을 길게 내쉴 수 있었다.

마릴라는 냉담하게 말했다.

"봐라, 아무것도 너를 안 잡았지?"

앤은 말을 더듬거렸다.

"아, 마, 마릴라 아주머니. 오, 오늘부터는 아, 아, 아주 평범한 곳에 만족할 거, 거예요."

21. 진통제 케이크 사건

"아, 이런! 린드 아주머니 말씀처럼 이 세상에는 만남과 이별만 있을 뿐이에요. 오늘 학교에 남는 손수건을 들고 갔던 건 정말 다행이었어요, 마릴라 아주머니. 손수건이 더 필요할 거란 예감이 들었거든요."

6월 마지막 날, 앤이 식탁 위에 석판과 책을 올려놓고 붉게 충혈된 눈을 축축한 손수건으로 닦으며 슬프게 말했다.

"필립스 선생이 떠난다고 눈물을 닦느라 손수건이 두 장이나 필요할 정도로 네가 그 선생을 좋아하는지는 전혀 몰랐구나."

앤은 반박했다.

"제가 선생님을 많이 좋아해서 울고 있는 건 아니에요. 다른 애들이 전부 우니까 저도 그냥 울었어요. 루비 길리스가 먼저 울기 시작했어요. 루비는 늘 필립스 선생님이 싫다고 말했지만, 선생님이 작별인사를 하려고 일어나자마자 울음을 터트렸어요. 그러자 여자아이들이 줄줄이 울기 시작했어요. 저는 울지 않으려고 버텼어요, 마릴라 아주머니. 필립스 선생님이 저를 길, 아니 남자아이와 같이 앉혔던 때를 떠올리려고 애썼죠. 그리고 칠판에 제 이름을 적을 때 e를 빼고 적은 것도요. 또 수학 시간에 선생님이 본 최악의 지진아라고 말한 것도, 그리고 제 철자를 보고 비웃었을 때도요. 선생님은 언제나 독하게 빈정거렸어요. 그런데도 참을 수가 없었어요, 마릴라 아주머니. 울 수밖에 없었어요. 제인 앤드루스는 한 달 전부터 필립스 선생님이 떠나면 얼마나 기쁠지 이야기했고 절대 울지 않을 거라 장담했어요. 그런데 우리 중에 제일 심하게 울어서 자기 오빠에게 손수건을 빌려야 할 정도였어요. 손수건이 필요할 줄 모르고 한 장도 들고 오지 않았거든요. 물론 남자아이들은 울지 않았어요. 아, 마릴라 아주머니, 너무 슬펐어요. 필립스 선생님은 아름다운 작별인사를 이렇게 시작했어요. '우리가 헤어져야 할 시간이 왔구나.' 아주 감동적이었어요. 그리고 선생님의 눈에도 눈물이 고였어요, 마릴라 아주머니. 수업 중에 떠들고 석판에 선생님 그림을 그리고, 선생님과 프리시를 놀렸던 일들이 굉장히 미안하고 후회됐어요. 미니 앤드루스처럼 모범생이었다면 얼마나 좋을까 생각했어요. 그 애는 마음에 걸리는 게 하나도 없을 거예요. 여자아이들은 집에 오는 길에도 계속 울었어요. 케리 슬론이 '우리가 헤어져야 할 시간이 왔구나'를 몇 분마다 말해서 다시 활기를 찾으려고 할 때마다 울게 만들었어요. 끔찍하게 슬퍼요, 마릴라 아주머니. 하지만 이제 두 달 동안 방학인데, 사람이 절망의 구렁텅이에 계속 빠져 있을 수는 없겠죠? 게다가 역에서 오는 길에 새 목사님과 그 부인을 만났어요. 필립스 선생님이 떠난 건 굉장히 슬프지만 새 목사님에게 어쩔 수 없이 관심이 조금 생겼는데, 그래도 되겠죠? 목사님 부인은 아주 예뻤어요. 여왕처럼 아름다운 건 아니었고요. 물론 목사님이 그렇게 아름다운 부인이 있다면 그런 건 나쁜 예니까요. 린드 아주머니 말씀이 뉴브리지의 목사님 부인이 몹시 나쁜 예라고 했어요. 그 부인은 너무 유행에 따라 옷을 입는대요. 우리 새 목사님 부인은 사랑스러운 퍼프소매가 달린 파란 모슬린 옷을 입고 장미로 장식된 모자를 쓰고 있었어요. 제인 앤드루스는 목사님 부인의 퍼프소매가 너무 세속적인 것 같대요. 하지만 저는 그렇게 몰인정한 말은 하지 않았어요, 마릴라 아주머니. 저는 퍼프소매를 입고 싶은 마음을 잘 알기 때문이죠. 게다가 그분은 목사님 부인이 된 지 얼마 안 됐으니까 그 정도는 넘어가줘야 하는 거 아닌가요? 목사관이 준비되기 전까지 린드 아주머니 집에서 지내기로 했대요."

그날 저녁, 마릴라는 작년 겨울에 빌렸던 누비 틀을 돌려준다는 이유로 린드 부인 집에 갔지만 진짜 이유는 그게 아니었다. 그것은 에이번리 사람들 모두 공유한 정감 있는 약점이었다. 린드 부인이 사람들에게 빌려준 물건들은 아주 많았고, 다시 돌아오지 않을 때가 대부분이었지만 그날 밤에는 물건을 빌려간 사람들이 모두 린드 부인 집에 들렀다. 새로운 일이 흔치 않는 조용하고 작은 시골 마을에서 새로운 목사, 더구나 부인이 있는 목사는 충분히 호기심의 대상이었다.

상상력이 부족하다고 앤에게 혹평을 받은 나이 많은 벤틀리 목사는 18년 동안이나 에이번리에서 목사로 지냈다. 이곳에 오기 전에 아내가 먼저 세상을 떠났고 매년 이 여자, 저 여자, 또 다른 여자와 결혼한다는 소문이 정기적으로 돌았다. 그러면서도 그는 결국 홀아비로 남아 있었다. 지난 2월에 사직한 벤틀리 씨는 사람들이 안타까워하는 와중에 이곳을 떠났다. 설교는 잘하지 못했지만, 늙고 선한 목사와 오랫동안 교류한 덕에 모두가 그를 좋아했다. 그 이후에 에이번리 교회에는 일요일마다 다양한 후보자들이 찾아와서 시험대에 올라 설교를 해보았다. 결국, 교회 사람들이 판단할 일이었지만 커스버트 신도석에 얌전하게 앉은 빨간 머리 소녀도 그들에 대한 의견이 있어서 매슈와 의견을 주고받았다. 하지만 마릴라는 언제나 어떤 식으로든 목사를 평가하는 것을 원칙적으로 사양했다.

앤이 지금까지 온 목사들에 대한 의견을 대략적으로 내놓았다.

"스미스 목사님은 오지 않을 것 같아요, 매슈 아저씨. 린드 아주머니 말씀이 그분의 설교가 형편없었대요. 하지만 제가 생각하는 최악의 결점은 벤틀리 목사님처럼 상상력이 없다는 거예요. 테리 목사님은 상상력이 너무 지나쳐요. 제가 유령의 숲을 만들어낸 것처럼 그분은 상상력이 앞서가요. 게다가 린드 아주머니는 그분의 신학이 건전하지 않다고 했어요. 그레셤 목사님은 아주 좋은 사람이고 신앙 있는 분이지만 웃긴 이야기를 너무 많이 해서 사람들이 교회에서 너무 웃어요. 그분은 위엄이 없어요. 목사님이라면 위엄

이 좀 있어야 하는 거 아닌가요, 아저씨? 저는 마셜 목사님이 확실히 매력적이에요. 그런데 린드 아주머니가 그분에 대해 특별히 조사해봤더니 그분은 결혼이나 약혼을 하지 않았대요. 결혼 안 한 젊은 목사를 에이번리 마을에 둘 수는 없다고 하셨어요. 신자들 중 누군가와 결혼하게 되면 문제가 생기기 때문이래요. 린드 아주머니는 선견지명이 있는 것 같아요, 안 그런가요, 매슈 아저씨? 저는 앨런 목사님이 오셔서 정말 기뻐요! 그분의 설교는 재미있고 기도도 습관처럼 하는 게 아니라 진심으로 하는 것 같아서 마음에 들었어요. 린드 아주머니는 그분도 완벽하진 않다고 했지만, 우리가 1년에 750달러를 주기 때문에 완벽한 목사님을 기대할 수는 없다고 했어요. 어쨌든 린드 아주머니가 교리에 대해 이것저것 철저하게 물어봤기 때문에 그분의 신학은 믿을 만해요. 그리고 린드 아주머니가 목사님 부인네 사람들도 알고 있는데, 대부분 훌륭하고 여자들은 모두 좋은 주부래요. 린드 아주머니가 남자는 건전한 교리를 가지고 있고 여자는 집안일을 잘해야 목사 가족으로서 이상적인 결합이라고 했어요."

새로 부임한 목사와 부인은 젊고 호감 가는 얼굴이었다. 아직 신혼이었고, 자신들이 선택한 필생의 일에 선하고 아름다운 열정이 가득했다. 에이번리는 처음부터 그 부부에게 마음을 열었다. 나이든 사람은 물론 젊은 사람들도 솔직하고 활기차고 이상이 높은 젊은 목사와 목사관의 안주인이 된 밝고 예의 바른 자그마한 여인을 좋아했다. 앤은 앨런 부인에게 금방 반했고 진심으로 사랑했다. 마음이 통하는 사람을 또 한 명 발견한 것이었다.

어느 일요일 오후에 앤은 말했다.

"앨런 선생님은 완벽하게 사랑스러워요! 그분이 우리 반을 맡았는데, 멋진 선생님이었어요. 선생님만 질문하는 건 공평하지 않은 일이라고 생각한다고도 말씀하셨어요. 마릴라 아주머니, 그건 제가 늘 생각해오던 것과 똑같아요. 우리도 하고 싶은 질문을 할 수 있다고 말해서 저는 질문을 굉장히 많이 했어요. 제가 질문을 잘하잖아요, 마릴라 아주머니."

마릴라는 강하게 긍정했다.

"아무렴, 질문은 잘하지."

"루비 길리스 외에는 아무도 질문하지 않았어요. 루비는 이번 여름에 주일학교에서 소풍을 가는지 물었어요. 저는 그 질문이 적절한 질문이라고 생각하지 않았어요. 수업과는 아무 관련이 없으니까요. 수업은 사자 굴속에 들어간 대니얼에 관한 내용이었어요. 하지만 앨런 선생님은 그냥 웃으며 소풍을 갈 것 같다고 대답하셨어요. 선생님의 웃는 모습은 아주 아름다워요. 볼에 정말 예쁜 보조개가 들어가요. 제 볼에도 그런 보조개가 있으면 좋겠어요, 마릴라 아주머니. 제가 여기 왔을 때보다는 살이 조금 붙었지만, 아직 보조개는 없어요. 보조개가 생기면 사람들에게 선한 영향을 끼칠 수 있을 거예요. 앨런 선생님은 우리가 언제나 다른 사람에게 선한 영향을 끼치도록 노력해야 한다고 하셨어요. 많은 좋은 이야기를 해주셨어요. 전에는 종교가 그렇게 재미있는 것이라는 걸 몰랐어요. 늘 우울한 것이라고 생각했지만, 앨런 선생님의 종교는 그렇지 않아요. 저도 그분처럼 될 수 있다면 기독교인이 되고 싶어요.

주일학교 벨 교장 선생님 같은 사람은 되고 싶지 않아요."

마릴라는 앤을 엄하게 꾸짖었다.

"벨 씨에 대해 그렇게 얘기하다니 아주 버릇없구나. 벨 씨는 정말 좋은 사람이야!"

앤은 맞장구쳤다.

"물론 좋은 분이죠. 하지만 그분은 종교로 위안받지는 않는 것 같아요. 제가 착해질 수 있다면 정말 기뻐서 하루 종일 춤추고 노래를 불렀을 거예요. 앨런 선생님은 춤추고 노래하기엔 나이가 많고 물론 목사님의 부인으로서 위엄도 지켜야겠죠. 하지만 저는 선생님이 기독교인임을 기쁘게 여기고, 기독교인이 아니라도 천국에 갈 수 있는 사람이라는 것을 느낄 수 있었어요."

마릴라는 생각에 잠긴 채 말했다.

"조만간 목사님 부부를 초대해서 차를 마셔야겠구나. 그분들은 이곳저곳 다녔지만 아직 우리 집엔 오지 않았어. 어디 보자. 다음 주 수요일에 초대하면 좋겠구나. 하지만 매슈 오라버니에게는 아무 말도 하지 마라. 그들이 오는 걸 알면 오라버니는 그날 어떻게든 도망갈 핑계를 찾을 테니까. 벤틀리 목사님은 익숙해서 신경 쓰지 않았지만, 이번에 새로 온 목사님과 사귀기는 좀 어려울 거야. 새 목사님의 부인까지 온다면 까무러칠 만큼 깜짝 놀랄 거야."

앤은 장담했다.

"죽어도 비밀로 할게요. 그런데 마릴라 아주머니, 제가 그날 케이크를 만들면 안 될까요? 앨런 선생님을 위해 뭔가를 하고 싶어요. 제가 이제 케이크는 제법 잘 만들잖아요."

마릴라는 앤에게 약속했다.

"그럼 네가 레이어 케이크를 만들어라."

월요일과 화요일에 초록 지붕 집은 손님 맞을 준비를 하느라 분주했다. 목사와 그 부인에게 차를 대접하는 일은 진지하고 중요한 일이었다. 마릴라는 에이번리 주부들 중 그 누구에게도 뒤처지지 않기로 작정했다. 앤은 몹시 신나고 즐거웠다. 화요일 저녁 해질 무렵에 앤은 다이애나와 만나 그 일을 이야기했다. 드리아스의 비눗방울 옆에 있는 큰 붉은 바위에 앉아 작은 전나무 가지로 물을 튀겨 무지개를 만들었다.

"준비는 다 됐어, 다이애나. 아침에 내가 만들 케이크와 차 마시기 직전에 마릴라 아주머니가 만들 비스킷만 빼고 말이야. 다이애나, 마릴라 아주머니와 내가 이틀 동안 얼마나 바빴는지 넌 모를 거야. 목사님 가족을 초대하자니 그렇게 할 일이 많았어. 이런 경험은 처음이야. 네가 우리 찬장을 한 번 봐야 하는데. 정말 볼만하거든. 젤리처럼 만든 닭과 차가운 소 혀 요리도 내놓을 거야. 젤리도 빨간색과 노란색 두 종류가 있어. 생크림과 레몬 파이, 딸기 파이, 세 가지 종류의 쿠키, 과일 케이크도 있고. 그리고 마릴라 아주머니의 특기인 노란 자두 잼을 특별히 목사님 부부를 위해 준비했고, 파운드케이크, 레이어 케이크, 앞서 말한 비스킷도 있어. 빵도 새 빵과 오래된 빵 두 가지가 있어. 혹시나 목사님이 소화가 잘 안 돼서 새 빵을 못 드실까 봐. 린드 아주머니 말씀이 목사님들은 위가 약한 경우가 많대. 하지만 내 생각에 앨런 목사님은 목사가 된 지 그리 오래되지 않아서 그런 안 좋은 병은 없을 것 같아. 내 레이어 케이크만 생각하면 오싹해져. 아, 다이애나, 맛이 없으면 어쩌지! 어젯밤에 꿈을 꿨는데, 머리가 커다란 레이어 케이크로 된 무서운 마귀에게 계속 쫓겨 다녔어."

다이애나는 늘 위안을 주는 친구였다.

"맛있을 거야, 걱정하지 마. 2주 전에 한가한 황무지에서 점심으로 먹은 네가 만든 케이크는 완벽하게 품격 있었어."

앤은 나뭇가지를 물에 띄우며 한숨을 내쉬었다.

"그래. 하지만 케이크는 특별히 맛있기를 원할 때 맛이 없게 구워지는 고약한 습관이 있어. 하지만 하늘에 맡기고 밀가루 넣는 것이나 조심하는 수밖에 없겠어. 아, 저기 봐 다이애나! 아름다운 무지개야! 우리가 가고 나면 드리아스가 나와서 무지개를 목에 걸치지 않을까?"

다이애나는 말했다.

"드리아스 같은 건 없어. 너도 알잖아."

다이애나의 엄마가 유령의 숲에 대해 알게 되었고, 그 때문에 크게 화를 냈다. 그래서 다이애나는 상상력을 펼치는 것을 자제하고 해로울 것 없는 드리아스를 믿는 것조차 신중하게 생각하기로 했다.

앤은 말했다.

"하지만 있다고 상상하는 것은 아주 쉬워. 나는 매일 밤 자기 전에 드리아스가 정말로 여기에 앉아 시냇물을 거울삼아 머리를 빗질하고 있을지 궁금해서 창밖을 내다봐. 가끔은 아침 이슬에서 요정의 발자국을 찾아보기도 하고. 아, 다이애나, 드리아스에 대한 믿음을 포기하지 마."

수요일 아침이 밝았다. 앤은 너무 흥분돼서 잠을 더 잘 수가 없어 해가 뜰 무렵에 일어났다. 그런데 전날 저녁 시냇물에 발을 첨벙거렸던 탓인지 지독한 감기에 걸렸다. 폐렴에 걸렸어도 그날 아침 요리를 하겠다는 앤의 마음을 단념시킬 수는 없었을 것이다. 아침을 먹은 뒤, 앤은 케이크를 만들기 시작했다. 마침내 오븐 문을 닫았을 때는 길게 한숨을 내쉬었다.

"이번에는 아무것도 잊어버리지 않았어요, 마릴라 아주머니. 이제 곧 케이크가 부풀어 오르겠죠? 베이킹파우더 상태가 좋지 않은 건 아닐까요? 새 것을 꺼내서 썼거든요. 린드 아주머니 말씀으로는, 요즘엔 모든 것에 불순물이 섞여 있어서 좋은 베이킹파우더를 구한 것인지 확신할 수 없대요. 린드 아주머니는 정부가 그 문제를 바로 처리해야 하지만, 토리 정부가 집권하는 동안 그런 날은 절대 오지 않을 거래요. 마릴라 아주머니, 케이크가 부풀어 오르지 않으면 어쩌죠?"

마릴라는 그 문제를 차분하게 생각했다.

"케이크가 없어도 먹을 것은 충분해."

그러나 케이크는 부풀어 올랐다. 황금색 거품처럼 가볍고 부드러운 모습으로 오븐에서 나왔다. 기쁨에 얼굴이 상기된 앤은 다홍색 젤리를 겹겹이 발랐다. 앨런 부인이 그 케이크를 먹고 한 조각 더 달라고 청하는 장면을 상상해보았다.

앤은 말했다.

"물론 제일 좋은 찻잔 세트를 쓸 계획이시죠, 마릴라 아주머니? 제가 고사리랑 들장미로 식탁을 장식해도 될까요?"

마릴라는 코웃음을 쳤다.

"다 쓸데없어. 음식이 중요하지 그런 장식은 허튼 짓이야."

"배리 아주머니는 식탁을 장식했어요. 목사님이 멋진 칭찬도 했고요. 음식이 맛있는 것만큼이나 눈도 호강이라고요."

앤은 뱀의 지혜를 이용한 것에 죄책감이 완전히 없는 것은 아니었다.

마릴라는 배리 부인이나 다른 사람에게 지지 않기로 결심했다.

"그럼 네가 하고 싶은 대로 해봐라. 접시와 음식을 놓을 공간은 충분히 남겨야 한다는 걸 꼭 신경 쓰고."

앤은 최선을 다해 배리 부인보다 뛰어나게 장식하려고 노력했다. 장미와 고사리를 한 아름 가져와 자신의 예술적 취향을 담아 식탁을 아름답게 꾸몄다. 목사와 그의 부인은 식탁에 앉았을 때 입을 모아 아름답다고 칭찬했다.

마릴라는 무뚝뚝하게 말했다.

"앤이 장식한 거랍니다."

앤은 앨런 부인의 만족스러운 미소를 보자, 이 세상에서 제일 행복한 사람이 되었다.

매슈도 그 자리에 있었다. 오직 신과 앤만 아는 방법으로 매슈를 구슬려서 그 자리에 참석하게 했다. 마릴라는 매슈가 늘 긴장하고 너무 부끄러워해서 자포자기 심정으로 포기했지만, 앤이 직접 매슈를 데려오는 데 성공했다. 매슈는 제일 멋진 양복과 흰색 셔츠를 입고 식탁에 앉아 목사와 즐겁게 이야기를 나눴다. 물론 앨런 부인에게는 한마디도 하지 않았지만, 그런 건 기대도 하지 않던 일이었다.

결혼식 종소리가 울려 퍼지는 것처럼 모두가 즐거워했고, 드디어 앤의 레이어 케이크가 나왔다. 이미 여러 가지 음식을 너무 많이 먹은 앨런 부인은 케이크를 사양했다. 앤의 표정에서 실망한 기색을 발견한 마릴라는 웃으며 말했다.

"한 조각은 드셔야 해요, 앨런 부인. 부인을 위해 앤이 특별히 만들었거든요."

"그러면 꼭 먹어봐야겠군요."

앨런 부인이 웃으며 삼각형 부분을 한 조각 잘랐고, 목사와 마릴라도 한 조각씩 떴다.

케이크를 입 안 가득 넣은 앨런 부인의 얼굴에서 이상한 표정이 잠시 스쳤다. 하지만 그녀는 아무 말도 하지 않고 계속 먹었다. 마릴라는 그 표정을 보고 서둘러 케이크의 맛을 보았다.

마릴라는 소리쳤다.

"앤 셜리! 도대체 케이크에 뭘 넣은 거야?"

앤은 괴로운 표정으로 소리쳤다.

"요리법대로 한 것밖에 없어요, 마릴라 아주머니. 괜찮지 않나요?"

"괜찮냐고? 끔찍하구나. 앨런 목사님, 먹지 마세요. 앤, 네가 직접 먹어봐라. 대체 어떤 향료를 쓴 거니?"

앤은 케이크를 맛본 뒤 부끄러워서 얼굴이 새빨개졌다.

"바닐라요. 바닐라밖에 안 넣었어요. 아, 마릴라 아주머니, 이건 분명히 베이킹파우더 때문이에요. 그 베이킹파우더가 의심스러웠어요."

"베이킹파우더라니! 가서 네가 썼다는 바닐라 향료 병을 가져와 봐."

앤은 주방 찬장으로 뛰어가 갈색 액체가 들어 있고 노란색 이름표에 '최고의 바닐라'라고 적힌 작은 병을 들고 돌아왔다.

마릴라는 그 병을 받아 코르크마개를 뽑고 냄새를 맡았다.

"아이고 이런! 앤, 케이크에 진통제를 넣어서 맛을 냈어. 지난주에 내가 진통제가 든 병을 깨트려서 남은 것을 빈 바닐라 병에 넣어두었단다. 이건 어느 정도는 내 잘못이구나. 네게 주의를 줬어야 했는데. 하지만 도대체 너는 어떻게 냄새도 맡지 않을 수가 있었니?"

앤은 이중으로 망신을 당해 울음을 터트렸다.

"냄새를 맡을 수가 없었어요. 감기에 걸렸잖아요!"

앤은 동쪽 방으로 도망치듯 뛰어갔다. 그러고는 위안받길 거부하듯 침대에 몸을 던지고 울었다.

이내 계단을 올라오는 가벼운 발소리가 들렸고, 누군가 방에 들어왔다.

앤은 쳐다보지도 않고 흐느끼며 울었다.

"아, 마릴라 아주머니. 전 영원히 수치스러울 거예요. 이 일은 절대 만회할 수가 없어요. 곧 소문이 퍼지겠죠. 에이번리 마을에는 늘 소문이 나니까요. 다이애나는 케이크가 어땠는지 물어볼 거고, 그러면 저는 진실을 말해야겠죠. 저는 케이크에 진통제를 넣은 아이로 늘 손가락질 받을 거예요. 길, 아니 학교 남자아이들도 웃음을 참지 못할 거예요. 아, 마릴라 아주머니, 기독교인으로서 연민이 조금이라도 있다면 저한테 지금 당장 내려가서 설거지를 해야 한다는 말씀은 말아주세요. 목사님과 선생님이 가시면 할게요. 하지만 지금은 앨런 선생님의 얼굴을 다시 볼 수 없어요. 선생님은 제가 선생님을 해치려고 그랬다고 생각하실지도 몰라요. 린드 아주머니는 후원자를 독살하려는 고아를 알고 있다고 말씀하실 거예요. 하지만 진통제에는 독성이 없어요. 케이크에 들어가지는 않더라도 진통제는 먹는 약이잖아요. 앨런 선생님에게 그렇게 말씀해주지 않으시겠어요, 마릴라 아주머니?"

상냥한 목소리가 들렸다.

"네가 일어나서 직접 말하면 되겠구나."

앤은 벌떡 일어났다. 앨런 부인이 침대 옆에 서서 웃는 눈으로 자신을 살펴보고 있었다.

앤의 비극적인 표정 때문에 앨런 부인은 진심으로 걱정하며 말했다.

"귀여운 꼬마 아가씨, 이렇게까지 울 필요가 없단다. 그건 누구나 할 수 있는 재미있는 실수야."

앤은 씁쓸하게 말했다.

"아니에요. 저라서 그런 실수를 하는 거예요. 저는 선생님을 위해 케이크를 정말 맛있게 만들고 싶었거든요."

"그래, 나도 알아. 그리고 케이크가 맛있게 만들어진 것만큼 네 친절함과 배려를 고맙게 생각해. 인제 그만 울고 나와 함께 내려가서 네 꽃밭을 보여주렴. 미스 커스버트가 네가 직접 가꾸는 작은 화단이 있다고 말씀해주시더구나. 나는 그곳을 보고 싶어. 꽃에 관심이 아주 많거든."

앤은 위로받으며 내려가면서 앨런 부인과 마음이 통하는 것은 하늘이 도운 것이리라 생각했다. 진통제가 들어간 케이크 이야기는 더 하지 않았다. 손님들이 가고 나자, 끔찍한 사고를 고려하면 예상했던 것보다 더 즐거운 저녁 시간을 보냈다고 앤은 생각했다. 그럼에도 불구하고 깊은 한숨을 내쉬었다.

"마릴라 아주머니, 내일은 아직 실수하지 않은 새로운 날이니 정말 다행 아닌가요?"

"내일도 너는 실수를 많이 할 거라고 내가 보장하마. 너처럼 실수를 많이 하는 아이는 처음 본다, 앤."

앤은 애처롭게 인정했다.

"네, 저도 잘 알아요. 하지만 저한테도 한 가지 칭찬할 만한 게 있다는 거 아시죠? 저는 똑같은 실수를 두 번 하지는 않아요."

"네가 항상 새로운 실수를 저질러서 그게 좋은 건지 모르겠구나."

"모르시겠어요, 마릴라 아주머니? 한 사람이 할 수 있는 실수에는 분명 한계가 있을 거예요. 그러니 저도 그 한계에 다다르면 더는 실수하지 않을 거예요. 이렇게 생각하면 굉장히 위로가 돼요!"

"가서 돼지에게 그 케이크를 주고 오는 게 좋겠구나. 아무리 제리 보트라도 그건 사람이 먹기엔 힘든 케이크니까."

22. 앤이 목사관에 초대되다

"왜 그렇게 놀란 표정이야? 마음 통하는 사람이라도 또 만났니?"

앤이 우체국에 갔다 뛰어들어오자 마릴라는 말했다. 흥분이 의복처럼 앤을 둘러싸고 특히 눈에서도 빛났으며 온몸에서 피어나왔다. 8월 오후의 부드러운 햇살과 느긋하게 그늘이 진 길을 지나 바람을 타고 나는 요정처럼 춤을 추듯 달려왔다.

"아니요. 마릴라 아주머니, 무슨 일일 것 같으세요? 제가 내일 오후에 목사관에 차를 마시러 오라고 초대받았어요! 앨런 선생님이 제 앞으로 우체국에 편지를 남기셨어요. 이것 좀 보세요, 마릴라 아주머니. '초록 지붕 집의 미스 앤 셜리에게.' 제가 '미스'라고 불린 건 이번이 처음이에요. 그것만으로도 감동이에요! 저는 이 편지를 영원히 보물로 간직할 거예요."

마릴라는 이런 멋진 사건에 아주 냉담하게 반응했다.

"앨런 부인이 주일학교 수업을 듣는 학생을 모두 차례대로 목사관에 초대할 거라고 말했단다. 그러니까 그 일로 그렇게 들뜰 필요 없어. 뭐든 좀 차분하게 받아들이는 법을 배워라."

앤에게 뭔가를 차분하게 받아들인다는 건 자신의 본성을 바꾸는 것과 같았다. 앤에게는 모든 것이 '영혼과 불과 이슬'과 마찬가지라서 삶의 기쁨과 고통을 세 배나 강렬하게 받아들였다. 마릴라는 이것을 느끼고 막연히 걱정했다. 이런 충동적인 영혼을 가진 아이가 좋고 나쁜 일이 계속 찾아온다면 견디기 힘들 것이라고 생각했다. 고통만큼 기쁨도 크게 받아들이니까 보상받을 수 있다는 생각은 하지 못했다. 그래서 시냇가 그림자에 드리워진 춤을 추는 햇살 같은 앤에게는 평온하고 한결같은 마음을 유지한다는 것이 불가능했다. 마릴라는 그런 앤에게 차분함을 심어주는 게 자신의 의무라고 생각했지만 애석하게도 마릴라 스스로 인정한 것처럼 나아진 것은 별로 없었다. 희망이 사라지거나 계획이 틀어지면 앤은 깊은 고통에 빠졌다. 그러나 그것을 달성하면 앤은 아찔한 기쁨을 느꼈다. 마릴라는 이 고아를 태도가 얌전하고 몸가짐이 단정한 모범생으로 만들려던 계획을 거의 체념하기 시작했다. 믿기지 않지만, 사실은 앤의 지금 있는 그대로의 모습이 훨씬 좋은 것 같았다.

그날 밤 앤은 마음이 괴로워져 말없이 자러 갔다. 바람이 북동쪽에서 불어 내일 비가 올 것 같아 걱정이라는 매슈의 말 때문이었다. 집 주변 포플러 나뭇잎의 바스락거리는 소리를 듣고도 앤은 걱정했다. 그 소리가 마치 비가 후드득 떨어지는 소리처럼 들렸기 때문이다. 다른 때 같으면 멀리 해안에서 으르렁거리는 파도 소리도 낯설고 듣기 좋은 데다 잊을 수 없는 리듬이라며 즐겁게 들었을 것이다. 그러나 지금은 특히 화창한 날씨를 바라고 있는 이 작은 아가씨에게는 그 소리가 폭풍과 재난의 예언처럼 들렸다. 앤은 아침이 절대 오지 않을 것만 같았다.

하지만 모든 것에는 끝이 존재하기 마련이듯 목사관에 초대된 전날 밤도 끝이 났다. 매슈가 예견한 것과 달리 그날 아침은 화창했고 앤도 날아갈 것 같은 기분이었다.

앤은 아침 먹은 그릇을 설거지하며 큰 소리로 말했다.

"아, 마릴라 아주머니! 오늘은 만나는 모든 사람을 사랑하게 될 것 같은 날이에요. 제 기분이 얼마나 좋은지 모르실 거예요. 이 기분이 지속된다면 멋지지 않을까요? 제가 매일 차 모임에 초대된다면 모범생이 될 수 있을 거예요. 하지만 마릴라 아주머니, 그것은 엄숙한 행사예요. 그래서 너무 불안해요. 제가 예의 바르게 행동하지 못하면 어쩌죠? 아시다시피, 저는 목사관에서 차를 마셔본 적이 없잖아요. 여기 온 이후에 〈헤럴드 가족〉에 나오는 예절 규칙을 공부하긴 했지만, 제가 예절 규칙을 제대로 아는 건지 확신이 없어요. 바보 같은 행동을 하거나 제가 해야 할 행동을 잊어버릴까 봐 걱정이에요. 많이 먹고 싶은 음식이 있어서 조금 더 먹겠다고 하는 것도 예의에 어긋나는 행동인가요?"

마릴라는 이번만은 아주 건전하고 간결하게 조언해주었다.

"앤, 네 문제는 너 자신에 대한 생각을 너무 많이 하는 거야. 앨런 부인과 그분에게 가장 정중하고 기분 좋은 일이 뭔지 생각해봐라."

앤은 즉시 이것을 깨달았다.

"맞아요, 마릴라 아주머니. 저에 대해 생각하지 않도록 노력할게요."

앤은 '예절'을 심각하게 어기지 않고 초대에 잘 응했다. 샛노랗고 붉은 구름이 뜬 높은 하늘 아래 해질 무렵 집으로 돌아온 앤은 부엌문 앞의 커다란 붉은 바위 위에서 체크무늬 옷을 입은 마릴라의 무릎을 베고 누워 행복한 마음으로 마릴라에게 있었던 일들을 모두 이야기했다.

전나무로 둘러싸인 서쪽 언덕에서 시원한 바람이 포플러 나무들을 지나 길게 뻗은 수확 농장으로 불어왔다. 과수원 위에는 별 하나가 밝게 빛나고 있었고, 연인의 길의 고사리와 바스락거리는 가지들 사이로 반딧불이가 반짝거리며 날아다녔다. 앤은 이야기하면서 그 풍경을 바라보았다. 바람과 별과 반딧불이가 형언할 수 없이 달콤하고 황홀하다고 생각했다.

"아, 마릴라 아주머니, 정말 황홀한 시간이었어요! 제가 잘못 산 게 아니라고 생각했어요. 그리고 목사관에 다시 초대받지 못하더라도 언제나 그렇게 생각할 거예요. 그곳에 도착했을 때 앨런 선생님이 현관에서 저를 맞이해주셨어요. 아주 아름다운 연분홍색 오건디 드레스를 입고 계셨는데, 팔꿈치까지 오는 소매에 주름 장식이 많았어요. 마치 천사 같았죠. 제가 어른이 되면 목사님의 아내가 되고 싶다는 생각을 했어요, 마릴라 아주머니. 목사님이라면 제 빨간 머리를 신경 쓰지 않으실 거예요. 그런 세속적인 것은 생각하시지 않을 테니까요. 하지만 물론 선천적으로 착한 사람이어야겠죠. 저는 그렇지 못하니 그런 생각을 하는 것도 소용없을 거예요. 선천적으로 착한 사람도 있지만 물론 그렇지 않은 사람도 있어요. 저는 착한 사람이 아니에요. 린드 아주머니는 제게 원죄가 많대요. 제가 아무리 착해지려고 노력해도 선천적으로 착한 사람들만큼 착해질 수는 없대요. 그건 수학과 상당히 비슷해요. 하지만 열심히 노력하는 게 중요하다고 생각하지 않으세요? 앨런 선생님은 선천적으로 착한 사람이에요. 저는 그분이 정말 좋아요. 매슈 아저씨와 앨런 선생님처럼 아무 문제없이 바로 좋아할 수 있는 사람들이 있어요. 린드 아주머니처럼 좋아하려면 굉장히 노력해야 하는 사람도 있고요. 아는 것도 많고 교회에서 열심히 일하시니까 좋아해야만 해요. 하지만 계속 그런 생각을 하지 않으면 잊어버리고 말아요. 다른 여자아이 한 명도 목사관에 초대되었어요. 화이트 샌즈 주일학교에 다니는 아이였어요. 이름은 로레타 브래들리였고, 아주 착한 아이였어요. 마음이 완전히 통하는 아이는 아니었지만 꽤 괜찮았어요. 우리는 우아하게 차를 마셨고, 저는 모든 예절 규칙을 아주 잘 지켰다고 생각해요. 차를 마시고 나서 앨런 선생님이 연주하면서 노래를 불러주셨고 로레타와 제게도 노래를 시키셨어요. 제 목소리가 너무 좋다며 주일학교 성가대에서 노래해야겠다고 말씀하셨어요. 생각만으로도 정말 감동적이었어요! 저도 다이애나처럼 주일학교 성가대에서 노래하고 싶었거든요. 하지만 제가 염원할 수 없는 영광이라 생각해서 두려웠어요. 로레타는 오늘 밤에 화이트 샌즈 호텔에서 큰 발표회가 있는데, 거기서 언니가 낭송할 예정이라 일찍 돌아가야 했어요. 로레타는 호텔에 머무는 미국인들이 샬럿타운 병원을 후원하기 위해 2주마다 발표회를 연다고 했어요. 그래서 화이트 샌즈 사람들에게 낭송해 달라고 부탁했대요. 로레타는 언젠가 자기도 요청받을 거라고 기대했어요. 저는 그 아이를 부러운 눈으로 쳐다봤어요. 그 애가 가고 나서 저는 앨런 선생님과 마음을 터놓고 대화했어요. 저는 선생님에게 모든 걸 이야기했어요. 토머스 아주머니와 쌍둥이들, 케이티 모리스와 바이올레타와 초록 지붕 집에 오게 된 일과 수학 문제까지요. 그런데요, 마릴라 아주머니, 앨런 선생님도 수학을 엄청 못했대요. 믿어지세요? 저는 그 이야기를 듣고 얼마나 위로를 받았는지 몰라요. 제가 나오기 전에 린드 아주머니가 목사관에 오셨어요. 무슨 말씀을 하셨는지 아세요, 마릴라 아주머니? 학교 이사회에서 새 선생님을 고용했는데, 여자 선생님이래요. 이름이 무리엘 스테이시래요. 낭만적인 이름 아닌가요? 린드 아주머니는 에이번리에 여자 선생님이 온 적은 한 번도 없어서 이것은 위험한 혁신이라고 생각하신대요. 하지만 저는 여자 선생님이 오신다니 기대돼요. 학교에 가려면 아직까지 2주나 남았는데, 그동안 어떻게 견딜 수 있을지 모르겠어요. 새 선생님을 빨리 보고 싶거든요."

23. "앤, 죽었으면 죽었다고 말해줘"

앤은 사실상 2주 이상을 견뎌야 했다. 진통제 케이크 사건이 있은 후 거의 한 달이 지나자, 앤은 새로운 종류의 사소한 실수들을 셀 수 없이 많이 저질렀다. 이를테면, 탈지유를 돼지 사료 통이 아니라 주방에 있던 털실 바구니에 건성으로 붓는 일이라든지 통나무 다리를 건너면서 상상의 나래를 펼치다 넘어져 물에 빠진 일이라든지.

목사관에서 차를 마시고 일주일이 지난 뒤 다이애나 배리가 파티를 열었다.

앤은 마릴라에게 장담했다.

"작은 파티라 우리 반 여자아이들만 몇 명만 갈 거예요."

아이들은 아주 즐거운 시간을 보냈고, 차를 마신 뒤에도 별다른 일은 없었다. 배리 씨네 정원에서 조금씩 놀이에 지쳐 나쁜 장난을 치고 싶은 유혹에 빠졌다. 그 새로운 놀이는 '도전' 놀이였다.

'도전'은 그 당시 에이번리의 어린아이들 사이에서 유행하던 놀이였다. 남자아이들이 먼저 시작했지만, 곧이어 여자아이들 사이에도 퍼졌다. 그해 여름 에이번리에서 일어난 어처구니없는 일들을 모두 기록한다면 책 한 권은 너끈히 만들 수 있을 것이다.

제일 먼저 캐리 슬론이 루비 길리스에게 현관 앞에 있는 거대한 버드나무의 어느 지점까지 올라가라고 도전했다. 루비 길리스는 나무에 우글거리는 뚱뚱한 초록 애벌레들을 극도로 무서워했다. 게다가 입고 있는 새로 산 모슬린 원피스를 찢기라도 한다면 엄마한테 엄청 혼날까 봐 두려웠지만, 그래도 재빨리 나무에 올라가 캐리 슬론을 패배시켰다. 그다음으로 조시 파이가 제인 앤드루스에게 오른 발을 들고 왼쪽 다리로만 한 번도 쉬지 않고 정원을 한 바퀴 뛰라고 했다. 제인 앤드루스는 투지 있게 시도했지만, 세 번째 모퉁이에서 포기하고 자신이 졌음을 인정해야 했다.

조시가 이겼다고 자꾸 우쭐대자, 앤 셜리는 조시에게 동쪽으로 이어진 정원 울타리 위를 걸으라고 도전했다. '울타리 걷기'는 한 번도 해보지 않은 사람이 생각하는 것보다 머리에서 발끝까지 균형을 유지하는 기술과 끈기가 필요했다. 그러나 조시 파이는 인기를 얻는 데 필요한 자질은 좀 부족해도 울타리 위를 걷는 데는 타고난 재능이 있었고 예전에 몇 번 해본 적도 있었다. 조시는 그것이 '도전' 축에 끼지도 않는 사소한 일이라는 듯 배리 씨네 울타리 위를 대수롭지 않게 걸었다. 대다수 아이들이 울타리 위를 걸어보려고 노력했지만 너무 어려워 아무도 성공하지 못했다. 그런 터라, 내키진 않았지만 조시의 능력을 인정하고 칭찬해야 했다. 조시는 승리감에 얼굴이 상기된 채 높은 울타리에서 내려오면서 앤에게 도전적인 눈길을 던졌다.

앤은 땋은 빨간 머리를 뒤로 넘기며 말했다.

"작고 낮은 울타리를 걷는 것이 그렇게 멋진 일은 아니라고 생각해. 메리스빌에 사는 어떤 여자아이는 지붕의 마룻대를 걸을 수 있대."

조시가 단호하게 말했다.

"말도 안 돼. 지붕 마룻대를 걸을 수 있는 사람은 없어. 너도 할 수 없을 거야."

앤은 경솔하게 소리쳤다.

"내가 못한다고?"

조시가 거만한 표정으로 말했다.

"그렇다면 네가 도전해봐. 배리 씨네 부엌 지붕에 올라가서 마룻대를 걸어보라고."

순간적으로 앤의 얼굴이 창백해졌지만, 해야 할 일은 딱 한 가지밖에 없었다. 앤은 그 집을 향해 걸어갔다. 부엌 지붕 쪽에 사다리가 세워져 있었다. 5학년 여학생들이 모두 흥분되고 놀라서 "와!" 하고 외쳤다.

다이애나는 애원했다.

"하지 마, 앤. 떨어지면 죽을지도 몰라. 조시 파이는 신경 쓰지 마. 너무 위험한 걸 시키는 건 공정하지 않아."

앤은 진지하게 말했다.

"나는 해야 돼. 내 명예가 걸려 있어. 저 마룻대를 걸어야 해, 다이애나. 시도하다가 죽더라도. 내가 죽으면 내 진주 반지는 네가 가져."

앤은 숨 막히는 정적 속에서 사다리를 타고 마룻대에 올라가 위태롭게 발을 내디뎠다. 똑바로 균형을 잡은 뒤 마룻대를 걷기 시작했다. 높은 곳에 있으니 불안하고 어지러웠고, 마룻대를 걷는 일은 상상력이 별 도움이 되지 않는다는 생각이 들었다. 앤은 용기 내어 몇 걸음 더 내디뎠지만 재앙이 찾아오고 말았다. 앤의 몸이 흔들리더니 균형을 잃고 휘청거리다가 넘어졌다. 앤은 햇볕을 가리는 지붕 위로 미끄러져 담쟁이덩굴 사이로 추락했다. 밑에서 지켜보던 아이들 모두 크게 놀라 비명을 질렀다.

앤이 올라갔던 쪽으로 지붕에서 떨어졌다면 다이애나는 아마 그 자리에서 앤의 진주 반지를 간직해야 했을 것이다. 하지만 다행히 앤은 반대편으로 떨어졌다. 그곳은 지붕이 현관 위로 이어져 땅과 아주 가까운 곳이라 상황이 훨씬 덜 심각했다. 그렇지만 땅에 뿌리가 박힌 것처럼 가만히 서서 히스테리 증상을 일으킨 루비 길리스만 제외하고 다이애나와 다른 아이들은 극도로 흥분해서 앤에게 달려갔다. 아이들은 엉망이 되어버린 담쟁이덩굴 사이에서 하얗게 질린 채 힘없이 누워 있는 앤을 발견했다.

다이애나는 세상에 둘도 없는 친구 옆으로 뛰어가 무릎을 꿇으며 소리를 질렀다.

"앤, 너 죽었니? 아, 앤, 사랑하는 앤, 한마디만 해봐. 네가 죽었다면 죽었다고 말해줘."

"아니, 다이애나, 나 안 죽었어. 하지만 감각이 없는 것 같아."

앤이 비틀거리며 몸을 일으키고 불분명한 소리로 대답하자, 아이들 모두 크게 안심했다. 특히 상상력은 부족하지만 미래에 앤 셜리를 비극적으로 요절시킨 사람으로 낙인찍힐 것이라고 끔찍한 상상을 하고 있던 조시 파이도 안도했다.

캐리 슬론은 훌쩍이며 물었다.

"어디 가? 어디 가, 앤?"

앤이 대답하기도 전에 배리 부인이 그곳에 나타났다. 앤은 배리 부인을 보고 재빨리 일어서려고 했지만, 아파서 날카로운 비명만 지르고 다시 주저앉았다.

배리 부인은 앤을 보며 물었다.

"무슨 일이니? 어디를 다친 거야?"

앤은 숨을 헐떡이며 말했다.

"발목이요. 아, 다이애나, 네 아빠를 찾아서 나를 집에 데려다달라고 부탁드려줘. 지금 상태로는 도저히 걸을 수 없을 것 같아. 제인은 이 정원도 한 발로 뛰지 못했는데, 내가 한 발로 집까지 뛰어갈 수는 없어."

마릴라는 과수원에 나가 바구니 한가득 여름 사과를 따고 있다가 통나무 다리를 건너 비탈길을 올라오는 배리 씨를 보았다. 배리 씨 옆에는 배리 부인이 있었고, 그 뒤에는 여자아이들이 줄지어 따라오고 있었다. 배리 씨가 팔로 부축하고 있던 앤은 축 처진 채 배리 씨의 어깨에 머리를 기대고 있었다.

그 순간, 마릴라는 깨달았다. 갑자기 심장을 찌르는 두려움이 엄습하면서 앤이 자신에게 얼마나 소중한 존재인지 깨달았던 것이다. 마릴라는 자신이 앤을 좋아한다는 사실을 인정했다. 아니, 마릴라는 앤을 아주 많이 사랑했다. 그리고 지금 비탈길을 허겁지겁 뛰어 내려가면서 앤은 이 세상에서 그 누구보다 자신에게 소중한 존재라는 것을 알았다.

오랜 세월 자립적이고 이성적이던 마릴라는 그 어느 때보다 하얗게 질려 겁을 먹은 채 숨을 몰아쉬었다.

"배리 씨, 앤에게 무슨 일이 있었나요?"

앤은 고개를 들며 대답했다.

"너무 놀라지 마세요, 마릴라 아주머니. 제가 마룻대를 걷다가 떨어졌어요. 아무래도 발목을 삔 것 같아요. 마릴라 아주머니, 자칫하면 목이 부러질 수도 있었어요. 그래도 천만다행이죠."

마릴라는 안도하면서도 날카롭게 신경질을 냈다.

"너를 그 파티에 보낼 때 이런 일이 있을 것 같았어. 이리로 데려다주세요, 배리 씨. 소파에 좀 눕혀주세요. 아이고, 저런. 이 아이가 기절했네요!"

사실이었다. 부상의 고통을 참고 있던 앤은 기절하고 싶어 하던 소원 한 가지를 더 이루었다.

매슈는 농장에서 수확을 하다가 급히 호출되어 곧장 의사를 부르러 갔다. 그리고 오래지 않아 의사와 함께 돌아왔다. 의사는 그들이 생각했던 것보다 앤의 부상이 꽤 심각하다고 했다. 앤의 발목이 부러졌던 것이다.

그날 밤, 마릴라는 동쪽 방에 갔을 때 앤은 하얀 얼굴로 침대에 누워서 애처로운 목소리로 말했다.

"제가 굉장히 불쌍하지 않으세요, 마릴라 아주머니?"

마릴라는 블라인드를 내리고 등에 불을 붙였다.

"그건 네 잘못이야!"

앤은 말했다.

"그러니까 저를 불쌍히 여기셔야죠. 모든 게 제 잘못이라고 생각하니 더 힘들어요. 다른 사람을 탓할 수 있다면 기분이 훨씬 낫겠어요. 그런데 마릴라 아주머니, 마룻대를 걸어보라는 도전을 받으면 어쩌시겠어요?"

마릴라는 말했다.

"나 같으면 단단한 땅에 곧게 서서 그 아이들을 시켰을 거다. 이런 어리석은 것!"

앤은 한숨을 쉬었다.

"아주머니는 정신력이 참 강하세요. 하지만 저는 그렇지 않다고요. 저는 조시 파이가 깔보는 것을 참을 수 없었어요. 그 애는 평생 저를 보고 우쭐댈 거예요. 이미 벌을 많이 받았으니 저한테 화내실 필요는 없다고 생각해요, 마릴라 아주머니. 기절하는 건 정말 별로였어요. 의사 선생님이 제 발목을 치료할 때도 얼마나 아팠다고요. 6주나 7주 동안 돌아다닐 수 없다니 새로 오시는 여자 선생님도 보지 못하잖아요. 제가 학교에 다시 갈 수 있을 때 그분은 더는 새로 온 선생님이 아닐 거예요. 그리고 길, 아니 모두가 수업에서 저를 앞설 거예요. 아, 정말 괴로워요! 하지만 저한테 화내지 않으신다면 이 모든 걸 용감하게 견디도록 노력할 거예요, 마릴라 아주머니."

마릴라는 말했다.

"그래, 그래. 화내지 않으마. 너는 운이 안 좋았을 뿐이야! 그건 분명해. 하지만 네가 말했듯이 너는 그 일로 힘들 거야. 자, 이제 저녁을 좀 먹어라."

앤은 말했다.

"제가 상상력이 뛰어난 아이인 게 다행이지 않나요? 상상을 하면 이 상황을 잘 헤쳐 나갈 수 있을 거예요. 상상력이 없는 사람들은 뼈가 부러졌을 때 어떻게 할까요, 마릴라 아주머니?"

앤은 지루한 7주를 보내는 동안 자신의 상상력을 자주 감사히 여겼다. 하지만 오로지 상상만 하고 있지는 않았다. 앤을 찾아오는 사람이 많았기 때문이다. 하루도 빠짐없이 한 명 이상의 학교 친구들이 집에 들러 꽃과 책을 가져다주고 에이번리 아이들의 세계에 일어난 일들을 모두 이야기해주었다.

앤은 행복한 얼굴로 말했다. 그날은 처음으로 절뚝거리며 걸은 날이었다.

"모두가 정말 착하고 친절해요, 마릴라 아주머니. 누워만 있는 건 정말이지 유쾌하지 않아요. 하지만 좋은 점도 있어요, 마릴라 아주머니. 친구가 얼마나 많은지 알게 되니까요. 벨 교장 선생님까지 저를 보러 오셨잖아요. 그분도 정말 좋은 분이에요. 물론 저와 마음이 통하는 사람은 아니지만요. 그래도 저는 그분이 좋아요. 그분의 기도를 비난했던 게 정말 죄송하네요! 이제 그분은 진심이 아닌 것처럼 말하는 습관이 있을 뿐 진심으로 기도한다는 걸 알아요. 조금만 노력한다면 그런 습관도 극복할 수 있을 거예요. 그래서 제가 노골적으로 힌트를 주었어요. 제가 사소한 기도라도 얼마나 재밌게 하려고 노력하는지를 말씀드렸거든요. 벨 아저씨는 어렸을 때 자기도 발목이 부러진 적이 있다면서 그때 이야기를 해주셨어요. 그분이 어린 시절이 있었다고 생각하니 참 낯설어요. 그 모습을 상상할 수 없는 걸 보면 제 상상력에도 한계가 있나 봐요. 그분이 아이였을 때를 상상하려고 해도 주일학교에서 보는 모습 그대로 회색 수염이 난 채 안경 낀 모습만 떠올라요. 다만 그 모습에 키가 작을 뿐이죠. 하지만 앨런 선생님의 어린 모습을 상상하는 것은 아주 쉬워요. 앨런 선생님은 저를 보러 열네 번이나 오셨어요. 자랑스러워해야 하는 것 아닌가요, 마릴라 아주머니? 목사님 사모님이 그렇게 많은 시간을 할애하다니요! 활기찬 분이라서 저까지 기분이 좋았어요. 선생님은 그것은 네 잘못이고, 그 일을 계기로 더 나은 아이가 되길 바란다는 말씀은 하지 않으셨어요. 린드 아주머니는 저를 찾아와 항상 그렇게 말씀하셨어요. 그리고 제가 더 좋은 아이가 되길 바라지만, 그렇게 되리라고는 믿지 않는다는 식으로 말씀하셨죠. 조시 파이도 저를 만나러 왔어요. 저는 최대한 예의 바르게 그 아이를 맞이했어요. 마룻대를 걸어보라고 제게 도전한 걸 미안해할 거라고 생각했기 때문이죠. 만약 제가 죽었다면 그 아이는 평생 후회의 짐을 안고 살아가야 했을 거예요. 다이애나는 정말 믿음이 가는 친구예요. 매일 와서 외로운 저를 응원해줬어요. 새 선생님에 관한 재미난 이야기를 많이 들어서 학교에 다시 갈 수 있는 게 정말 기뻐요! 여자아이들 모두 선생님이 굉장히 좋다고 했어요. 다이애나는 선생님이 사랑스러운 곱슬머리에 눈이 매력적이라고 말했어요. 옷도 예쁘게 입는데, 에이번리에서 선생님의 퍼프소매가 누구보다 크대요. 2주마다 금요일 오후에 낭송을 하는데, 모두가 시를 한 편 읽거나 연극 대사를 외워서 참여해야 한대요. 그런 걸 생각해내다니 정말 멋져요! 조시 파이는 그게 싫다고 했지만 그건 조시가 상상력이 거의 없어서 그래요. 다이애나와 루비 길리스와 제인 앤드루스는 다음 주 금요일에 하는 '아침 방문'이라는 연극 대사를 준비하고 있어요. 그리고 낭송하지 않는 금요일 오후에는 선생님이 '야외 수업' 날이라고 해서 학생들을 모두 데리고 숲으로 가서 고사리와 꽃, 새에 대해 공부한대요. 매일 아침과 오후에는 체조도 해요. 린드 아주머니 말씀이 그런 수업은 들어보지 못했고, 전부 그 여자 선생님이 와서 그렇다고 하셨어요. 하지만 제 생각에 그런 수업은 굉장히 재미있을 것 같아요. 스테이시 선생님은 저와 마음이 통하는 사람일 거라는 확신이 들어요."

마릴라는 말했다.

"한 가지는 분명히 알겠구나, 앤. 배리 씨네 지붕에서 떨어져도 네 혀는 전혀 다치지 않았다는 걸 말이다."

24. 발표회를 계획하다

앤이 학교에 다시 돌아갔을 때는 10월이었다. 영광스러운 10월, 모든 것이 붉고 황금빛으로 빛나는 부드러운 아침이었다. 골짜기는 가을의 요정이 부어 놓은 것 같이 옅은 안개로 가득했고 그 안으로 태양이 자수정빛, 진줏빛, 은빛, 장밋빛, 푸른빛을 비췄다. 이슬이 내린 들판은 은빛 천처럼 반짝였고, 숲은 낙엽이 쌓여 바스락거렸다. 자작나무 길은 노란 잎들이 하늘을 가렸고, 고사리들은 시들어 모두 갈색으로 변했다. 공기 속에는 달팽이와 다르게 학교에 가는 작은 아가씨들의 경쾌한 마음을 들뜨게 하는 어떤 향기가 있었다. 작은 갈색 책상에 다이애나와 다시 앉게 되어 앤은 정말 기뻤다. 통로 건너편에서 루비 길리스가 고개를 끄덕여주었고, 캐리 슬론은 쪽지를 보냈으며, 뒷자리에서 줄리아 벨은 열매를 건

네주었다. 앤은 연필을 깎고 책상 속의 그림 카드를 정리하면서 행복감에 길게 한숨을 내쉬었다. 인생은 확실히 재미있는 것이었다. 앤은 새로 온 선생님이 진실하고 도움 되는 친구 같다고 생각했다. 스테이시 선생은 밝고 호의적인 젊은 여성으로, 학생들의 사랑을 받으며 정신적으로나 도덕적으로 최고를 끌어내도록 지도했다. 앤은 이런 유익한 영향력 아래에서 꽃을 피우듯 나날이 발전했다. 집에 가서 학교에서의 일과 목표를 이야기하면 매슈는 무엇이든 칭찬했고, 마릴라는 비판했다.

"저는 스테이시 선생님이 진심으로 좋아요, 마릴라 아주머니. 선생님은 여성스럽고 목소리도 좋아요. 제 이름을 부르실 때 e를 같이 발음한다는 걸 저는 본능적으로 알아요. 오늘 오후에는 낭송을 했어요. 아주머니가 그 자리에 계셔서 제가 「스코틀랜드의 여왕, 메리」를 낭송한 걸 들으셨으면 좋았을 텐데요. 제 영혼을 모두 담아 읽었거든요. 루비 길리스가 집에 오면서 제가 '이제 내 아버지를 위해 내 연인과 작별한다'라는 구절을 읽었을 때 소름이 돋았다고 말했어요."

매슈가 제안했다.

"가까운 시일 내에 헛간에서 내게도 그 시를 낭송해주려무나."

앤은 골똘히 생각에 잠긴 채 대답했다.

"물론이죠. 하지만 잘할 수는 없을 거예요. 숨죽이고 제 말에 귀 기울이는 학생들 앞에 있을 때처럼 흥분되지는 않을 테니까요. 아마 저는 아저씨를 소름 돋게 만들지는 못할 거예요."

마릴라는 말했다.

"린드 부인이 지난 금요일에 벨 씨의 언덕에서 남자아이들이 큰 나무 꼭대기에 올라가 까마귀 둥지를 꺼내는 걸 보고 소름 돋았다고 하더구나. 스테이시 선생은 아이들에게 그런 걸 왜 시키는지 모르겠구나."

앤은 차분히 설명했다.

"우리는 자연 공부를 위해 까마귀 둥지가 필요했어요. 그날은 야외 수업을 간 거였어요. 야외 수업은 정말 멋져요, 마릴라 아주머니. 그리고 스테이시 선생님은 모든 것을 아주 아름답게 설명해주세요. 야외 수업을 주제로 작문도 해야 하는데, 제가 최고로 잘 썼어요."

"네가 그렇게 말하는 건 소용없어. 선생님이 그렇게 말해야지."

"선생님이 그렇게 말씀하셨어요, 마릴라 아주머니. 제가 자만하는 게 아니라요. 수학을 그렇게 못하는데, 제가 어떻게 자만할 수 있겠어요? 그래도 수학을 포기하지 않았더니 조금씩 나아지고 있어요. 스테이시 선생님이 아주 잘 가르쳐주시거든요. 그래도 아직 잘 못해서 겸손하게 생각하려고요. 하지만 저는 글짓기가 좋아요. 스테이시 선생님은 대부분 우리가 주제를 직접 선택하게 해주세요. 하지만 다음 주에는 훌륭한 사람에 대해 작문해야 해요. 훌륭한 사람이 너무 많아서 고르기가 어려워요. 훌륭한 사람이 되어 자기가 죽은 뒤에도 자기에 대해 누군가가 글을 쓴다는 건 멋진 일 아닌가요? 저도 훌륭한 사람이 되고 싶어요. 저는 커서 간호사가 되어 적십자와 함께 전도사가 되어 전쟁터에 갈 거예요. 만약 해외 선교사로 나가지 않는다면 말이죠. 그건 정말 낭만적일 거예요. 선교사가 되는 것도 정말 좋지만 어려움이 많을 거예요. 우리는 매일 체조도 해요. 체조를 하면 몸매도 좋아지고 소화도 잘 돼요."

마릴라는 그게 진심으로 터무니없다고 생각하며 말했다.

"소화를 촉진시키다니 터무니없는 소리구나!"

하지만 오후의 야외 수업과 금요일마다 하는 낭송, 그리고 체조는 스테이시 선생이 11월에 어떤 계획을 발표하자 모두 시들해졌다. 그 계획은 에이번리 학생들이 크리스마스 밤에 강당에서 발표회를 여는 것이었다. 모금을 해서 학교에 국기를 다는 데 도움을 주자는 유익한 목적이었다. 학생들 모두 이 계획을 환영해서 바로 준비를 시작했다. 참가자로 뽑힌 학생들 모두 흥분했지만, 그중에서도 앤 셜리가 제일 들떠 있었다. 앤은 열성을 다해 참여했지만, 마릴라의 반대가 가로막았다. 마릴라는 그 모든 계획이 어리석은 짓이라고 생각했다.

마릴라는 불만스럽게 말했다.

"네 머릿속은 쓸데없는 일로만 가득 차서 공부하는 데 써야 할 시간을 잡아먹고 있어. 아이들이 발표회를 연답시고 연습한다고 몰려다는 걸 나는 찬성할 수 없다. 그런 것 때문에 허영심만 늘어서 앞으로 쏘다니는 것만 좋아하게 될 거야."

앤은 정중히 부탁했다.

"하지만 좋은 목적으로 하는 거잖아요. 국기는 애국심을 길러줄 거예요, 마릴라 아주머니."

"허튼소리! 너 같은 아이들이 귀중한 애국심을 퍽도 생각하겠다.

네가 바라는 건 그냥 재미있게 노는 거잖아."

"애국심과 재미를 합칠 수 있다면 괜찮지 않을까요? 물론 발표회를 여는 것도 정말 멋진 일이고요. 우리는 합창곡을 여섯 곡이나 부를 거예요. 다이애나는 독창을 하고요. 저는 〈소문을 억제하는 사회〉와 〈요정 여왕〉이라는 연극에 출연해요. 남자아이들도 연극을 할 거예요. 그리고 저는 시 두 편을 낭송해요, 마릴라 아주머니. 그 생각만 하면 떨리지만, 기분 좋은 떨림이에요. 마지막에는 '믿음, 소망, 사랑'으로 활인화(살아 있는 사람이 분장하여 정지된 모습으로 명화나 역사적 장면 등을 연출하는 것—옮긴이) 할 거예요. 다이애나와 루비, 그리고 제가 참여하는데, 모두 머리를 풀고 흰 옷을 입을 거예요. 저는 '희망'이에요. 두 손을 모은 채 눈에는 희망이 가득해야 해요. 제 방에서 낭송을 연습할 거예요. 제가 신음을 내더라도 놀라지 마세요. 비통하게 읽어야 하는데, 예술적으로 신음을 내는 건 정말 어려워요, 마릴라 아주머니. 조시 파이는 연극에서 원하는 역을 맡지 못했다고 골이 났어요. 요정 여왕을 하고 싶어 했거든요. 그건 웃기는 일이에요. 조시처럼 뚱뚱한 요정 여왕이 있다는 걸 들어본 적 있으세요? 요정 여왕은 날씬해야 해요. 제인 앤드루스가 여왕이고 저는 시녀예요. 조시는 뚱뚱한 요정만큼 빨간 머리 요정도 웃긴대요. 하지만 저는 조시가 한 말은 신경 쓰지 않으려고요. 하얀 장미로 만든 화환을 머리에 쓰고 루비 길리스한테 슬리퍼를 빌려 신을 거예요. 저는 슬리퍼가 없으니까요. 요정들은 반드시 슬리퍼가 필요해요. 부츠를 신고 있는 요정은 상상할 수 없잖아요, 안 그래요? 특히, 앞부분이 구리로 장식된 부츠를 신은 요정을 상상할 수 있으세요? 우리는 가문비나무와 전나무와 분홍색 종이 장미를 덩굴처럼 감아서 강당을 장식할 거예요. 그리고 청중이 자리에 앉고 나서 엠마 화이트가 오르간으로 행진곡을 연주하면 두 명씩 짝지어서 입장할 거예요. 아, 마릴라 아주머니, 저만큼 아주머니가 이 일에 관심이 없다는 걸 잘 알지만 아주머니의 어린 앤이 유명해지길 바라지 않으세요?"

"내가 바라는 건 네가 얌전하게 행동하는 거야. 나는 이 호들갑이 끝나서 네가 진정할 수 있다면 진심으로 기쁘겠다. 네 머릿속에는 대사와 신음, 활인화 같은 걸로 가득 찬 채로 쓸데없는 일에 들떠 있어. 네 혀가 지치지도 않는 걸 보니 정말 경이롭구나!"

앤은 한숨을 쉬고 뒷마당으로 갔다. 사과 같은 연두색의 서쪽 하늘에는 잎이 떨어진 포플러 나뭇가지 사이로 어린 초승달이 밝게 빛나고 있었다. 매슈는 그곳에서 장작을 패고 있었다. 앤은 그 더미에 앉아 매슈에게 발표회 이야기를 했다. 적어도 매슈는 언제나 공감해주고 인정해주는 사람이었다.

"그건 꽤 괜찮은 발표회라는 생각이 드는구나. 너는 네가 맡은 역할을 아주 잘 해낼 거야."

매슈는 앤의 진지하고 명랑한 작은 얼굴을 내려다보며 웃었다. 앤도 매슈를 보며 웃었다. 두 사람은 가장 좋은 친구였다. 매슈는 앤을 키우는 일은 간섭하지 않기로 한 걸 여러 번 감사하게 여겼다. 그것은 전적으로 마릴라의 책임이었다. 그의 의무가 있었다면 의무감과 하고 싶은 대로 해주고 싶은 마음 사이에서 자주 갈등하며 걱정했을 것이다. 매슈는 원하는 만큼 자유롭게, 마릴라의 표현대로, '앤을 응석받이로 키우고' 있었다. 하지만 그것은 결국 그렇게 나쁘지만은 않았다. 약간의 '공감'이 때로는 가장 성실한 '교육'만큼 좋은 영향을 미치기 때문이다.

25. 퍼프소매를 고집하는 매슈

매슈는 불편한 10분을 보내고 있었다. 회색빛의 차가운 12월 저녁, 해질 무렵 부엌에 들어와 무거운 부츠를 벗으려고 장작 상자 모서리에 걸터앉았다. 그런데 매슈는 앤과 학교 친구들이 거실에서 '요정 여왕'을 연습하고 있다는 사실을 몰랐던 것이다. 곧이어 아이들 무리가 명랑하게 재잘거리고 웃으면서 복도를 지나 부엌으로 들어왔다. 아이들은 매슈를 보지 못했다. 매슈는 부끄러워서 한 손에는 부츠를, 다른 손에는 구두주걱을 들고 장작 상자 뒤의 구석으로 물러서서 아이들을 지켜보고 있었기 때문이다. 앞서 말한 것처럼 거기에서 10분 동안 그 아이들이 모자를 쓰고 외투를 걸치고 대사와 발표회에 대해 이야기하는 것을 보고 있었다. 앤은 그 아이들 사이에서 두 눈을 빛내며 활기찬 모습이었다. 그때 갑자기 매슈는 앤과 앤의 친구들 사이에 뭔가 다른 점이 있다는 것을 의식했다. 그 차이가 존재하면 안 되는 것이라는 인상을 받아서 걱정스러웠다. 앤은 다른 아이들보다 얼굴이 더 밝았고, 눈도 크고 별처럼 빛났으며, 이목구비도 더 뚜렷했다. 부끄럼 많고 관찰력 없는 매슈조차 이런 점들은 알아챌 수 있을 정도였다. 하지만 그를 불편하게 하는 그 차이는 그런 것들이 아니었다. 그렇다면 무엇이 앤을 다르게 보이게 하는 걸까?

여자아이들이 팔짱을 끼고 꽁꽁 얼어붙은 길을 걸어간 한참 뒤에도 매슈는 이 질문이 머릿속에서 떠나지 않았다. 앤은 책을 보러 갔다. 매슈는 마릴라에게 물어볼 수도 없었다. 마릴라는 코웃음을 치고 무시하면서 자신이 보기에 앤이 다른 아이들과 다른 점은 앤은 계속 떠들지만 다른 아이들은 조용히 하는 것이라고 말할게 분명했다. 이것은 전혀 도움이 되지 않을 것이었다.

매슈는 마릴라가 엄청 넌더리를 내지만 담배를 피우면서 그날 저녁 내내 곰곰이 생각해보았다. 두 시간이나 담배를 피운 뒤에 매슈는 그 문제의 답을 찾아냈다. 앤이 입고 있는 옷이 다른 아이들과 달랐던 것이다!

매슈가 그 문제를 생각하면 할수록 앤은 초록 지붕 집에 온 이후부터 계속 다른 아이들처럼 옷을 입은 적이 없었다는 확신이 강해졌다. 마릴라는 변함없이 똑같은 모양으로 평범하고 어두운 색의 옷들만 앤에게 입혔다. 매슈가 옷에 어떤 유행이 있다는 것을 알아냈다면 그로서는 그것만으로도 대단한 일이었다. 매슈는 앤의 옷소매가 다른 아이들이 입은 옷의 소매와 다르다는 것을 확신했다. 그날 저녁 앤과 같이 있던 아이들을 떠올려보았다. 활달한 아이들 모두 빨간색, 파란색, 분홍색, 흰색 등 밝은 옷을 입고 있었다. 매슈는 마릴라가 왜 앤에게 늘 평범하고 수수한 옷만 입히는지 궁금했다.

물론 그게 맞을 것이다. 마릴라가 제일 잘 알고 있고 앤을 교육하는 것도 마릴라의 일이니까. 아마 어떤 지혜롭고 헤아릴 수 없는 이유가 분명히 있을 것이다. 하지만 다이애나 배리가 항상 입고 다니는 옷처럼 예쁜 옷을 앤에게 한 벌 입힌다고 해서 해로울 건 전혀 없었다. 매슈는 앤에게 옷을 선물하기로 했다. 마릴라가 간섭한다고 매슈를 반대하진 않을 것 같았다. 크리스마스가 2주밖에 남지 않았다. 멋진 새 원피스는 선물로 안성맞춤이었다. 만족에 찬 한숨을 내쉰 매슈는 담배 파이프를 치우고 자러 갔다. 그 사이 마릴라는 문을 전부 열고 집안 공기를 환기시켰다.

바로 다음 날 저녁, 매슈는 그 일을 해치우기로 결심하고 옷을 사러 직접 카모디에 갔다. 매슈도 옷을 사는 일은 적잖이 어려우리라 예상했다. 다른 물건이라면 꽤 훌륭히 골라서 구입할 수 있었다. 하지만 여자아이의 옷을 사려면 가게 주인들에게 휘둘릴 것이란 걸 잘 알았다.

매슈는 오랜 고민 끝에 윌리엄 블레어의 가게 대신 사무엘 로슨의 가게에 가기로 결심했다. 분명히 커스버트 네는 언제나 윌리엄 블레어 가게에 갔다. 장로회 교회에 나가고 보수당에 투표하는 사람들에게 그것은 거의 양심의 문제였다. 하지만 윌리엄 블레어의 두 딸은 손님들에게 다가와 말을 걸었고, 매슈는 그것이 너무나

두려웠다. 매슈가 원하는 것을 정확히 알고 있을 때는 어떻게든 그들을 상대하고 말할 수 있겠지만 이번처럼 설명과 상의가 필요한 문제에서 매슈는 가게에 남자가 있어야 한다고 확신했다. 그래서 사무엘이나 그의 아들이 안내해줄 로슨의 가게로 갔다.

아뿔싸! 매슈는 사무엘이 최근에 가게를 확장해서 여자 점원을 고용했다는 사실을 미처 알지 못했다. 그 여자 점원은 사무엘 부인의 조카로 젊고 근사한 여자였다. 앞머리를 전부 뒤로 넘기고 크고 둥근 눈은 갈색이고 상대를 어리둥절하게 만들 정도로 크게 웃었다. 굉장히 세련된 옷을 입었고, 팔찌를 여러 개 차서 손을 움직일 때마다 반짝거리고 짤랑거리는 소리를 냈다. 매슈는 가게에서 그 점원을 발견하고 당혹스러워 어쩔 줄 몰랐다. 그런데다 그 팔찌 소리 때문에 단번에 그는 정신이 혼미해졌다.

루실라 해리스가 두 손으로 카운터를 가볍게 두드리며 활발하고 싹싹하게 물었다.

"뭘 도와드릴까요, 커스버트 씨?"

매슈가 더듬거렸다.

"어, 어, 어, 그, 정원에서 쓰는 갈퀴가 있나요?"

루실라는 약간 놀란 표정이었다. 그도 그럴 것이 12월 중순에 정원 갈퀴를 찾는 사람을 보지 못했기 때문이다.

루실라가 말했다.

"가게에 한두 개쯤 남아 있을 거예요. 하지만 위층 창고에 있어요. 제가 가서 찾아올게요."

루실라가 자리를 비운 동안 매슈는 다시 정신을 차리려고 노력했다.

루실라가 갈퀴를 들고 돌아온 뒤 활기차게 물었다.

"다른 건 필요하지 않으세요, 커스버트 씨?"

매슈는 간신히 용기 내어 대답했다.

"그, 그게, 먼저 말씀하셨으니 말인데, 저, 그, 그, 그, 건초 씨를 찾고 있어요."

루실라는 매슈 커스버트가 이상한 사람이라는 소리를 들어보았지만, 이제는 그가 완전히 미친 사람이라고 결론 내렸다.

루실라가 침착하게 설명했다.

"건초 씨는 봄에만 팔아요. 지금은 가게에 없어요."

울상이 된 매슈가 말을 더듬었다.

"아, 그럼요. 그럼, 그렇겠죠."

매슈는 갈퀴를 움켜쥐고 문으로 갔다. 문 앞에서 갈퀴 값도 지불하지 않았다는 사실이 떠올라 초라하게 돌아갔다. 루실라가 거스름돈을 세는 동안 마지막으로 온 힘을 다해 용기를 내서 물었다.

"저, 그게, 큰 문제가 안 된다면, 제가, 그, 찾고 있는 게, 있는데, 설탕이요."

루실라가 참을성 있게 물었다.

"백설탕이요, 흑설탕이요?"

매슈가 힘없이 말했다.

"아, 그게, 흑설탕이요."

루실라가 팔찌를 흔들며 말했다.

"저쪽에 한 통 있어요. 저희 가게에는 저거밖에 없어요."

이마에 땀방울이 맺힌 매슈가 말했다.

"9킬로만 줘요."

매슈는 집으로 가는 길 중간쯤에 이르러 다시 정신을 차렸다. 그것은 소름끼치는 경험이었다. 하지만 낯선 가게에 찾아가는 잘못을 저질렀으니 그렇게 당할 수밖에 없었다고 생각했다. 매슈는 집에 돌아와서 갈퀴는 연장 창고에 숨겼지만 설탕은 들고 들어가 마릴라에게 주었다.

마릴라는 소리쳤다.

"흑설탕이라니요! 어째서 이렇게나 많이 사가지고 왔어요? 내가 일하는 사람에게 죽이나 검은 과일 케이크를 만들어줄 때 말고는 흑설탕은 쓰지 않는다는 걸 오라버니도 잘 알잖아요. 제리도 이제 없어서 케이크 만들 일도 없는데……. 게다가 이건 좋은 설탕도 아니에요. 굵고 색이 어둡잖아요. 윌리엄 블레어는 보통 이런 설탕을 팔지 않아요."

매슈는 무사히 핑곗거리를 찾았다.

"가끔은 쓸 일이 있지 않을까 생각했어."

매슈는 그 상황을 해결해줄 여자가 필요하다는 결론을 내렸다. 마릴라는 불가능했다. 마릴라는 자신의 계획에 찬물을 끼얹을 것이 뻔하다고 확신했다. 남은 사람은 린드 부인밖에 없었다. 에이번리에서 매슈가 조언을 구할 수 있는 다른 여자는 없었기 때문이다. 그래서 매슈는 린드 부인을 찾아갔고, 이 착한 부인은 지쳐버린 남자의 손에서 바로 그 문제를 넘겨받았다.

"앤에게 줄 원피스를 골라달라고요? 물론 해줘야죠. 내일 카모디에 가서 알아볼게요. 특별히 마음에 둔 거라도 있나요? 없죠? 그렇다면 내가 알아서 준비할게요. 내 생각에 진한 갈색이 앤에게 잘 어울릴 거예요. 윌리엄 블레어 가게에는 정말로 예쁜 글로리아 천이 새로 들어왔어요. 내가 만드는 게 낫겠죠? 마릴라가 옷을 만들면 앤이 미리 낌새를 채서 깜짝 선물을 망쳐버릴 수 있으니까요. 그래요, 내가 만들게요. 아니, 조금도 문제될 건 없어요. 나는 바느질을 좋아해요. 내 조카 제니 길리스 몸에 맞춰 만들면 될 거예요. 제니와 앤은 체형이 완두콩 두 개처럼 똑같거든요."

매슈가 말했다.

"그러면 엄청 고맙죠! 그리고 나는 잘은 모르지만 요즘에는 소매를 예전과 다르게 입는 것 같더라고요. 너무 많은 걸 부탁하는 게 아니라면 소매도 새로운 모양으로 해주면 좋겠어요."

린드 부인이 말했다.

"퍼프소매요? 물론이죠. 그거에 대해선 조금도 걱정할 필요 없어요, 매슈. 최신 유행으로 만들어줄 테니까요."

매슈가 돌아가자 린드 부인은 혼잣말을 덧붙였다.

'그 불쌍한 애가 이번에 제대로 된 옷을 입은 걸 보면 정말 뿌듯할 거야. 마릴라가 앤에게 입히는 옷은 정말 우스꽝스러워! 열두 번도 더 말하고 싶은 걸 힘들게 참았지. 노처녀인 주제에 조언받는 것도 원하지 않고 아이들 키우는 것을 나보다 더 잘 안다고 생각하는 것 같아서 내가 참았지. 하지만 그럼 그렇지. 아이를 키워본 사람이라면 모든 아이에게 딱 맞는 고정불변의 법칙 같은 건 없다는 걸 잘 알지. 하지만 아이를 길러보지 않은 사람들은 아이

키우는 일이 규칙을 세우고 지키기만 하면 되는 쉬운 일인지 알아. 그렇게 계산대로 될 줄 알지만 인간은 산수와는 다르다고. 마릴라 커스버트는 실수하는 거야. 내가 보기에 마릴라는 앤에게 그런 옷을 입혀서 겸손함을 길러주려는 것 같아. 하지만 부러움만 생기고 불만만 더 쌓이게 하는 거라고. 아이들은 다른 아이와 자신의 옷이 다른 걸 분명하게 느끼지. 그런데 매슈가 그걸 발견해내다니! 그 남자는 60년 넘게 잠을 자다 이제야 깨어났군."

마릴라는 그다음 2주 동안 매슈가 마음속에 뭔가 담아둔 게 있다는 걸 알고 있었지만, 그것이 무엇인지는 추측할 수 없었다. 크리스마스이브에 린드 부인이 새 옷을 들고 오자, 드디어 그 이유를 알게 되었다. 마릴라가 옷을 만들면 앤이 금방 눈치 챌 것을 매슈가 걱정해서 자기가 옷을 만들었다는 린드 부인의 사교적인 핑계를 마릴라는 믿지 않았지만 대체로 점잖게 처신했다.

마릴라는 약간 무뚝뚝했지만 너그럽게 말했다.

"그래서 이것 때문에 오라버니가 2주 동안 그렇게 이상하게 행동하고 활짝 웃고 한 거군요, 그렇죠? 오라버니가 뭔가 바보 같은 일에 매달려 있다는 걸 눈치채긴 했어요. 그래도 앤은 옷이 더 필요하지 않아요. 이번 가을에 따뜻하고 쓸 만한 옷을 세 벌 만들어 줬어요. 그 이상은 완전히 사치예요. 이 소매에 들어간 천으로 옷을 한 벌 더 만들고도 남겠군요. 오라버니는 앤의 허영심을 키우고 있는 거예요. 지금도 공작처럼 허영심이 가득한데……. 어쨌든 그 애가 이걸로 만족하길 바랄 뿐이에요. 여기 온 이후로 저 바보 같은 소매 옷을 입고 싶어 했다는 걸 나도 알아요. 물론 앤은 한 번 말하고 나서 한마디도 꺼내지 않았지만요. 퍼프소매는 자꾸 더 커져서 점점 더 우스꽝스러워질 뿐이에요. 요즘엔 풍선처럼 커졌어요. 이러다 내년에는 퍼프소매가 너무 커서 문을 통과하지도 못할 거예요."

크리스마스 아침이 되자, 세상이 갑자기 아름답고 하얗게 변했다. 12월이었지만 너무 포근해서 사람들은 크리스마스에 눈이 오지 않을 거라 예상했다. 하지만 밤사이 조용히 눈이 내려 에이번리 마을의 풍경이 변했다. 앤은 서리가 낀 동쪽 방의 창밖을 기분 좋게 내다보았다. 유령의 숲에 있는 전나무들이 모두 깃털처럼 멋지게 변했다. 자작나무와 야생 벚나무는 마치 진주를 달고 있는 것 같았다. 갈아놓은 밭들의 이랑에 눈이 소복이 쌓였다. 눈부신 공기도 상쾌했다. 앤은 노래를 흥얼거리며 아래층으로 내려왔다. 초록 지붕 집에 앤의 목소리가 울려 퍼졌다.

"메리 크리스마스, 마릴라 아주머니! 메리 크리스마스, 매슈 아저씨! 정말 아름다운 크리스마스 아닌가요? 화이트 크리스마스라 정말 기뻐요! 다른 종류의 크리스마스는 진짜 같지 않아요, 그렇죠? 저는 눈이 내리지 않는 그린 크리스마스는 좋아하지 않아요. 밖은 초록색도 아니고 빛바랜 갈색과 회색빛이잖아요. 그런데 사람들은 왜 그린 크리스마스라고 부를까요? 왜 그럴까요, 매슈 아저씨, 이거 제 선물이에요? 아, 매슈 아저씨!"

매슈는 멋쩍게 포장지를 펼쳐 원피스를 들고 있었다. 그는 미안한 듯 마릴라를 힐끗 쳐다보았다. 마릴라는 무관심한 척 찻주전자를 채우고 있었지만 곁눈질로 그 장면을 지켜보고 있었다.

앤은 옷을 받아들고 경건한 침묵 속에서 한참 동안 옷을 바라보았다. 아, 얼마나 아름다운 원피스인가! 비단처럼 반짝이는 부드럽고 아름다운 갈색 글로리아 천이었다. 치마에는 앙증맞은 주름 장식과 셔링이 들어 있었다. 허리에는 최신 유행에 딱 맞게 가늘고 긴 주름이 정교하게 잡혀 있고, 목에는 얇은 레이스 주름 장식도 달려 있었다. 가장 근사한 곳은 소매 부분이었다! 팔꿈치까지 내려오고, 그 위에 셔링 주름이 잡혀 이단으로 부풀린 아름다운 소매에 갈색 실크 리본이 달려 있었다.

매슈가 수줍게 말했다.

"크리스마스 선물이야, 앤! 왜 그러니, 왜, 앤, 마음에 안 드니?"

앤의 눈에 갑자기 눈물이 고였기 때문이다.

"마음에 쏙 들어요, 매슈 아저씨!"

앤은 옷을 의자에 걸어두고 두 손을 모았다.

"매슈 아저씨, 그야말로 완벽하게 아름다워요! 아, 어떤 말로도 감사하다는 표현을 다 못할 거예요. 저 소매 좀 보세요. 이건 정말 행복으로 가득한 꿈이 분명해요!"

그때 마릴라가 끼어들었다.

"그래, 이제 아침이나 먹자. 앤, 이 말은 꼭 해야겠다. 넌 그 옷이 꼭 필요하진 않아. 하지만 매슈 오라버니가 널 위해 특별히 준비했으니 소중히 입어라. 그리고 린드 부인이 네게 주고 간 머리 리본도 있다. 원피스와 잘 어울리게 갈색이더구나. 이제 이리와 앉으렴."

앤은 황홀해하며 말했다.

"아침을 먹을 수 있을지 모르겠어요. 이렇게 흥분되는 순간에 아침 식사는 너무 평범한 일 같아요. 저는 저 옷만 보고 있어도 배가 부르거든요. 퍼프소매가 아직 유행하고 있어서 더 기뻐요! 퍼프소매 원피스를 입어보기 전에 유행이 지나가버렸으면 저는 절대 그 슬픔을 극복하지 못할 것 같거든요. 저는 지금까지 제 옷에 완벽하게 만족한 적이 한 번도 없었어요. 린드 아주머니가 제게 리본을 주셨다니 정말 감사하네요! 정말 착한 아이가 되어야겠어요. 가끔 이럴 때면 제가 모범생이 아니라는 게 안타까워요! 앞으로 모범생이 되어야겠다고 언제나 다짐하지만, 거부할 수 없는 유혹들이 생기면 다짐을 지키기가 어려워요. 하지만 이제부터 정말로 더 많이 노력할게요."

평범한 아침 식사가 끝나자, 골짜기의 하얀 통나무 다리를 건너오는 다이애나가 보였다. 진홍색 긴 코트를 입고 즐거운 모습이었다. 앤은 비탈길을 달려 내려가 다이애나를 만났다.

"메리 크리스마스, 다이애나! 정말 멋진 크리스마스야! 네게 보여줄 놀라운 것이 있어. 매슈 아저씨가 퍼프소매가 달린 아주 아름다운 옷을 선물해주셨어. 더 좋은 옷은 상상조차 할 수 없을 정도야."

다이애나는 숨을 헐떡이며 말했다.

"나도 너를 위해 가져온 게 있어. 자, 이 상자야. 조세핀 고모할머니가 우리에게 큰 상자를 보내주셨어. 그 안에 많은 것들이 들어 있었는데, 이건 네 거야. 어젯밤에 가져오고 싶었는데, 어두워진 뒤라 오지 못했어. 어두울 때 유령의 숲을 지나가는 건 너무 무섭거든."

앤은 상자를 열고 들여다보았다. 처음에 "앤에게, 메리 크리스마스"라고 쓰인 카드가 보였다. 그다음 앙증맞은 슬리퍼가 들어 있었다. 발가락 부분에 구슬 장식이 있고 새틴 리본과 반짝이는 버클이 달려 있었다.

"와, 다이애나, 이건 너무 과분해! 내가 지금 꿈을 꾸는 게 분명해."

다이애나는 말했다.

"이런 걸 하늘이 돕는다고 하는 거야. 이제 루비의 슬리퍼를 빌릴 필요가 없잖아. 그 슬리퍼는 너한테 두 사이즈나 컸으니까 얼마나 잘됐니. 요정이 발을 질질 끌며 걷는 소리를 들으면 끔찍했을 거야. 하마터면 조시 파이가 좋아할 뻔했잖아. 그저께 밤에 연습하고 로브 라이트가 거티 파이와 함께 집에 갔대. 그 얘기 들었니?"

그날 에이번리 학교 학생들 모두 극도로 흥분했다. 강당을 장식하고 마지막 예행연습을 했기 때문이다.

그날 저녁 발표회가 열렸고, 대단히 성공적이었다. 작은 강당은 사람들로 꽉 찼다. 모든 연기자가 훌륭하게 연기했지만, 이날 유독 앤이 별처럼 빛났다. 질투를 잘하는 조시 파이조차 아니라고 말할 수 없을 정도였다.

발표회가 끝나고 앤과 다이애나가 별이 총총히 박힌 하늘 아래에 함께 집으로 가면서 앤은 말했다.

"아, 정말 눈부신 저녁이지 않았니?"

다이애나는 현실적으로 말했다.

"모든 게 잘 끝났어. 우리는 분명히 10달러 정도 모았을 거야. 앨런 목사님이 오늘 발표회 이야기를 샬럿타운 신문에 보내신대."

"와, 다이애나! 그럼 우리 이름이 정말 신문에 나오는 거야? 생각만 해도 흥분돼. 네 독창은 완벽하게 우아했어, 다이애나. 앙코르 요청이 나왔을 때 너보다 내가 더 자랑스럽더라! 그래서 혼자 이렇게 말했지. '저렇게 영광스러운 사람이 내 사랑하는 단짝 친구야'라고 말이야."

"네 낭송은 박수갈채를 받았잖아, 앤. 그 슬픈 시는 정말 멋졌어!"

"난 너무 떨렸어, 다이애나. 앨런 목사님이 내 이름을 불렀을 때 내가 어떻게 무대까지 갔는지 기억도 안 나. 백만 개의 눈이 나를 샅샅이 뜯어보는 기분이었어. 아예 시작조차 할 수 없을 것 같은 끔찍한 순간이었어. 그때 나는 내 아름다운 퍼프소매를 떠올리면서 용기를 냈지. 그 퍼프소매에 어울리게 살아야 한다고 생각했어, 다이애나. 그래서 시작은 했는데, 내 목소리가 저 멀리서 들려오는 것 같았어. 앵무새가 된 것 같은 기분이었지. 다락방에서 낭송을 자주 연습했던 게 정말 큰 도움이 되었어. 그렇지 않았다면 절대 끝까지 해내지 못했을 거야. 신음을 내는 건 괜찮았어?"

다이애나는 장담했다.

"그럼, 정말 사랑스러운 신음이었어!"

"내가 자리에 가서 앉았을 때 슬론 부인이 눈물 닦는 걸 봤어. 내가 누군가의 마음을 울렸다고 생각하니 정말 멋지더라! 발표회에 참여하는 건 정말 낭만적이야, 그렇지 않니? 아, 오늘 발표회는 정말 잊지 못할 거야."

다이애나는 말했다.

"남자아이들 연극도 좋지 않았니? 길버트 블라이스가 정말 멋졌어! 앤, 나는 네가 길을 대하는 태도가 정말 고약하다고 생각해. 내가 말을 끝낼 때까지 잠깐 기다려봐. 네가 요정 대사를 한 뒤에 무대에서 뛰어 내려올 때 네 머리에서 장미 한 송이가 떨어졌어. 길리스가 그걸 주워서 자기 가슴 주머니에 넣는 걸 봤어. 그러니까 인제 그만해. 너는 아주 낭만적인 아이니까 그걸 기뻐해야 한다고 생각해."

앤은 도도하게 말했다.

"그 애가 그러는 것은 나와는 아무 상관없어. 그 애를 생각하느라 시간을 낭비하지도 않을 거야, 다이애나."

그날 밤, 20년 만에 처음으로 발표회에 참석한 마릴라와 매슈는 앤이 자러 간 뒤 부엌 난로 옆에 잠시 앉아 있었다.

매슈가 자랑스럽게 말했다.

"그게, 난 우리 앤이 누구보다 잘할 거라 예상했어."

마릴라도 인정했다.

"맞아요. 앤은 정말 잘했어요. 그 아이는 똑똑한 아이예요, 오라버니. 그리고 오늘 정말 예뻤어요! 나는 이런 발표회를 반대하는 사람이었지만 실제로 해로울 건 없다고 생각해요. 어쨌든 오늘 밤에 앤이 정말 자랑스러웠어요! 앤에게는 그렇게 말하지 않을 거지만요."

매슈는 흐뭇한 얼굴로 말했다.

"나는 너무 자랑스러워서 앤이 위층에 올라가기 전에 벌써 말했어. 우리는 머지않아 저 아이에게 뭘 해줄 수 있을지 생각해야 할 거야, 마릴라. 앤에게는 곧 에이번리 학교 훨씬 이상의 뭔가가 필요할 거야."

마릴라는 고개를 끄덕이며 말했다.

"생각할 시간은 충분해요. 앤은 3월에 고작 열세 살이라고요. 그렇지만 오늘 밤에는 그 아이가 꽤 자랐다고 느꼈어요. 린드 부인이 만들어준 옷이 조금 길어서 앤의 키가 아주 커보였어요. 앤은 학습능력이 정말 뛰어난 아이예요. 그 아이에게 우리가 해줄 수 있는 최선의 일은 몇 년 후 퀸스 학교에 보내는 거라고 생각해요. 하지만 앞으로 1~2년 동안은 그런 말을 할 필요는 없을 거예요."

매슈가 고개를 갸우뚱하며 말했다.

"글쎄다. 가끔 그 문제를 생각해보는 것도 해가 될 건 없지. 그런 문제는 많이 생각할수록 좋은 법이니까."

26. 이야기 클럽이 만들어진 내력

에이번리의 청소년들은 다시 단조로운 생활로 돌아가는 게 쉽지 않았다. 특히, 앤은 흥분의 술잔을 들이킨 뒤 몇 주 동안 많은 것들이 지독하게 평범하고 진부하며 무익해 보였다. 앤은 발표회 전의 조용하고 즐거웠던 옛날로 돌아갈 수 있을까? 처음에는 앤이 다이애나에게 말했듯이 돌아갈 수 있다고 생각하지 않았다.

앤은 적어도 50년 전을 언급하는 것처럼 슬프게 말했다.

"다이애나, 우리 인생은 절대 예전과 똑같을 수 없을 거야. 아마 얼마 지나면 익숙해지겠지만, 발표회가 사람들의 일상생활을 망쳐 버린 것 같아. 마릴라 아주머니가 왜 발표회를 못마땅해하셨는지 이제야 알겠어. 마릴라 아주머니는 그렇게 합리적인 분이셔. 합리적인 것은 상당히 좋은 거야. 하지만 아직도 나는 합리적인 사람이 되고 싶지는 않아. 그런 사람들은 너무 낭만이 없거든. 린드 아주머니 말씀이, 내가 그렇게 될 위험도 없다고 하셨어. 하지만 아무도 알 수 없는 일이니까. 지금 나는 점점 합리적으로 생각하게 되는 것 같거든. 하지만 그건 아마 내가 피곤해서일 거야. 어젯밤에는 오랫동안 잠이 오지 않았어. 그저 누워서 발표회만 계속 생각했지. 그런 일의 한 가지 멋진 점은 찬찬히 되돌아볼 수 있다는 거지."

그러나 결국 에이번리 학교는 예전의 리듬을 되찾고 예전의 관심사들을 계속 이어나갔다. 물론 발표회는 그 흔적을 남겼다. 무대 위에서 앞에 서는 문제로 싸운 루비 길리스와 엠마 화이트는 더는 옆자리에 앉지 않고 3년간 지켜온 우정을 깨트려버렸다. 조시 파이와 줄리아 벨은 3개월 동안 서로 '말하지' 않았다. 조시 파이가 베시 라이트에게 줄리아 벨이 낭송하려고 일어났을 때 줄리아 벨의 리본이 머리를 흔드는 닭을 떠올리게 했다고 말했고, 그것을 베시가 줄리아에게 말했기 때문이다. 슬론 가 아이들은 아무도 벨 가 아이들과 어울리지 않았다. 그 이유는 벨 가 아이들이 슬론 가 아이들이 발표회에서 너무 많은 역할을 맡고 있다고 말했고, 슬론 가 아이들은 벨 가 아이들이 맡은 역할도 제대로 해내지 못했다고 반박했기 때문이다. 마지막으로, 찰리 슬론은 무디 스퍼전 맥퍼슨과 싸웠다. 무디 스퍼전이 앤 셜리가 낭송하는 것을 잘난 체했다고 말했기 때문이다. 무디 스퍼전은 된통 얻어맞았다. 그 결과 무디 스퍼전의 누나, 엘라 메이가 남은 겨우내 앤 셜리와 '말하지' 않았다. 이런 사소한 마찰들을 제외하면 스테이시 선생의 작은 왕국은 규칙적으로 평탄하게 흘러갔다.

그해 겨울, 몇 주가 그렇게 흘러갔다. 평소와 달리 따뜻한 겨울이었다. 눈이 적게 와서 앤과 다이애나는 거의 매일 자작나무 길로 걸어서 학교에 갔다. 앤의 생일에는 가벼운 발걸음으로 그 길을 걸으며 수다를 떨었다. 그 와중에도 눈과 귀는 열어놓았다. 스테이시 선생님이 곧 '겨울의 숲 속 산책'을 주제로 글짓기를 해야 한다고 말했으므로 그들은 주변을 잘 관찰해야 했다.

앤은 경외심 가득한 목소리로 말했다.

"생각해봐, 다이애나, 오늘 나는 열세 살이 된 거야. 내가 열세 살이라는 게 잘 믿어지지 않아. 오늘 아침에 잠에서 깼을 때 모든 게 달라 보였어. 너는 한 달 동안 열세 살로 살아봤으니까 나처럼 색다른 건 많이 없겠지. 인생이 훨씬 더 재밌어질 것 같아. 2년만 지나면 난 정말로 어른이 되는 거야. 그때는 비웃음 사지 않고 거창한 단어들을 쓸 수 있다고 생각하면 큰 위안이 돼."

다이애나는 말했다.

"루비 길리스는 열다섯 살이 되면 곧바로 남자친구를 꼭 사귈 거래."

앤은 경멸하듯 말했다.

"루비 길리스는 남자친구만 생각해. 그 애는 '주의'에 자기 이름이 적히면 화가 난 척하지만 사실은 기뻐하는 것 같아. 이런 말은 몰인정한 말이라 유감이야. 앨런 선생님은 몰인정한 말을 하면 안 된다고 하셨어. 하지만 생각하기도 전에 그냥 나와버리지 않니? 몰인정한 말을 하지 않고는 조시 파이 얘기는 아무것도 할 수 없어서 난 아예 그 애에 대해 언급조차 안 해. 너도 눈치챘는지 모르겠지만. 나는 가능한 한 앨런 선생님을 많이 닮으려고 노력하고 있어. 내 생각에 선생님은 완벽하거든! 앨런 목사님도 그렇게 생각하실 거야. 린드 아주머니는 목사님이 앨런 선생님이 밟고 있는 땅까지 숭배한다고 인간에게 그렇게 많은 애정을 주는 것은 목사로서 바르지 않다고 생각하신대. 하지만 다이애나, 목사님들도 사람인데 다른 사람처럼 타고난 죄가 있을 거야. 지난주 일요일 오후에 앨런 선생님과 타고난 죄에 대해 재미있는 이야기를 나눴어. 일요일에 대화하기에 적절한 주제가 몇 가지 있는데, 그것도 그중 하나야. 내가 타고난 죄는 상상을 너무 많이 하는 바람에 해야 할 일을 잊어버리는 거야. 그걸 고쳐보려고 열심히 노력하는 중이야. 이제 열세 살이 됐으니까 아마 더 나아질 거야."

다이애나는 말했다.

"4년만 지나면 우린 머리도 올릴 수 있어. 앨리스 벨은 열여섯 살이지만 벌써 머리를 올리고 다녀. 나는 그게 우습다고 생각해. 나는 열일곱 살이 될 때까지 기다릴 거야."

앤은 단호하게 말했다.

"앨리스 벨처럼 내 코가 비뚤어졌다면 나는 절대로……. 굉장히 몰인정한 말이라서 내가 하려는 말은 하지 말아야겠다. 게다가 나는 앨리스 코와 내 코를 비교하는데, 그건 허영심이야. 오래전에 코를 칭찬받은 뒤부터 나는 코에 대한 생각을 너무 많이 해서 걱정이야. 그래도 그건 정말 엄청난 위안이야. 아, 다이애나! 봐, 토끼가 있어. 숲에 관한 글짓기를 위해 기억해야겠다. 여름 숲만큼 겨울 숲도 정말 멋진 것 같아! 하얗고 고요한 게 마치 숲이 잠들어 아름다운 꿈을 꾸고 있는 것 같아!"

다이애나는 한숨을 쉬었다.

"때가 될 때까지 글짓기는 신경 쓰지 않을래. 숲에 대해 글을 쓸 수는 있지만 월요일에 제출해야 하는 건 정말 끔찍해. 스테이시 선생님은 우리가 생각한 것을 쓰라고 하셨어."

앤은 말했다.

"왜, 그건 눈을 깜박이는 것만큼 쉽잖아."

다이애나는 반박했다.

"너는 상상력이 풍부하니까 너한테나 쉽지. 상상력 없이 태어났다면 넌 어떻게 할래? 넌 글짓기를 벌써 다했을 것 같은데?"

앤은 우쭐하지 않으려고 부단히 애썼지만 형편없이 실패하고 고개를 끄덕였다.

"지난 월요일 저녁에 썼어. 제목은 '질투하는 경쟁자' 또는 '죽음으로도 갈라놓을 수 없다'로 생각 중이야. 마릴라 아주머니에게 그 글을 읽어드렸더니 말도 안 되는 이야기래. 그래서 매슈 아저씨에게 읽어드렸는데, 좋다고 하셨어. 아저씨는 내가 좋아하는 종류의 비평가야. 그 이야기는 달콤하면서도 슬픈 이야기야. 나는 그걸 쓰면서 막 아이처럼 울었어. 코델리아 몽모랑시와 제럴딘 세이모어라는 아름다운 아가씨 두 명에 대한 이야기야. 둘은 같은 마을에 살았고 서로를 아주 좋아했지. 코델리아는 귀족 같은 흑갈색 머리에 새까만 눈동자가 반짝거려. 제럴딘은 여왕 같은 금발 머리에 눈은 벨벳 같은 자주색이야."

다이애나는 의심하면서 말했다.

"나는 자주색 눈을 본 적이 없어."

"나도 없어. 내가 그냥 상상한 거야. 평범하지 않은 것을 원했거든. 제럴딘은 이마가 석고 같아. 석고 같은 이마가 어떤 건지 알아냈어. 열세 살이 되니 이런 장점이 있네. 열두 살일 때보다 훨씬 더 많은 것을 알게 돼."

다이애나는 그들의 운명에 더 관심을 가지기 시작했다.

"그래서 코델리아와 제럴딘은 어떻게 되는데?"

"그들은 열여섯 살이 될 때까지 함께 아름답게 성장해. 그들의 고향 마을에 베르트람 드비어라는 남자가 오는데, 금발의 제럴딘과 사랑에 빠져. 제럴딘이 마차를 몰다가 말이 도망갔을 때 베르트람이 제럴딘의 목숨을 구해줘. 제럴딘이 베르트람의 품에서 기절해서 그가 4킬로미터 떨어진 제럴딘의 집까지 데려다줘. 마차가 완전히 부서졌기 때문이지. 사실, 청혼하는 장면을 상상하는 게 더 어려웠어. 나는 그런 경험이 없으니까. 그래서 루비 길리스에게 남자들이 어떻게 청혼하는지 아는 게 있느냐고 물어봤지. 루비는 결혼한 언니들이 많으니까 그런 주제라면 잘 알 거라고 생각했거든. 말콤 안드레스가 언니 수잔에게 청혼했을 때 루비는 현관 식품저장실에 숨어 있었대. 말콤이 수잔에게 자기 아빠가 자기 이름으로 된 농장을 줬다고 말하면서 이렇게 말했대. '사랑하는 자기, 올해 가을에 결혼하자고 하면 뭐라고 할래?' 그래서 수잔은 '좋아요, 아니, 모르겠어요, 생각 좀 해볼게요'라고 대답했대. 그리고 서둘러 약혼했대. 그런 청혼은 너무 낭만이 없어. 그래서 결국 내가 최대한 상상해야 했어. 화려하고 시적으로 꾸몄지. 베르트람은 무릎을 꿇어. 루비 길리스는 요즘에 그러지 않는다고 말하지만. 제럴딘은 한 페이지나 될 정도로 긴 말을 듣고 그를 받아들여. 그 청혼문을 쓰는 게 엄청나게 힘들었어. 다섯 번이나 다시 썼거든. 그래서 나는 이 부분이 걸작이라고 생각해. 베르트람은 제럴딘에게 다이아몬드 반지와 루비 목걸이를 주고 신혼여행은 유럽으로 갈 거라고 말했지. 그는 엄청나게 부자거든. 하지만 그때부터 그들의 길에 어두운 그림자가 드리워지기 시작해. 코델리아도 남몰래 베르트람을 사랑하고 있었던 거야. 제럴딘이 약혼했다고 이야기했을 때 코델리아는 몹시 화가 났어. 특히 목걸이와 다이아몬드 반지를 보고 더 화가 났지. 제럴딘에 대한 모든 애정이 격렬한 증오로 변했고, 제럴딘이 베르트람과 절대 결혼하지 못하게 하겠다고 맹세했어. 코델리아는 여전히 제럴딘의 친구인 척하지. 어느 날 저녁 그들은 물살이 거친 강 위의 다리에 서 있었고, 둘만 있다고 생각한 코델리아는 '하하하' 웃으며 거칠게 조롱하고 제럴딘을 다리 끝으로 밀었어. 하지만 그 광경을 모두 보고 있던 베르트람이 바로 물속으로 뛰어들면서 소리쳤지. '내가 당신을 구하겠소, 나의 하나뿐인 제럴딘이여.' 하지만 어쩌니, 자기가 수영을 못 한다는 걸 깜박 잊었던 거야. 두 사람은 서로를 안은 채 물에 빠져 죽었어. 얼마 후 그들의 시체가 해안가로 떠내려왔지. 그들은 한 곳에 묻히고 장례식은 아주 인상적이었어, 다이애나. 결혼식보다 장례식으로 끝나는 이야기가 훨씬 더 낭만적이야! 코델리아는 후회로 정신이 이상해졌고 정신병원에 갇혀. 그게 그녀의 죄에 대한 시적인 응징이라고 생각했어."

매슈와 비슷한 유형의 비평가인 다이애나는 탄식하며 말했다.

"완벽하게 아름다운 이야기야! 네 머릿속에서 그런 전율 넘치는 이야기를 어떻게 만들어내는 건지 모르겠어, 앤. 나도 너처럼 상상력이 풍부하면 좋겠다."

앤은 긍정적으로 말했다.

"너도 상상력을 기르면 될 거야. 나 방금 어떤 계획이 생각났어, 다이애나. 너와 내가 이야기 클럽을 만들어서 연습 삼아 글을 써 보는 거야. 너 혼자 할 수 있을 때까지 내가 너를 도와줄게. 너는 네 상상력을 길러야 해. 스테이시 선생님도 그렇게 말씀하셨어. 우리는 올바른 길로 상상해야 해. 선생님에게 유령의 숲에 대해 이야기해드렸더니 선생님이 우리가 잘못된 방향으로 상상한다고 하셨거든."

이렇게 해서 이야기 클럽이 만들어지게 되었다. 처음에는 다이애나와 앤이 다였지만 머지않아 제인 앤드루스와 루비 길리스도 동참했고 상상력을 길러야 한다고 생각한 한두 명이 더 들어왔다. 루비 길리스가 남자아이들도 가입하면 더 재미있을 거라고 의견을 냈지만 허락받지 못했다. 회원은 각자 일주일에 한 편씩 이야기를 써야 했다.

앤은 마릴라에게 말했다.

"엄청나게 재미있어요. 아이들은 각자 자기가 쓴 글을 큰 소리로 읽고 우리는 그걸로 토론도 해요. 우리는 그 글들을 소중하게 보관해서 후손들이 그 글을 읽도록 할 거예요. 그리고 각자 필명을 써요. 제 필명은 로자먼드 몽모랑시예요. 아이들 모두 아주 잘하고 있어요. 루비 길리스는 꽤 감성적이에요. 그 애 이야기에는 사랑 이야기가 너무 많아요. 과유불급인거 아시잖아요. 제인은 사랑 얘기는 하나도 넣지 않아요. 큰 소리로 글을 읽을 때 너무 바보 같은 기분이 든대요. 제인의 이야기는 엄청나게 이성적이에요. 그리고 다이애나 이야기에는 살인이 너무 많이 등장해요. 사람들로 뭘 해야 할지 모를 때 대부분 그들을 없애려고 죽인대요. 제가 주로 아이들한테 어떤 이야기를 쓸 건지 가르쳐주지만 어렵지는 않아요. 생각나는 주제가 무궁무진하게 많으니까요."

마릴라는 앤을 나무랐다.

"내가 보기에는 이 글짓기 사업이 가장 바보 짓 같구나. 네 머릿속에는 쓸데없는 것들만 가득해서 공부에 쏟아야 할 시간을 낭비하고 있어. 그런 이야기를 읽는 것도 나쁜데, 그걸 쓰는 건 더 나빠."

앤은 설명했다.

"하지만 우리는 신중하게 이야기 속에 교훈도 넣고 있어요, 마릴라 아주머니. 저는 그걸 고집하죠. 좋은 사람들이 보상받고 나쁜 사람들은 그에 맞는 벌을 받아요. 유익한 효과가 분명히 있다고 확신해요. 도덕적 교훈은 위대한 거니까요. 앨런 목사님도 그리 말씀하셨어요. 앨런 목사님과 앨런 선생님께 제가 쓴 이야기를 하나 읽어드렸더니, 두 분 모두 도덕적으로 훌륭하다고 동의하셨어요. 다만 잘못된 곳에서 웃으셨죠. 저는 사람들이 우는 게 더 좋아요. 제가 슬픈 부분을 읽을 때면 제인과 루비는 거의 항상 울어요. 다이애나가 조세핀 고모할머니에게 보내는 편지에 우리 클럽 이야기를 썼어요. 그랬더니 할머니가 답장에서 우리가 쓴 이야기를 좀 보내달라고 하셨대요. 그래서 제일 잘 쓴 네 편을 베껴서 보내드렸어요. 다시 답장을 보내주셨는데, 평생 살면서 이렇게 재미있는 걸 읽은 적이 없대요. 저희는 그게 좀 의문인 게, 그 이야기는 모두 슬프고 거의 모든 등장인물이 죽거든요. 하지만 배리 할머니가 좋아하셨다니 기뻐요! 우리 클럽이 이 세상에 조금이라도 좋은 일을 하고 있다는 증거니까요. 앨런 선생님은 모든 일에 목표가 있어야 된다고 말씀하셨어요. 저는 목표를 세우려고 노력하고 있지만 재밌는 일이 생기면 자꾸 잊어버려요. 제가 어른이 되면 조금이라도 앨런 선생님과 닮았으면 좋겠어요. 그럴 가능성이 있다고 생각하세요, 마릴라 아주머니?"

마릴라는 용기를 주는 대답을 해주었다.

"상당히 많다고 말하진 못하겠구나. 그래도 앨런 부인이 너처럼 바보 같고 건망증 있는 아이는 아니었을 것 같은데……."

앤은 심각하게 말했다.

"아니었겠죠. 하지만 선생님도 언제나 지금처럼 그랬던 건 아니었어요. 선생님이 말씀해주셨는데, 어릴 때 장난기가 굉장히 많아서 늘 말썽에 휘말렸대요. 그 이야기를 듣고 제가 얼마나 용기를 얻었는지 몰라요. 마릴라 아주머니, 다른 사람이 말썽꾸러기였다는 이야기를 듣고 용기를 얻는 제가 못된 건가요? 린드 아주머니는 그렇다고 했어요. 린드 아주머니는 아무리 어려도 누가 버릇없이 행동했다는 이야기를 들으면 언제나 충격을 받는대요. 그리고 어떤 목사님이 어렸을 때 숙모의 찬장에서 딸기 파이를 훔친 적이 있다고 고백하는 걸 들은 적이 있다고 했어요. 그 뒤에 그 목사님을 다시는 존경할 수가 없었대요. 그런데 저는 그런 식으로 생각하지 않아요. 그걸 고백하는 건 정말 숭고한 일이라고 생각했어요. 그리고 지금 말썽부리는 어린 남자아이들에게 지금 나쁜 짓을 했지만 나중에 자라서 목사님처럼 훌륭하게 될 수 있다는 걸 알려주면 용기를 주는 일이라고 생각했어요. 저는 그렇게 생각해요, 마릴라 아주머니."

마릴라는 말했다.

"지금 내가 생각하는 건 네가 저 설거지를 벌써 한참 전에 끝냈어야 한다는 거야, 앤. 네가 수다를 떤다고 30분이나 시간이 더 걸렸어. 먼저 일부터 끝내놓고 그다음에 말하는 법을 배우도록 해라."

27. 빨간 머리를 녹색으로 염색하다

4월의 어느 저녁, 자선 모임에 다녀오던 마릴라는 젊고 행복한 사람뿐만 아니라 늙고 슬픈 사람에게도 겨울은 끝나고 기분 좋은 봄이 찾아온다고 생각했다. 마릴라는 자신의 생각과 감정을 두고 개인적으로 분석하지 않았다. 마릴라는 자선협회와 헌금 상자와 교회 제의실의 새 카펫을 생각하고 있다고 믿었다. 하지만 이런 생각 뒤에는 지는 해 아래로 연한 자줏빛 안개로 둘러싸인 붉은 들판과 뾰족한 전나무가 시냇가 뒤의 목초지까지 그림자를 길게 드리운 모습, 거울 같은 숲의 연못 주위로 진홍색 꽃봉오리를 피고 서 있는 단풍나무, 회색 땅 아래에서 깨어나고 있는 세상의 희미한 박동을 느꼈다. 땅 위에 봄은 널리 퍼졌고 마음속 깊은 곳에서 기쁨이 차올라 중년인 마릴라의 차분한 발걸음이 한결 가볍고 재빨랐다.

초록 지붕 집을 향한 마릴라의 시선에는 애정이 가득 담겼다. 나무들 사이로 햇살이 창문에 반사되어 빛줄기가 번뜩였다. 축축한 길을 따라 조심조심 걷던 마릴라는 난로에는 장작이 활활 타고 식탁에 저녁이 준비되어 있는 집으로 돌아간다는 생각에 마음이 뿌듯했다. 앤이 초록 지붕 집에 오기 전에는 자선 모임에 갔다 돌아오는 저녁마다 차가운 집이 기다리고 있었다.

그래서 마릴라가 부엌에 들어갔을 때 불은 꺼져 있고 앤은 어디에도 보이지 않자 실망감이 몰려오고 화도 났다. 앤에게 분명히 다섯 시까지 차를 준비해놓으라고 일러두었건만, 지금 마릴라는 두 번째로 좋은 옷을 서둘러 벗고 밭을 갈러 간 매슈가 돌아오기 전에 직접 저녁을 준비해야만 했다.

"앤이 집에 돌아오면 이 일을 따끔히 야단쳐야겠어요."

마릴라는 불을 살리려고 조각칼로 불쏘시개에 불을 붙이면서 무섭게 말했다. 필요한 것보다 훨씬 많이 활활 피웠다. 매슈는 돌아와 한쪽 구석에서 참을성 있게 식사를 기다리고 있었다.

"앤은 다이애나와 돌아다니고 있거나 글을 쓴다느니 연극 대사를 연습한다느니 하는 그런 멍청한 짓을 하느라 시간이나 자기가 해야 할 일 같은 건 절대 생각하지 못하고 있을 거예요. 당장 그런 일을 그만두게 해야겠어요. 앨런 부인이 누구보다 앤이 똑똑하고 상냥하다는 말을 했어도 나는 신경 쓰지 않아요. 앤은 물론 똑똑하고 상냥하지만 그 아이 머릿속에는 터무니없는 것들로 가득 차 있고, 또 무슨 일을 저지를지 알 수가 없어요. 이상한 짓이 끝났다 생각하면 또 다른 일로 사람을 놀라게 하죠. 그렇잖아요! 오늘 자선 모임에서 린드 부인이 한 말 때문에 얼마나 짜증났는지 몰라요. 앨런 부인이 앤 편을 들어줘서 정말 기뻤어요! 앨런 부인이 없었다면 나는 사람들 앞에서 레이철에게 아주 모질게 한마디 말했을 거예요. 앤은 결점이 많죠. 그건 모두가 다 아는 사실이에요. 나는 부정할 마음도 없어요. 하지만 그 아이를 키우는 건 나라고요. 레이철 린드가 아니란 말이죠. 레이철은 에이번리 마을에 가브리엘 천사가 살았다면 그에게도 흠을 잡을 사람이에요. 앤도 마찬가지예요. 내가 오늘 오후에 집에 있으면서 몇 가지 일 좀 해놓으라고 말했는데, 이렇게 또 집을 비우다니! 앤이 아무리 결점이 많다고 해도 반항한다거나 믿을 수 없게 행동하진 않았는데, 이제는 그러는 것 같아서 정말 안타까워요!"

"나는 잘 모르겠구나."

인내심 많고 지혜롭지만 무엇보다 지금 배가 고팠던 매슈는 마릴라가 분노를 다 쏟아낼 때까지 방해하지 않는 게 현명한 일이라고 여겼다. 마릴라는 부적절한 논쟁으로 시간을 끌지 않으면 무슨 일이든 생각보다 훨씬 빨리 끝낸다는 걸 경험상 알고 있었다.

"네가 너무 성급하게 판단하는 것 같아, 마릴라. 앤이 네게 반항한다는 확신이 들기 전까지는 앤을 신뢰할 수 없다는 말은 하지 마라. 아마 모두 설명해줄 거야. 앤은 설명을 아주 잘하니까."

마릴라는 반박했다.

"내가 집에 있으라고 했는데도 여기에 없잖아요. 이번에는 앤도 내가 납득할 만한 설명을 하기 어려울 거예요. 물론 오라버니는 늘 앤 편이라는 걸 알아요. 하지만 그 아이를 키우는 건 오라버니가 아니라 나라고요."

저녁 준비가 끝났을 때는 이미 어두워졌다. 하지만 앤은 여전히 나타나지 않았다. 자신이 할 일을 잊어버렸다는 사실을 떠올리고 후회하면서 헐레벌떡 통나무 다리나 연인의 길을 건너고 있을 것이다. 마릴라는 화가 난 채 설거지를 하고 그릇들을 정리했다. 그리고 지하창고에 내려가는 길에 초를 가지러 동쪽 방으로 올라가 평소처럼 앤의 탁자 옆에 섰다. 불을 켜고 돌아서다 침대에 누워 베개에 얼굴을 묻은 앤을 발견했다.

마릴라는 깜짝 놀라 물었다.

"어머나! 너 잠들었던 거니, 앤?"

앤은 숨죽인 목소리로 대답했다.

"아니요!"

마릴라는 걱정스럽게 물으며 침대로 다가갔다.

"그럼 어디가 아픈 거니?"

앤은 영원히 사람의 눈에 띄지 않길 바라는 것처럼 베개 속으로 더 깊이 파고들었다.

"아니에요. 제발, 마릴라 아주머니! 저를 보지 마시고 나가 주세요. 지금 저는 절망의 늪에 빠져 누가 1등인지, 누가 작문을 제일 잘했는지, 주일학교 성가대에서 누가 노래를 부르는지 같은 건 상관없어요. 그런 것들은 조금도 중요하지 않아요. 저는 다시는 어디든 갈 수 없을 테니까요. 제 생활은 끝났어요. 제발, 마릴라 아주머니, 저를 보지 마시고 나가주세요."

마릴라는 어리둥절해서 다시 물었다.

"무슨 소린지 도통 모르겠다. 앤 셜리, 도대체 무슨 일이 있었던 거야? 무슨 짓을 한 거니? 지금 당장 일어나서 말해. 지금 당장. 도대체 무슨 일이니?"

자포자기한 앤은 마릴라의 말대로 일어났다.

"제 머리 좀 보세요, 마릴라 아주머니."

마릴라는 촛불을 들어 등으로 무겁게 흘러내린 앤의 머리카락을 유심히 살펴보았다. 앤의 모습은 분명히 아주 이상했다.

"앤 셜리, 네 머리에 무슨 짓을 한 거니? 이건 녹색이잖아!"

세상에 그런 색이 있다면 녹색에 가장 가까울 것이다. 앤의 머리카락 색은 이상하고, 칙칙하고, 구릿빛이 나는 녹색이었다. 원래의 빨간 머리가 여기저기 삐져나와 색을 더 밝아 보이게 하는 끔찍한 효과를 냈다. 마릴라도 평생 살면서 그 순간의 앤의 머리처럼 기괴한 것은 보지 못했다.

앤은 탄식했다.

"그래요, 녹색이에요. 저는 빨간 머리만큼 나쁜 건 없다고 생각했어요. 그런데 이제는 녹색 머리가 열 배는 더 안 좋아요. 아, 마릴라 아주머니! 제가 지금 얼마나 비참한지 아주머니는 모르실 거예요."

마릴라는 말했다.

"네가 어쩌다 이런 곤경에 빠졌는지 전혀 모르겠다만, 아무튼 꼭 알아야겠어. 우선, 부엌으로 내려가자. 여긴 너무 춥구나! 그리고 네가 무슨 짓을 한 건지 말해봐라. 언젠가 이상한 짓을 저지를 거라 예상은 하고 있었지. 너는 두 달 넘게 사고를 치지 않았으니 무슨 일이 생길 때가 됐다 싶었어. 그래서 도대체 머리에다 뭘 한 거니?"

"염색했어요."

"염색했다고! 머리를 염색했단 말이냐! 앤 셜리, 그게 나쁜 짓이라는 걸 몰랐니?"

앤은 인정했다.

"네, 조금 나쁜 짓이라고는 알고 있었어요. 하지만 빨간 머리를 벗어날 수 있다면 조금은 나쁜 짓을 해도 된다고 생각했어요. 대가도 치르려고 했어요, 마릴라 아주머니. 다른 방식으로 그 죄를 만회할 좋은 일들을 많이 하면 될 거라고 생각했어요."

마릴라는 비꼬는 투로 말했다.

"글쎄다. 내가 머리를 염색할 결심까지 했다면 적어도 색이라도 괜찮은 색으로 염색했을 거다. 녹색으로는 염색하지 않았을 거야."

낙심한 앤은 변명했다.

"저도 녹색으로 염색할 생각은 없었다고요, 마릴라 아주머니. 제가 아무리 못됐더라도 설마 일부러 그랬겠어요? 그 사람이 제 머리가 까마귀처럼 아름다운 검은색으로 바뀔 거라고 말했단 말이에요. 저한테 분명히 그럴 거라고 장담했다고요. 그러니 그 사람의 말을 어떻게 의심할 수 있겠어요, 마릴라 아주머니. 자기 말을 의심받는 기분을 저는 잘 알아요. 그리고 앨런 선생님은 누군가 진실을 말하지 않는다는 증거가 확실하지 않는 한 절대 거짓말했다고 의심하면 안 된다고 하셨어요. 이제는 증거가 있네요. 녹색

머리는 누가 보더라도 분명한 증거예요. 하지만 그때는 증거가 없었으니 무조건 그 사람이 하는 말은 모두 믿을 수밖에요."

"그 사람이 누구니? 누가 너한테 그런 이야기를 했니?"

"행상인이 오늘 오후에 여기에 왔었어요. 그 아저씨한테 염색약을 샀어요."

"앤 셜리, 그런 이탈리아인을 절대 집 안에 들이지 말라고 내가 몇 번을 말했니. 그런 사람이 집 주변에 돌아다니는 게 난 정말 싫다."

"아, 그 아저씨를 집에 들어오게 하지는 않았어요. 아주머니가 하신 말씀을 기억해서 제가 밖으로 나갔죠. 조심스럽게 문을 닫고 현관에서 물건들을 봤어요. 게다가 그 아저씨는 이탈리아 사람도 아니었어요. 독일계 유대인이었죠. 그 아저씨는 재미난 것들로 가득 찬 큰 상자를 가지고 와서, 독일에서 아내와 아이들을 데려올 수 있을 만큼 돈을 많이 벌기 위해 열심히 일한다고 말했어요. 그런 이야기를 아주 격정적으로 해서 저는 감동을 받기도 했어요. 그런 가치 있는 목적이라면 뭔가를 사서 그 아저씨를 돕고 싶었어요. 바로 그때 머리 염색약 병을 발견한 거예요. 그 행상인 아저씨가 그걸로 머리를 염색하면 아름다운 검은색으로 염색되고 물이 빠지지 않을 거라고 장담했어요. 그 순간, 아름다운 검은색 머리를 한 제 모습을 상상했죠. 거부할 수 없는 유혹이었어요. 하지만 한 병 가격이 75퍼센트였는데, 저한테는 50센트밖에 없었어요. 저는 행상인 아저씨 마음씨가 아주 착하다고 생각했어요. 아저씨는 그 약을 제가 발견했으니 50센트에 팔겠다며, 그리고 그건 거저 주는 거나 마찬가지라고 말했으니까요. 그래서 저는 그 약을 사서 아저씨가 떠나자마자 얼른 이 방으로 올라와 설명서에 적힌 대로 오래된 빗으로 그 약을 머리에 발랐어요. 한 병을 다 썼죠. 아, 마릴라 아주머니! 제 머리가 끔찍한 색으로 변한 걸 봤을 때 저는 나쁜 짓을 한 걸 깨닫고 후회했어요. 정말이에요. 그 어느 때보다도 더 뉘우치고 있어요."

마릴라는 엄한 표정으로 말했다.

"좋은 뜻으로 회개하기를 바란다. 눈을 똑바로 뜨고 네 허영심이 너를 어떻게 만들었는지 잘 봐라, 앤. 도대체 어째야 하니? 우선 머리를 깨끗이 감고 나서 효과가 좀 있는지 보자꾸나."

그래서 앤은 비누와 물로 머리카락을 박박 문질러 씻었지만 원래의 빨간 머리가 안 씻겼듯이 초록색도 달라지지 않았다. 행상인의 다른 말은 전부 거짓말이었어도 염색이 지워지지 않는다고 했던 말은 분명한 진실이었다.

앤은 울면서 물었다.

"아, 마릴라 아주머니, 저는 어쩌면 좋아요? 이렇게 살 수는 없어요. 사람들은 제가 한 다른 실수들은 잘 잊었어요. 진통제 케이크나 다이애나를 취하게 한 것, 린드 아주머니에게 성질을 낸 것들 말이에요. 하지만 이번 일은 절대 잊지 않을 거예요. 제가 정말 이상한 아이라고 생각할 거예요. 아, 마릴라 아주머니, '우리가 처음 거짓말할 때 얼마나 촘촘하게 거미줄을 짰는가.' 이런 시구가 있는데, 정말이에요. 아, 조시 파이가 얼마나 비웃을까요! 마릴라 아주머니, 저는 조시 파이 얼굴을 볼 수 없어요. 저는 프린스에드워드 섬에서 가장 불행한 아이예요."

앤의 불행은 일주일간이나 계속되었다. 그 시간 동안 앤은 아무데도 가지 않았고, 매일 머리를 시간을 오래 들여 감았다. 외부인 중 유일하게 다이애나만 이 치명적인 비밀을 알고 있었다. 하지만 누구에게도 절대 말하지 않기로 엄숙하게 약속했다. 현재까지 그 비밀은 잘 지켜지고 있었다. 그 주 주말에는 마릴라가 단호하게 말했다.

"소용이 없구나, 앤. 방법이 있다면 다른 색으로 염색하는 거겠지. 그러니 네 머리를 잘라야겠다. 다른 방법이 없어. 그런 모습을 하고 밖에 나갈 수는 없잖니?"

앤은 입술을 떨었지만 마릴라가 한 말이 쓰디쓴 진실이라는 사실을 잘 알고 있었다. 앤은 울적하게 한숨을 쉬고 가위를 가지러 갔다.

"당장 잘라주세요, 마릴라 아주머니. 끝내버릴래요. 가슴이 찢어지는 기분이에요. 이건 정말 낭만적이지 않은 고통이에요. 책에서는 여자 주인공이 열병에 걸려 머리카락을 잃거나 좋은 목적으로 돈을 벌기 위해 머리카락을 팔았어요. 저도 그런 방식으로 제 머리카락을 잘라야 한다면 괜찮았을 거예요. 하지만 끔찍한 색깔로 염색을 했기 때문에 머리카락을 잘라야 한다니 어떤 것으로도 위로가 안 되네요, 그렇지 않나요? 아주머니가 제 머리카락을 자르는 동안 방해가 안 된다면 저는 계속 울겠어요. 이건 정말 비극적인 일이에요."

앤은 그때는 울었지만 나중에 위층에 올라가 거울을 보고는 절망에 빠져 오히려 차분해졌다. 마릴라는 철저하게 자기가 맡은 바를 다해야 했기에 가능한 한 짧게 잘랐다. 아무리 좋게 말하려고 해도 앤에게 그 머리는 어울리지 않았다. 앤은 즉시 거울을 벽 쪽으로 돌려놓았다.

앤은 격렬하게 소리쳤다.

"머리가 다시 자라기 전까지 나는 절대, 절대 내 모습을 보지 않을 거야."

그러다 앤은 갑자기 거울을 바로 돌려놓았다.

"아니야. 못된 짓을 했으니 속죄하는 거야. 내 방에 들어올 때마다 내 모습을 보면서 얼마나 못생겼는지 확인하는 거야. 그리고 상상도 하지 않을 거야. 나는 무엇보다 내 머리에는 허영심이 없다고 생각했지만 이제는 있었다는 걸 깨달았어. 내 머리카락은 빨간색이었지만 아주 길고 두껍고 구불구불했으니까. 다음에는 내 코에 어떤 일이 생길지 몰라."

다음 주 월요일, 짧은 머리의 앤은 학교에서 화제를 불러모았다. 다행인 것은 아무도 진짜 이유를 추측하지 못했다는 것이다. 조시 파이조차 그 이유를 몰랐지만 앤에게 허수아비처럼 보인다고 말했다.

그날 저녁, 앤은 두통이 와서 소파에 누워 있는 마릴라에게 털어놓았다.

"조시가 저한테 그런 말을 했을 때 저는 아무 말도 하지 않았어요. 그것도 제가 받아야 하는 벌의 일부라고 생각해서 침착하게 참아야 했죠. 허수아비 닮았다는 소리를 듣고 참는 건 정말 어려운 일이에요. 그래서 한마디 돌려주고 싶었지만, 저는 그러지 않았어요. 한 번 경멸하는 시선만 던지고 그 아이를 용서했어요. 사람을 용서하면 도덕적으로 훌륭한 기분이 들어요, 그렇지 않나요? 이제부터 저는 온 힘을 다해 착한 일을 할 셈이에요. 그리고 다시 예뻐지기 위해 노력하지 않을 거예요. 물론 착하게 되는 게 더 좋잖아요. 그걸 알고 있지만 이따금 알고 있을 때조차 믿기 어려운 게 있어요. 저는 정말 착해지고 싶어요, 마릴라 아주머니. 아주머니나 앨런 선생님이나 스테이시 선생님처럼요. 그리고 그렇게 착하게 자란다면 그건 다 아주머니 덕분이에요. 다이애나는 제 머리가 자라기 시작하면 검은 벨벳 리본을 머리에 둘러서 한쪽으로 묶으래요. 그러면 아주 잘 어울릴 것 같다고 했어요. 저는 그걸 스누드라고 부를 거예요. 낭만적으로 들리거든요. 그런데 제가 너무 많이 떠들고 있나요, 마릴라 아주머니? 말을 너무 해서 두통이 더 심해지신 거 아니에요?"

"두통은 이제 괜찮아졌어. 그렇지만 오늘 오후엔 끔찍하게 아팠단다. 내 두통이 점점 더 심해지고 있어. 의사를 만나봐야겠다. 이젠 좀 익숙해졌는지 네 수다가 그리 신경 쓰이진 않는단다."

마릴라는 앤의 이야기가 듣기 좋다는 말을 이런 식으로 표현했다.

28. 앤을 위기에서 구해준 길버트

"당연히 네가 일레인을 해야지, 앤. 나는 그렇게 떠내려갈 용기가 없어."

다이애나가 말하자, 루비 길리스도 떨면서 말했다.

"나도 자신 없어. 두 명이나 세 명이 같이 배를 타고 앉아서 떠내려갈 수 있으면 괜찮아. 그건 재밌을 거야. 하지만 누워서 죽은 척하는 건 할 수 없어. 정말 무서워서 죽을 거야."

제인 앤드루스가 인정했다.

"물론 그건 낭만적일 거야. 하지만 나도 가만히 있을 수는 없을 거야. 매 순간 일어나서 내가 어디쯤인지, 너무 멀리 떠내려가지 않았는지 보게 될 거라고. 너도 알잖아, 앤. 그러면 다 망쳐버리는 거야."

앤은 슬프게 말했다.

"하지만 빨간 머리 일레인은 너무 우습잖아. 나는 떠내려가는 건 무섭지 않고 일레인도 정말 하고 싶어. 하지만 똑같이 우스울 거라고. 루비가 일레인을 해야 돼. 루비는 피부도 하얗고 아름다운 긴 금발머리니까. 너희도 알다시피 일레인은 '밝고 긴 머리카락을 늘어트려야 해.' 그리고 일레인은 백합 아가씨잖아. 빨간 머리는 백합 아가씨가 될 수 없어."

다이애나는 진심으로 말했다.

"네 피부도 눈만큼 하얘. 그리고 머리카락 색은 자르기 전보다 훨씬 진해졌는걸."

앤은 기뻐서 얼굴을 약간 붉혔다.

"아, 정말 그렇게 생각하니? 나 혼자 가끔 생각했거든. 하지만 아니라는 대답을 들을까 봐 두려워서 누구에게도 물어볼 용기가 안 났어. 이제는 적갈색이라고 말할 수 있을까, 다이애나?"

다이애나는 발랄한 검은색 벨벳 리본으로 묶은 앤의 짧고 부드러운 머리를 감탄하듯 바라보면서 말했다.

"그럼, 그리고 진짜 예뻐!"

그들은 비탈길 과수원 아래에 있는 연못 둑에 서 있었다. 그곳에서부터 자작나무들이 둘러싼 조금 뾰족하게 튀어나온 곳이 있었다. 그 끝에는 낚시꾼과 오리 사냥꾼들이 편의를 위해 나무로 만든 작은 나루가 있었다. 한여름 오후 루비와 제인은 다이애나와 놀고 있었고, 앤도 그들과 함께 놀기 위해 왔다.

앤과 다이애나는 여름 내내 그 연못 근처에서 놀았다. 한가한 황무지는 과거의 장소가 되어버렸다. 지난봄에 벨 씨가 집 뒤쪽 목초지에 둥글게 자라 있던 나무들을 무자비하게 다 잘랐기 때문이다. 앤은 잘려나간 나무 그루터기에 앉아서 그곳의 낭만을 떠올리며 눈물을 흘렸다. 하지만 금방 회복되었다. 앤과 다이애나가 말했듯, 열네 살을 앞둔 열세 살이나 된 큰아이들이 어린아이처럼 놀이 집에서 놀기엔 나이에 어울리지 않았을 뿐 아니라 연못 근처에서 더 매력적인 놀이를 찾았기 때문이다. 다이애나와 앤은 다리 위에서 송어를 잡는 일도 즐거웠고, 배리 씨가 오리잡이를 나갈 때 타던 바닥이 평평한 작은 배를 타고 노 젓는 법도 배웠다.

일레인이 나오는 연극을 만든 것은 앤의 생각이었다. 지난겨울 아이들은 학교에서 테니슨의 시를 공부했는데, 교육감이 프린스에드워드 섬의 모든 학교에서 영문학 수업에 그 시를 배우도록 지시했기 때문이다. 학생들은 그 시를 한 구절씩 떼어내어 철저하게 분석했다. 시 전체의 의미를 이해했는지는 의문이지만 최소한 금발의 백합 아가씨와 랜슬롯 경, 귀네비어와 아서왕은 그들에게 실제 인물처럼 느껴졌다. 앤은 카멜롯에 태어나지 못한 걸 남몰래 아쉬워하며 열성적으로 빠져들었고, 그 시절이 지금보다 훨씬 낭만적이라고 말했다.

앤의 계획은 열광적으로 환영받았다. 여자아이들은 나루에서 배를 세게 밀면 물이 흘러가는 대로 배가 떠내려가다가 다리 밑을 지나 마침내 연못 아래쪽의 다른 돌출부에 닿는다는 것을 발견했다. 그들은 그렇게 자주 배를 타고 내려가봤고, 일레인 연극놀이를 하기에 더할 나위 없다고 판단했다.

앤은 마지못해 항복했다. 주인공을 맡는 것은 기뻤지만 앤의 예술적 감각으로는 빨간 머리라는 자신의 한계가 그 역할에 어울리지 않는다고 생각했다.

"그럼 내가 일레인을 할게. 루비, 네가 아서왕을 하고, 제인은 귀네비어, 다이애나는 랜슬롯이야. 하지만 먼저 너희들은 오빠들과 아버지 역할을 해야 해. 늙은 벙어리 종은 못하겠다. 한 명이 누워버리면 그 배에 다른 사람이 탈 공간은 없으니까. 배를 검은 비단으로 아주 길게 덮어야 해. 다이애나, 네 엄마의 낡은 검은 색 숄이 딱 적당하겠다."

다이애나가 검은색 숄을 가져오자, 앤은 그 숄을 배에 깔고 그 위에 누워 눈을 감고 손을 가슴 위에 올렸다.

자작나무의 그림자가 앤의 하얗고 작은 얼굴에서 흔들리는 걸 보고 루비 길리스가 긴장한 듯 속삭였다.

"아, 앤이 정말 죽은 사람처럼 보여. 얘들아, 이러니까 나 정말 무서워! 이런 연극을 하는 게 정말 괜찮다고 생각하니? 린드 아주머니는 모든 연극이 지독하게 못된 짓이라고 했단 말이야."

앤은 진지하게 말했다.

"루비, 린드 아주머니 이야긴 하지 마. 이건 린드 아주머니가 태어나기 수백 년 전 일이니까 연극 효과를 망치잖아. 제인, 네가 진행해. 일레인은 죽었는데 이야기하고 있는 건 너무 바보 같아 보여."

제인은 문제에 잘 대처했다. 이불로 써야 하는 금색 천은 없었지만, 일본 크레이프천으로 만든 노란색 낡은 피아노 덮개가 훌륭한 대용품이었다. 그때 하얀 백합꽃은 구할 수 없어서 기다란 파란 붓꽃을 앤의 포갠 손에 끼우자 모두가 원하던 효과를 낼 수 있었다.

제인은 말했다.

"자, 이제 준비가 다 됐어. 우리는 앤의 차분한 이마에 입을 맞춰야 해, 다이애나. 네가 '누이여, 영원히 안녕'이라고 말하고 루비, 너는 '안녕, 사랑하는 누이여'라고 말해. 둘 다 최대한 슬프게. 앤, 너도 조금 미소 지어봐. 일레인은 미소 지은 것처럼 누워 있었어. 너도 알잖아. 그래, 이제 좀 낫다. 이제 배를 밀자."

그래서 배는 밀려 나갔고, 그 과정에서 낡은 말뚝이 세게 넘어졌다. 다이애나와 제인, 루비는 배가 물살을 따라 다리를 향해 떠내려가는 것을 지켜보다 숲 사이로 재빨리 뛰어 길을 건너서 아래쪽 돌출부로 내려갔다. 그곳에서 랜슬롯과 귀네비어와 아서왕이 백합 아가씨를 받을 준비를 해야 했다.

앤은 천천히 아래로 떠내려가면서 잠시 그 상황이 주는 낭만을 충분히 즐겼다. 그러나 곧 전혀 낭만적이지 않은 일이 벌어졌다. 배에 물이 새기 시작한 것이다. 잠시 후, 일레인은 재빨리 일어나 금색 덮개와 검은 비단을 집어 들고 말 그대로 물이 쏟아져 들어오는 바닥의 크게 갈라진 틈을 멍하니 바라보아야만 했다. 배가 출발하면서 날카로운 말뚝에 부딪혔을 때 틈이 생긴 것이었다. 앤은 이런 일은 전혀 예상도 못했지만, 자기가 위험한 상황에 빠졌다는 사실은 금방 깨달았다. 이런 식으로 가다가는 배는 아래 돌출부에 도착하기 훨씬 전에 물이 차서 가라앉고 말 것이었다. 그런데 노는 어디에 있을까? 나루에 두고 왔다!

앤은 짧게 비명을 질렀지만 아무도 듣지 못했다. 입술까지 하얗게 질렸지만 냉정을 잃지는 않았다. 기회는 딱 한 번 있을 것이다.

딱 한 번.

다음 날, 앤은 앨런 부인에게 말했다.

"정말 무시무시했어요. 배가 다리로 떠내려가는 매 순간 물이 계속 차오르는데, 마치 몇 년이 순식간에 지나간 것 같았어요. 앨런 선생님, 저는 진심으로 기도했지만 기도하면서 눈은 감지 않았어요. 하느님이 저를 구할 수 있는 유일한 방법은 배가 다리의 기둥까지 최대한 가까이 흘러가게 해서 제가 그 기둥 위로 올라가는 거였으니까요. 기둥은 오래된 나무 둥치들이라 옹이가 많고 늙은 가지가 부러지고 남은 부분이 있거든요. 기도를 하면서도 눈을 뜨고 지켜보면서 제가 할 일은 해야 했어요. '하느님 아버지. 제발 이 배를 기둥 근처까지 데려가주세요. 그러면 나머지 일은 제가 알아서 하겠습니다'라고 계속 반복해서 기도했어요. 그런 상황에서는 선생님도 멋지게 꾸며서 기도하진 못하실 거예요. 어쨌든 제 기도는 응답을 받았죠. 잠시 배가 기둥 바로 앞에 부딪혔거든요. 저는 얼른 피아노 덮개와 숄을 어깨에 걸치고 하늘이 도운 커다란 기둥의 나무토막으로 재빨리 올라갔어요. 앨런 선생님, 저는 그렇게 올라가지도 내려가지도 못한 채 미끄러운 기둥에 매달려 있어야 했어요. 너무 낭만적이지 않은 모습이었지만, 그때는 그런 생각은 하지도 못했어요. 물에 빠져 죽지 않으려고 버둥거리는 상황에서 낭만을 생각할 겨를은 없었거든요. 저는 바로 감사 기도를 한 뒤 완전히 집중해서 그 기둥을 단단히 붙잡고 있었어요. 제가 다시 땅으로 돌아가려면 누군가의 도움을 받아야만 한다는 사실을 알고 있었으니까요."

배는 다리 아래에서 표류하다 이내 물 한가운데로 가라앉았다. 아래 돌출부에서 기다리던 루비와 제인, 다이애나는 눈앞에서 배가 가라앉는 장면을 지켜보았다. 아무런 의심 없이 앤도 배와 함께 가라앉았다고 생각했다. 그들은 눈앞에서 펼쳐진 비극에 경악해 하얗게 질린 채로 얼마 동안 움직이지도 못하고 가만히 서 있었다. 잠시 후, 목청껏 비명을 질러 대며 숲으로 정신없이 뛰어가기 시작했다. 큰길을 건너면서도 그 다리를 계속 쳐다보았다. 앤은 나무토막에 필사적으로 매달려 친구들이 뛰어가는 모습을 보았고 그들의 비명소리도 들었다. 곧 도와주러 오겠지만 기다리는 동안 앤은 굉장히 불편한 자세로 매달려 있어야 했다.

몇 분이 지났다. 불운한 백합 아가씨에게는 1분이 한 시간 같았다. 왜 아무도 안 오는 거지? 저 아이들은 어디로 간 거야? 모두가 기절한 게 아닐까? 정말 아무도 오지 않는 걸까? 점점 지치고 경련이 나서 더 잡고 있을 수 없으면 어쩌지? 앤은 자기 아래로 흐르는 불길한 초록 물을 내려다보았다. 앤이 몸을 떨어 긴 그림자가 흔들렸다. 앤의 상상력이 모든 섬뜩한 일을 떠올리기 시작했다.

앤이 팔과 손목이 너무 아파서 더는 견딜 수 없다고 생각한 순간, 길버트 블라이스가 하먼 앤드루스의 작은 배를 타고 다리 아래를 지나가는 게 아닌가!

길버트는 무심히 위로 흘깃 쳐다보다가 깜짝 놀랐다. 매우 놀라기는 했으나 여전히 경멸하는 눈빛을 담은 커다란 회색 눈에 차가운 표정을 짓고 있는 작고 하얀 얼굴이 자신을 내려다보고 있었기 때문이다.

길버트는 소리쳤다.

"앤 셜리! 도대체 거기서 뭐하는 거야?"

길버트는 대답을 기다리지도 않고 기둥 가까이 다가와 손을 뻗었다. 앤은 그 손길을 피할 수 없었다. 그녀는 길버트 블라이스의 손을 꼭 붙잡고 재빨리 그 배에 탔다. 흙탕물에 젖은 앤은 물방울이 떨어지는 숄과 젖은 덮개를 팔에 꼭 안은 채 몹시 화가 난 얼굴로 앉았다. 그런 상황에서 품위를 지키는 일은 분명히 굉장히 어려웠다.

길버트가 자신의 노를 집어 들면서 물었다.

"도대체 무슨 일이 있었던 거야, 앤?"

앤은 자신을 구해준 사람에게 눈길 한 번 주지 않고 차갑게 대꾸했다.

"우리는 일레인 연극을 하고 있었어. 나는 바지선을 타고 카멜롯으로 떠내려가야 했어. 그런데 갑자기 배에 물이 새기 시작하는 바람에 그 기둥에 매달려 있었던 거야. 다른 아이들은 도움을 청하러 갔어. 나를 나루터에 내려주면 고맙겠어."

길버트는 기꺼이 나루터로 노를 저어갔다. 앤은 자신이 경멸하는 길버트의 도움을 받았다는 사실에 굴욕감을 느끼며 연못가로 민첩하게 뛰어내렸다.

앤은 오만하게 말하고 돌아섰다.

"이번 일은 굉장히 고맙게 생각할게."

하지만 길버트도 배에서 뛰어내려 앤의 팔을 붙잡고 서둘러 말했다.

"앤, 잠깐만. 우리, 좋은 친구가 될 수는 없을까? 그때 네 머리카락 색을 놀린 건 정말 미안해! 너를 화나게 하려는 의도는 전혀 없었고, 그저 장난으로 그랬던 거야. 게다가 그건 아주 오래전 일이잖아. 지금 네 머리 색깔은 아주 예쁘다고 생각해! 이건 내 진심이야! 우리, 앞으로 친하게 지내자."

앤은 잠시 망설였다. 분노로 자존심을 지키고 있었지만, 그 아래 새로운 의식이 깨어났다. 길버트의 수줍으면서도 간절한 적갈색 눈이 무척이나 보기 좋다는 이상한 생각이 들었다. 이상하게 앤의 심장이 빨리 뛰기 시작했다. 하지만 오랫동안 쌓인 씁쓸한 불만이 떠올라 잠시나마 흔들렸던 마음을 곧바로 다잡았다. 그러자 2년 전에 있었던 그 장면이 어제 일어난 일처럼 생생한 기억으로 떠올랐다. 길버트는 앤을 '홍당무'라고 놀렸고, 전체 학생들 앞에서 망신을 주었다. 다른 사람들과 어른들은 그 이유를 우습게 여길지 모르지만 앤의 분노는 시간이 지나도 좀처럼 누그러지지 않았다. '길버트 블라이스는 싫어! 절대 저 아이를 용서하지 않을 거야!'

앤은 차갑게 말했다.

"싫어! 난 너와 절대 친구가 되지 않을 거야, 길버트 블라이스. 그러고 싶지 않아!"

화가 나서 두 볼이 숯덩이처럼 붉어진 길버트가 작은 배에 뛰어오르며 말했다.

"알았어! 나도 다시는 네게 친구가 되자고 하지 않을 거야, 앤 셜리! 이젠 신경도 쓰지 않을 거야!"

길버트는 재빨리 거칠게 노를 저어 갔고, 앤은 단풍나무들 아래로 고사리가 많이 자란 경사진 길을 따라 올라갔다. 앤은 고개를 빳빳이 들었지만, 이상하게 후회되는 기분이 들었다. 사실, 앤은 길버트에게 뭔가 다르게 대답하고 싶었다. 물론 길버트는 자신을 끔찍하게 모욕했지만, 그래도! 앤은 앉아서 실컷 울면 위로가 될 거라고 생각했다. 놀란 데다 경련이 일 정도로 힘들게 기둥에 매달려 있다가 갑자기 긴장이 풀려 그런 감정이 들만도 했다.

앤은 그 길 중간쯤에 이르러 연못으로 다시 달려가는 제인과 다이애나를 만났다. 그들은 미친 듯이 흥분한 상태에서 가까스로 정신을 차린 뒤였다. 제인과 다이애나는 비탈길 과수원집에서 아무도 찾지 못했다. 배리 부부는 외출 중이었다. 루비 길리스가 히스테릭 발작을 일으켜 회복하라고 남겨두고 제인과 다이애나는 유령의 숲과 시내를 지나 초록 지붕 집으로 달려갔다. 그러나 거기에는 아무도 없었다. 마릴라는 카모디에 갔고, 매슈는 집 뒤 들판에서 건초를 거두고 있었기 때문이다.

숨도 제대로 못 쉬는 다이애나가 앤을 덥석 안고 안도와 기쁨의 눈물을 흘렸다.

"아, 앤. 앤, 우리는 네가…… 익사했다고…… 생각했어……. 우리가 모두 살인자가 된 것만 같았어……. 네가 일레인 역을 맡아야 한다고 우리가 고집을 부렸으니까. 루비는 히스테리 발작을 일으켰어. 그런데 앤, 어떻게 그곳을 빠져나왔니?"

녹초가 된 앤은 상황을 설명했다.

"기둥에 매달려 있는데, 길버트 블라이스가 앤드루스 씨의 배를 타고 지나가다가 나를 땅에 내려줬어."

마침내 숨을 고른 제인은 감탄하며 말했다.

"와, 앤, 길버트는 정말 멋지구나! 정말 낭만적이다! 그럼 이제부터 넌 길버트와 친하게 지내겠구나?"

불현듯 옛 영혼이 잠깐 돌아온 것처럼 앤은 말했다.

"아니, 그렇지 않을 거야. 나는 이제 '낭만'이라는 단어는 듣고 싶지도 않아, 제인 앤드루스. 너희들을 너무 놀라게 해서 미안해! 그건 전부 내 잘못이야. 난 기구한 운명을 타고난 게 분명해. 내가 뭘 하기만 하면 나와 내가 아끼는 친구들까지 곤경에 빠지니 말이야. 네 아버지의 배를 잃어버렸어, 다이애나. 이제 우리는 더는 연못에서 배를 타지 못할 거라는 예감이 들어."

앤의 예감은 적중했다. 그날 오후의 사건을 알게 된 배리 부부와 커스버트 네는 엄청나게 놀랐다.

마릴라는 한탄했다.

"앞으로는 생각이란 걸 좀 하고 살래, 앤?"

앤은 낙관적으로 대답했다. 한참 동안 동쪽 방에 혼자 있으면서 마음껏 울었더니 긴장이 풀리고 평소의 활기도 되찾은 덕분이었다.

"네. 그럴 거예요, 마릴라 아주머니. 제가 철이 들 가능성이 어느 때보다 높아졌어요."

마릴라가 말했다.

"내 눈엔 그렇게 보이지 않는데."

앤은 차분히 설명했다.

"오늘 소중한 교훈을 새로 얻었거든요. 초록 지붕 집에 온 이후로 저는 실수를 많이 했고, 그때마다 제 결점을 하나하나 고치는

데 많은 도움이 됐어요. 자수정 브로치 사건은 제 것이 아닌 물건에 절대 손을 대면 안 된다는 걸 확실히 알게 해주었지요. 유령의 숲은 제 상상력을 제어할 수 있게 해주었고요. 또, 진통제 케이크는 요리할 때 부주의한 점을 고치게 해주었어요. 머리카락을 염색한 실수는 허영심을 고쳐주었지요. 전 이제 머리카락 색과 코에 대해서는 조금도 신경 쓰지 않아요. 그리고 오늘 한 실수는 낭만만 찾던 저를 고쳐줄 거예요. 에이번리 마을에서 낭만을 찾으려고 노력하는 것은 아무 소용도 없다는 결론을 내렸어요. 아마 몇백 년 전의 카멜롯에서 낭만을 찾는 게 훨씬 쉬울 거예요. 하지만 지금은 낭만이 인정받는 시대가 아니에요. 앞으로 확실히 나아진 제 모습을 보시게 될 거예요, 마릴라 아주머니."

마릴라는 회의적으로 말했다.

"나도 그렇게 되기를 바란다."

하지만 구석에서 말없이 앉아 있던 매슈는 마릴라가 나가자, 앤의 어깨에 손을 얹고 나직이 말했다.

"네 낭만을 전부 포기하진 마라, 앤. 낭만이 조금 있는 건 괜찮아! 너무 과하지만 않으면 돼. 그러니 낭만을 조금은 가지고 있어, 앤. 조금은."

29. 환상적인 추억으로 남은 샬럿타운 방문

앤은 뒤쪽 목초지에서 연인의 길로 소들을 몰고 다가오고 있었다. 9월의 어느 저녁이었다. 숲속의 모든 빈터와 틈은 다홍색 일몰빛으로 가득 채워졌다. 길 여기저기에도 빛이 들었지만 단풍나무 아래에는 이미 어둠이 내렸다. 전나무 아래에도 와인 같은 맑은 자줏빛으로 채워졌다. 나무 꼭대기에서 바람이 불어왔다. 이 땅에서 저녁 무렵 바람에 흔들리는 전나무 소리만큼 더 달콤한 음악은 없었다.

소들은 그 길을 따라 조용히 걸어가고, 앤은 꿈을 꾸듯 그들을 따라가면서 월터 스콧의 시 「마미온」에 나오는 전투 장면을 소리 내어 외웠다. 이 시 또한 지난겨울 영문학 수업 시간에 스테이시 선생님이 외우라고 한 것이었다. 앤은 돌진하는 창들이 부딪치는 모습을 상상했다.

완강한 창병들은 여전히 만들었다
관통할 수 없는 어두운 숲을

앤은 황홀함에 취해 가던 길을 잠시 멈추고 서서 눈을 감고 영웅적인 한 장면에 자신이 들어간 듯 상상에 빠졌다. 눈을 다시 뜨자, 배리 씨네 들판으로 난 문에서 다이애나가 나오는 게 보였다. 다이애나의 표정이 무척 진지해 보여 앤은 곧바로 새로운 소식이 있을 거라고 추측했다. 앤은 무척 궁금했지만, 티를 내지는 않았다.

"오늘 저녁은 자줏빛 꿈같지 않니, 다이애나? 살아 있다는 게 정말 기뻐! 아침에는 언제나 아침이 제일 좋다는 생각이 들지만 저녁이 되면 저녁이 더 아름답다고 생각해."

다이애나는 말했다.

"정말 멋진 저녁이야! 새로운 소식이 있어, 앤. 맞춰봐. 세 번까지 봐줄게."

앤은 큰 소리로 말했다.

"샬롯 길리스가 교회에서 결혼하기로 했는데, 앨런 선생님이 우리에게 그곳 장식을 맡기시는 거야."

"아냐. 샬롯의 남자친구는 그 의견에 찬성하지 않을 거야. 아직 아무도 교회에서 결혼한 적이 없으니까. 그는 교회에서의 결혼식이 장례식처럼 보인다고 생각한대. 그러면 재밌을 텐데, 너무 야속하다. 다시 맞춰봐."

"제인의 엄마가 제인을 위해 멋진 생일 파티를 열어주시기로 했어?"

다이애나는 고개를 저었고, 검은 눈동자가 즐겁게 흔들렸다.

좌절한 앤은 말했다.

"잘 모르겠어. 무디 스퍼전 맥퍼슨이 어젯밤 기도 모임이 끝나고 너를 집에 데려다주기라도 했니?"

다이애나는 화를 내며 소리쳤다.

"무슨 소리야! 그 애가 설령 그랬다고 해도 나는 자랑하지 않을 거야. 그 애는 정말 끔찍하다고! 아무래도 너, 맞추기 힘들겠다. 엄마가 오늘 조세핀 고모할머니께 편지를 받았는데, 할머니가 다음 주 화요일에 너와 나를 샬럿타운에 초대해서 박람회에 함께 가고 싶어 하신대."

앤은 너무 놀란 나머지 단풍나무에 기대야겠다고 생각하고 속삭였다.

"와, 다이애나! 그게 정말이야? 하지만 마릴라 아주머니가 보내주시지 않으면 어쩌지? 마릴라 아주머니는 밖으로 나다니는 걸 별로 좋아하지 않으셔. 지난주에 제인이 화이트 샌즈 호텔에서 열리는 미국인 발표회에 2인석 마차를 타고 같이 가자고 했을 때 그렇게 말씀하셨거든. 나는 정말 가고 싶었지만, 마릴라 아주머니는 집에서 공부하는 게 더 낫겠다고 하셨어. 제인도 그렇고. 그때 내가 얼마나 실망했다고, 다이애나. 너무 비참해서 자기 전에 기도도 안 했어. 하지만 기도 안 한 게 후회돼서 한밤중에 일어나서 결국 하고 잤지만."

다이애나는 말했다.

"우리 엄마가 마릴라 아주머니에게 부탁하면 될 거야. 그러면 아주머니도 너를 보내주시기 좀 더 쉽지 않을까? 아주머니가 허락해 주시면 우리는 우리만의 즐거운 시간을 보내는 거야, 앤. 나는 박람회에 가본 적이 없어서 다른 애들이 다녀온 이야기를 하면 너무 약이 올랐어. 제인과 루비는 벌써 두 번이나 가봤고, 게다가 올해에 또 갈 거래."

앤은 결연하게 말했다.

"내가 갈 수 있는지 없는지 결정되기 전까지 박람회 생각은 아예 하지 않을 거야. 기대하고 있다가 실망하면 더 견디기 힘들 거야. 만약 내가 가게 된다면 새 코트가 그때까지 준비되면 정말 좋겠다. 마릴라 아주머니는 나한테 새 코트가 필요 없다고 생각하셔. 지금 입는 코트도 다음 겨울까지 아주 잘 맞을 테지만, 그래도 새 옷이 생긴 것에 만족해야 한다고 말씀하셨어. 그 코트는 정말 예뻐, 다이애나! 짙은 남색인데, 요즘 유행하는 스타일이야. 이제 마릴라 아주머니는 늘 유행에 맞게 옷을 만들어주셔. 매슈 아저씨가 린드 아주머니에게 옷을 만들어달라고 부탁하러 가지 않게 하려고 그러시는 거래. 그래서 나는 정말 기뻐! 유행에 맞는 옷을 입으면 착해지기도 훨씬 쉽거든. 적어도 나는 그래. 태어날 때부터 착한 사람에게는 별 차이가 없을 수도 있겠다. 하지만 매슈 아저씨는 내게 새 코트가 필요하다고 말씀하셔서 마릴라 아주머니가 아름다운 파란색 브로드 천을 사서 카모디의 진짜 양재사에게 만들어달라고 맡기셨어. 토요일 밤이면 다 만들어질 거야. 일요일에 새 옷을 입고 새 모자를 쓰고 교회 통로를 걷고 있는 내 모습을 상상하지 않으려고 애쓰는 중이야. 그런 일을 상상하는 것이 옳지 않은 일일까 봐 두렵거든. 하지만 나도 모르게 그런 생각이 마음속으로 슬며시 들어와. 모자도 아주 예뻐. 우리가 카모디에 간 날, 매슈 아저씨가 사주셨어. 요즘 굉장히 유행하는 금색 끈과 술이 달린 작은 파란색 벨벳 모자야. 네 새 모자도 우아하더라, 다이애나. 너한테 아주 잘 어울려. 지난 일요일에 네가 교회에 들어오는 모습을 봤을 때 네가 나의 단짝 친구라고 생각하니 가슴속에 자부심이 차올랐어. 우리가 옷 생각을 이렇게 많이 하는 게 잘못됐다고 생각하니? 마릴라 아주머니는 몹시 나쁜 거라고 말씀하셨어. 하지만 그건 아주 재미있는 주제야, 그렇지 않니?"

마릴라는 앤이 샬럿타운에 가는 것을 허락했다. 배리 씨가 다음 주 화요일에 아이들을 데려다주기로 했다. 샬럿타운은 48킬로미터 정도 떨어진 곳이어서 배리 씨는 그곳에 갔다가 그날 돌아오길 바랐기 때문에 아주 일찍 출발해야 했다. 하지만 앤은 그 모든 걸 즐겁게 여겼다. 화요일 아침, 해가 뜨기도 전에 일어난 앤은 창밖을 힐끔 보고는 날씨가 화창하다는 것을 확신했다. 유령의 숲에 자란 전나무 뒤로 동쪽 하늘이 은빛을 띠며 구름 한 점 없었기 때문이었다. 나무들 사이로 비탈길 과수원집의 서쪽 방에서 반짝이는 불빛이 보였다. 다이애나도 일어났다는 표시였다.

매슈가 불을 붙이고 있을 때 앤은 옷을 입었고, 마릴라가 내려왔을 때는 아침 식사 준비를 끝내놓았다. 하지만 앤은 너무 흥분해서 음식을 먹을 수가 없었다. 아침 식사 후, 쾌활하게 새 모자를 쓰고 외투를 입은 앤이 서둘러 시내를 건너 전나무 숲을 통과해 비탈길 과수원집으로 갔다. 배리 씨와 다이애나가 앤을 기다리고 있었고, 그들은 곧 길을 떠났다.

기나긴 여정이었지만, 앤과 다이애나는 매 순간이 즐거웠다. 이른 아침, 붉은 햇살을 받으며 추수가 끝난 들판을 가로질러 축축한 길을 덜컹거리며 가는 것도 즐거웠다. 공기는 선선하고 상쾌했다. 푸르스름한 안개가 골짜기에 깔렸고, 언덕을 타고 내려왔다. 가끔씩 숲을 지나갔다. 단풍나무들이 다홍색으로 바뀌기 시작했다. 강을 건너기 위해 다리도 지났다. 앤은 예전처럼 어느 정도 즐거운 공포감으로 움츠러들었다. 때때로 그 길은 항구가 있는 해안가를 따라 굽어지고, 회색의 낚시 오두막이 모여 있는 곳도 지나갔다. 다시 언덕을 올라가자, 멀리 곡선을 이루는 고지대와 안개 낀 파란 하늘이 보였다. 하지만 어디로 가든 흥미로운 이야깃거리가 많았다. 정오가 거의 다 되어서야 샬럿타운에 도착해 '비치우드' 집이 있는 길로 들어섰다. 이 멋지고 오래된 저택은 푸른 느릅나무와 가지가 풍성한 너도밤나무가 호젓하게 있는 길에서 조금 들어간 곳에 자리 잡고 있었다. 미스 배리는 예리한 검은 눈을 반짝이며 대문에서 그들을 맞이했다.

미스 배리가 말했다.

"드디어 너희가 왔구나, 앤. 이런, 얼마나 자란 거냐? 이제 나보다 키가 더 크구나! 전보다 훨씬 더 예뻐졌는걸! 내가 말하지 않아도 제일 잘 알고 있겠지만."

앤은 즐겁게 대답했다.

"사실 잘 몰랐어요. 전보다 주근깨가 많이 줄어서 그것만으로도 엄청 감사하게 생각하고는 있어요. 하지만 정말로 예뻐지는 건 바라지도 않았는걸요. 그렇게 생각해주시니 정말 기뻐요, 배리 할머니!"

나중에 앤이 마릴라에게 이야기하듯 미스 배리의 집은 '굉장히 화려한' 가구들로 가득했다. 저녁 식사 준비를 알아보러 미스 배리가 잠시 자리를 비운 사이, 이 시골 소녀 두 명은 응접실의 화려함에 당황했다.

다이애나는 속삭였다.

"꼭 궁전 같지 않니? 나도 조세핀 할머니 집에 와본 적이 없어서 이렇게 웅장할 줄은 몰랐어. 줄리아 벨이 이걸 봤어야 했는데. 자기 엄마의 응접실을 자랑했거든."

앤은 한숨을 내쉬며 말했다.

"벨벳 카펫이야. 실크 커튼도 있어! 내가 늘 꿈꿔오던 것들이야, 다이애나. 하지만 나는 이런 것들이 편안하질 않아. 이 방에는 정말 많은 것들이 있고 모두 너무 훌륭해서 상상의 여지가 없어. 한 가지 위안이 되는 게 그거야. 가난하면 상상할 수 있는 것들이 무궁무진하거든."

앤과 다이애나는 샬럿타운에 머무게 되는 날을 오랫동안 손꼽아 기다렸다. 그런 터라, 처음부터 끝까지 온통 즐거운 일들로 가득했다.

수요일에는 미스 배리가 아이들을 데리고 박람회에 가서 하루 종일 있었다.

앤은 집에 돌아온 뒤 마릴라에게 그때의 이야기를 들려주었다.

"정말 훌륭했어요! 그렇게 재미있을 거라고는 상상도 못했어요. 어느 부분이 가장 재미있었는지 한 가지를 꼽기가 어려울 정도예요. 그래도 말과 꽃, 수예가 제일 즐거웠던 것 같아요! 조시 파이는 편물 레이스로 1등상을 탔어요. 조시가 상을 타서 저도 정말 기뻤어요! 그리고 그 일로 제가 기뻐한다는 사실이 기뻤어요! 조시의 성공을 제가 기뻐할 수 있다는 건 제가 성장하고 있다는 증거니까요. 그렇게 생각하지 않으세요, 마릴라 아주머니? 하먼 앤드루스 씨는 그라벤스타인 사과로 2등을 했고, 벨 씨는 돼지로 1등상을 받았어요. 다이애나는 주일학교 교장 선생님이 돼지로 상을 받는 게 웃기대요. 하지만 저는 그 이유를 모르겠어요. 아주머니는 아시겠어요? 다이애나는 그날 이후로 벨 씨가 진지하게 기도할 때마다 늘 돼지가 생각날 것 같대요. 클라라 루이스 맥퍼슨은 그림으로 상을 받았고, 린드 아주머니는 집에서 만든 버터와 치즈로 1등을 했어요. 그래서 에이번리를 아주 잘 보여준 것 같아요, 그렇지 않나요? 린드 아주머니가 그날 거기 있었잖아요. 낯선 사람들 틈에서 아주머니의 익숙한 얼굴을 보기 전까지는 제가 그분을 그렇게 많이 좋아하는지 몰랐어요. 그곳에는 수천 명이 있었어요, 마릴라 아주머니. 그래서 저 자신이 굉장히 하찮은 존재처럼 느껴졌어요. 그리고 배리 할머니는 저희를 특별관람석으로 데려가서 경마를 보게 해주셨어요. 린드 아주머니는 함께 가지 않았어요. 경마는 혐오스러운 것이라고 하셨죠. 교회를 다니는 사람으로서 그런 것을 가까이하지 않아 모범을 보여주는 게 아주머니의 본분이라고 생각하신대요. 하지만 거기에는 사람이 너무 많아서 린드 아주머니가 없는 것을 전혀 모를 정도였어요. 그렇지만 저도 경마를 자주 보러 갈 필요는 없는 것 같아요. 그 이유는 말들이 몹시 매력적이었기 때문이에요. 다이애나는 너무 흥분해서 내기하자고 했어요. 붉은 말이 이기는 데 10센트를 걸겠다고요. 저는 그 말이 이길 거로 생각하지 않았지만 내기를 거절했어요. 저는 앨런 선생님에게 있었던 일을 모두 말하고 싶은데, 내기한 것은 말할 수 없을 것 같았거든요. 목사님 부인에게 말할 수 없는 일이라면 나쁜 일이라는 뜻이니까요. 목사님 사모님을 친구로 두는 것은 양심이 하나 더 생기는 것처럼 좋은 것 같아요. 내기하지 않아 기쁜 이유가 또 있어요. 붉은 말이 이겼거든요. 안 그랬으면 저는 10센트를 잃었을 거예요. 선행이 보상을 받은 거예요. 우리는 열기구를 타고 하늘로 올라가는 남자도 봤어요. 저도 열기구를 타고 올라가고 싶어요, 마릴라 아주머니. 정말 감동적일 거예요. 점을 봐주는 사람도 만났어요. 10센트를 주면 작은 새가 우리의 행운을 골라줘요. 배리 할머니가 다이애나와 저에게 10센트를 줘서 우리도 우리의 운을 들었어요. 제 것은 굉장히 부자인 피부가 검은 남자와 결혼하고 물을 건너가서 살게 될 거래요. 그 뒤로 피부가 검은 남자들을 만날 때마다 유심히 살펴봤지만, 크게 신경 쓰이는 사람은 없었어요. 어쨌든 남편을 찾기에는 너무 이르니까요. 그날은 절대 잊을 수 없는 하루였어요, 마릴라 아주머니. 너무 피곤해서 밤에 잠을 잘 수 없을 정도였어요. 배리 할머니는 약속대로 손님용 침실을 우리에게 내주셨어요. 마릴라 아주머니, 정말 우아한 방이었지만 손님용 침실에서 자는 건 제가 생각해오던 것과는 달랐어요. 이런 게 어른이 되는 것의 제일 큰 단점 같아요. 차츰 깨닫기 시작하거든요. 어릴 때는 아주 많이 원했던 것들이 실제로 그걸 얻게 되면 그렇게 멋있어 보이지 않는 거예요."

목요일에 앤과 다이애나는 마차를 타고 공원에 갔고, 저녁에는 미스 배리가 음악원에서 열린 음악회에 데리고 갔다. 유명한 프리마 돈나가 노래를 불렀다. 앤에게 그날 저녁은 눈부시게 기쁜 날이었다.

"아, 마릴라 아주머니. 말로는 설명하기가 힘들어요. 너무 흥분해서 말도 할 수 없었어요. 아마 아주머니도 그게 어떤 기분인지 아실 거예요. 황홀함에 말없이 그저 앉아만 있었죠. 마담 셀리츠키 부인은 완벽하게 아름다웠고, 다이아몬드가 달린 하얀 새틴 드레스를 입고 있었어요. 노래가 시작되자, 다른 어떤 것도 생각나지 않았어요. 아, 그때의 제 기분을 설명할 수가 없네요. 더는 착해지는 게 어렵지 않을 것 같았어요. 별을 올려다보았을 때도 그런 기분이었어요. 눈물이 흘렀는데, 그건 행복의 눈물이었어요. 콘서트가 끝나서 정말 아쉬웠어요. 일상생활로 다시 돌아갈 수 있을지 모르겠다고 배리 할머니에게 말했죠. 그랬더니 배리 할머니는 길 건너 레스토랑에 가서 아이스크림을 먹으면 도움이 될 거라고 하셨어요. 그 말은 좀 지겹게 들렸어요. 하지만 정말 기분이 좋아져서 깜짝 놀랐어요. 아이스크림은 맛있었어요, 마릴라 아주머니. 밤 열한 시까지 아이스크림을 먹으며 앉아 있으니 정말 멋진 것 같고 기분도 좋아졌죠. 다이애나는 자기가 도시 생활에 딱 맞게 태어났다고 생각한대요. 배리 할머니는 제 의견도 물었죠. 먼저 진지하게 생각해봐야 말할 수 있을 것 같다고 말씀드렸어요. 그래서 자기 전에 생각해봤어요. 그 시간이 뭔가를 생각하기에 가장 좋은 시간이거든요. 그리고 결론에 이르렀는데, 마릴라 아주머니, 저는 도시 생활이 맞지 않아요. 그리고 그 사실이 기뻐요. 가끔 밤 열한 시에 멋진 레스토랑에서 아이스크림을 먹는 일은 근사해요. 하지만 일상적인 일이라면 밤 열한 시에 제 동쪽 방에서 깊이 잠드는 게 더 좋아요. 제가 자는 동안에도 밖에서는 별들이 반짝이고 바람이 시냇가를 지나 전나무 숲으로 불어온다는 것을 알고 있는 그런 거 말이죠. 저는 다음 날 아침, 아침을 먹으면서 배리 할머니에게 그렇게 말씀드렸더니 웃으셨어요. 배리 할머니는 제가 무슨 말을 해도 잘 웃으셔요. 아주 진지한 이야기를 할 때도요. 사실 그게 좋지만은 않아요, 마릴라 아주머니. 저는 웃기려고 한 얘기가 아니니까요. 하지만 배리 할머니는 아주 친절한 분이고 저희를 잘 대접해주셨어요."

금요일은 집에 돌아오는 날이었다. 배리 씨가 아이들을 데리러 왔다.

미스 배리가 작별인사를 하며 말했다.

"너희들이 즐거운 시간을 보냈길 바란다."

다이애나는 말했다.

"정말 즐거웠어요!"

"넌 어떠니, 앤?"

"매 순간이 즐거웠어요."

앤이 그 말을 하면서 충동적으로 노부인의 목을 껴안고 주름진 볼에 입을 맞췄다. 다이애나는 감히 그런 일은 생각지도 못해서 앤의 자유로운 행동에 무척이나 놀랐다. 하지만 미스 배리는 즐거워했고, 베란다에 서서 아이들이 탄 마차가 보이지 않을 때까지 지켜보았다. 그리고 한숨을 내쉬며 다시 큰 집으로 들어갔다. 생기 넘치는 어린아이들이 없으니 미스 배리는 굉장히 쓸쓸했다. 사실 미스 배리는 이기적인 노인이었고 본인 외에는 누구도 크게 신경 쓰지 않는 사람이었다. 오로지 자신에게 도움이 되거나 즐겁게 해주는 것으로 사람들을 평가했다. 앤은 미스 배리를 즐겁게 해주었고, 결과적으로 이 노부인의 호감을 사서 긍정적으로 평가받았다. 그러나 미스 배리는 이제 앤의 특이한 이야기보다 앤의 신선한 열정과 솔직하게 드러내는 감정, 약간의 어리광, 그리고 다정한 눈과 입술을 더 생각하게 되었다.

미스 배리는 혼자 중얼거렸다.

"마릴라 커스버트가 보육원에서 여자아이를 입양했다는 이야기를 처음 들었을 때 늙은 바보라고 생각했지. 그런데 실수한 게 아니었군! 우리 집에도 앤 같은 아이가 있다면 훨씬 더 행복하고 기분이 좋을 텐데."

앤과 다이애나는 집으로 돌아가는 길이 도시로 나가는 길만큼 즐거웠다. 사실 집이 기다리고 있다는 사실에 더 즐거웠다. 해질 무렵, 화이트 샌즈를 지나 해변 길에 들어섰다. 멀리에서 에이번리의 언덕들이 샛노란 하늘을 배경으로 어둡게 모습을 드러냈다. 언덕들 뒤에는 바다에서 떠오른 달이 더 아름답게 빛났다. 굽이 길을 따라 모든 작은 만에서 파도가 잔물결을 일으키며 춤을 췄다. 파도는 바위 위로 부드럽게 다가와 부서졌고 신선한 바다 냄새가 강하게 풍겼다.

앤은 속삭이듯 말했다.

"아, 이렇게 살아 있다는 게, 그리고 이제 곧 집으로 돌아간다는 게 정말 좋아!"

앤이 시내 위의 통나무 다리를 지날 때 초록 지붕 집의 부엌에서 앤을 반갑게 맞이하듯 불빛이 깜박거렸다. 열린 문틈으로 난로 불의 따뜻하고 붉은 빛이 차가운 가을밤으로 새어나오고 있었다. 앤은 기운차게 언덕을 뛰어올라가 부엌으로 들어갔다. 뜨거운 저녁 식사가 식탁에 차려져 있었다.

마릴라는 뜨개질거리를 정리하면서 말했다.

"잘 다녀왔니?"

앤은 크게 기뻐하며 말했다.

"네, 돌아와서 정말 기뻐요! 모든 것에 입 맞추고 싶어요. 심지어 저 시계에도요. 마릴라 아주머니, 구운 닭요리군요! 저를 위해서 이 요리를 하셨다고 말하진 않으시겠죠?"

마릴라는 말했다.

"맞아! 너를 위한 거야. 네가 먼 길을 오느라 배가 고플 테니 맛있는 음식이 필요하리라 생각했단다. 얼른 옷을 벗어라. 매슈 오라버니가 들어오는 대로 바로 저녁을 먹자꾸나. 네가 돌아와 나도 기쁘다! 네가 집에 없으니 엄청 허전했어. 나흘이 그렇게 긴 시간인 줄 몰랐단다."

저녁을 먹은 뒤 앤은 난로 앞, 매슈와 마릴라 사이에 앉아 샬럿타운에서 있었던 일을 모두 들려주었다. 앤은 행복하게 마무리 지었다.

"정말 멋진 시간이었어요! 제 인생에서 아주 획기적인 사건이었어요. 하지만 집에 돌아온 게 제일 기뻐요!"

30. 퀸스 학교 입학시험 준비반

마릴라는 뜨개질거리를 무릎에 올려놓고 의자에 기댔다. 눈이 피곤해서 다음에 시내에 나가면 안경을 바꿔야겠다고 막연하게 생각했다. 최근 들어 눈이 더 자주 피곤했기 때문이다.

11월의 완연한 황혼이 초록 지붕 집에 내려와 거의 어두워질 무렵이었다. 부엌에 켜진 유일한 불은 난로에서 일렁이는 붉은 불빛뿐이었다.

앤은 터키 사람처럼 난로 앞의 깔개에 동그랗게 몸을 말고 앉아 불꽃을 바라보고 있었다. 단풍나무 장작이 수많은 여름동안 받았던 햇살을 뿜어 대는 것 같았다. 앤은 책을 읽고 있었지만 이제는 책을 바닥에 떨어트리고 입술을 약간 벌린 채 미소 지으며 꿈을 꾸고 있는 듯했다. 앤의 생생한 공상에서는 스페인의 눈부신 성이 안개와 무지개 속에서 형체를 드러냈다. 훌륭하고 재미난 모험들이 공상의 세계에서 펼쳐지고 있었다. 앤은 그 모험에서는 항상 승리했고 현실에서처럼 곤경에 빠지지 않았다.

마릴라는 앤을 다정하게 바라보았지만 난로 불빛이 부드럽고 어두울 때에만 그런 다정함이 드러났고, 더 밝은 곳에서는 절대 드러나지 않았다. 사랑은 꼭 말과 행동으로 표현해야 한다는 사랑의 교훈을 마릴라는 결코 배우지 못했다. 하지만 드러내진 않아도 이 말라깽이 회색 눈의 아이를 전보다 더 깊이 사랑한다는 것을 마릴라 자신도 알고 있었다. 아이를 사랑하는 마음 때문에 응석받이로 키우게 될까 봐 걱정하기도 했다. 마릴라는 앤을 사랑하는 것처럼 인간에게 이렇게 깊은 애정을 주는 일이 마치 죄를 짓는 것 같은 불안한 기분까지 들었다. 그래서 앤에 대한 마음이 깊어질수록 무의식적으로 속죄하기 위해 일부러 앤에게 더 엄격하고 비판적으로 대했던 것이다. 앤은 분명히 마릴라가 자기를 얼마나 사랑하는지 알지 못했다. 때때로 마릴라가 너무 까다롭고 동정심이 부족하고 이해심도 없다고 생각했다. 하지만 앤은 마릴라에게 신세진 것을 떠올리며 그런 생각을 언제나 의식적으로 억눌렀다.

마릴라는 불쑥 말을 꺼냈다.

"앤. 오늘 오후에 네가 다이애나와 나간 사이에 스테이시 선생님이 여기 왔었단다."

상상의 세계에 빠져 있던 앤이 깜짝 놀라 정신을 차리고 한숨을 쉬었다.

"선생님이 오셨다고요? 아, 제가 집에 없을 때 오셨다니 아쉽네요. 왜 저를 부르지 않으셨어요, 마릴라 아주머니? 다이애나와 저는 유령의 숲에 있었는데요. 이제 그 숲은 무척 아름다워요. 고사리와 새틴 같은 잎들과 산딸나무 같은 숲속의 모든 작은 식물이 잠들었어요. 봄이 올 때까지 누군가 그 식물들 위에 나뭇잎 담요를 덮어놓은 것 같아요. 저는 무지개 스카프를 두른 작은 회색 요정이 지난밤에 달빛을 받으며 살금살금 다가와 그렇게 했다고 생각해요. 다이애나는 그런 식으로 말하지 않아요. 유령의 숲에 귀신이 나온다는 상상을 했다고 엄마에게 야단맞은 일을 절대 잊지 않고 있거든요. 그것 때문에 다이애나의 상상력이 굉장히 제약받고 있어요. 상상력을 망쳐놓았어요. 린드 아주머니는 머틀 벨 아주머니가 해로운 존재라고 했어요. 그래서 루비 길리스에게 왜 머틀 아주머니가 해롭냐고 물었어요. 그랬더니 루비 말로는, 젊은 애인이 머틀 아주머니를 배신했기 때문이 아닐까 하고 추측한대요. 루비 길리스는 오로지 젊은 남자 생각만 해요. 나이가 들수록 더 심해지고 있어요. 젊은 남자도 모두 각자 자리에서 잘하고 있는데, 모든 일에 남자를 끌어들일 필요는 없지 않나요? 다이애나와 저는 절대 결혼하지 않고 멋진 노처녀가 되어 영원히 함께 살자고 서로 약속하는 게 어떨지 진지하게 고민 중이에요. 그렇지만 다이애나는 아직 마음을 정하지 못했어요. 야성적이고 못됐지만 근사한 남자를 만나 결혼해서 그 사람을 바꿔놓는 것이 더 숭고한 일이라고 생각하거든요. 이제 다이애나와 저는 이렇게 진지한 주제를 두고 상당히 많은 대화를 나눠요. 우리는 예전보다 훨씬 더 나이가 든 것 같아서 아이들의 문제를 이야기하지 않게 되었어요. 곧 열네 살이 된다는 건 이렇게 진지한 일인 것 같아요, 마릴라 아주머니. 스테이시 선생님은 지난 수요일에 열세 살이 넘은 여자아이들을 모두 데리고 시냇가로 가서 그와 관련한 이야기를 해주셨어요. 선생님은 열세 살이 되면 어떤 습관을 만들고 어떤 이상을 갖는지가 아주 중요하다고 말씀하셨어요. 스무 살이 될 때까지 우리 성격이 형성되고 우리의 미래를 결정하는 기초를 마련해야 되기 때문이래요. 그리고 그 기초가 불안하면 그 위에 어떤 가치 있는 것도 세울 수 없다고 하셨어요. 그래서 다이애나와 저는 학교에서 집에 돌아오는 길에 그 문제를 이야기했어요. 엄청 진지하게 생각했어요, 마릴라 아주머니. 신중하게 좋은 습관을 만들기 위해 애쓰고 가능한 모든 것을 배워 현명한 사람이 되어 우리가 스무 살이 되면 인격이 훌륭한 사람이 되기로 결심했어요. 스무 살이 된다고 생각하면 정말로 오싹해져요, 마릴라 아주머니. 엄청나게 나이가 많은 것 같고 다 자란 것처럼 들리거든요. 그런데 스테이시 선생님은 오늘 왜 오신 거예요?"

"앤, 내가 너에게 하고 싶던 말이 그거야. 나한테 말 꺼낼 기회도 안 주는구나. 물론, 네 얘길 하려고 오셨단다."

"저에 대해서요?"

앤은 겁먹은 표정이었다. 얼굴이 붉어지더니 소리쳤다.

"아, 선생님이 무슨 이야기를 하셨는지 알겠어요. 제가 아주머니에게 말씀드리려고 했는데……. 마릴라 아주머니, 정말 말하려고 했는데 깜박했어요. 어제 오후 캐나다 역사 시간에 스테이시 선생님이 제가 『벤허』를 읽고 있는 걸 보셨어요. 제인 앤드루스가 빌려 준 책이었어요. 저는 점심시간에 읽고 있었는데, 수업이 시작됐을 때 막 전차 경주 장면이 시작되는 거예요. 그다음에 어떻게 되는지 너무 궁금했어요. 벤허가 분명히 이길 거라고 확신했지만요. 그가 진다면 그건 시적인 정의가 이뤄지는 게 아니니까요. 그래서 책상 위에 역사책을 펼쳐놓고 책상과 제 무릎 사이에 『벤허』를 끼워 넣고 읽었어요. 역사책을 공부하는 것처럼 보이게 해놓고선 저는 『벤허』를 즐기고 있었죠. 너무 재미있어서 스테이시 선생님이 통로로 다가오는 것도 몰랐어요. 고개를 들어보니, 선생님이 그곳에서 저를 꾸짖는 얼굴로 바라보고 계셨어요. 그때 제가 얼마나 부끄러웠는지 말로 다 표현할 수가 없어요, 마릴라 아주머니. 특히 조시 파이가 킥킥거리며 웃는 소리를 들었을 때는요. 스테이시 선생님이 『벤허』를 가져갔지만 그때는 아무 말도 안 하셨어요. 쉬는 시간에 저를 불러서 말씀하셨어요. 제가 두 가지 면에서 크게 잘못했다고요. 첫째 공부해야 할 시간을 낭비하고 있었다는 것, 둘째 이야기책을 읽고 있으면서 역사책을 보는 것처럼 선생님을 속였다는 거예요. 마릴라 아주머니, 저는 그 순간까지 제가 한 행동이 다른 사람을 속이는 일이었다는 걸 깨닫지 못했어요. 저는 충격을 받았어요. 비참하게 울었고, 선생님께 다시는 그런 짓을 하지 않겠다고 용서를 구했어요. 그리고 일주일 내내 『벤허』를 보지 않는 것으로 속죄하겠다고 했어요. 심지어 전차 경주가 어떻게 끝났는지도 보지 않겠다고요. 하지만 스테이시 선생님은 그런 걸 바라는 게 아니라고 하면서 용서해주셨어요. 그런데 그 일을 결국 아주머니에게 말씀드리려고 여기까지 오셨다니 선생님도 그리 친절하진 않다는 생각이 드네요."

"스테이시 선생님은 그 일에 대해서는 한마디도 하지 않으셨어, 앤. 네가 잘못해놓고 괜히 찔려서 그렇게 생각하는구나. 그리고 학교에 이야기책을 가져가서는 안 된단다. 어쨌든, 너는 소설을 너무 많이 읽어. 내가 너만 할 때는 소설책을 보는 것도 허락되지 않았단다."

앤은 항의하듯 물었다.

"『벤허』처럼 종교적인 책을 어떻게 소설이라고 말씀하실 수 있어요? 물론 일요일에는 너무 흥분돼서 읽기에 적당하지 않아요. 그래서 저는 주중에만 읽었다고요. 그리고 이제 스테이시 선생님이나 앨런 선생님이 열세 살 아이가 읽기에 적당한 책이 아니라고 하시면 그 어떤 책도 읽지 않아요. 스테이시 선생님과 그렇게 하기로 약속했거든요. 어느 날, 제가 『유령의 집의 충격적인 미스터리』라는 책을 읽고 있는 걸 스테이시 선생님이 보셨어요. 루비 길리스가 제게 빌려 준 책이었는데, 아, 마릴라 아주머니, 그 책은 정말 오싹하게 무섭고 재밌었어요. 간담을 서늘하게 하는 책이었어요. 하지만 스테이시 선생님은 그 책이 아주 어리석고 건전하지 않은 책이라며 더는 그런 종류의 책은 읽지 말라고 하셨어요. 그런 책을 읽지 않겠다고 약속하는 것은 괜찮았어요. 하지만 내용이 어떻게 끝나는지 모른 채 그 책을 돌려주는 것은 정말 괴로웠어요. 그래도 사랑하는 스테이시 선생님이 원하시니 그 시련을 견뎌야 했죠. 진심으로 누군가를 즐겁게 하기 위해 할 수 있는 일이 있다는 건 정말 좋은 것 같아요, 마릴라 아주머니."

마릴라는 말했다.

"나는 램프에 불을 켜고 일이나 해야겠다. 내가 보기에, 너는 스테이시 선생님이 무슨 말을 했는지 듣고 싶지 않은가 보구나. 네가 하는 말에만 관심이 있고."

앤은 후회하면서 큰 소리로 말했다.

"아, 아니에요, 마릴라 아주머니. 정말로 듣고 싶어요. 이제 한마디도 하지 않을게요. 제가 말이 너무 많다는 건 알지만, 저도 고치려고 노력하고 있어요. 지금까지 말을 너무 많이 했지만 하고 싶은 말이 많아도 참을 때가 더 많다는 걸 알아주시면 좋겠어요. 그럼 이제 말해주세요, 마릴라 아주머니."

"스테이시 선생님은 퀸스 학교 입학시험을 준비할 우수 학생 반을 만들고 싶다고 하셨어. 그 학생들과 방과 후에 한 시간 정도 수업을 더 했으면 하시더라. 그래서 매슈 오라버니와 내게 너를 그 반에 넣고 싶은지 물어보려고 오셨던 거야. 너는 어떻게 생각하니, 앤? 퀸스 학교에 가서 선생님이 되고 싶니?"

앤은 무릎을 꿇고 자세를 바로 하더니 두 손을 모았다.

"아, 마릴라 아주머니! 제 평생 꿈같은 일이에요. 루비와 제인이 입학시험을 준비할 거라는 이야기를 한 뒤부터 지난 6개월 동안 계속 꿈꿔왔어요. 하지만 저는 아무 말도 하지 못했어요. 제가 꿈꿔도 소용없는 일이라고 여겼거든요. 저도 선생님이 되고 싶어요. 하지만 학비가 굉장히 비싸지 않을까요? 앤드루스 씨는 프리시가 졸업할 때까지 150달러가 들 거라고 했어요. 그리고 프리시는 수학을 못하지도 않았어요."

"그런 부분은 걱정할 필요 없다. 매슈 오라버니와 내가 너를 키우겠다고 데려왔을 때 우리는 네게 최선을 다해 해줄 수 있는 건 다 해주고 교육도 잘 시켜주겠다고 결심했단다. 나는 처한 상황과 상관없이 여자도 자기 생계는 자기가 책임지고 살아야 한다고 생각하거든. 매슈 오라버니와 내가 여기에 있는 한 초록 지붕 집은 언제나 네 집이야. 하지만 이 불확실한 세상에 어떤 일이 일어날지는 아무도 모르지. 그러니 잘 준비해두는 수밖에. 그래서 네가 원한다면 퀸스 학교 준비반에 들어가도록 해, 앤."

앤은 마릴라의 허리를 감싸 안고 마릴라의 얼굴을 진지한 표정으로 쳐다보았다.

"와, 마릴라 아주머니, 정말 감사해요! 아주머니와 매슈 아저씨에게 엄청나게 감사해요! 정말 열심히 공부해서 아주머니, 아저씨가 자랑스러워하실 만한 앤이 될 게요. 수학에서는 너무 기대하지 마세요. 하지만 열심히 공부하면 다른 과목은 잘할 수 있을 거예요."

마릴라는 절대 스테이시 선생이 한 말을 앤에게 전하지 않을 것이다. 말해줬다가는 자만심만 커질 게 분명했기 때문이다.

"너는 충분히 잘 해낼 거야! 스테이시 선생님도 네가 똑똑하고 성실하다고 하시더구나. 너무 극단적으로 책에만 빠져서 살 필요는 없어. 서두를 필요 없다. 시험을 준비할 기간은 1년 반이나 남았어. 지금이 시작하기에 딱 좋은 시기이고 기본기를 철저히 다져야 한다고 스테이시 선생님이 그러시더라."

앤은 더 없이 행복해 보였다.

"이제 전보다 공부하는 게 훨씬 더 재밌을 거예요. 인생의 목표가 생겼으니까요. 앨런 목사님이 사람은 인생을 살면서 목표를 정하고 그 목표를 충실하게 따라야 한다고 말씀하셨어요. 그리고 목사님은 그게 가치 있는 목표인지부터 먼저 확실히 해야 한다고 하셨어요. 저는 스테이시 선생님처럼 훌륭한 선생님이 되고 싶고, 그건 정말 가치 있는 목표라고 생각해요. 그렇지 않나요, 마릴라 아주머니? 교사는 아주 고귀한 직업이라 생각해요."

머지않아 퀸스 준비반이 만들어졌다. 길버트 블라이스, 앤 셜리, 루비 길리스, 제인 앤드루스, 조시 파이, 찰리 슬론, 무디 스퍼전 맥퍼슨이 그 반에 들어갔다. 하지만 다이애나 배리는 없었다. 부모님이 다이애나를 퀸스 학교에 보낼 생각이 없었기 때문이다. 이는 앤에게 재앙이나 마찬가지였다. 미니 메이가 후두염에 걸렸던 그날 밤 이후 앤과 다이애나는 무슨 일이 있어도 떨어지지 않았다. 퀸스 준비반이 방과 후에 공부를 더 하기 위해 학교에 남아 있던 첫날, 앤은 다른 아이들과 천천히 학교에서 나가는 다이애나를 보았다. 다이애나는 혼자 자작나무 길과 제비꽃 골짜기를 지나 집으로 걸어갔다. 앤은 자리에 앉아서 충동적으로 다이애나의 뒤를 따라가고 싶은 마음을 꾹 참아야 했다. 덩어리 하나가 목으로 올라오는 것 같았던 앤은 급히 라틴어 문법책으로 얼굴을 가리고 그 뒤에서 눈물을 흘려야 했다. 절대로 길버트 블라이스나 조시 파이가 그 눈물을 보게 하고 싶지 않았다.

앤은 그날 밤 슬픔에 잠겨 있었다.

"아, 마릴라 아주머니. 다이애나가 혼자 집에 가는 걸 봤을 때, 지난 일요일 앨런 목사님이 설교에서 하신 말씀처럼 저는 정말 죽

음의 쓴 맛을 보았어요. 다이애나가 입학시험 공부를 같이 한다면 얼마나 좋을까 생각했어요. 하지만 린드 아주머니 말씀처럼 이 불완전한 세상에서 모든 게 완벽할 순 없으니까요. 가끔 보면 린드 아주머니는 위로가 되는 사람은 아니지만 상당히 올바른 말을 많이 하세요. 퀸스 준비반은 엄청나게 재미있을 것 같아요. 제인과 루비도 선생님이 되기 위해 공부할 거예요. 그게 그 아이들의 최상의 꿈이에요. 루비는 학교를 졸업하면 2년간만 학생을 가르치다가 결혼할 계획이래요. 제인은 평생을 가르치는 일에 헌신하겠다고 했어요. 결혼은 절대, 절대 하지 않을 거래요. 가르치는 일은 월급을 받지만 남편은 돈을 내지도 않으면서 달걀과 버터 판 돈을 나누자고 으르렁거리기만 할 뿐이기 때문이래요. 그건 아마 제인이 슬픈 경험을 해봤기 때문에 하는 말인 것 같아요. 린드 아주머니가 제인의 아버지는 지독한 괴짜에다 굉장한 구두쇠라고 했거든요. 조시 파이는 그냥 교육을 받기 위해 대학에 갈 거래요. 생계를 책임지지 않아도 되거든요. 자기는 물론 자선 단체의 도움을 받아 살아가고 열심히 일해야 하는 고아들하고는 다르다고 말했어요. 무디 스퍼전은 목사가 될 거래요. 린드 아주머니가 무디는 그 이름에 어울리게 살려면 다른 것은 될 수 없다고 했어요. 못된 생각을 하고 싶진 않지만요, 마릴라 아주머니. 사실, 무디 스퍼전이 목사가 된다고 생각하면 웃음부터 나와요. 무디는 웃기게 생겼거든요. 얼굴이 크고, 볼 살은 통통하고, 파란 눈은 작고 귀는 덮개처럼 눈에 잘 띄어요. 하지만 아마 크면 더 지적인 외모가 될 거예요. 찰리 슬론은 정치계에 입문해 국회의원이 될 거래요. 하지만 린드 아주머니는 찰리는 절대 성공하지 못할 거라고 하셨어요. 슬론 가 사람들은 모두 정직한 사람들인데, 요즘에 정치를 하는 건 나쁜 사람들뿐이기 때문이래요."

앤이 『시저』라는 제목의 책을 펼치는 모습을 보면서 마릴라는 물었다.

"길버트 블라이스는 뭐가 되겠다고 하니?"

앤은 경멸하는 투로 말했다.

"길버트 블라이스의 꿈같은 건 몰라요. 꿈같은 게 있는지도 모르겠네요."

이제 길버트와 앤은 드러내놓고 경쟁했다. 이전에는 일방적인 경쟁이었지만 이제 길버트도 앤이 그랬던 것처럼 1등이 되기로 작정한 것이 분명해 보였다. 길버트는 앤에게 훌륭한 적이었다. 준비반의 다른 아이들은 암묵적으로 그들의 우위를 인정하고 있었고, 그들과 경쟁할 꿈조차 꾸지 않았다.

연못가에서 앤은 용서를 구하는 길버트를 거절한 날 이후부터, 길버트는 앤의 경쟁자가 되기로 결심한 것 외에는 앤 셜리의 존재를 전혀 신경 쓰지 않는다는 게 분명하게 보였다. 길버트는 다른 여자애들과는 이야기하고, 장난치고, 책과 문제를 바꿔 보고, 수업과 계획을 의논했다. 가끔 기도 모임이나 토론 클럽을 마치고 여자애들 중 한두 명과 집에도 같이 걸어갔다. 하지만 길버트는 앤 셜리를 철저히 무시했다. 앤도 무시당하는 기분이 유쾌하지 않다는 사실을 깨달았다. 앤은 고개를 저으며 신경 쓰지 않겠다며 혼잣말을 해봐도 소용없었다. 변덕스럽고 여성스러운 작은 가슴 깊은 곳에서 사실은 길버트를 신경 쓰고 있다는 걸 알고 있었다. 만일 빛나는 물의 호수에서의 기회가 다시 찾아온다면 앤은 다르게 대답할 것이다. 갑자기 길버트에게 오랫동안 품었던 분노가 사라져버렸다는 사실을 알고는 깜짝 놀랐다. 그 분노의 힘이 가장 필요할 때 사라져버린 것이다. 길버트와 관련된 모든 사건과 기억에 남는 그 때의 감정을 다시 떠올리면서 만족스러운 오래된 분노를 느껴보려고 애썼지만 헛수고였다. 연못에서 만났던 날, 마지막으로 분노가 깜박거렸던 것이었다. 앤은 자신이 길버트를 이미 용서했지만, 그 사실을 모르고 있었다는 것을 깨달았다. 그러나 이제는 너무 늦었다.

그리고 길버트나 다른 누구도, 심지어 다이애나조차 자기가 그렇게 오만하고 끔찍하게 굴었던 것을 후회하고 있다는 사실을 알지 못했다. 앤은 저 깊은 망각의 세계에 자신의 감정을 감추기로 했다. 앤은 결심한 대로 마음을 얼마나 잘 감추었던지 길버트는 보이는 것과 달리 완전히 앤에게 무관심한 것은 아니었기에 자신이 복수심에 경멸하는 것을 앤이 느낀다고 믿으면서도 큰 위로를 받지는 못했다. 길버트의 유일한 위안거리는 앤이 찰리 슬론을 끊임없이 매정하게 무시한다는 사실이었다.

그 외에는 모두가 즐겁게 공부하면서 겨울을 보냈다. 앤에게는 하루가 1년이라는 목걸이에 걸린 황금 구슬처럼 지나갔다. 앤은 행복했고, 열심히 공부했고, 재미도 있었다. 배워야 할 것이 있었고, 이겨야 할 상대도 있었다. 읽어야 할 재미있는 책들도 있었고, 주일학교 성가대에서 부를 노래 연습도 해야 했다. 토요일 오후에는 앨런 부인과 목사관에서 유쾌하게 보냈다. 그리고 앤이 깨닫기도 전에 초록 지붕 집에 봄이 다시 찾아왔고, 세상에 다시 한 번 꽃이 만발했다.

봄이 오자, 공부가 조금 시들해졌다. 다른 아이들이 푸르른 길과 잎이 무성한 숲, 목초지 샛길로 흩어져가는 사이, 학교에 남아 있는 퀸스 준비반 아이들은 아쉬운 듯 창밖을 내다보았다. 건조한 겨울 동안 라틴어 동사를 공부하고 프랑스어 연습문제를 풀면서 느꼈던 맛과 묘미를 잃어버렸다. 심지어 앤과 길버트조차 뒤처지고 무관심해져 갔다. 드디어 학기가 끝나고 즐거운 방학이 장밋빛으로 그들 앞에서 기다리자 선생과 학생 모두 똑같이 기뻐했다.

마지막 날 오후, 스테이시 선생은 아이들에게 말했다.

"너희들은 지난해에 아주 잘해줬어. 즐겁고 행복한 방학을 보낼 자격이 있으니 밖에서 최고로 행복한 시간을 보내고 내년도 잘 헤쳐 나갈 수 있게 건강함과 활력과 의욕을 많이 비축해오렴. 내년 한 해는 전쟁 같은 해가 될 테니까. 너희도 알다시피 입학시험을 치기 전 마지막 해니까."

조시 파이가 물었다.

"선생님도 내년에 돌아오실 거죠, 스테이시 선생님?"

조시 파이는 질문하는 데 아무런 거리낌이 없었다. 이 경우에는 반 아이들 모두 조시에게 고마워했다. 모두가 알고 싶었지만, 아무도 차마 물어보지 못했던 질문이었기 때문이다. 고향 마을의 학교에 자리를 제안받아 내년에 스테이시 선생님이 돌아오지 않을 거라는 소문이 언젠가부터 학교 전체에 나돌았다. 퀸스 준비반은 숨을 죽이고 대답을 기다리고 있었다.

스테이시 선생님은 말했다.

"그래. 다시 돌아올 거란다. 다른 학교에 갈까도 생각했지만, 다시 에이번리 학교에 돌아오기로 결정했어. 사실, 여기 내 학생들과 함께하는 시간이 즐거워서 헤어질 수가 없다는 걸 알았거든. 그래서 여기에서 너희들을 계속 지켜볼 거야."

무디 스퍼전은 외쳤다.

"만세!"

무디 스퍼전은 전에는 그렇게 자신의 감정을 표현한 적이 없어서 일주일 내내 그 생각을 할 때마다 불편하게 얼굴을 붉혔다.

앤은 눈을 반짝이며 말했다.

"아, 정말 기뻐요! 소중한 스테이시 선생님, 선생님이 돌아오지 않는다면 정말 끔찍했을 거예요. 다른 선생님이 오신다면 저는 공부에 집중하지 못했을 거예요."

그날 밤, 앤은 집에 와서 다락방에 있던 낡은 가방에 교과서를 전부 넣고 가방을 잠갔다. 그리고 그 열쇠를 담요 상자에 던져 넣었다.

앤은 마릴라에게 말했다.

"방학 동안은 교과서를 쳐다보지도 않을 거예요. 학기 내내 정말 최선을 다해 열심히 공부했고, 수학책 1권에 나온 모든 명제를 전부 외울 정도로 열심히 봤어요. 심지어 글자가 바뀌더라도 다 외울 수 있을 정도예요. 논리적인 문제는 이젠 지겨워요. 여름 동안은 제 상상력이 마음껏 날뛰게 할 거예요. 아, 그렇지만 염려하실 필요는 없어요, 마릴라 아주머니. 적당한 한계를 정해놓고 상상할 테니까요. 하지만 이번 여름은 정말 즐겁게 보내고 싶어요. 이번이 어린아이로 보내는 마지막 여름이니까요! 린드 아주머니는 내년에도 지금처럼 키가 계속 자라면 더 긴 치마를 입어야 할 거라고 했어요. 다리랑 눈만 커지는 것 같대요. 그런데 제가 긴 치마를 입으면 그 치마에 어울리게 살아야 하니 품위 있게 행동해야 할 것만 같아요. 그러면 요정을 믿으면 안 될 것 같아서 걱정이에요. 그래서 전 이번 여름에 온 마음을 다해 요정을 믿을 거예요. 이번 방학은 아주 유쾌한 방학이 될 것 같아요. 루비 길리스가 곧 생일 파티를 열 테고, 주일학교 소풍도 갈 거예요. 다음 달에는 선교사 음악회도 있어요. 그리고 배리 아저씨가 나중에 다이애나와 저를 데리고 화이트 샌즈 호텔에 가서 저녁을 사주신다고 하셨어요. 거기 사람들은 호텔에서 저녁을 사먹기도 하나 봐요. 제인 앤드루스가 지난여름에 한 번 가서 먹었는데, 전등 빛과 꽃들과 아름다운 옷을 입은 여자 손님들의 모습이 눈부셨대요. 제인은 처음으로 상류 사회를 엿본 것 같다며, 죽는 날까지 절대 잊지 못할 거래요."

다음 날 오후, 린드 부인이 마릴라가 목요일에 있은 자선 모임에 나오지 않은 이유를 알아보러 왔다. 마릴라가 자선 모임에 나오지 않자, 사람들은 초록 지붕 집에 뭔가 안 좋은 일이 있다고 생각했다.

마릴라는 슬픈 얼굴로 이야기했다.

"목요일에 매슈 오라버니 심장이 안 좋았어요. 그래서 오라버니를 혼자 두고 나가고 싶지 않았어요. 그래요. 오라버니는 이제 다시 괜찮아졌지만, 전보다 더 자주 아파서 걱정이에요. 의사 말이, 흥분하는 일은 피하도록 꼭 조심해야 한댔어요. 매슈 오라버니는 흥분되는 일을 딱히 좋아하지도 않으니까 그건 어려운 일이 아니에요. 하지만 힘든 일도 하면 안 된다고 했어요. 오라버니에게는 일하지 말라는 말은 숨 쉬지 말라는 말과 똑같아요. 이리로 와서 앉아요, 레이철. 차 마시고 갈 거죠?"

린드 부인은 처음부터 차를 마시지 않고 갈 생각은 없었지만, 마치 어쩔 수 없었다는 듯이 말했다.

"그렇게 얘기하시니, 조금만 더 있다 가죠."

린드 부인과 마릴라가 거실에 편안하게 앉아 있는 동안, 앤은 차와 비스킷을 준비했다. 린드 부인의 비판까지 피할 정도로 비스킷은 밝고 하얗고 따뜻하게 잘 구워졌다.

해질 무렵, 마릴라가 길 끝까지 린드 부인을 배웅해주었다. 린드 부인은 말했다.

"앤은 정말 바른 아이가 되었군요. 이제 마릴라에게 큰 도움이 되겠어요."

마릴라는 말했다.

"그래요. 앤은 정말 차분해졌고, 믿음직스러워요! 처음에는 덤벙대는 성격을 고치지 못할까 봐 걱정했더랬어요. 하지만 앤은 확실히 달라졌고, 이제 어떤 일도 그 애를 믿고 맡길 수 있을 정도예요."

린드 부인은 말했다.

"3년 전에 여기에서 처음 봤을 때만 해도 저 아이가 저렇게 근사하게 변하리라고는 상상도 하지 못했어요. 아이고, 저 아이가 성질부리던 걸 어떻게 잊겠어요! 그날 밤 집에 왔을 때, 토머스에게 이렇게 말했죠. '내 말 잘 들어요, 토머스. 마릴라 커스버트는 자신의 선택을 후회하며 살 거예요.' 하지만 내가 잘못 판단했군요. 그래서 오히려 정말 기뻐요! 나는 실수를 해놓고도 절대 인정하지 않는 사람은 아니에요, 마릴라. 고맙게도, 그건 전혀 내 방식이 아니었죠. 내가 비록 앤을 판단할 때 실수했지만, 그럴 만도 했죠. 앤처럼 이상하고 예측할 수 없는 마녀 같은 아이는 일찍이 본 적이 없었으니까요. 다른 아이들에게는 효과 있는 방법들이 저 아이에게는 하나도 안 통했잖아요. 그 3년 동안 앤이 얼마나 눈에 띄게 달라졌는지 정말 경이로워요! 특히, 그 아이의 외모를 보세요. 앤은 정말 예뻐졌어요! 비록 하얀 피부에 눈이 너무 큰 사람을 내가 썩 좋아하지는 않지만요. 솔직히 난 다이애나 배리나 루비 길리스 같은 얼굴과 피부색을 더 좋아해요. 루비 길리스 얼굴은 정말 예뻐요! 그런데 나도 이유는 모르겠지만, 앤이 다른 아이들과 함께 있으면 다른 아이들이 평범하면서도 지나치게 꾸민 것처럼 보인단 말이죠. 그 아이의 외모가 다른 아이들 외모의 절반도 안 되는데도 말이에요. 뭐랄까, 커다란 붉은 모란 옆에 피어 있는 하얀 백합 같다고나 할까요!"

31. 시내와 강이 만나는 곳

앤은 즐거운 여름을 보내면서 진심으로 기뻐하고 있었다. 앤과 다이애나는 바깥에서 살다시피 하면서 연인의 길과 드리아스의 비눗방울, 버드나무 연못과 빅토리아 섬까지 돌아다니며 즐겁게 놀았다. 마릴라는 앤이 떠돌이 같은 생활을 하는 것을 말리지 않았다. 미니 메이가 후두염에 걸렸던 날 밤, 스펜서 베일에서 왔던 의사는 방학 초 어느 날 오후 한 환자의 집에서 앤을 만났다. 그는 앤을 예리하게 살펴본 뒤, 입을 다물고 고개를 저었다. 그리고 다른 사람을 통해 마릴라 커스버트에게 메시지를 전했다.

"빨간 머리 아이를 여름 내내 밖에서 놀게 하고 더 활기차게 걸을 때까지 책을 읽게 하지 마십시오."

마릴라는 이 메시지를 보고 깜짝 놀랐다. 그 말을 정확히 따르지 않으면 폐결핵에 걸려 죽을 거라는 뜻으로 읽었기 때문이다. 그래서 앤은 자유롭고 즐겁게 노는 황금 같은 여름 방학을 보냈다. 산책하고, 노를 젓고, 딸기도 따고, 마음껏 꿈을 꿨다. 9월이 오자, 앤은 스펜서 베일의 의사가 만족할 만큼 눈빛이 빛나고 발걸음도 경쾌해졌다. 가슴에 다시 한 번 의욕과 열정이 가득 차올랐다.

앤은 다락방에서 책을 다시 꺼내오며 선언했다.

"다시 열정적으로 공부하고 싶어요. 오래된 착한 친구들아. 너희 얼굴을 다시 보니 반갑다! 그래, 너, 수학까지. 저는 정말 완벽하게 멋진 여름을 보냈어요, 마릴라 아주머니. 이제 경주에 나가는 건강한 사람처럼 기뻐요! 앨런 목사님이 지난 일요일에 말씀하신 것처럼요. 앨런 목사님의 설교는 감명 깊지 않나요? 린드 아주머니도 목사님의 설교가 매일 나아지고 있다고 했어요. 도시에 있는 교회들이 목사님을 눈독 들이고 있대요. 그러면 우리 교회는 또 다른 풋내기 목사님을 뽑아야 한대요. 하지만 벌써 그런 걱정을 하지 않아도 된다고 봐요. 안 그래요, 마릴라 아주머니? 앨런 목사님과 함께 있는 동안은 즐겁게 지내는 게 더 좋다고 생각해요. 제가 남자라면 목사가 됐을 거예요. 신학이 건전하다면 목사님은 선한 영향을 미칠 수 있으니까요. 훌륭한 설교로 사람들의 마음을 움직일 수 있다면 정말 감동적일 거예요. 그런데 왜 여자는 목사가 될 수 없을까요, 마릴라 아주머니? 린드 아주머니에게 그걸 물었더니, 엄청 놀라면서 그렇게 되면 엄청난 물의를 일으키게 될 거라고 했어요. 미국에는 여자 목사님이 있을지도 모르고, 아마 실제로 있을 거라고 했어요. 하지만 감사하게도 아직 캐나다는 그

단계까지는 오지 않았고, 절대 그런 일이 없기를 희망하신대요. 하지만 저는 이유를 모르겠어요. 여자도 훌륭한 목사님이 될 것 같거든요. 교회 친목회나 차 모임, 자선 모금을 모으는 일도 다 여자들이 하고 있잖아요. 저는 린드 아주머니가 교장 선생님인 벨 씨 못지않게 기도를 잘할 수 있다고 확신해요. 틀림없이 조금만 연습하면 설교도 잘하실 거예요."

마릴라는 무미건조하게 말했다.

"나도 린드 부인이 잘할 수 있다고 생각한단다. 린드 부인은 이래저래 설교를 많이 하고 다니잖니. 린드 부인이 감시하는 덕분에 에이번리 마을에는 나쁜 짓하는 사람이 별로 없잖아."

앤은 갑자기 비밀을 털어놓듯 말했다.

"마릴라 아주머니, 하고 싶은 말이 있는데요. 아주머니는 어떻게 생각하는지 묻고 싶어요. 몹시 걱정이 되거든요. 일요일 오후에 제가 특히 그런 문제들을 생각할 때요. 저는 정말로 착한 사람이 되고 싶어요. 아주머니나 앨런 선생님이나 스테이시 선생님과 함께 있을 때 더 착해지고 싶고, 아주머니를 기쁘게 해드리고 싶고, 아주머니가 찬성하는 일만 하고 싶어요. 하지만 린드 아주머니와 함께 있을 때 저는 절망적으로 못된 애가 돼서 하면 안 된다고 말씀하신 일만 하고 싶어요. 그렇게 하고 싶은, 억누를 수 없는 유혹을 느껴요. 제가 그러는 이유가 뭐라고 생각하세요? 제가 정말 못되고 회개하지 않는 아이라서 그렇다고 생각하세요?"

마릴라는 잠시 수상쩍게 쳐다보았다. 그리고 웃었다.

"너라면 나도 그럴 것 같구나, 앤. 레이철과 함께 있으면 종종 나도 그런 생각을 한단다. 네가 말한 것처럼, 린드 부인이 사람들에게 옳은 일을 하라고 잔소리를 계속하지만 않는다면 더 선한 영향을 줄 거라 나도 가끔 생각해. 잔소리에 대한 특별한 계명이 있었어야 해. 하지만 나는 그렇게 말하면 안 되겠지. 린드 부인은 좋은 기독교인이고, 좋은 의도에서 그러는 거잖니. 에이번리에서 그만큼 착한 사람도 없고, 자기가 해야 할 일을 게을리하지도 않는단다."

앤은 단호하게 말했다.

"아주머니도 똑같이 느끼신다니, 정말 다행이에요! 용기가 생겨요. 이제부터 걱정하지 말아야겠어요. 그런데 걱정되는 일들이 더 있어요. 늘 새로운 걱정거리들이 생기네요. 당혹스러운 문제들이에요. 하나를 해결하면 다른 문제가 바로 생겨요. 어른이 될 무렵에는 생각하고 결정할 것들이 아주 많네요. 그래서 항상 뭐가 옳은 건지 생각하고 정하느라 바빠요. 어른이 된다는 건 정말 진지한 일이에요. 그렇지 않나요, 마릴라 아주머니? 하지만 저는 아주머니와 매슈 아저씨, 앨런 선생님과 스테이시 선생님처럼 좋은 친구들이 있으니 훌륭하게 성장해야 해요. 그렇지 않으면 그건 순전히 제 잘못일 거예요. 기회는 딱 한 번뿐이니까 상당한 책임감을 느껴요. 바르게 자라지 못해도 다시 돌아가 새로 시작할 수 없잖아요. 이번 여름에 제 키가 5센티미터나 자랐어요, 마릴라 아주머니. 길리스 씨가 루비의 생일 파티에서 제 키를 재주셨어요. 아주머니가 더 긴 새 원피스를 만들어주셔서 다행이에요! 진녹색 원피스는 정말 예쁜 데다 층층으로 된 주름 장식까지 넣어주셔서 정말 고마워요! 물론, 그게 꼭 필요하지 않다는 건 저도 알아요. 하지만 층층 주름은 이번 가을에 엄청 유행이라서 조시 파이도 원피스마다 전부 층층 주름이 있어요. 그 옷 때문에 저는 공부를 더 잘할 수 있을 거예요. 층층 주름을 생각하면 제 마음이 편안해지거든요."

마릴라는 인정했다.

"그렇다면 다행이구나!"

스테이시 선생은 에이번리 학교로 돌아왔다. 학생들은 다시 한 번 열심히 공부했다. 특히, 퀸스 준비반은 다음해 말에 있을 싸움을 단단히 준비했다. 그들의 길 위에 이미 '입학시험'이라는 운명의 그림자가 드리워졌기 때문이다. 시험을 생각하면 모두 심장이 내려앉는 것 같았다. 합격하지 못하면 어쩌나! 앤은 그 겨우내 깨어 있는 시간에는 계속 그 생각에 사로잡혀 있었다. 일요일 오후에도 도덕적이고 신학적인 문제들은 생각조차 하지 못했다. 앤은 입학시험 합격자 명단을 비참하게 바라보는 악몽까지 꾸었다. 그 명단 제일 위에는 길버트 블라이스의 이름이 선명하게 새겨져 있었고, 앤의 이름은 어디에도 없었다.

하지만 그 겨울은 바쁘지만 즐겁고 행복하게 지나가고 있었다. 학교 공부는 재미있었고, 전처럼 경쟁에 몰두했다. 앤의 진지한 눈앞에 새로운 생각과 느낌과 야망의 세계, 미지의 매력적인 지식의 장이 펼쳐지는 것 같았다.

언덕 너머에 또 언덕이 있고, 알프스 너머에 또 알프스가 솟아 있었다.

이 모든 것은 스테이시 선생의 재치 있고, 신중하고, 넓은 지도력 때문이었다. 스테이시 선생은 자기 학생들이 스스로 생각하고, 탐험하고, 발견하도록 이끌고 오래된 익숙한 길에서 벗어나도록 독려했다. 기존의 방법들에 대한 모든 혁신을 의심스럽게 보는 린드 부인과 학교 이사들에게는 꽤 충격이었다.

앤은 공부 외에 사회적 관계도 확장했다. 스펜서 베일 의사의 지시를 마음에 담아둔 마릴라는 앤이 가끔 여행하는 것을 더는 반대하지 않았다. 토론 클럽은 번창해서 발표회를 몇 번 열었다. 거의 어른들의 파티와 가까운 파티도 한두 번 열렸다. 썰매와 스케이트를 타고 즐겁게 놀기도 했다.

그 사이에 앤은 계속 자랐고, 그 속도가 너무 빨라 어느 날 마릴라는 나란히 선 앤이 자신보다 키가 더 큰 것을 발견하고 매우 놀랐다.

마릴라는 믿기지 않는다는 듯 말했다.

"앤, 정말 많이 컸구나!"

그 말 뒤에 한숨이 뒤따랐다. 마릴라는 앤의 키가 자란 것을 보고 이상하게 아쉬운 마음이 들었다. 사랑을 가르쳐준 그 아이는 왠지 사라져버리고, 큰 키와 진지한 눈빛, 생각이 많은 이마와 자랑스러운 머리를 꼿꼿이 든 열다섯 살 소녀가 그 자리에 서 있었다. 마릴라는 그 아이를 사랑했던 만큼 그 소녀도 사랑했지만 이상하게 슬픈 상실감을 느꼈다. 그리고 그날 밤, 앤이 다이애나와 기도 모임에 갔을 때 마릴라는 겨울의 쌀쌀한 황혼 녘에 홀로 앉아 마음껏 눈물을 흘렸다. 등불을 들고 오던 매슈가 마릴라를 발견하고 깜짝 놀라자, 눈물을 흘리던 마릴라는 웃으며 말했다.

"앤을 생각하고 있었어요. 앤이 정말 많이 컸어요. 그 아인 아마도 내년 겨울에는 우리를 떠날 거예요. 그러면 그 아이가 굉장히 보고 싶을 거예요!"

매슈가 위로했다.

"앤은 집에 자주 올 거야. 그때가 되면 카모디에 철도도 생길 거고."

매슈는 앤이 언제까지나 4년 전 6월의 어느 날 저녁, 브라이트 리버 역에서 집으로 데려왔던 조그맣고 간절한 아이이리라 생각했다.

마릴라는 우울한 얼굴로 길게 한숨 쉬고는 위안받지 못하는 슬픔을 삭이기로 마음먹었다.

"앤이 여기에 함께 있는 것과는 같지 않을 거예요. 남자들은 이런 걸 이해 못 한다고요!"

앤에게는 신체적인 변화 외에 다른 변화도 있었다. 한 가지는 말수가 훨씬 줄어들었다는 것이다. 생각은 더 많아지고 예전처럼 상상을 많이 하지만 확실히 말수는 줄었다. 마릴라도 이 점을 눈치채고 언급했다.

"앤, 예전처럼 수다를 떨지 않는구나. 거창한 단어를 많이 쓰지도 않고. 무슨 일 있니?"

앤은 얼굴을 붉히더니 살짝 웃으며 책을 내려놓고 꿈을 꾸듯 창밖을 내다보았다. 봄 햇살의 유혹에 반응하듯 덩굴식물에서 크고 굵은 빨간 봉오리가 싹을 틔우고 있었다.

앤은 집게손가락으로 턱을 누르면서 말했다.

"잘 모르겠어요. 많이 이야기하고 싶지 않아요. 소중하고 예쁜 생각을 마음속에 담아 두는 게 더 좋아요, 보물처럼요. 그게 비웃음을 사거나 이상하게 보이는 것도 싫어요. 어쨌든 더는 거창한 단어도 쓰고 싶지 않고요. 이제는 그런 말을 써도 될 만큼 충분히 컸는데, 쓰고 싶지 않다니 안타까워요! 어떤 점에서 어른이 된다는 건 즐겁지만 제가 기대한 것과는 달라요, 마릴라 아주머니. 배워야 할 것, 해야 할 것, 생각해야 할 것이 너무 많아서 거창한 단어를 쓸 시간이 없어요. 게다가 스테이시 선생님이 짧은 말이 훨씬 더 설득력 있고 효과적이라고 하셨거든요. 선생님은 글을 쓸 땐 최대한 간결하게 쓰라고 하셨어요. 처음에는 어려웠죠. 멋진 거창한 단어를 많이 쓰는 것에 너무 익숙해 있었고 쓸 말도 아주 많았거든요. 하지만 이제 간결하게 쓰는 것도 어느 정도 익숙해졌고 그게 훨씬 좋다는 것도 알게 되었어요."

"네 이야기 클럽은 어떻게 되었니? 그 클럽 이야기하는 걸 오랫동안 못 들었구나."

"이야기 클럽은 이제 없어졌어요. 시간이 없어요. 제 생각에 우리가 싫증이 난 것도 같아요. 사랑과 살인, 도망, 미스터리에 대해 쓰는 일이 바보 같기도 했고요. 가끔 스테이시 선생님은 저희에게 작문 연습을 위해 이야기를 쓰라고 하세요. 대신 에이번리 마을의 우리 생활에서 일어나는 일을 쓰라고 하세요. 그리고 아주 날카롭게 비평하고 우리가 자기 글을 스스로 비평하게 해요. 저는 제 글을 자세히 보기 전에는 제 글에 그렇게 많은 결점이 있는지 정말 몰랐어요. 너무 부끄러워서 완전히 포기하고 싶었지만 스테이시 선생님은 제가 스스로 엄격한 비평가가 되는 연습을 꾸준히 하면 글도 잘 쓸 수 있다고 하셨어요. 그래서 노력중이에요."

마릴라는 말했다.

"이제 입학시험까지 두 달 정도 남았구나. 합격할 수 있을 것 같니?"

앤은 가볍게 몸을 떨었다.

"모르겠어요. 가끔은 잘해낼 수 있으리라 생각해요. 그러다가 엄청 걱정되기도 하고요. 우리는 열심히 공부하고 스테이시 선생님은 우리를 철저하게 훈련시키지만 합격하지 못할 수도 있겠죠. 우리 모두 장애물이 하나씩 있거든요. 저는 물론 수학이고요. 제인은 라틴어, 루비와 찰리는 대수학, 조시는 연산이 약해요. 무디 스퍼전은 자기가 역사 과목에서 낙제할 걸 확신한대요. 스테이시 선생님은 6월에 우리가 입학시험처럼 어려운 모의시험을 치게 될 거고, 채점도 엄격하게 하실 거래요. 그러면 우리 실력을 알게 될 거라네요. 빨리 끝나면 좋겠어요, 마릴라 아주머니. 시험 생각이 머릿속을 떠나지 않아요. 가끔은 한밤중에 일어나서 떨어지면 어떡하나 걱정해요."

마릴라는 무심하게 말했다.

"내년에 학교에 다니면서 다시 공부하면 되지."

"아, 그러고 싶진 않거든요. 떨어지면 정말 창피할 거예요. 특히 길, 아니 다른 아이들만 합격하면요. 시험을 칠 때 너무 긴장돼서 시험을 망쳐버릴 것 같아요. 저도 제인 앤드루스같이 강심장이면 좋겠어요. 그 애는 당황하는 일이 없거든요."

앤은 한숨을 내쉬며 푸르른 산들바람이 손짓하고 정원에서는 초록 잎들이 피어나는 마법 같은 봄의 세계에서 시선을 거두고 마음을 독하게 먹고 완전히 책에 몰입했다. 봄은 다시 찾아오지만 입학시험에 떨어지면 그 봄을 충분히 즐길 수 없으리라고 앤은 생각했다.

32. 합격자 명단이 발표되다

6월이 끝남과 동시에 학기도 끝났고, 스테이시 선생도 에이번리 학교를 떠났다. 그날 오후 앤과 다이애나는 같이 집에 왔는데, 둘 다 오는 내내 아주 진지했다. 붉게 충혈된 눈과 축축한 손수건은 3년 전 필립스 선생이 떠났을 때처럼 스테이시 선생의 작별 인사도 무척이나 감동적이었다는 증거였다. 다이애나는 가문비나무 언덕의 발치에서 학교 건물을 뒤돌아보며 길게 한숨을 내쉬었다.

다이애나는 우울하게 말했다.

"모든 게 다 끝난 것처럼 보여, 그렇지 않니?"

앤은 손수건의 마른 부분을 찾았지만 헛수고였다.

"너는 내가 느끼는 기분의 절반만큼만 힘들 거야. 너는 내년 겨울에 돌아오지만, 나는 이 소중한 학교를 영원히 떠나야 하니까.

물론 운이 좋다면."

"똑같진 않을 거야. 학교에는 스테이시 선생님도 안 계시고 너나 제인, 루비도 아마 없을 테니까. 나는 혼자 앉아야겠지? 네가 아닌 다른 짝은 상상할 수도 없어. 아, 우리는 즐거운 시간을 보냈어. 그렇지 않니, 앤? 그런 시간이 끝났다고 생각하면 너무 끔찍해!"

다이애나는 코 옆으로 커다란 눈물방울을 뚝뚝 흘렸다.

앤은 다이애나에게 부탁했다.

"네가 그만 울어야 나도 그칠 수 있어. 손수건을 치우자마자, 네가 눈물이 그렁그렁한 걸 보니까 나도 다시 눈물이 나오잖아. 린드 아주머니 말씀처럼, 기운 나지 않더라도 최선을 다해 기운을 내자. 나도 내년에 돌아올지도 몰라. 아무래도 합격하지 못할 것 같거든. 그런 생각이 너무 자주 들어."

"스테이시 선생님이 낸 모의시험에서 성적이 좋았잖아."

"그래! 하지만 그 시험을 칠 때는 긴장이 안 됐단 말이야. 진짜 시험을 친다고 생각하면 내 심장이 얼마나 차갑게 두근대는지 넌 아마 상상도 못할 거야. 그리고 내 응시 번호가 13번인데, 조시 파이가 그건 재수 없는 숫자래. 나는 미신을 믿진 않을뿐더러 달라질 건 없다는 걸 잘 알지만, 그래도 13번이 아니었으면 좋겠어."

다이애나는 말했다.

"나도 너랑 같이 가면 좋을 텐데. 완벽하게 멋진 시간을 보낼 것 같지 않니? 하지만 너는 저녁에 공부해야겠지."

"아니야! 스테이시 선생님과 책을 보지 않겠다고 약속까지 했어. 지치고 혼란스럽기만 할 거라고, 나가서 산책하고 시험 생각은 전혀 하지 말고 일찍 자라고 하셨어. 유익한 조언이지만, 따르긴 힘들 것 같아. 유익한 조언은 언제나 따르기 힘든 것 같아. 프리시 앤드루스는 입학시험이 있던 주에 매일 밤늦게까지 벼락치기 공부를 했다고 하더라. 적어도 프리시가 했던 만큼은 공부할 계획이야. 조세핀 고모할머니는 정말 친절도 하시지. 내가 시내에 머무는 동안 비치우드 집에서 지내라고 하셨어."

"거기 있는 동안 나한테 편지 쓸 거지?"

앤은 약속했다.

"화요일 밤에 편지를 써서 첫날을 어떻게 보냈는지 알려줄게."

다이애나는 맹세했다.

"나는 수요일에 우체국에만 있을 거야."

다음 주 월요일에 앤은 시내에 갔고, 수요일에 다이애나는 우체국에서 기다렸던 편지를 받았다.

사랑하는 다이애나에게

지금은 화요일 밤이고, 나는 비치우드 집에 있는 서재에서 편지를 쓰고 있어. 어젯밤 방에 혼자 있으면서 끔찍하게 외로워서 네가 함께 있었으면 얼마나 좋을지 생각했어. '벼락치기 공부'는 하지 않았어. 스테이시 선생님과 약속했으니까. 하지만 역사책을 펼쳐보지 않는 게 수업이 끝나기 전에 이야기책을 읽지 않는 것만큼 힘들었어.

오늘 아침에 스테이시 선생님이 오셨어. 선생님과 함께 퀸스 학교에 가는 길에 제인과 루비와 조시도 데리고 같이 갔지. 루비는 자기 손이 얼음처럼 차다고 나보고 만져보라고 했어. 조시는 내가 한숨도 안 잔 사람처럼 보인다고 내가 시험에 합격하더라도 힘든 교사 과정을 견디기 어려울 거래. 조시 파이 같은 아이를 좋아하는 법을 배우려면 엄청난 시간이 걸릴 거야!

우리가 퀸스 학교에 도착했을 때는 섬 전체에서 온 학생들로 붐볐어. 처음 만난 애는 무디 스퍼전이었어. 계단에 앉아 혼자 중얼거리고 있더라고. 제인이 뭘 하고 있냐고 물었더니, 무디는 마음을 진정하려고 구구단을 외우고 있는 거니까 방해하지 말라고 했어. 잠시라도 멈추면 알고 있는 모든 것을 잊어버릴 것 같아 두렵대. 구구단만 외우면 배운 것들이 전부 제자리에 있을 거라는 거야!

우리가 교실을 배정받자 스테이시 선생님도 가셔야 했어. 나는 제인과 앉게 되었어. 제인은 정말 차분하더라. 나는 그게 부러웠어. 착하고 차분하고 이성적인 제인에게 구구단 같은 건 필요 없었지! 내 기분이 얼굴에 다 드러나고 사람들이 내 심장 뛰는 소리를 다 들을 것만 같았어. 그러고 나서 어떤 남자가 들어와서 영어 시험 종이를 나눠 주기 시작했어. 시험지를 받자마자, 내 손은 점점 차가워지고 머리가 엄청 어지러웠어. 다이애나, 아주 잠시지만 4년 전에 내가 초록 지붕 집에서 살 수 있는지 마릴라 아주머니에게 물어보던 그때와 정확히 똑같은 기분이었어. 그리고 머릿속에서 모든 것이 정리되더니 심장이 다시 뛰기 시작했지. 심장이 완전히 멈췄었다는 말을 깜박했구나! 어쨌든 그러고 나서야 그 시험지를 풀 수 있었어.

정오가 되자, 우리는 집에 가서 점심을 먹고 오후에 역사 시험을 보러 다시 학교에 갔어. 역사 시험은 꽤 어려웠어. 나는 연대가 완전히 헷갈렸어. 그래도 오늘은 꽤 잘 친 것 같아. 하지만 아, 다이애나, 내일은 드디어 수학 시험을 치는 날이야. 그 시험을 생각하면 유클리드 기하학 책을 펼치지 않기로 단단히 결심한 게 흔들려. 구구단 외우기가 도움이 된다면 지금부터 내일 아침까지 그걸 외울 텐데.

오늘 저녁에는 다른 아이들을 만나러 갔어. 가는 길에 심란하게 돌아다니는 무디 스퍼전을 만났지. 무디는 역사 시험을 망친 것 같다며, 자기가 부모님을 실망시키려고 태어난 것 같다고 내일 아침 기차로 집에 돌아가야겠다고 했어. 목사보다는 목수가 되는 게 더 쉬울 거라면서. 나는 무디를 격려해주고 시험이 끝날 때까지 있어보라고 설득했어. 그러지 않으면 스테이시 선생님이 실망하실 테니까. 가끔 나는 남자로 태어났으면 좋겠다고 생각하는데, 무디 스퍼전을 보면 내가 여자이고 그의 여동생이 아닌 게 정말 다행이라고 생각해.

내가 그 애들 하숙집에 도착했을 때 루비는 히스테리 발작을 일으켰어. 영어 시험에서 자기가 실수한 걸 금방 발견했던 거야. 루비가 회복되고 나서 우리는 밖에 나가 아이스크림을 먹었어. 너도 함께 있었으면 얼마나 좋았을까.

아, 다이애나, 수학 시험만 끝난다면 좋겠다! 하지만 린드 아주머니가 말씀하신 것처럼, 수학에서 실패하든 아니든 태양은 계속 떠오르고 질 거야. 그건 사실이지만 특별히 위안이 되지는 않아. 내가 실패한다면 태양이 뜨지 않는 게 더 나을 것 같아.

너의 헌신적인 친구,
앤으로부터.

곧 수학 시험은 물론 모든 시험이 끝났다. 앤은 금요일 저녁에 집에 도착했다. 앤에게는 피곤한 기색보다는 승리의 기운이 감돌았다. 앤이 도착했을 때 다이애나는 초록 지붕 집에 와 있었고, 두 사람은 몇 년 동안 떨어져 있었던 사람들처럼 재회했다.

"사랑하는 친구야, 너를 다시 보니 정말 좋구나! 네가 시내에 간 게 아주 오래전 일 같아. 아, 앤, 그래서 시험은 어땠니?"

"꽤 잘 봤어. 내 생각에 수학만 빼고 다. 시험에 합격할지 떨어질지는 사실 모르지만 떨어질 것 같은 이상하고 소름끼치는 예감이 들어. 아, 돌아오니 정말 좋다! 이 세상에 초록 지붕 집만큼 소중하고 사랑스러운 곳은 없어."

"다른 애들은 잘 쳤대?"

"여자애들은 떨어질 거라고 말하지만, 내 생각에 그 애들도 꽤 잘 친 것 같아. 조시는 수학이 너무 쉬워서 열 살짜리 아이도 풀 수 있었을 거래! 무디 스퍼전은 아직도 역사 시험을 망쳤다고 생각하고 찰리는 대수학을 망쳤대. 하지만 어떻게 될지는 아무도 모르지. 합격자 명단이 나오기 전까지는 말이야. 2주 정도 남았어. 그 2주 동안이나 마음을 졸이며 살아야 한다고 생각해봐! 다 끝날 때까지 잠들었다가 깨어나지 않으면 좋겠어."

다이애나는 길버트 블라이스가 시험을 잘 쳤는지 물어도 대답을 듣지 못할 것이라는 걸 잘 알기에 그저 이렇게 말했다.

"넌 꼭 합격할 거야. 걱정하지 마."

"합격자 명단에 내 이름이 위에 나오지 않느니 차라리 떨어지는 게 낫겠어."

다이애나는 앤이 뜻하는 바를 알고 있었다. 그것은 길버트 블라이스보다 성적이 좋지 않다면 그 성공은 불완전하고 쓰라린 것이라는 뜻이었다.

이런 목표를 달성하기 위해 앤은 시험 기간 내내 긴장하고 있었다. 길버트도 마찬가지였다. 앤과 길버트는 길에서 열두 번은 만났지만, 아는 체하지 않고 서로를 지나쳤다. 그때마다 앤은 고개를 더 높이 들었고, 길버트가 친구가 되자고 했을 때 받아줄걸 그랬다는 생각도 조금 들었다. 하지만 그럴수록 시험에서 길버트보다 좋은 성적을 받겠다고 굳게 다짐했다. 앤은 에이번리 마을의 아이들이 누구의 성적이 제일 좋을지 궁금해한다는 사실을 알고 있었다. 지미 글로버와 네드 라이트는 내기를 걸었고, 조시 파이가 길버트 성적이 더 좋을 거라고 확신한다고 말했다는 것도 알고 있었다. 그래서 만약 실패한다면 그 굴욕감을 견딜 수 없을 것 같았다.

하지만 앤이 시험을 잘 치고 싶은 또 다른 특별한 이유가 있었다. 바로 매슈와 마릴라를 위해, 특히 매슈를 위해 '높은 점수로 합격'하고 싶었다. 매슈는 앤이 '섬 전체에서 1등 할 것'을 확신한다고 말했다. 앤은 허황된 꿈에서조차 그런 것을 바라는 게 어리석어 보였다. 하지만 적어도 10등 안에 들어 매슈의 다정한 갈색 눈이 자신의 성취 때문에 자랑스럽게 빛나는 걸 간절히 보고 싶었다. 그렇게 되면 상상력 없는 방정식과 동사 활용을 참을성 있게 파헤치며 열심히 공부했던 것을 달콤하게 보상받는 것이라고 생각했다.

그 주가 끝날 무렵, 앤은 제인과 루비, 조시와 함께 산만하게 우체국을 자주 찾았다. 입학시험을 쳤던 일주일 동안 느꼈던 긴장감을 그대로 느끼며 떨리는 손으로 샬럿타운 일간지들을 펼쳐보았다. 찰리와 길버트도 이와 별반 다르지 않았지만, 무디 스퍼전은 동요하지 않았다.

무디가 앤에게 말했다.

"나는 거기에 가서 차분하게 신문을 볼 자신이 없어. 누군가 내게 와서 합격했는지 안 했는지 말해줄 때까지 나는 그냥 기다릴 거야."

합격자 명단이 발표되지 않은 채 3주가 지나자, 앤은 더는 긴장감을 참을 수 없을 것 같았다. 식욕도 없고 에이번리 마을에서 일어나는 일들에 대한 관심도 사라졌다. 린드 부인은 보수당인 토리 교육감에게 뭘 기대할 수 있겠느냐고 했다. 앤이 매일 오후 우체국에서 창백한 얼굴로 실망한 채 느릿느릿 돌아오는 모습을 지켜보던 매슈도 다음 선거에서 자유당을 뽑는 게 낫지 않을까 진지하게 고민하기 시작했다.

어느 날 오후, 드디어 소식이 도착했다. 앤은 창문을 열어놓고 앉아서 시험에 대한 고민과 세상의 걱정들을 잊은 채 정원에서 올라오는 향긋한 꽃향기를 맡고 포플러 나뭇잎들이 흔들리며 내는 소리를 들으며 여름 해 질 녘의 아름다움에 빠져 있었다. 전나무 숲 위의 동쪽 하늘은 서쪽에서 반사된 엷은 분홍색으로 붉게 물들었다. 색의 영혼은 저런 모습일 거라고 꿈을 꾸듯 생각하고 있을 때였다. 앤은 전나무 사이로 뛰어와 통나무 다리를 건너 비탈길을 올라오는 다이애나를 보았다. 다이애나의 손에 신문이 펄럭이고 있었다.

앤은 벌떡 일어났다. 신문에 어떤 내용이 실렸을지 바로 알아챘다. 합격자 명단이 나온 것이다! 앤은 머리가 어지러웠고, 아플 정도로 심장이 뛰었다. 한 발자국도 움직일 수 없었다. 다이애나가 뛰어와서 노크도 없이 방으로 들어오기 전까지 한 시간은 걸린 것 같았다. 다이애나는 크게 흥분했다.

다이애나는 소리쳤다.

"앤, 합격했어! 그것도 그냥 합격이 아니라 1등으로 합격했어! 너랑 길버트 둘이 동점이지만 네 이름이 먼저 나왔어. 네가 정말 자랑스러워 앤!"

다이애나는 탁자 위에 신문을 내던지고 앤의 침대로 뛰어들었다. 너무 숨이 차서 더 말할 수 없을 정도였다. 앤은 램프에 불을 켜려고 했는데, 성냥통을 한 번 엎고 성냥을 여섯 개나 쓴 뒤에야 겨우 켤 수 있었다. 손이 너무 떨렸기 때문이다. 그러고 나서 앤은 신문을 집어 들었다. 그랬다. 앤은 합격했다. 합격자 명단에 나온 200명 중에서 제일 위에 이름이 있었다! 살 만한 가치가 있는 순간이었다.

"정말 멋져, 앤!"

다이애나는 숨을 헐떡이며 일어나 앉아서 말했다. 앤은 눈빛은 빛났지만 넋이 빠져 한마디도 하지 않았다.

"아빠가 10분 전에 브라이트 리버 역에서 이 신문을 가져오셨어. 오늘 오후 기차로 온 거야. 만일 우편으로 왔다면 우린 아마 내일까지 받아보지 못했을 거야. 합격자 명단을 보자마자, 무슨 야생동물이라도 된 것처럼 힘차게 달려왔어. 너희들 모두 합격했어, 모두가 말이야. 비록 역사 시험에 조건이 붙지만 무디 스퍼전도 합격했고. 제인과 루비는 꽤 잘해서 중간보다 위에 있고 찰리도 좋은 성적으로 합격했어. 조시는 간신히 3점 더 맞아서 합격했지만, 마치 1등 한 것처럼 과장할 게 뻔해. 스테이시 선생님도 정말 기뻐하시겠지? 아, 앤, 합격자 명단에 네 이름이 제일 위에 있는 걸 본 소감이 어때? 그게 나였다면, 기뻐서 제정신이 아닐 것 같아. 물론 지금도 거의 그 정도로 좋긴 하지만. 하지만 너는 봄날 저녁처럼 차분하고 담담하구나."

앤은 말했다.

"속으로 황홀해하고 있어. 하고 싶은 말은 엄청 많은데, 그걸 말할 수 있는 단어를 찾을 수가 없어. 절대 이런 상황은 꿈도 꾸지 않았어. 아, 딱 한 번 꿈꾼 적이 있어! '내가 1등을 하면 어떨까?' 하고 진짜 딱 한 번 생각은 해봤어. 덜덜 떨면서 말이야. 하지만 내가 섬에서 1등 할 수 있다고 생각하는 건 너무 허영심 넘치고 건방진 일 같았어. 잠시만, 다이애나. 농장에 달려가서 매슈 아저씨께 알려드려야겠다. 그리고 우리 나가서 다른 아이들에게도 좋은 소식을 전해주자."

앤과 다이애나는 서둘러 헛간 아래의 건초 밭으로 갔다. 매슈는 건초를 감고 있었고, 운 좋게도 린드 부인이 그 길 울타리에서 마릴라와 이야기를 나누고 있었다.

앤은 소리쳤다.

"아, 매슈 아저씨. 저 합격했어요! 그것도 1등으로요! 1등이 한 명 더 있긴 하지만요. 헛된 일이 아니었어요. 정말 감사해요!"

매슈가 합격자 명단을 기쁘게 바라보았다.

"내가 늘 말했잖니. 나는 네가 쉽게 1등 할 줄 알았다."

"정말 잘했구나, 앤!"

마릴라는 린드 부인의 비판적인 시선을 피하고 싶어서 앤이 엄청나게 자랑스러운 마음을 애써 숨기며 말했다. 하지만 착한 린드 부인도 진심으로 말했다.

"나도 앤이 해낼 줄 알았어요. 이 말을 안 할 수가 없네요. 네 친구들에게 자랑거리가 되었구나, 앤. 우리 모두 네가 자랑스럽다!"

그날 밤, 목사관에서 앨런 부인과 다소 진지한 이야기를 나누며 즐거운 저녁 시간을 보낸 앤은 달빛이 밝게 빛나는 창가에 무릎을 꿇고 앉아 작은 목소리로 감사하는 마음과 마음속에 떠오르는 희망을 기도했다. 그 기도에는 과거에 대한 고마움과 미래에 대한 경건한 청원이 들어 있었다. 그리고 앤은 하얀 베개를 베고 잠이 들어 아가씨들이 열망할 만한 밝고 아름다운 꿈을 꾸었다.

33. 호텔 발표회에서 관중을 매료시키다

"하얀 오건디 드레스를 꼭 입어야 한다니까, 앤."

다이애나는 단호하게 조언했다.

앤과 다이애나는 동쪽 방에 함께 있었다. 창밖에는 땅거미가 지고 있었다. 구름 한 점 없는 맑고 푸른 하늘에 아름다운 노란 초록빛이 물들고 있었다. 창백한 빛이 윤이 나는 은빛으로 천천히 짙어진 크고 둥근 달은 유령의 숲 위에 떠 있었다. 대기에는 달콤한 여름의 소리가 가득했다. 졸린 새들이 지저귀는 소리, 이상한 산들바람 소리, 멀리서 들리는 사람들의 목소리와 웃음소리. 하지만 앤의 방에서는 블라인드가 쳐져 있고, 램프에 불이 켜진 채 중요한 몸단장이 이루어지고 있었다.

동쪽 방은 4년 전 그날 밤의 견디기 힘든 차가운 냉기가 뼛속까지 스며들 정도로 휑한 모습과는 완전히 다른 곳이 되었다. 변화는 천천히 일어났다. 마릴라도 어쩔 수 없이 묵인해서 그 방은 어린 여자아이가 바라던 달콤하고 앙증맞은 공간이 되었다.

분홍색 장미가 있는 벨벳 카펫과 분홍색 실크 커튼과 같이 앤이 전부터 꿈꾸던 것들은 실현되지 않았다. 하지만 앤의 꿈은 앤과 함께 성장해 앤은 그것을 슬퍼하지 않았다. 바닥에는 예쁜 깔개가 깔려 있고, 높은 창문에는 방을 은은하게 가려주고, 살랑대는 바람에 흔들리는 연초록색의 모슬린 커튼이 달려 있었다. 벽에는 금은 색실로 짠 양단 천은 없었지만, 앙증맞은 사과 꽃이 그려진 벽지가 발라져 있고, 앨런 부인에게 받은 멋진 그림들이 걸려 있었다. 스테이시 선생의 사진도 영광의 자리를 차지했고, 앤은 그 아래 받침대에 신선한 꽃들을 감성적으로 장식해놓았다. 오늘 밤에는 하얀 백합이 장식되어 있어 꿈처럼 몽롱한 향기가 방안에 풍겼다. '마호가니 가구'는 없었지만 흰색으로 칠한 책장에는 책이 가득 꽂혀 있었고, 쿠션이 있는 흔들의자도 있었다. 하얀색 모슬린으로 장식된 화장대에는 예스럽고 금테를 두른 아치형 윗부분에 통통한 분홍색 큐피드와 자주색 포도가 그려진 거울도 있었다. 그것은 손님용 방에 달려 있던 거울이었다. 침대는 낮고 하얀색이었다.

앤은 화이트 샌즈 호텔에서 열리는 발표회에 가려고 옷을 입고 있었다. 그 호텔 손님들이 샬롯타운 병원을 돕기 위해 준비한 발표회였다. 주변 지역에서 재능 있는 사람을 찾아내 돕기로 했다. 화이트 샌즈 침례교회 성가대의 버사 샘프슨과 펄 클레이는 이중창을 하기로 했다. 뉴브리지의 밀턴 클락은 바이올린 독주를 하고 카모디의 위니 아델라 블레어는 스코틀랜드 전통노래를 부른다. 스펜서 베일의 로라 스펜서와 에이번리의 앤 셜리는 낭송을 하기로 했다.

앤이 전에도 말한 것처럼, 이 일은 '인생의 획기적인 사건'이었고 기분 좋게 그 흥분을 즐기고 있었다. 매슈는 앤이 너무도 자랑스러웠고 말할 수 없이 기뻤다. 마릴라도 메슈 못지않게 기뻤지만, 그 사실을 인정하느니 차라리 죽는 게 낫다고 생각했다. 그런 터라, 마릴라는 어린아이들이 보호자 없이 호텔에 드나드는 것은 올바른 일이 아니라고 핀잔을 주었다.

앤과 다이애나는 제인 앤드루스와 제인의 오빠인 빌리와 함께 4인석 마차를 타고 갔다. 에이번리에서 다른 아이들도 몇 명 갈 예정이었다. 외부에서 온 손님들을 위한 파티는 물론, 발표회가 끝난 뒤에는 공연에 참여한 사람들을 위한 저녁 식사도 준비되어 있었다.

앤은 걱정스레 물었다.

"정말 오건디가 제일 나을까? 내 파란색 꽃무늬 모슬린만큼 예쁘다는 생각이 안 들어. 확실히 유행하는 것도 아니잖아."

다이애나는 말했다.

"하지만 이 옷이 너한테 훨씬 잘 어울려. 부드럽고, 주름 장식이 많고, 몸에 착 달라붙잖아. 모슬린은 뻣뻣해서 네가 너무 차려입은 것처럼 보이거든. 하지만 오건디는 너한테 딱 맞는 옷처럼 보여."

앤은 한숨을 내쉬고 결국 양보했다. 다이애나는 패션 감각이 탁

월하다고 이름나기 시작해 옷 문제로 다이애나의 조언을 구하는 사람이 많아졌다. 다이애나는 이 특별한 밤을 위해 아름다운 들장미 분홍색 드레스를 입어 굉장히 예뻐 보였다. 앤이라면 영원히 입지 못할 드레스였다. 하지만 다이애나는 발표회에 참가하지 않으므로 자신의 패션은 그다지 중요하게 생각하지 않았다. 다이애나는 앤을 위해 수고를 아끼지 않았다. 에이번리 마을의 명예를 위해 앤의 옷을 고르고, 머리를 빗겨주고, 여왕처럼 꾸며주겠다고 다짐했다.

"주름 장식을 조금 더 당겨봐. 그래. 내가 여기에 리본을 매줄게. 이제 네 슬리퍼를 신어. 머리는 양 갈래로 두껍게 땋아서 중간쯤에 큰 하얀 리본으로 묶을 거야. 안 돼. 머리카락 한 올도 이마 위로 잡아당기지 마. 자연스럽게 놔둘 거야. 너는 어떻게 하는 게 너한테 잘 어울리는지 모르는 것 같더라, 앤. 앨런 선생님이 너는 머리를 그렇게 나누면 성모 마리아 같아 보인다고 하셨어. 이 작은 하얀 장미를 네 귀 뒤에 꽂을 거야. 우리 집 정원에 딱 한 송이 피어 있어서 너에게 선물하려고 따 갖고 왔어."

앤은 진지한 얼굴로 물었다.

"이 진주 목걸이를 해도 될까? 매슈 아저씨가 지난주에 시내에서 사 오신 거야. 내가 이 목걸이를 한 걸 보면 틀림없이 좋아하실 거야."

다이애나는 입술을 오므리고 난감하다는 듯 검은 머리를 한쪽으로 기울였다. 결국, 다이애나는 목걸이 하는 걸 찬성했다. 앤의 얇고 우유같이 하얀 목에 진주목걸이가 걸렸다.

다이애나는 시기하는 마음 하나 없이 감탄하며 말했다.

"넌 정말 매력적인 아이야, 앤. 항상 고개를 꼿꼿이 들고 다니잖아. 그게 네 특징이지. 난 뚱뚱해졌어. 항상 뚱뚱해질까 봐 걱정했는데, 진짜 그렇게 됐어. 이젠 그 사실을 받아들여야 할 것 같아."

앤은 자신과 아주 가까이에 있는 예쁘고 명랑한 친구의 얼굴을 보며 애정 어린 미소를 지으며 말했다.

"하지만 넌 보조개가 있잖아. 크림에 움푹 들어간 것처럼 사랑스러운 보조개야! 나는 보조개가 생기길 바라는 희망을 포기했어. 보조개가 생겼으면 하는 내 꿈은 절대 이뤄지지 않을 거야. 하지만 많은 꿈이 이루어졌으니 불평하면 안 돼. 이제 준비가 다 된 거지?"

"그래, 준비는 다 됐어."

다이애나가 대답하는데, 마릴라가 문 앞에 나타났다. 전보다 흰머리가 많아지고 수척한 모습이었지만 표정은 한결 부드러워졌다.

"들어오셔서 우리의 웅변가를 한번 보세요, 마릴라 아주머니. 정말 사랑스럽지 않나요?"

마릴라는 비웃음인 듯 불평인 듯 모를 목소리로 말했다.

"단정하고 무난해 보이는구나. 머리를 고정한 방식이 마음에 들어. 하지만 마차를 타고 가다 보면 먼지와 이슬을 맞아 드레스가 망가지지 않을까 걱정이다. 이렇게 눅눅한 밤에 입기에는 너무 얇아 보이기도 해. 오건디는 이 세상에서 가장 쓸모없는 천이야. 매슈 오라버니가 그걸 가져왔을 때 그렇게 말했지. 하지만 요즘 매슈 오라버니에겐 무슨 말을 해도 소용이 없단다. 내 충고를 잘 들을 때가 있었는데, 이제 나는 신경도 쓰지 않고 마음대로 앤에게 다 사줘. 카모디의 점원들도 매슈 오라버니에게는 무엇이든 팔 수 있다고 생각해. 그들은 요즘 유행하는 물건이라고만 하면 오라버니는 기꺼이 돈을 낸다고 말하곤 해. 치마가 바퀴에 더럽혀지지 않게 주의하고 따뜻한 외투를 입어라."

그리고 마릴라는 아래층으로 내려갔다. 앤이 정말 예쁘고 자랑스럽다고 생각하면서 이런 구절을 떠올렸다.

"이마에서 왕관까지 한줄기 달빛이."

그리고 발표회에 가서 앤의 낭송을 듣지 못하는 것을 안타까워했다.

앤은 불안한 표정으로 말했다.

"이 드레스를 입기에 날씨가 너무 눅눅한가?"

다이애나는 창문 블라인드를 올리며 말했다.

"전혀 아니야. 완벽한 밤이야. 이슬도 없을 거야. 저 달빛 좀 봐."

앤은 다이애나에게 가면서 말했다.

"내 창문으로 동쪽에서 해가 떠오르는 것을 볼 수 있어서 정말 좋아! 저 긴 언덕 위로 해가 떠올라 가느다란 전나무 꼭대기에서 빛나는 걸 보는 일은 정말 멋져! 매일 새로운 아침이 밝아오면 나는 마치 이른 아침 햇살로 내 영혼을 목욕하는 느낌이야. 아, 다이애나, 나는 이 작은 방이 정말 좋아! 다음 달에 시내에 가면 이 방 없이 어떻게 살아갈지 모르겠어."

다이애나가 간절한 표정으로 앤에게 부탁했다.

"오늘 밤에 떠나는 이야기는 하지 마. 그런 생각은 하고 싶지 않

아. 그 생각을 하면 정말 우울해지거든. 오늘 저녁은 즐겁게 보내고 싶어. 너는 뭘 낭송하니, 앤? 긴장되니?"

"전혀. 사람들 앞에서 자주 낭독해서 이제 전혀 신경 쓰지 않아. '아가씨의 서약'을 낭송할 거야. 아주 슬픈 이야기야. 로라 스펜서는 웃긴 이야기를 낭송할 거라는데, 나는 사람들을 웃기는 것보다 울리는 게 더 좋아."

"사람들이 앙코르 요청을 하면 뭘 낭송할 거니?"

"나한테 앙코르 요청할 거라는 생각은 꿈에도 하지 않아."

앤은 겉으로는 비웃었지만, 속으로 앙코르 요청을 받기를 희망하고 있었다. 다음 날 아침, 아침 식사를 하면서 매슈와 그 이야기를 나누는 자신의 모습을 이미 그려보았다.

"빌리와 제인이 왔나 봐. 마차 소리가 들려. 내려가자."

빌리 앤드루스는 앤이 자신과 함께 앞자리에 앉아야 한다고 고집을 부려 어쩔 수 없이 앤은 앞자리에 올라탔다. 여자 친구들과 함께 뒷자리에 앉아 마음껏 웃고 떠들고 싶었다. 빌리와는 웃지도 이야기하지도 않았다. 빌리는 키가 크고 뚱뚱하고 둔감한 스무 살이었다. 둥글고 표정 없는 얼굴에 괴롭게도 대화를 이끄는 재능도 없었다. 하지만 앤을 엄청나게 흠모해서 자기 옆에 날씬하고 꼿꼿하게 앉은 앤과 함께 화이트 샌즈로 마차를 몰고 간다는 사실에 우쭐해했다.

앤은 어깨 너머로 친구들과 이야기하며 가끔 빌리에게 예의상 한마디씩 했다. 그러면 빌리는 활짝 웃거나 낄낄대며 웃었지만 마땅히 대답할 말을 생각하지는 못했다. 그래도 앤은 어떻게든 그 여행을 즐기려고 노력했다. 즐거운 밤이었다. 길에는 호텔로 향하는 마차들이 많았다. 웃음소리와 방울이 딸랑이는 소리가 울려 퍼졌다. 그들이 호텔에 도착하자, 위에서 아래까지 불빛이 찬란했다. 발표회 위원회 부인들을 만났고, 그중 한 명이 앤을 공연자들 대기실로 데려다주었다. 그곳에는 샬럿타운 교향악단 단원들이 모여 있었다. 그들 사이에서 앤은 갑자기 수줍고 두려웠다. 앤은 자기가 촌스럽다고 느꼈다. 동쪽 방에서 입어볼 때는 단정하고 예뻐 보이기만 하던 자신의 드레스가 이제는 단순하고 평범하기 짝이 없어 보였다. 주위 사람들이 입은 옷은 모두 실크 드레스에 레이스가 달려 반짝거리고 바스락거리는 소리가 났다. 그 사이에서 앤은 자신의 외모와 옷차림이 너무 평범하다고 생각했다. 가까이 있던 키 크고 멋진 부인의 다이아몬드와 자신의 진주 목걸이를 어떻게 비교하겠는가? 작은 흰 장미 한 송이가 다른 사람들이 달고 있는 온실 꽃들 옆에서 얼마나 애처롭게 보일까! 앤은 모자와 외투를 벗어두고 한쪽 구석에서 비참하게 웅크리고 있었다. 다시 초록 지붕 집의 하얀 방으로 돌아가고 싶은 마음뿐이었다.

호텔의 큰 콘서트홀에 설치된 무대에 서자 그런 기분은 더 심해졌다. 앤은 전기 불빛 때문에 눈이 부셨고, 향수 냄새와 웅성거리는 소리에 정신이 없었다. 다이애나와 제인과 함께 청중 속에 앉아 있으면 좋겠다고 생각했다. 그들은 뒷자리에 앉아 재미있는 시간을 보내고 있을 것이었다. 앤은 분홍색 실크 드레스를 입은 통통한 여자와 키가 크고 멸시하는 듯한 표정을 짓는 흰 레이스 드레스를 입은 여자아이 사이에 끼어 있었다. 그 통통한 여자는 가끔 고개를 돌려 안경 너머로 앤을 훑어보았다. 뚫어지게 쳐다보는 것을 예민하게 느낀 앤은 크게 소리 지르고 싶을 정도였다. 그리고 흰 레이스 드레스를 입은 여자아이는 객석에 앉아 있는 사람들을 보고 '시골뜨기'와 '촌스러운 여자들'이라고 옆 사람에게 큰 소리로 끊임없이 떠들면서 프로그램 중에서 시골 재능을 보여줄 때 '그런 웃음'을 기대한다고 했다. 앤은 그 흰 레이스 드레스를 입은 여자아이를 죽을 때까지 싫어할 거라고 다짐했다.

앤에게는 불행히도 그 호텔에는 전문 웅변가가 숙박하고 있었고, 이번 발표회에서 낭송하기로 허락한 상태였다. 목과 검은 머리에 보석을 달고 달빛으로 짠 것처럼 반짝이는 아름다운 회색 드레스를 입은 웅변가는 나긋나긋해 보였고 눈동자가 검은색이었다. 목소리도 놀라우리만치 부드럽고 표현력도 풍부했다. 청중들은 그 부인의 낭송에 열중했다. 앤도 잠시 동안 자신의 고민들을 잊은 채 눈을 반짝이며 완전히 몰입해서 들었다. 하지만 낭송이 끝나자, 앤은 갑자기 손으로 얼굴을 가렸다. 그다음 차례로 자신이 일어나 낭송할 수가 없었다. 절대로. 왜 낭독할 수 있다고 생각했던 거지? 아, 초록 지붕 집으로 다시 돌아가고 싶어!

이 끔찍한 순간에 앤의 이름이 불렸다. 흰 레이스 드레스를 입은 여자아이가 깜짝 놀라 미안해했지만 앤은 전혀 눈치채지 못했다. 그리고 혹시 봤더라도 그 안에 담긴 미묘한 칭찬의 표정은 알지 못했을 것이다. 앤은 일어나서 앞으로 나가면서 현기증을 느꼈다. 앤의 얼굴이 너무 창백한 것을 보고 관객석에 있던 다이애나와 제인은 긴장한 채 서로의 손을 잡았다.

앤은 무대 공포증에 압도된 피해자였다. 사람들 앞에서 자주 낭송해봤지만, 이렇게 많은 청중 앞에서는 처음이었다. 사람들을 보고 기운이 빠진 앤은 마치 몸이 굳는 것처럼 느꼈다. 모든 것이 너무 낯설고, 너무 눈부시고, 너무 당황스러웠다. 이브닝드레스를 입은 여성들이 냉소적인 표정을 지은 채 줄지어 앉아 있었다. 모두 부자에다 교양 있는 분위기였다. 토론 클럽에서 평범한 의자에 앉아 있던 친구들과 이웃들의 편안하고 호의적인 표정과는 완전히 달랐다. 앤이 생각하기에, 이 사람들은 인정사정없이 비판할 것 같았다. 아마 흰 레이스 옷을 입은 아이처럼 저 사람들도 앤의 '촌스러운' 노력이 주는 재미를 기대했을 것이다. 앤은 절망적이었고, 창피했으며, 비참했다. 무릎이 떨렸고, 심장이 두근댔으며, 현기증이 났다. 한마디도 할 수 없었다. 다음 순간, 앞으로 계속 굴욕감이 따라다니더라도 그 무대에서 달아나고 싶은 생각이 간절했다.

하지만 갑자기 청중을 보던 앤의 놀란 눈이 더 커졌다. 콘서트홀 뒤쪽에서 몸을 숙인 채 웃고 있는 길버트 블라이스를 발견했기 때문이다. 앤에게 그 미소는 승리와 조롱의 비웃음처럼 보였다. 하지만 사실 그런 의미는 전혀 없었다. 길버트는 그저 전체적인 공연을 보고, 특히 종려나무를 배경으로 선 앤의 하얗고 날씬한 모습과 얼굴이 만들어낸 분위기를 감상하며 웃고 있었던 것이다. 길버트와 같이 온 조시 파이는 그의 옆에 앉아서 분명히 승리감과 조롱하는 표정을 짓고 있었다. 그러나 앤은 조시는 눈에 들어오지도 않았고, 보았다고 해도 개의치 않았을 것이다. 앤은 길게 숨을 내쉬고 당당하게 고개를 들었다. 전기 충격을 받은 것처럼 용기와 투지가 들끓었다. 길버트 블라이스 앞에서 절대 망칠 수는 없어. 길버트가 비웃는 일은 절대 있을 수 없어, 절대로! 두려움과 긴장감이 사라졌다. 앤은 낭송을 시작했다. 맑고 다정한 목소리가 떨리지도 않고 멈춤 없이 그 공간 끝까지 울려 퍼졌다. 침착함을 완전히 회복한 채 무기력하던 끔찍한 순간에 반응하듯 앤은 최고로 훌륭하게 낭송했다. 앤이 낭송을 마치자, 진심 어린 박수가 터져 나왔다. 앤은 부끄러운 마음과 해냈다는 기쁨에 얼굴이 붉게 상기된 채 자리로 돌아갔다. 분홍색 실크 드레스를 입은 통통한 여자가 앤의 두 손을 힘차게 잡고 흔들었다.

그 여자가 숨까지 헐떡거리며 말했다.

"정말 잘했어요. 나는 아기처럼 울었어요. 정말 그렇게 울었다니까요. 앙코르 요청을 하네요. 다시 나오라고 부르고 있어요!"

앤은 당황했다.

"아, 나갈 수 없어요. 하지만 나가야 해요. 안 나가면 매슈 아저씨가 실망하실 거예요. 사람들이 저한테 틀림없이 앙코르 요청을 할 거라고 아저씨가 말씀하셨거든요."

분홍색 드레스를 입은 여자가 웃으며 말했다.

"그렇다면 매슈 아저씨를 실망시킬 순 없죠."

앤은 초롱초롱한 눈망울에 붉게 상기된 얼굴로 웃으면서 다시 무대에 나갔다. 이번에는 기발하고 약간 재미있는 이야기로 청중들의 마음을 사로잡았다. 그날 저녁의 남은 시간은 앤에게 약간의 승리감을 안겨주었다.

발표회가 끝나자, 미국 백만장자의 아내라는 그 분홍색 드레스를 입은 통통한 여자가 앤을 데리고 다니며 사람들에게 일일이 소개했다. 사람들은 모두 앤에게 매우 친절했다. 전문 웅변가인 에반스 부인도 앤에게 다가와서 말을 걸었다. 그녀는 앤의 목소리가 매력적일 뿐만 아니라 선택한 작품들을 멋지게 이해했다고 귀띔해주었다. 흰 레이스 드레스를 입은 여자아이까지 다가와 힘없는 목소리로 칭찬해주었다. 그들은 아름답게 장식된 넓은 식당에서 함께 저녁을 먹었다. 앤과 함께 온 덕분에 다이애나와 제인도 저녁 식사에 초대받았다. 하지만 빌리는 어디에도 없었다. 그는 그런 초대를 두려워해 미리 도망쳤던 것이다. 그러나 빌리는 멀리 가지 않고 식사가 끝날 때까지 그들을 기다려주었다. 세 명의 여자아이들이 하얀 달빛을 조용히 받으며 즐겁게 걸어나왔다. 앤은 심호흡을 하고, 어두운 전나무 가지 사이로 보이는 맑은 하늘을 올려다보았다.

깨끗하고 조용한 밤 속으로 다시 나오니 기분이 좋았다! 그 주위를 둘러싼 바다의 속삭임과 황홀한 해안을 지키는 음산한 거인 같은 어두운 절벽까지 모든 것이 고요하고 아름다웠다.

돌아오는 길에 제인이 한숨을 쉬며 말했다.

"정말 완벽하게 멋진 시간이었지? 나도 미국인 부자라면 얼마나 좋을까! 여름은 호텔에서 지내고, 몸에 보석을 걸치고, 목이 파인 드레스를 입고, 매일 아이스크림과 치킨 샐러드를 먹으며 살 수 있을 텐데. 학교에서 아이들을 가르치는 일보다 훨씬 재밌을 거야. 앤, 네 낭송은 정말 멋졌어! 처음에는 너무 긴장해서 네가 제대로 시작도 못할 것만 같았는데……. 에반스 부인의 낭송보다 훨씬 좋았다고 생각해!

앤은 빨리 말했다.

"아냐! 그런 말 하지 마, 제인. 바보 같은 소리야! 내가 에반스 부인보다 더 잘할 수는 없지. 그분은 전문가고, 나는 그저 낭송에 조금 재주 있는 학생일 뿐이니까. 그래도 사람들이 내 낭송을 꽤 좋아해줬다는 사실에 만족해!"

다이애나는 말했다.

"누가 널 칭찬했어, 앤. 적어도 그 사람이 말하는 투로 봐서 그건 칭찬이었던 게 분명해. 어쨌든 내 귀엔 칭찬으로 들렸어. 제인과 내 뒤에 미국인이 앉아 있었는데, 머리카락도 눈도 새까맣고 낭만적으로 생긴 남자였어. 조시 파이 말이, 그 사람은 유명한 예술가래. 보스턴에 사는 조시 엄마의 사촌이 그 사람과 함께 학교를 다녔던 남자와 결혼했다더라. 우린 그가 한 말을 들었어. 안 그래, 제인? '무대 위의 멋진 티치아노 머리를 한 저 여자아이는 누구지? 그림을 그리고 싶은 얼굴이군'이라고 말했어, 앤. 그런데 티치아노 머리가 무슨 뜻이지?"

앤은 활짝 웃었다.

"해석하자면, 평범한 빨간 머리를 말하는 걸 거야. 티치아노는 빨간 머리 여자들을 즐겨 그렸던 아주 유명한 화가거든."

제인은 한숨을 쉬었다.

"그 여자들이 하고 있던 다이아몬드를 봤니? 정말 눈이 부시더라! 너희는 부자가 되고 싶지 않니, 얘들아?"

앤은 단호하게 말했다.

"우리는 부자야! 자랑스럽게 16년을 살았고, 여왕처럼 행복하고,

모두 상상력이 뛰어나잖아. 저 바다를 봐, 얘들아. 은빛과 어둠, 보이지 않는 꿈까지. 우리가 모두 백만장자고, 다이아몬드를 몸에 잔뜩 감고 있다면 이런 멋진 바다는 즐길 수 없을 거야. 바꿀 수 있다고 해도 나는 그 여자들과 내 처지를 바꾸진 않을 거야. 그 흰 레이스 옷을 입은 여자애처럼 세상을 멸시하기 위해 태어나기라도 한 것처럼 평생 불만스러운 얼굴로 살고 싶니? 아니면 분홍색 드레스 입은 여자처럼 통통하고 키도 작아 형편없는 몸매를 한 사람이 되고 싶니? 물론, 그분은 친절하고 마음씨 좋았지만……. 아니면, 눈이 정말 슬퍼 보이는 에반스 부인처럼 살고 싶니? 그런 모습을 보면 언젠가 아주 불행하게 살았던 게 분명해. 넌 절대로 그렇게 살 수 없다는 걸 잘 알잖아, 제인 앤드루스!"

제인은 확신 없이 말했다.

"정말 잘 모르겠어. 나는 다이아몬드가 사람에게 큰 위안이 되리라 생각해."

앤은 굳건하게 말했다.

"나는 내가 아니면 누구도 되고 싶지 않아. 설사 평생 다이아몬드로 위안받지 못한다고 해도 말이야. 나는 진주 목걸이를 한 초록 지붕 집의 앤으로 만족하거든! 분홍색 드레스 여자의 보석이 값진 만큼 이 목걸이에 담긴 매슈 아저씨의 사랑이 값지다는 걸 잘 아니까!"

34. 향수병으로 힘들어하는 퀸스의 소녀

그다음 3주 동안 초록 지붕 집은 무척이나 분주했다. 앤이 퀸스 학교에 갈 준비를 해야 했기 때문이다. 바느질할 옷들이 많았고, 이야기 나누고 처리해야 할 것들도 많았다. 앤은 매슈의 배려로 예쁜 옷도 충분히 장만해두었다. 마릴라는 매슈가 어떤 것을 구입하거나 제안해도 이번만은 반대하지 않았다. 게다가 어느 날 저녁, 마릴라는 우아한 연녹색 천들을 가득 들고 동쪽 방으로 올라왔다.

"앤, 가볍고 예쁜 드레스를 만들려고 준비해두었단다. 이미 예쁜 옷들이 많아서 필요 없을 수도 있겠지만……. 파티나 모임에 참석하려고 시내에 나가는 날에는 화려한 드레스를 입고 싶어 할 것 같아서 말이야. 제인과 루비, 조시는 '이브닝드레스'를 벌써 샀다고 하더라. 사람들이 그렇게 부르더구나. 네가 그 아이들에게 뒤처지는 건 볼 수 없지. 앨런 부인에게 도움을 청해 지난주에 시내에 나가 골라왔단다. 에밀리 길리스에게 멋진 옷을 만들어달라고 부탁하자. 에밀리가 유행을 잘 알고 있고 솜씨도 좋으니까."

"아, 마릴라 아주머니, 정말 아름다워요! 정말 고마워요! 저한테 이렇게 친절하시다니, 믿기지 않아요. 그래서 매일 떠나는 게 더 힘들어져요!"

그 초록색 드레스는 에밀리의 취향대로 주름 장식이 많고 셔링도 들어 있었다. 어느 날 저녁, 앤은 매슈와 마릴라를 위해 그 드레스를 입고 부엌에서 '아가씨의 서약'을 낭송했다. 마릴라는 그 밝고 생기 있는 얼굴과 우아한 동작을 보면서 앤이 초록 지붕 집에 도착했던 밤을 떠올렸다. 볼품없는 황갈색 원피스를 입은 이상하고 겁먹은 아이가 눈물이 가득 고인 눈으로 슬퍼하던 모습이 생생하게 떠올랐다. 그 기억을 떠올리자, 마릴라의 눈에도 눈물이 고였다.

앤은 몸을 숙여 마릴라의 볼에 입을 맞춰 간질이며 명랑하게 말했다.

"제 낭송을 듣고 눈물을 흘리시네요, 마릴라 아주머니. 대성공이네요!"

마릴라는 시 같은 것에 그런 나약한 모습을 보이는 것을 싫어해서 이렇게 말했다.

"아니야. 네 낭송을 듣고 우는 게 아니란다. 그저 네 어린 시절이 떠올랐기 때문이란다, 앤. 난 네가 언제까지나 어린아이로 머물 수 있다면 좋겠다고 생각했거든. 아무리 이상한 실수를 많이 해도 말이야. 이제 어른이 되어서 너도 떠나는구나. 키도 많이 자라고,

외모도 무척 세련돼 보여. 게다가 그 드레스를 입으니까 완전히 달라 보인단다. 꼭 네가 에이번리 사람이 아닌 것처럼 말이야. 그런 생각을 하니 조금 쓸쓸해서……."

앤은 체크무늬 옷을 입은 마릴라의 무릎에 앉아 주름진 그녀의 얼굴을 두 손으로 감싸고 진지하고 다정한 얼굴로 그녀의 눈을 바라보았다.

"마릴라 아주머니! 저는 조금도 변하지 않았어요. 정말로 하나도 안 변했어요. 그저 가지를 좀 치고 새로 시작하는 거예요. 보세요, 전 여기 있는 그대로예요. 제가 어디를 가거나 겉모습이 변해도 달라지는 건 아무것도 없어요. 마음속으로 저는 늘 아주머니의 어린 앤이에요. 앞으로도 마릴라 아주머니와 매슈 아저씨와 초록 지붕 집을 매일매일 더 많이 사랑할 거예요."

앤은 자신의 젊고 탱탱한 볼을 마릴라의 나이 들고 시든 볼에 맞대고 손을 뻗어 매슈의 어깨를 토닥였다. 마릴라도 앤처럼 자기 감정을 말로 표현할 줄 알았다면 그때 많은 말을 했을 것이다. 하지만 본성과 습관 때문에 그렇게 할 수가 없었다. 마릴라는 그저 앤을 부드럽게 더 꽉 끌어안으며 이 아이를 영원히 떠나보내지 않아도 되면 좋겠다고 생각할 뿐이었다.

눈가가 촉촉해진 매슈는 자리에서 일어나 조용히 밖으로 나갔다. 그는 푸른 여름 밤 하늘에 뜬 별들 아래에서 마당을 지나 포플러 나무 아래의 대문까지 쓸쓸하게 걸어갔다. 매슈는 자랑스럽게 중얼거렸다.

'앤은 그렇게 응석받이로 자라진 않았어. 가끔 내가 간섭하긴 했지만, 다행히도 그게 크게 해가 되진 않았던 것 같아. 앤은 똑똑하고 예쁘고 사랑스러운 아이야! 다른 무엇보다 그게 더 기쁜 일이야! 앤은 우리에게 축복 그 자체인 아이야! 이 세상에 스펜서 부인이 한 실수보다 더 좋은 실수는 없을 거야. 그건 그야말로 행운이었어! 그것도 그냥 단순한 행운이 아니라 신의 섭리였어! 신은 우리에게 앤이 필요하다는 걸 아셨던 거야!'

마침내 앤이 시내로 떠나야 하는 날이 찾아왔다. 9월의 화창한 아침, 앤은 매슈와 함께 떠났다. 다이애나는 눈물을 흘리며 앤을 떠나보냈지만, 마릴라는 표면적으로는 눈물 없이 일상적인 이별을 했다. 앤이 떠나고 나자, 다이애나는 눈물을 닦고 카모디에 사는 사촌들과 함께 화이트 샌즈 해변으로 소풍을 갔다. 그곳에서 다이애나는 그런대로 즐거운 시간을 보낼 수 있었다. 반면, 마릴라는 굳이 할 필요도 없는 일들에 하루 종일 매달려보았지만 아무리 애를 써도 가슴깊이 자리 잡은 침울함이 사라지지 않았다. 신경을 긁는 듯한 아픔이었고, 닦아도 닦아도 계속 눈물이 흘러내렸다. 그날 밤, 잠자리에 든 마릴라는 복도 끝에 있는 작은 방에 생생한 젊은 생명과 부드러운 숨결이 없다고 생각하자 너무도 슬퍼서 베개에 얼굴을 묻고 펑펑 울었다. 그러다가 마음이 차분해지자 죄 많은 인간에게 마음을 빼앗기는 것이 얼마나 나쁜 일인지 생각했다.

앤과 에이번리 마을의 다른 학생들은 늦지 않을 정도로 시내에 도착해 서둘러 학교에 갔다. 첫날은 흥분에 빠져 즐겁게 지나갔다. 새로운 친구들을 만나고, 교수들의 얼굴을 익히고, 반을 배정받았다. 앤은 스테이시 선생님의 조언대로 2학년 과정을 들을 계획이었다. 길버트 블라이스도 같은 선택을 했다. 이는 그들이 성공적으로 공부한다면 일급 교사 자격증을 2년이 아닌 1년 만에 딸 수도 있다는 의미였다. 또한, 그만큼 훨씬 더 열심히 공부해야 한다는 뜻이기도 했다. 제인, 루비, 조시, 찰리, 무디 스퍼전은 의욕에 불타 고생할 마음은 없어서 2급 교사 과정을 이수하는 것에 만족했다. 앤은 교실 반대편에 있는 딱 한 명, 키가 크고 갈색 머리칼의 남자아이를 제외하면 교실에 있는 학생 50명 중에 아는 사람이 아무도 없다는 사실에 극심한 외로움을 느꼈다. 길버트를 아는 것이 크게 도움이 되지 않아서 비관적인 생각마저 들었다. 그러면서도 앤은 그와 같은 반이어서 기쁜 마음을 부인할 수 없었다. 오래된 경쟁은 계속 이어졌는데, 그런 경쟁이 없었다면 아마도 앤은 어떻게 해야 할지 몰랐을 것이다.

앤은 생각했다.

'나는 이제 누군가와 경쟁하지 않으면 뭔가 불안해. 길버트는 여기에서 메달을 따기로 결심한 것 같아. 그러고 보니, 길버트는 턱이 정말 멋지구나! 예전엔 잘 몰랐는데……. 제인과 루비도 1급 교사 과정이었으면 좋았을 텐데……. 친구를 사귀면 낯선 다락방에 있는 고양이 같은 기분은 안 들 거야. 여기에서 누구와 친구가 될지 궁금해. 정말 흥미진진한 추측이야. 물론 내가 아무리 그 애를 좋아한다 해도 퀸스에서 사귄 친구는 다이애나만큼 소중하지 않을 거라고 다이애나와 약속했지만 말이지. 두 번째로 친한 친구는 얼마든지 생길 수 있는 거잖아? 진홍색 옷을 입고 갈색 눈을 한 저 여자아이가 마음에 들어. 무척 활기차 보이고, 게다가 볼이 장밋빛이야. 창밖을 보고 있는 피부가 하얀 아이도 괜찮아 보여. 머리카락 색도 예쁘고, 꿈에 대해서도 뭘 좀 아는 것 같아. 저 두 친구들에 대해 좀 더 알고 싶어. 허리에 팔을 감은 채 걷고, 서로 편하게 별명을 부를 수 있을 만큼 친해지고 싶어. 하지만 지금은 저 애들에 대해 잘 모르고, 저 아이들도 나를 잘 몰라. 어쩌면 나에 대해 그다지 알고 싶어 하지 않을 지도 모르지. 아, 외롭다!'

앤은 그날 저녁 황혼 녘에 침실에 혼자 있으니 더 외로웠다. 다른 아이들은 시내에 사는 친척집에서 지내기로 해서 앤은 그들과 함께 살지 않았다. 미스 조세핀 배리는 앤을 데리고 있고 싶어 했지만, 비치우드 집은 학교와 너무 멀어서 불가능했다. 그래서 미스 배리가 하숙집을 찾아주었다. 그녀는 앤이 지내기에 딱 적당한 곳이라고 매슈와 마릴라를 안심시켰다.

미스 배리가 설명했다.

"주인 여자는 몰락한 상류층 여자예요. 남편이 영국 장교였고, 어떤 하숙생을 받을지 말지 매우 신중하게 결정하죠. 앤이 이 집에 있는 동안 아마도 무례한 사람들을 만나는 일은 없을 거예요. 식사도 잘 나오고, 학교와 가깝고, 동네도 조용하죠."

이 모든 이야기는 사실이었다. 실제로 미스 배리의 말과 거의 일치했다. 하지만 난생처음 향수병을 앓는 앤에게는 그 모든 것이 아무런 도움도 되지 않았다. 앤은 작고 좁은 방을 우울한 표정으로 둘러보았다. 따분한 벽지에 그림이 하나도 걸려 있지 않은 벽, 작은 철제 침대와 빈 책장이 놓여 있었다. 앤은 초록 지붕 집의 하얀 방을 떠올리자 숨이 턱 막혔다. 녹음이 우거진 들판, 정원에서

자라는 스위트피, 과수원을 비춰주는 달빛, 비탈길 아래의 시냇가와 그 뒤로 밤바람에 흔들리는 가문비나무 가지들, 별이 반짝이는 광활한 하늘, 다이애나 방의 창문에서 나무 사이로 비치던 불빛이 즐겁게 떠올랐다. 여기에는 그런 것들이 없었다. 창밖에는 삭막한 거리가 있고, 전화선들이 하늘을 가리며, 부랑자들의 발소리와 낯선 얼굴들을 비추는 수많은 불빛들만 있었다. 앤은 눈물이 나올 것 같았지만, 꾹 참았다.

"난 울지 않을 거야. 울면 바보 같고 약한 거야. 세 번째 눈물이 내 코 옆에 떨어졌어. 자꾸 눈물이 나오려고 하네! 울지 않으려면 뭔가 재미있는 걸 생각해내야 해. 하지만 에이번리와 연관된 게 아니면 별로 재미있는 게 없어. 그래서 상황이 점점 더 나빠지고 있어. 네 방울, 다섯 방울……. 그래도 다음 주 금요일이면 집에 가잖아? 그런데 100년은 더 남은 것 같아. 아, 매슈 아저씨가 이제 거의 집에 도착하셨을 거야. 마릴라 아주머니는 대문에 서서 길 아래로 아저씨가 오는 걸 보고 계시겠지. 여섯 방울, 일곱 방울, 여덟 방울……. 아, 눈물방울을 세는 것도 다 소용없는 일이야! 이젠 홍수처럼 눈물이 쏟아져. 기운이 나지가 않아. 기운내고 싶지도 않고. 차라리 계속 이렇게 비참한 기분으로 있는 게 더 나아!"

그때 조시 파이가 나타나지 않았다면 앤은 분명히 한바탕 더 눈물을 쏟았을 것이다. 익숙한 얼굴을 본 기쁨에 앤은 자신과 조시 사이가 그리 좋지 않다는 사실도 잊었다. 에이번리 마을의 삶의 일부분이라면 조시 파이마저 반가웠다.

앤은 진심으로 말했다.

"네가 여기 오니 정말 반가워!"

조시가 짜증 섞인 투로 말했다.

"울고 있었구나. 향수병을 앓고 있을 줄 알았지. 어떤 사람들은 그런 면에서 자제력이 좀 부족해. 난 향수병에 걸리는 일은 없을 거야. 답답하고 오래된 에이번리 마을에 비하면 도시는 너무 즐거운 곳이야! 내가 그런 곳에 어떻게 그렇게 오랫동안 살 수 있었는지 궁금할 정도라니까. 울면 안 돼, 앤! 이제 눈물도 안 나오네. 코랑 눈이 빨개서 얼굴이 전부 빨개 보이겠어. 오늘 학교에서 무척 재밌었어! 우리 프랑스어 교수님이 완전히 오리같이 생겼거든. 그 콧수염을 보면 너도 엄청 웃었을 거야. 먹을 게 좀 있니, 앤? 나 지금 배가 너무 고프거든. 아, 마릴라 아주머니가 케이크 같은 걸 잔뜩 보내주셨을 것 같은데. 그래서 잠시 들렀어. 아니었으면, 난 프랭크 스토클리와 공원에 가서 밴드 연주를 들었을 거야. 프랭크는 나와 같은 하숙집에 있는 아인데, 아주 재미있어. 오늘 너를 교실에서 봤다고 하더라. 나한테 그 빨간 머리 아이는 누구냐고 물어봤어. 그래서 커스버트 씨 네에서 입양한 고아고, 그 전에는 어디에 있었는지 아무도 모른다고 말해줬어."

조시 파이와 함께 있는 것보다 외롭게 눈물을 흘리는 게 차라리 낫지 않을까 하는 생각을 하고 있던 차에 제인과 루비가 왔다. 둘은 자주색과 진홍색의 퀸스 학교 리본을 코트에 자랑스럽게 달고 있었다. 조시는 제인에게 '말하지' 않았기 때문에 비교적 악의 없는 말들은 그만두어야 했다.

제인이 한숨을 내쉬며 말했다.

"아침부터 벌써 몇 달은 지난 것 같은 기분이야. 집에 가면 베르길리우스를 공부해야 해. 고약한 노교수가 내일부터 바로 수업을 시작한다며 20행이나 예습해 오래. 하지만 오늘 밤에는 가만히 앉아서 공부할 수가 없었어. 앤, 눈물 자국이 다 보여. 네가 울고 있었다면 나도 실토할게. 사실 나도 루비가 오기 전까지 맘놓고 울고 있었어. 이제야 내 자존심이 조금 회복되겠다. 바보가 한 명 더 있다면 내가 바보가 되는 것은 아무렇지 않거든. 케이크? 아주 조금만 줄래? 고마워! 이건 정말 에이번리 맛이야!"

퀸스 학교의 달력이 탁자에 있는 걸 보고 루비는 앤이 금메달을 받을 목표를 세웠는지 궁금해했다.

앤은 얼굴을 붉히며 그러고 싶다고 인정했다.

조시는 말했다.

"아, 생각났다. 퀸스 학교에도 에이버리 장학금을 한 명에게 준대. 오늘 그 말이 나왔어. 프랭크 스토클리가 말해줬어. 그 애 삼촌이 이사회 위원 중 한 명이거든. 내일 학교에서 발표할 거래."

에이버리 장학금이라니! 앤은 심장이 더 빨리 뛰는 걸 느꼈다. 야망의 지평선이 마법처럼 더 넓어졌다. 조시가 그 소식을 말하기 전에 앤의 가장 큰 야망은 올해 말까지 1급 교사 자격증을 따고, 운이 따르면 메달까지 받는 것이었다. 하지만 이제 그 순간부터 조시의 말의 울림이 채 사라지기도 전에 앤은 에이버리 장학금을 타서 레드몬드 대학에 들어가 문학 수업을 들은 뒤 졸업 가운을 입고 사각모를 쓰고 졸업하는 모습을 상상하고 있었다. 에이버리 장학금은 영어 과목에 주는 거라서 앤은 자신에게 유리하다고 생각했다.

뉴브런즈윅의 부유한 사업가가 죽은 뒤 재산 중 일부를 남겨 상당수를 장학금으로 기부했다. 각 주의 기준에 따라 노바스코샤, 뉴브런즈윅, 프린스에드워드 섬에 있는 다양한 고등학교와 전문학교에 나눠주었다. 퀸스 학교에 장학금이 제대로 배당될지 의문이었지만, 그 문제가 마침내 해결된 것이었다. 그해 말에 영어와 영문학에서 가장 높은 점수를 받은 졸업생이 장학금을 받게 될 것이다. 레이먼드 대학에서 보내는 4년 동안 1년에 250달러씩 받게 된다. 그날 밤, 앤이 볼이 얼얼한 채로 잠든 건 그리 놀랍지 않은 일이었다!

앤은 결심했다.

"열심히 공부하면 장학금을 받을 수 있을 거야. 문학사 학위를 받게 된다면 매슈 아저씨가 얼마나 자랑스러워하실까? 아, 새로운 꿈이 생기니 정말 기쁘구나! 나에게는 꿈이 많아서 다행이야! 끝이 없는 것 같아. 그게 제일 좋은 점이야. 한 가지 꿈을 이루자마자 다른 꿈이 더 높은 곳에서 빛나는 게 보여. 그래서 인생이 재미있는 거야!"

35. 퀸스의 겨울

앤의 향수병은 시나브로 사라졌다. 주말마다 집에 다녀오는 것이 큰 도움이 되었다. 날씨가 허락하는 한 금요일 밤마다 에이번리 학생들은 새로 개통된 철로를 이용해 카모디로 갔다. 다이애나를 비롯해 몇몇 에이번리 마을의 아이들은 대개 그들을 마중 나왔고, 모두 즐겁게 에이번리까지 걸어서 갔다. 앤은 그런 금요일 저녁마다 청명한 황금색 공기를 마시며 에이번리 마을 집들에서 비치는 불빛들을 뒤로 하고 가을 언덕을 넘어가는 일이 일주일 중 가장 즐겁고 소중한 시간이라고 생각했다.

길버트 블라이스는 거의 언제나 루비 길리스와 걸으면서 루비의 가방을 들어주었다. 루비는 아주 예쁜 아이였고, 스스로 진짜 어른이 되었다고 생각했다. 엄마가 허락한 길이만큼 긴 치마를 입었고, 시내에서는 올림머리를 했다. 다만 집에 갈 때는 머리를 다시 풀었다. 루비의 눈은 크고 밝은 푸른색이었고, 눈부신 피부에 보기 좋게 통통한 편이었다. 루비는 아주 잘 웃었고, 무척 활기찬 데다 온화한 성격이었으며, 삶의 즐거운 일들을 솔직하게 즐겼다.

제인은 앤의 귀에 대고 속삭였다.

"루비는 길버트가 좋아할 만한 아이는 아니라고 봐."

앤도 같은 생각이었지만, 에이버리 장학금을 위해 그런 말은 하지 않았다. 앤도 길버트 같은 친구가 있어서 대화를 나누고 책과 공부, 꿈에 대한 의견을 교환할 수 있다면 무척 즐거우리라 생각했다. 앤은 길버트에게도 꿈이 있다는 걸 알았다. 루비 길리스는 그런 이야기를 유익하게 나눌 수 있는 친구는 아니었다.

앤이 길버트를 생각할 때 어리석은 감정이 섞이지는 않았다. 앤은 남자아이들을 모두 그저 좋은 친구로만 생각했다. 앤이 길버트와 친구였다면 길버트가 다른 친구를 얼마나 사귀든 누구와 걸어가든 신경 쓰지 않았을 것이다. 앤은 친구를 사귀는 데 특별한 재능이 있었다. 그런 터라, 여자 친구들은 충분히 많았다. 하지만 남자 친구와의 우정도 동료애의 개념을 이해하고 판단력과 비교에 대한 관점을 넓히는 데 도움이 될 것 같다고 막연하게 생각했다. 앤은 그 문제에 대한 자신의 생각을 명확히 정할 수 없었다. 하지만 기차역에서 집까지 상쾌한 들판과 고사리가 자란 샛길을 길버트와 함께 걸어간다면, 앤은 앞으로 펼쳐질 새로운 세상과 희망과 꿈에 대해 서로 즐겁고 유쾌한 대화를 많이 나눴으리라 생각했다. 길버트는 똑똑했다. 자신의 생각이 분명했고, 삶의 목표를 달성하기 위해 최선을 다하려는 투지로 넘쳐났다. 루비 길리스는 제인 앤드루스에게 길버트 블라이스가 하는 말의 절반도 이해하지 못하겠다고 말했다. 길버트는 앤 셜리가 생각에 잠겼을 때와 똑같이 말한다고도 했다. 자기 입장에서는 책이나 그런 종류의 주제들을 신경 쓰는 게 재미있지 않다고 했다. 프랭크 스토클리가 더 활기차고 늠름한데, 그는 길버트 반만큼도 잘생기지 않아서 누굴 더 좋아할지 정할 수가 없다고……!

앤은 학교에서 자기처럼 생각이 깊고, 상상력이 풍부하며, 야심만만한 친구들 무리를 사귀었다. '장미처럼 붉은' 스텔라 메이너드와 '꿈꾸는 소녀' 프리실라 그랜트와 앤은 이내 친해졌다. 창백하고 영적으로 보이는 프리실라는 장난기 많고 재미있는 아이였다. 생기 넘치는 검은 눈을 가진 스텔라는 앤처럼 무지개 같은 공상과 꿈을 진심으로 간직한 아이였다.

크리스마스 연휴가 끝난 뒤, 에이번리 학생들은 금요일마다 집에 가는 것도 포기하고 시내에 남아 열심히 공부했다. 해마다 이맘때면 퀸스 학생들은 모두 성적대로 위치가 나눠지고 다양한 수업에서 저마다 분명하고 명확한 차이가 드러났다. 그리고 대다수 학생이 받아들이는 확실한 사실이 몇 가지 있었다. 그것은 메달 경쟁자가 사실상 세 명으로 좁혀졌다는 사실이었다. 길버트 블라이스와 앤 셜리, 그리고 루이스 윌슨이었다. 최종적으로 에이버리 장학금을 누가 받게 될지는 전혀 예측할 수 없었다. 아무튼, 여섯 명 중 한 명이 탈 가능성이 크다고 예상했다. 수학에서 동메달은 내륙에서 왔고, 수선된 코트를 입고 다니며 짱구 이마에 뚱뚱하고 웃기게 생긴 남자아이가 탈 가능성이 점쳐졌다.

루비 길리스는 그 해에 학교에서 가장 예쁜 여학생으로 뽑혔다. 2학년에서는 스텔라 메이너드가 미인상을 탔다. 소수지만 소신 있는 몇몇 학생들은 앤 셜리를 지지하기도 했다. 에델 마르는 가장 멋진 머리 모양을 한 학생으로 모두가 인정했다. 평범하고 꾸준하며 성실한 제인 앤드루스는 가정학에서 상을 받았다. 조시 파이도 퀸스 학교에서 독설을 잘하는 학생으로 그 우수함을 인정받았다. 그래서 스테이시 선생의 옛 학생들은 학문적인 무대를 넓혀가면서 자기만의 지위를 잘 마련했다고 할 수 있었다.

앤은 열심히 공부했다. 길버트와의 경쟁은 수업 중에 눈에 띄게 드러나지는 않았지만, 사실은 에이번리 학교에서만큼이나 치열했다. 그래도 쓴맛은 없어졌다. 앤은 이젠 길버트를 패배시킬 목적으로 1등을 차지하기를 바라지는 않았다. 오히려 훌륭한 적에게 당당히 승리하는 것이 자랑스럽다고 생각했다. 이길 가치는 있었지만, 자신이 지더라도 견딜 수 없다는 생각을 더는 하지 않았다.

학생들은 공부하는 와중에도 즐거운 시간을 보낼 수 있는 기회를 찾았다. 앤은 시간이 날 때마다 비치우드 집에 가서 시간을 보냈고, 대개 일요일 점심을 먹고 미스 배리와 함께 교회에 갔다. 미스 배리 자신이 인정하듯 그녀는 점점 나이가 들어갔지만 검은 눈은 아직 침침하지 않았다. 혀의 힘도 전혀 약해지지 않았다. 그럼에도 미스 배리는 앤에게 날카롭게 대하지 않았고, 이 꼬장꼬장한 늙은 부인이 가장 좋아하는 사람은 여전히 앤이었다.

미스 배리는 말했다.

"앤은 늘 발전하고 있어. 다른 여자아이들은 신물이 나. 그런 여자애들은 대개 짜증나고 전부 천편일률적이야. 앤은 무지개만큼이나 다양한 색을 가지고 있고 모든 색이 언제나 아름다워! 앤이 지금도 어렸을 때만큼 재미있는지는 모르겠지만, 여전히 내가 사랑할 수밖에 없는 아이야! 내가 사랑할 수밖에 없게 만드는 사람들을 나는 사랑하거든. 내가 사람들을 사랑하려고 노력하느라 애를 먹지 않아도 되니까."

누군가가 깨닫기도 전에 이미 봄이 와 있었다. 에이번리 마을에는 눈이 남아 있는 마르고 황량한 들판에서 메이플라워가 분홍색으로 살며시 자랐다. 숲과 골짜기에도 '초록빛 안개'가 나타났다. 하지만 샬럿타운의 잔뜩 지친 퀸스 학생들은 오로지 시험만 생각하고, 시험 이야기만 했다.

앤은 말했다.

"학기가 거의 끝나간다는 게 믿기지 않아. 지난 가을에는 끝을 기대하려면 아주 오래 걸릴 거라 생각했는데, 겨울 동안에는 내내 공부하고 수업만 들었잖아. 그런데 이제 다음 주면 시험을 쳐야 해. 애들아, 나는 가끔 시험이 전부인 것만 같다가도 저 밤나무에서 부풀어 오르는 큰 봉오리들과 길 끝의 안개 낀 푸른 하늘을 보고 있으면 시험은 또 전혀 중요해 보이지 않아."

잠깐 들른 제인과 루비, 조시는 이런 의견을 받아들이지 못했다. 그들에게 다가오는 시험은 변함없이 아주 중요했다. 밤나무 봉오리나 5월의 안개보다 훨씬 중요했다. 적어도 시험에 합격할 확신이 있는 앤은 그 시험을 하찮게 생각해도 괜찮겠지만, 자신들의 미래가 시험에 달렸다고 생각하는 여자아이들은 시험을 철학적으로 생각할 수 없었다.

제인은 한숨을 쉬었다.

"지난 2주 동안 3킬로그램이나 빠졌어. 걱정 말라는 말은 소용없어. 나는 정말 걱정된단 말이야! 그러고 보면, 걱정하는 게 조금 도움이 되는 것도 같아. 걱정하고 있으면 뭔가를 하고 있는 것처럼 생각되니까. 겨우내 퀸스 학교에 다니고 그렇게 많은 돈을 썼는데, 교사 자격증을 못 따면 정말 끔찍할 거야!"

조시 파이는 말했다.

"난 신경 안 써. 올해에 합격하지 못하면 내년에 다시 다니면 되니까. 아버지가 보내주실 여유가 되거든. 앤, 프랭크 스토클리가 말하길, 트레마인 교수님이 길버트 블라이스가 메달을 받는 게 확실하고 에밀리 클레이가 에이버리 장학금을 탈 것 같다고 말했대."

앤은 웃었다.

"난 아마 내일 기분이 상할 거야, 조시. 지금은 초록 지붕 집 아래의 골짜기에 제비꽃이 활짝 피고 작은 고사리들이 연인의 길에서 머리를 내밀고 있다는 걸 아니까! 솔직히 내가 에이버리 장학금을 타든 못 타든 큰 차이는 없어. 나는 최선을 다했고 '경쟁의 기쁨'의 의미를 이해하기 시작했으니까! 노력해서 이기는 것 다음으로 좋은 건 노력하고 실패하는 거야. 애들아, 시험 얘기는 이제 그만하자! 저 집들 위로 보이는 연녹색 하늘 좀 봐. 에이번리의 어두운 자줏빛 너도밤나무 숲이 어떤 모습일지 상상해봐."

루비는 현실적인 이야기를 했다.

"졸업식에 어떤 옷을 입을 거니, 제인?"

제인과 조시는 둘 다 바로 대답했고, 대화의 주제는 이내 옷으로 바뀌었다. 하지만 앤은 창턱에 팔꿈치를 걸치고, 두 손을 모아 턱을 괸 채 꿈이 가득한 눈으로 해가 지는 하늘을 배경으로 도시의 지붕들과 교회의 첨탑을 멍하니 바라보았다. 젊음의 낙관이라는 황금빛 종이에 미래의 꿈들을 짜보았다. 다가오는 시간 속에 장밋빛으로 숨어 있는 가능성들은 모두 앤의 것이었고, 매년 약속의 장미는 불멸의 화관으로 만들어졌다.

36. 영광과 꿈

모든 시험의 최종 결과가 퀸스 학교의 게시판에 게시되는 날 아침, 앤과 제인은 함께 길을 걷고 있었다. 제인은 행복하게 웃었다. 시험은 모두 끝났고, 최소한 합격은 할 거라는 확신에 마음이 편안했다. 게다가 제인은 여러 생각들로 고민하지 않았다. 원대한 야심 같은 것이 없어서 같이 걷는 친구의 불안에 영향을 받지 않았다. 이 세상에서 얻은 모든 것은 값을 치러야 한다. 원대한 꿈은 이룰 만한 가치가 있지만 그냥 얻어지는 게 아니다. 노력과 자제력이 필요하고 불안과 좌절이 뒤따른다. 앤은 창백하고 조용했다. 10분 뒤면 누가 메달을 받고, 누가 에이버리 장학금을 받는지 알게 된다. 그 10분 뒤의 시간은 시간이라 부를 가치가 없을 것 같았다.

제인은 교수들이 얼마나 불공정하게 정할 수 있는지 잘 모르는 것 같았다.

"넌 둘 중 하나는 꼭 받게 될 거야."

앤은 말했다.

"에이버리 장학금은 바라지도 않아. 모두가 에밀리 클레이가 장학금을 탈 거라고 말하고 있어. 게시판에 가서 모두가 보는 앞에서 보진 않을 거야. 그럴 용기가 나지 않아. 나는 여학생 탈의실로 바로 갈 테니까, 네가 발표 내용을 보고 와서 내게 말해줄래, 제인? 가능한 한 빨리 와서 말해줘. 우리의 오래된 우정의 이름으로 부탁할게. 내가 실패했더라도 그대로 말해줘. 돌려 말하지 말고, 나를 동정하지도 말고. 이것만 약속해줘, 제인."

제인은 엄숙하게 약속했다. 하지만 발표가 나자, 그런 약속을 할 필요도 없었다는 걸 알게 되었다. 앤과 제인이 퀸스 학교 현관 계단에 올라가자, 복도에서 남자아이들이 가득 모여 길버트 블라이스를 어깨에 올려 태우고 가면서 "블라이스 만세! 길버트가 메달을 땄다!"라고 목청껏 소리치는 게 보였다.

잠시 동안, 앤은 패배감과 실망으로 무척 마음이 아팠다. 내가 아니라 길버트가 메달을 땄다! 매슈 아저씨가 안타까워하실 거야. 매슈 아저씨는 내가 메달을 딸 거라고 확신했는데…….

그때였다!

누군가 소리쳤다.

"에이버리 장학금 수상자 미스 셜리를 위해 만세 삼창을 합시다!"

제인은 숨을 들이마셨다. 앤과 제인은 환호 속에 여학생 탈의실로 달려갔다.

"오, 앤. 네가 정말 자랑스러워! 놀랍지 않니?"

그러다 여자아이들이 그들 주위를 둘러싸며 앤을 가운데 두고 환하게 웃으며 축하해주었다. 앤의 어깨를 두드리고 힘차게 악수했다. 밀고 당기고 포옹하는 와중에 앤은 제인에게 귓속말을 했다.

"매슈 아저씨와 마릴라 아주머니가 얼마나 기뻐하실까! 지금 바로 집으로 편지를 써야겠어."

졸업식은 그다음으로 중요한 일이었다. 학교의 큰 강당에서 열렸다. 연설을 하고, 수필을 낭독하고, 노래를 부르고, 졸업장과 상장, 메달 수여식을 했다.

매슈와 마릴라도 졸업식에 참석했고, 무대 위에 있는 단 한 명의 학생만 쳐다보고 있었다. 연녹색 드레스를 입은 키가 큰 여학생이 약간 붉게 상기된 뺨에 별처럼 빛나는 눈으로 1등에 뽑힌 수필을 읽고 있었다. 사람들은 에이버리 장학금 수상자라고 앤을 가리키며 수군거렸다.

앤이 수필 낭독을 끝냈을 때, 매슈가 속삭였다. 그 강당에 들어온 뒤 처음으로 꺼낸 말이었다.

"우리가 저 아이를 키워서 정말 다행이지, 마릴라?"

마릴라는 반박했다.

"내가 좋았던 순간은 이번이 처음은 아니에요. 자꾸 들먹이고 싶나 보군요, 매슈 오라버니."

그들 뒤에 앉아 있던 미스 배리는 앞으로 몸을 기울여 양산으로 마릴라의 등을 쿡 찔렀다.

"앤이 자랑스럽지 않아요? 난 저 아이가 정말 자랑스러워요!"

그날 저녁, 앤은 매슈 아저씨, 마릴라 아주머니와 함께 에이번리 집으로 돌아왔다. 4월부터 집에 가지 못해서 하루도 더 기다릴 수가 없었다. 사과 꽃들이 피어 있고, 세상은 싱그럽고 새로웠다. 초록 지붕 집에서 다이애나가 앤을 맞이했다. 마릴라는 앤의 하얀 방 창틀에 하우스 장미를 장식해두었다. 앤은 주변을 둘러보고 행복감에 긴 한숨을 내쉬었다.

"아, 다이애나, 다시 돌아와서 정말 기뻐! 분홍빛 하늘을 배경으로 저 뾰족한 전나무를 보는 것도 정말 좋아! 저 하얀 과수원과 오래된 눈꽃 여왕도……. 박하 향이 향기롭지 않니? 그리고 저 월계화 좀 봐. 모든 게 하나의 노래와 희망, 기도야. 너를 다시 보니 정말 기뻐, 다이애나!"

다이애나는 원망하듯 말했다.

"네가 스텔라 메이너드를 나보다 더 좋아한다고 생각했어. 조시 파이가 그렇다고 말했단 말이야. 조시는 네가 그 애한테 푹 빠져 있다고 했거든."

앤은 웃으며 시들어버린 '6월의 백합' 꽃다발을 다이애나에게 던지고 나서 말했다.

"스텔라 메이너드는 한 명을 제외하면 세상에서 제일 소중한 친구지. 그 한 명은 바로 너고, 다이애나! 나는 전보다 너를 더 많이 사랑해! 그리고 너한테 들려줄 이야기가 너무 많아. 하지만 지금은 여기에 앉아서 너를 보는 것만으로도 즐거워! 사실, 난 좀 지쳤어. 꿈을 이루기 위해 열심히 공부하다 보니 좀 지친 것 같아. 내일 적어도 두 시간 동안은 과수원 풀밭에 누워서 아무 생각도 하지 않을 거야."

"넌 정말 멋지게 해냈어, 앤! 에이버리 장학금을 탔으니 바로 가르치는 일은 안 하는 거지?"

"응. 9월에 레드몬드 대학에 갈 거니까. 멋질 것 같지 않니? 세 달간의 황금같이 소중한 방학을 보내고 나서 완전히 새로운 꿈을 꿀 거야. 제인과 루비는 아마 선생님이 될 거야. 무디 스퍼전과 조시 파이까지 모두 합격한 걸 생각하면, 정말 멋지지 않니?"

다이애나는 말했다.

"뉴브리지 학교 이사회에서 벌써 제인에게 자기 학교에 와달라고 제안했대. 길버트 블라이스도 선생님이 될 거야. 그래야 하나 봐. 길버트 아버지가 내년에 대학에 보내줄 여유가 없거든. 그래서 자기가 직접 돈을 벌 작정인가 봐. 에임즈 선생님이 떠나기로 결정하시면 길버트가 여기 학교에 올 것 같아."

앤은 이상하게 약간 실망스러운 기분이 들었다. 앤은 이런 사실을 잘 모르고 있었다. 길버트도 레드몬드 대학에 갈 거로 예상했다. 서로를 자극하는 경쟁관계 없이 앤은 어떻게 할까? 진짜 학위를 주는 남녀공학 대학에서 친구이면서 적인 길버트 없이 공부하는 건 맥 빠지는 일이 아닐까?

다음 날 아침, 아침을 먹는데 앤은 갑자기 매슈 아저씨가 건강해 보이지 않는다는 느낌을 받았다. 분명히 1년 전보다 흰머리가 훨씬 많아졌다.

매슈가 밖으로 나가자, 앤은 머뭇거리며 물었다.

"마릴라 아주머니, 매슈 아저씨 건강은 좀 어떠세요?"

마릴라는 걱정스러운 음성으로 말했다.

"좋지 않아! 올봄에 심장병이 너무 악화됐어. 오라버니는 자기 몸을 너무 돌보지 않아. 그래서 정말 걱정이란다. 그래도 얼마 전부터 조금 나아지고 있고, 괜찮은 사람을 구했으니 오라버니도 좀 쉬고 회복되기를 기대하고 있단다. 이제 네가 왔으니 아마 그렇게 될 거야. 너는 언제나 오라버니의 기운을 북돋아주니까."

앤은 식탁 건너편으로 몸을 기댄 채 마릴라의 얼굴을 손으로 감쌌다.

"아주머니도 예전만큼 좋아 보이진 않아요, 마릴라 아주머니. 피곤해 보이세요. 너무 일을 열심히 하셔서 걱정이에요. 아주머니도 좀 쉬셔야 해요. 이제 제가 있잖아요. 오늘 하루만 시간 내서 소중한 곳들에 가보고 옛날 꿈들을 찾아볼게요. 그런 다음에는 제가 일을 다 할 테니, 아주머니는 아무것도 하지 마세요."

마릴라는 앤을 보고 다정하게 웃었다.

"일 때문이 아니라 머리가 아픈 게 문제야. 이제 두통이 너무 자주 찾아온단다. 눈 뒤가 아파. 스펜서 선생님은 안경 때문에 야단이었지만, 안경도 나한텐 도움이 안 되더구나. 6월 말에 유명한 안과 의사가 섬에 온다고, 내가 꼭 만나야 한다고 하시더라. 내 생각에도 그래야 할 것 같아. 이제는 편안하게 책을 읽거나 바느질을 할 수가 없어. 근데, 앤, 퀸스 학교에서 정말 잘해냈구나! 이 말을 꼭 해야겠어. 1년 만에 1급 교사 자격증을 따고 에이버리 장학금까지 타다니! 린드 부인은 오만함은 몰락을 부른다며, 여자들이 교육을 많이 받는 것에 찬성하지 않아. 여자의 진정한 영역에 그런 고등 교육은 어울리지 않는다고 하더구나. 나는 그 한마디도 동의하지 않아. 레이철 이야기가 나와서 생각났는데, 최근에 애비 은행에 대해 들은 이야기가 있니, 앤?"

앤은 대답했다.

"불안하다는 이야기를 들었어요. 왜요?"

"린드 부인도 그렇게 말했어. 지난주에 집에 와서 그 은행에 대한 소문이 나돈다고 하더구나. 매슈 오라버니가 걱정을 많이 해. 우리가 평생 모은 돈이 모두 그 은행에 들어가 있거든. 그야말로 전 재산이 말이야. 나는 처음에 세이빙스 은행에 저금하길 원했지만, 애비 씨가 우리 아버지의 좋은 친구였다는 이유로 오라버니는 늘 그 은행에 돈을 맡겼지. 그 사람이 은행을 맡고 있으면 걱정할 게 없다고 말했어."

앤은 말했다.

"애비 씨는 오랫동안 명목상만 책임을 지고 있었던 것 같아요. 그분은 나이가 너무 많아서 실제로는 조카들이 그 은행을 경영하고 있대요."

"레이철에게 그런 이야기를 듣고 매슈 오라버니가 우리 돈을 바로 뺐으면 싶어서 말했더니, 오라버니는 생각해보겠다고 했어. 그런데 러셀 씨가 어제 오라버니에게 그 은행이 괜찮다고 말했다는구나."

앤은 바깥세상을 동무 삼아 즐거운 시간을 보냈다. 그날을 절대 잊지 못할 것이다. 황금빛으로 화창하고 맑은 날이었다. 그늘도 없고 꽃들은 활짝 피었다. 앤은 과수원에서 풍요로운 시간을 보냈다. 드리아스의 비눗방울과 버드나무 연못과 제비꽃 골짜기에 갔다. 목사관에도 들러 앨런 선생님과 대화도 충분히 나누었다. 그날 저녁, 앤은 매슈와 함께 뒤쪽 목초지에서 소를 몰고 연인의 길을 지나왔다. 숲으로 황혼의 빛이 스며들어 찬란했고, 따스한 빛이 서쪽 골짜기 사이로 쏟아져 장관을 이루었다. 매슈는 고개를 숙이고 천천히 걸었다. 그래서 키가 크고 똑바로 서서 걷는 앤도 자신의 경쾌한 발걸음을 매슈의 발걸음에 맞추었다.

앤은 책망하듯 말했다.

"오늘 일을 너무 많이 하셨어요, 매슈 아저씨. 일을 좀 쉬엄쉬엄 하실 순 없어요?"

매슈는 마당 문을 열고 소들을 들여보내며 말했다.

"그게 쉽지가 않아. 나이가 들고 있는 것뿐이야, 앤. 쉬어야 한다는 걸 자꾸 잊어버리는구나. 그래, 나는 언제나 열심히 일했지. 일하다가 죽는 것도 나쁘진 않아."

앤은 안타까워하며 말했다.

"제가 아저씨가 보내달라고 했던 남자아이였다면 아저씨를 훨씬 많이 도울 수 있었을 텐데요. 그럼, 아저씨도 좀 더 많이 쉴 수 있었을 거예요. 그럴 때는 제가 남자였으면 좋았겠다고 생각해요."

매슈는 앤의 손을 토닥거리며 말했다.

"남자아이 열두 명보다 네가 훨씬 좋아, 앤. 남자아이 열두 명보다 네가 훨씬 낫다는 사실만 기억해라. 에이버리 장학금을 남자아이가 받았니? 아니야, 여자아이였지. 내 딸, 내가 무척 자랑스러워하는 내 딸이 받았단 말이지!"

매슈는 앤을 보고 수줍게 웃으며 마당으로 들어갔다. 그날 밤, 앤은 방으로 가서 창문을 열고 오랫동안 그곳에 앉아 매슈의 미소를 떠올리며 과거를 돌아보고 미래를 꿈꾸었다. 창밖으로 보이는 눈꽃 여왕이 달빛을 받아 안개처럼 하얗게 보였다. 개구리들이 비탈길 과수원집 뒤의 습지에서 노래하고 있었다. 앤은 은빛의 평화롭고 아름다운, 향기롭고 고요한 그날 밤을 언제까지나 기억했다. 그날 밤은 앤의 인생에 슬픔이 찾아오기 전 마지막 밤이었다. 그 차갑고 신성한 슬픔이 찾아온 뒤로 인생은 다시 똑같아질 수 없었다.

37. 느닷없이 찾아온 죽음

“오라버니, 오라버니, 무슨 일이에요? 오라버니, 어디 아파요?”

말 한마디마다 공포가 담긴 목소리는 마릴라의 것이었다. 앤은 손에 하얀 수선화를 가득 들고 부엌으로 들어오고 있었다. 그 뒤로 오랫동안 앤은 하얀 수선화를 보거나 그 향기를 다시 좋아할 수 없었다. 그때 마릴라의 목소리가 들렸고, 매슈가 현관에 서서 손에는 접힌 신문을 쥔 채 회색빛으로 변한 얼굴을 이상하게 찡그리고 있는 게 보였다. 앤은 들고 있던 꽃을 떨어트리고, 부엌을 지나 마릴라와 동시에 매슈에게 달려갔다. 그러나 두 사람 다 너무 늦었다. 그들이 도착하기 전 매슈는 이미 문지방에 쓰러졌다.

마릴라는 제대로 숨을 쉴 수가 없었다.

“오라버니가 기절했어. 앤, 마틴을 오라고 해, 어서, 빨리! 헛간에 있다."

일을 해주고 있는 마틴은 우체국에서 방금 집으로 돌아왔다가 지체 없이 의사를 부르러 떠났다. 가는 길에 그는 비탈길 과수원 집에 들러 배리 부부를 초록 지붕 집으로 보냈다. 마침 그 집에 볼일이 있던 린드 부인도 그들과 함께 왔다. 앤과 마릴라는 정신없이 매슈의 의식을 회복하게 하려고 갖은 노력을 하고 있었다.

린드 부인은 그들을 옆으로 물러서게 한 다음, 매슈의 맥박을 재고 그의 심장에 귀를 갖다 대보았다. 불안해하는 그들의 얼굴을 슬프게 바라보며 그녀는 눈물을 흘렸다.

린드 부인은 엄숙하게 말했다.

"아, 마릴라! 매슈를 위해 우리가 할 수 있는 일이 없을 것 같아요."

"린드 아주머니, 매슈 아저씨가……. 그렇게 생각하시면 안 돼요!"

앤은 그 끔찍한 단어를 말할 수 없었다. 앤의 얼굴이 창백해졌다.

"얘야, 나도 안타깝단다! 매슈의 얼굴을 좀 봐. 저런 얼굴을 나처럼 자주 본다면 너도 그 의미를 이해할 거야."

앤은 그 차분한 얼굴에서 신의 존재가 다녀간 흔적을 보았다.

의사가 도착했다. 즉각적인 죽음이라 고통은 없었을 거고, 갑작스러운 충격을 받은 게 원인일 가능성이 크다고 말했다. 매슈가 손에 꼭 쥐고 있던 신문에서 그 충격의 비밀이 밝혀졌다. 그것은 그날 아침 마틴이 우체국에서 들고 왔던 신문이었다. 그 신문에는 애비 은행의 부도 소식이 실려 있었다.

매슈의 소식은 금세 에이번리 마을에 퍼졌다. 온종일 친구와 이웃들이 초록 지붕 집을 찾아와 산 사람과 죽은 사람을 위해 소소한 일들을 친절하게 도와주었다. 수줍고 조용한 매슈 커스버트가 처음으로 화제의 중심에서 중요한 사람이 되었다. 하얗고 장엄한 죽음이 그에게 다가와 왕관을 씌워주었다.

차분한 밤이 초록 지붕 집에 부드럽게 찾아오자, 그 낡은 집은 침묵에 쌓인 채 평온해졌다. 거실에서 매슈가 관에 누워 있었다. 긴 회색 머리카락이 둘러싼 차분한 얼굴에는 마치 잠이 든 채 즐거운 꿈을 꾸는 듯 다정한 미소가 약간 보였다. 매슈의 어머니가 신혼일 때 정원에 심어놓은 옛날 꽃들로 그의 주위를 둘러쌌다. 그 꽃들은 매슈가 말은 하지 않았지만, 늘 속으로 좋아하던 꽃들이었다. 앤은 그 꽃들을 모아 그에게 가져왔다. 앤의 하얀 얼굴에서 고뇌에 찬 눈은 눈물을 흘리지 못하고 있었다. 꽃을 가져다주는 게 앤이 매슈를 위해 할 수 있는 마지막 일이었다.

배리 부부와 린드 부인은 밤까지 초록 지붕 집에 머물렀다. 다이애나는 동쪽 방에 올라가 앤이 창가에 서 있는 것을 보고 차분하게 말했다.

"사랑하는 앤, 오늘 밤 너와 같이 잘까?"

앤은 친구의 얼굴을 진지하게 바라보았다.

"고마워, 다이애나! 내가 혼자 있고 싶다고 말해도 네가 오해하지 않을 거라 믿어. 난 무섭지 않아. 그 일이 있은 후, 한순간도 혼자 있지 않았어. 그래서 이제는 혼자 있고 싶어. 아무 말도 하지 않고 조용히 현실을 깨닫고 싶어. 아직 실감이 안 나거든. 나는 매슈 아저씨가 아직 살아계신 것만 같아. 반면 아저씨가 돌아가신 지 오래됐는데, 내가 이 끔찍하고 둔한 아픔을 계속 느끼고 있는 것 같기도 해."

다이애나는 잘 이해하지 못했다. 천성적으로 지키던 것과 평생의 습관 같은 것을 깨트리고 격렬하게 슬퍼하는 마릴라의 격정적인 슬픔을 앤의 눈물 없는 고통보다 더 이해할 수 있었다. 하지만 다이애나는 친절하게 앤이 슬픔에 찬 밤을 보내도록 혼자 남겨두고 나왔다.

앤은 혼자 있을 때 눈물이 나오기를 바랐다. 자신이 아주 많이 사랑하고 자신에게 그렇게 친절했던 매슈 아저씨를 위해 눈물을 흘릴 수 없다는 것은 정말 끔찍한 일이었다. 어제 저녁만 해도 해 질 녘에 함께 걸었던 매슈가 지금은 아래층 어두운 방에서 굉장한 평화를 얻은 듯 고요히 누워 있었다. 하지만 처음에는 눈물이 나오지 않았다. 어둠속에서 창가에 무릎을 꿇고 앉아 기도하며 언덕 너머의 별을 쳐다보았다. 그래도 눈물은 나오지 않았다. 전과 똑같이 끔찍하게 무딘 고통만이 그날의 아픔과 흥분에 지쳐서 잠들기 전까지 계속되었다.

앤은 밤에 자다가 깼다. 주변은 고요하고 어두웠다. 그날의 기억이 슬픔의 파도처럼 몰려왔다. 앤은 어제 저녁 대문에서 헤어지며 자신을 보고 웃던 매슈 아저씨의 얼굴이 떠올랐다. "내 딸, 내가 자랑스러워하는 내 딸"이라고 말하는 목소리도 들렸다. 그러자 눈물이 쏟아지기 시작했다. 앤의 눈에서는 눈물이 멈추지 않았다. 마릴라는 그 소리를 듣고 방으로 와 앤을 달래주었다.

"얘야, 그렇게 울지 마라. 그런다고 오라버니가 다시 돌아오진 않잖니. 그렇게 울면 좋지 않아. 나도 오늘은 참지 못하고 울었지만. 오라버니는 늘 내게 그렇게 다정하고 친절했지. 하느님이 제일 잘 아시지."

앤은 흐느꼈다.

"아, 마릴라 아주머니, 그냥 울게 두세요. 아픈 것보다 눈물 흘리는 게 나아요. 여기에서 잠시만 저를 안아주세요. 다이애나와 있을 수 없었어요. 다이애나는 착하고 친절하고 다정해요. 하지만 이건 다이애나의 슬픔은 아니니까요. 그 아인 이 슬픔과 상관없고, 제 아픈 가슴을 달래줄 수 없어요. 이건 우리의 슬픔이에요. 아주머니와 저의 슬픔이죠. 아, 마릴라 아주머니, 매슈 아저씨 없이 앞으로 우린 어떻게 살아가죠?"

"우리에게는 서로가 있잖니, 앤. 네가 여기에 없었다면 내가 어땠을지 모르겠구나. 네가 우리 집에 오지 않았더라면 말이야. 아, 앤, 내가 너한테 엄격하고 냉정하게 대했다고 매슈 오라버니만큼 너를 사랑하지 않았다고 생각하면 절대 안 된단다. 말할 수 있을 때 이제야 말하고 싶구나. 나에겐 마음속 이야기를 털어놓는 게 절대 쉽지 않지만, 가끔은 이렇게 쉽기도 하구나! 난 너를 내 가족처럼 사랑하고, 네가 초록 지붕 집에 온 뒤로 늘 너는 내 기쁨이자 위안이었단다!"

이틀 뒤, 매슈 커스버트는 집을 떠나 그가 경작하던 밭과 사랑하던 과수원들, 그가 심었던 나무들을 지나갔다. 에이번리는 다시 평온을 찾았고, 초록 지붕 집의 일도 평상시대로 돌아가 전처럼 규칙적으로 해야 할 일들을 했다. 하지만 앤과 마릴라는 '익숙한 것의 상실'이 주는 아픈 마음을 그대로 간직해야 했다. 앤은 매슈 아저씨가 없어도 사람들이 전처럼 살아갈 수 있다는 것을 알고 새삼스럽게 다시 슬퍼졌다. 전나무 숲 뒤로 해가 떠오르고 정원에는 연분홍색 꽃봉오리가 핀 것을 보고 익숙하게 반가워하는 자신이 부끄러워서 자책했다. 다이애나가 찾아와서 재미있는 이야기를 할 때 앤이 웃고 미소 지었을 때도 그랬다. 꽃과 사랑, 우정이 있는 이 아름다운 세상은 앤이 상상하고 감동하게 하는 힘을 전혀 잃지 않았다. 삶은 여전히 끈질긴 목소리로 앤을 불렀다.

어느 날 저녁, 목사관 정원에서 앤이 앨런 부인과 함께 있을 때 애석한 듯 말했다.

"매슈 아저씨가 안 계신데, 이런 것들에서 기쁨을 느낀다는 게 꼭 매슈 아저씨를 배신하는 것 같아요. 아저씨가 너무 보고 싶어요! 늘 그래요. 하지만 선생님, 그런데도 세상과 삶은 저한테 아주 아름답고 흥미로워요. 오늘 다이애나가 재밌는 이야기를 했는데, 제가 웃고 있는 거예요. 아저씨가 돌아가셨을 때 저는 다시는 웃을 수 없다고 생각했거든요. 그러면 안 될 것 같았는데……."

앨런 부인은 부드럽게 말했다.

"매슈 아저씨가 여기 계시다면 네가 웃는 소리를 듣고 싶고, 네가 주변의 즐거운 일에 기뻐하길 바라실 거야. 아저씨는 이제 떠났어. 그래도 전과 똑같기를 바라실 거야. 나는 자연이 우리에게 주는 치유력에 마음을 닫아서는 안 된다고 생각해. 하지만 네 기분도 이해가 된다. 우리 모두 같은 경험을 할 거야. 사랑하는 사람과 더는 기쁨을 나눌 수 없는데, 우리는 기뻐할 수 있다는 생각에 분개하지. 다시 돌아간 일상에서 재미를 찾으면 우리가 슬픔에 충실하지 않다고 느끼고 말이야."

앤은 꿈을 꾸듯 말했다.

"오늘 오후에 매슈 아저씨의 무덤에 가서 장미나무를 심었어요. 오래전에 아저씨 어머니가 스코틀랜드에서 가져오신 희고 작은 장미 나무를 가져갔어요. 매슈 아저씨는 늘 그 장미를 제일 좋아하셨죠. 그 꽃들은 정말 작고, 예쁘고, 줄기에는 가시가 있어요. 아저씨 무덤 옆에 그 꽃을 심을 수 있어서 기뻤어요. 아저씨 가까이에 그 꽃을 심어두면 아저씨를 기쁘게 해드리는 것 같거든요. 천국에도 아저씨가 좋아하던 장미가 있으면 좋겠어요. 아마 여름마다 아저씨가 사랑했던 그 작은 흰 장미의 영혼이 아저씨를 만나기 위해 그곳에 올 거예요. 이제 집에 가야겠어요. 마릴라 아주머니가 혼자 계셔서 해가 지면 외로워하실 거예요."

앨런 부인은 말했다.

"네가 다시 대학에 가면 마릴라가 더 외로워 할 것 같아 그게 걱정이야."

앤은 대답하지 않았다. 작별인사를 하고 천천히 초록 지붕 집으로 돌아왔다. 마릴라는 현관 계단에 앉아 있었다. 앤은 그 옆에 나란히 앉았다. 그들 뒤로 문은 열려 있었는데, 문이 닫히는 걸 막으려고 둔 큰 분홍색 소라껍질의 안쪽 나선 모양이 바다의 일몰을 떠올리게 했다.

앤은 연한 노란색 인동덩굴의 작은 가지들을 모아 머리에 꽂았다. 앤이 움직일 때마다 축복처럼 나는 좋은 향이 마음에 들었다.

마릴라는 말했다.

"네가 나간 사이, 스펜서 선생님이 오셨단다. 내일 시내에 안과 의사가 올 거니까 내가 꼭 가서 눈을 검사받아야 한다고 하시더구나. 나도 가는 게 좋겠다는 생각이 들어. 내 눈에 딱 맞는 적당한 안경을 맞춰줄 수 있다면 참 고마울 거야. 내가 없는 동안 혼자 있을 수 있겠니? 마틴은 나를 태워줄 거고, 다림질 거리가 있고, 빵도 구워야 해."

"전 괜찮아요. 다이애나가 와서 같이 있어줄 거예요. 제가 다림질도 해놓고, 빵도 맛있게 구워놓을게요. 손수건에 풀을 먹이거나 케이크에 진통제를 넣을까 봐 걱정하실 필요는 없어요."

마릴라는 큰 소리로 웃었다.

"넌 실수를 참 많이 했지, 앤. 늘 말썽을 부렸어. 솔직히, 네가 귀신이 씌었다고 생각한 적도 있단다. 네 머리를 염색했을 때, 기억나니?"

앤은 맵시 있게 땋은 양 갈래 머리를 매만지며 웃었다.

"그럼요. 그 일은 절대 못 잊을 거예요. 머리가 전처럼 안 돌아올까 봐 걱정했던 걸 생각하면 지금도 가끔 웃음이 나요. 하지만 많이는 웃지 않아요. 그땐 정말 고민스러웠으니까요. 머리카락 색과 주근깨 때문에 정말 괴로웠어요. 이제 주근깨는 거의 다 없어졌어요. 친절하게도 사람들이 제 머리카락이 적갈색이라고 말해줘요. 조시 파이만 빼고요. 어제는 조시가 제 머리가 전보다 더 빨갛다는 거예요. 제가 검은 옷을 입어서 더 빨갛게 보인다고 했어요.

빨간 머리인 사람들은 그 색에 익숙해지기도 하는지 묻더군요. 마릴라 아주머니, 저는 조시를 좋아해보려고 노력하는 걸 거의 포기했어요. 조시를 좋아하려면 엄청난 노력을 들여야 했는데, 제가 내린 결론은 그 아인 정말 좋아할 수 없는 아이란 거예요."

마릴라는 예리하게 말했다.

"조시도 파이네 아이니까, 그 아인 무례할 수밖에 없을 거야. 난 그런 사람들이 사회에 유용하게 도움이 될지 정말 모르겠다. 내 생각에는, 엉겅퀴보다도 쓸모가 없을 것 같구나. 조시도 선생님이 될 거라니?"

"아니요. 조시는 내년에 퀸스로 돌아가요. 무디 스퍼전과 찰리 슬론도요. 제인과 루비는 선생님이 되어서 둘 다 학교에 배정받았어요. 제인은 뉴브리지로 가고, 루비는 서쪽 지방 어떤 곳이에요."

"길버트 블라이스도 선생님이 되겠지?"

앤은 짧게 대답했다.

"네."

마릴라는 무심코 말했다.

"그 애는 정말 잘생겼더구나! 지난 일요일, 교회에서 그 애를 봤는데 키가 아주 크고 남자다워졌더구나. 그 애 아버지가 그 나이였을 때와 많이 닮았어. 존 블라이스도 멋진 아이였지! 존과 나는, 우리는 정말 좋은 친구였어. 사람들이 존을 내 남자친구라고 생각했지."

앤은 갑자기 흥미가 생겨 마릴라를 쳐다보았다.

"아, 마릴라 아주머니, 그래서 무슨 일이 있었어요? 왜 두 분이……."

"우리는 다퉜어. 존이 용서를 구했지만, 나는 용서하지 않았단다. 나중에는 용서하고 싶었지만. 처음에 나는 골이 나고 화가 나서 그저 벌을 주고 싶었던 거였어. 하지만 존은 다시 돌아오지 않았지. 블라이스 네는 굉장히 독립적이지. 하지만 늘 후회했어. 기회가 있을 때 그를 용서했으면 좋았을 거라고 언제나 생각했단다."

앤은 부드럽게 말했다.

"아주머니 인생에도 낭만이 조금은 있었군요!"

"그래. 네가 그렇게 말할 것 같더라. 나를 보면서 그런 생각은 못했지, 안 그러니? 하지만 겉모습만으로 사람을 판단할 수는 없어. 모두가 나와 존의 이야기를 잊어버렸어. 나도 잊고 살았는걸. 하지만 지난 일요일에 길버트를 보니까, 그 모든 일이 다시 생각났단다."

38. 굽이진 길에서

마릴라는 다음 날 시내에 나갔다가 저녁에 돌아왔다. 앤이 다이애나와 함께 비탈길 과수원집에 다녀왔더니, 마릴라는 부엌 식탁에 앉아 손으로 머리를 괴고 있었다. 뭔가 낙심한 모습에 앤은 간담이 서늘해졌다. 앤은 마릴라가 저렇게 기운 없이 앉아 있는 모습을 본 적이 없었다.

"피곤하세요, 마릴라 아주머니?"

마릴라는 힘없이 앤을 올려보았다.

"그래. 아니, 잘 모르겠구나. 피곤한 것 같기도 하지만, 꼭 그런 것 같진 않아. 그런 게 아니야."

앤은 초조하게 물었다.

"의사를 만나보셨어요? 뭐라고 하던가요?"

"그래, 만났어. 의사가 내 눈을 검사했단다. 그 의사 말이, 앞으로 책 읽는 것과 바느질, 그리고 눈에 부담을 주는 일을 전부 그만두어야 한단다. 글쎄, 울지도 말라고 하더구나. 내게 맞춰둔 안경을 꼭 쓰면 내 눈이 더 나빠지지 않고 두통도 치료될 거래. 하지만 자기가 말한 대로 하지 않으면 6개월 안에 눈이 아주 멀어버리게 될 거란다. 눈이 멀다니! 앤, 상상해봐!"

앤은 처음에 너무 놀라 소리친 뒤에 한동안 말이 없었다. 아무 말도 할 수 없었다. 목이 메지만, 용기를 내서 말했다.

"마릴라 아주머니, 그런 생각은 하지 마세요. 그 선생님은 희망을 준 거잖아요. 조심하면 시력을 완전히 잃지는 않을 거예요. 그리고 안경을 쓰면 두통도 나아진다니 좋은 일이잖아요."

마릴라는 씁쓸하게 말했다.

"나는 그런 걸 큰 희망이라 보지 않아. 책을 읽거나 바느질을 할 수 없는데, 무슨 낙으로 살겠니? 이미 눈이 먼 거나 마찬가지지. 죽은 거나 같아. 우는 것도 그래. 외로우면 어쩔 수 없이 눈물이 나. 그런 얘기하는 건 별로구나. 차 한 잔만 가져다주면 고맙겠구나. 나는 지쳤어. 어쨌든 한동안은 이 일에 대해 아무에게도 말하지 마라. 사람들이 여기 와서 물어보고 동정하며 떠드는 건 참기 어려울 테니까."

마릴라가 저녁을 먹고 나자, 앤은 빨리 자러 가라고 마릴라를 설득했다. 앤은 동쪽 방에 올라가 어둠속에서 홀로 창가에 앉아 울었다. 마음이 무거웠다. 집에 돌아온 날 밤, 여기에 앉아 있은 이후에 불행히도 얼마나 많은 변화가 있었던가! 그때 앤은 희망과 기쁨에 가득 차 장밋빛 약속의 미래를 꿈꾸었었다. 앤은 그 이후로 몇 년이나 지난 것 같이 느껴졌지만, 잠자리에 들기 전에는 미소를 지으며 마음에 평화를 찾았다. 우리가 의무를 솔직하게 받아들이면 그렇게 되듯, 앤은 자신의 의무를 용감하게 마주하고 그 의무를 친구라고 생각하기로 했다.

며칠이 지난 어느 날 오후, 마릴라는 앞마당에서 누군가와 이야기한 뒤 천천히 돌아오고 있었다. 그 남자는 앤도 아는 사람이었다. 카모디에서 온 새들러였다. 앤은 그 사람이 어떤 말을 했기에 마릴라의 표정이 저런지 궁금했다.

"새들러 씨가 왜 왔어요, 마릴라 아주머니?"

마릴라는 창가에 앉아 앤을 바라보았다. 의사가 내린 금지령에도 불구하고 마릴라는 눈물을 흘렸고 목이 메었다.

"초록 지붕 집을 팔 거라는 얘기를 듣고 이 집을 사고 싶다고 찾아왔구나."

앤은 자신이 제대로 들은 게 맞는지 의아했다.

"사다니요! 초록 지붕 집을 사다니요? 아, 마릴라 아주머니, 초록 지붕 집을 정말 파실 건 아니죠?"

"앤, 나도 다른 방법을 알고 싶구나. 많이 생각해봤단다. 내 눈이 건강하다면 여기에 머물면서 돌보고, 괜찮은 사람을 써서 관리할 수 있겠지. 하지만 내가 그럴 수 없잖니. 시력을 완전히 잃을지도 몰라. 내가 그런 일들을 다 처리하기엔 무리야. 나도 살면서 이 집을 팔아야 하는 날이 올 거라고는 한 번도 생각해본 적 없었단다. 하지만 상황이 점점 더 나빠지기만 하면 아무도 이 집을 사고 싶어 하지 않을 거야. 우리가 평생 모든 돈이 전부 그 은행에 있었단다. 매슈 오라버니가 지난 가을에 지급한 장부가 있어. 린드 부인은 우리 농장을 팔아서 어디에 하숙집이라도 얻으라고 조언하더구나. 아무래도 자기 집에 있으란 뜻이겠지. 집을 팔아도 얼마 못 받을 거야. 작고 낡은 집이니까. 그래도 내가 먹고 살기엔 충분할 거야. 네가 장학금을 타줘서 정말 고맙단다, 앤! 방학 때 네가 돌아올 집이 없다는 게 제일 미안하구나! 너는 어떻게든 잘해낼 거야."

마릴라는 결국 무너져 슬프게 울었다.

앤은 단호하게 말했다.

"초록 지붕 집을 파시면 안 돼요!"

"앤, 나도 팔고 싶지 않아. 하지만 너도 알잖니. 나 혼자 여기서 살 수 없어. 힘들고 외로워서 아마 천천히 미쳐갈 거야. 시력도 점점 나빠질 거고. 나는 알아."

"여기에 아주머니 혼자 사실 필요 없어요, 마릴라 아주머니. 제가 같이 있을 거니까요. 전 레드몬드 대학에 가지 않을 거예요."

마릴라는 피곤한 얼굴을 들어 앤을 쳐다보았다.

"레드몬드에 가지 않겠다니! 그게 무슨 말이냐?"

"방금 말씀드린 그대로예요. 장학금을 받지 않을 거예요. 아주머니가 시내에서 돌아오신 날 밤, 전 그렇게 결정했어요. 아주머니가 이렇게 힘드신데, 설마 제가 아주머니를 혼자 남겨두고 떠날 수 있다고 생각하시는 건 아니겠죠? 아주머니가 저한테 어떻게 해주셨는데요. 내내 생각하고, 계획도 세웠어요. 제 계획을 들어보세요. 배리 씨가 내년에 우리 농장을 빌리고 싶어 하세요. 그러니 아주머니는 그건 신경 쓰지 않으셔도 돼요. 그리고 저는 선생님이 될 거예요. 이곳 학교에 지원했어요. 하지만 학교 이사회에서 길버트 블라이스에게 그 자리를 이미 약속했다고 들어서 여기 학교에 부임받을 거라는 기대는 안 해요. 하지만 카모디 학교에는 갈 수 있을 거예요. 어젯밤에 가게에 갔을 때 블레어 씨가 그렇게 말씀해 주셨어요. 물론 에이번리 학교에 다니는 것만큼 좋거나 편하진 않겠죠. 그래도 집에서 지내면서 카모디로 출퇴근할 수 있어요. 적어도 날씨만 따뜻하면요. 겨울에도 금요일마다 집에 올 수 있잖아요. 그러니까 우리는 말도 계속 길러야 해요. 제가 세세하게 전부 계획을 세워뒀어요, 마릴라 아주머니. 제가 아주머니께 책도 읽어드리고 기운 나게 해드릴게요. 따분하거나 외롭지 않으실 거예요. 아주머니와 저는 여기에서 함께 아늑하고 행복하게 살게 될 거예요."

마릴라는 꿈을 꾸는 것처럼 그 이야기를 들었다.

"아, 앤, 네가 여기 있다면 정말 잘 지낼 수 있을 거야. 하지만 나 때문에 너를 희생시킬 수는 없다. 그거야말로 끔찍한 일이야!"

앤은 즐겁게 웃었다.

"말도 안 되는 소리예요! 이건 희생하는 게 아니에요. 초록 지붕 집을 포기하는 것보다 더 나쁜 건 없어요. 그것보다 저를 더 아프게 하는 일도 없고요. 우리는 이 소중하고 오래된 곳을 지켜야 해요. 전 결심했어요, 마릴라 아주머니. 레드몬드에 가지 않겠어요. 그리고 여기에 머물면서 아이들을 가르칠 거예요. 그러니 조금도 걱정하지 마세요."

"하지만 네 꿈들은……."

"저는 변함없이 꿈꾸고 있어요. 다만 꿈의 방향이 조금 바뀌었을 뿐이에요. 저는 좋은 선생님이 될 거예요. 그리고 아주머니의 시력도 보호해드릴 거고요. 게다가 집에서 혼자서 대학 과정을 공부할 거예요. 계획이 정말 많아요, 마릴라 아주머니. 일주일 동안 그 계획을 생각하고 있었어요. 여기에서 최선을 다할 거예요. 그러면 저한테 좋은 일들이 다시 생길 거예요. 퀸스를 떠날 때는 제 미래가 제 앞에 곧게 뻗은 길처럼 보였어요. 그 길을 따라가면 많은 이정표를 볼 수 있다고 생각했어요. 그런데 이제 그 길이 약간 굽어졌어요. 그 굽이를 지나면 어떤 게 나올지 모르지만, 뭔가 좋은 게 있을 거라 믿으려고요. 그 굽이진 길도 그만의 매력이 있어요, 마릴라 아주머니. 그 뒤에 어떤 길이 이어질지 궁금해요. 어떤 푸른 영광과 부드러운 가지각색의 빛과 그림자가 있을지, 어떤 새로운 풍경이 펼쳐질지, 어떤 새로운 아름다움이 있을지, 어떤 굴곡과 언덕과 골짜기가 이어질지 정말 궁금해요."

마릴라는 장학금에 대해 말했다.

"그래도 네가 포기하도록 두면 안 될 것 같구나."

앤은 밝게 웃었다.

"저를 막으실 수 없어요. 저도 이제 열여섯 살이 넘었다고요. 린드 아주머니가 저한테 말씀하셨던 것처럼, 저는 노새처럼 고집이 세다고요. 마릴라 아주머니, 저를 가엾게 여기지 마세요. 동정받고 싶지 않고, 그럴 필요도 없어요. 소중한 초록 지붕 집에 계속 산다고 생각하면 진심으로 기뻐요! 저와 아주머니만큼 이 집을 사랑할 수 있는 사람은 이 세상에 없어요. 그러니 우리는 반드시 이 집을 지켜야만 해요."

마릴라는 마침내 두 손을 들었다.

"정말 고맙기도 해라! 네가 나에게 새로운 인생을 준 것 같은 기분이야. 너를 쫓아내서 대학에 보내야 할 것 같지만, 그럴 수 없구나. 더는 애쓰지 않을게. 네 말을 따를게, 앤."

앤 셜리가 대학을 포기하고 집에 머무르면서 아이들을 가르칠 거라는 소문이 에이번리 마을에 퍼졌고, 그에 대한 많은 이야기가 오갔다. 마릴라의 시력에 대해 모르는 착한 사람들은 마릴라가 어리석다고 생각했다. 하지만 앨런 부인은 달랐다. 앨런 부인이 앤의 생각을 지지해주자, 앤은 기쁨의 눈물을 흘렸다. 착한 린드 부인도 그렇게 생각하지 않았다. 어느 날 저녁, 린드 부인은 따뜻하고 향기로운 여름 어스름 속에 앤과 마릴라가 현관에 앉아 있는 것을 보았다. 땅거미가 내려앉을 때 그들은 그곳에 앉아 있기를 좋아했다. 정원에는 흰 나방들이 날아다니고, 촉촉한 공기에 박하향이 가득했다.

린드 부인은 상당히 큰 몸을 문 옆의 돌 의자에 앉혔다. 그 뒤에는 키 큰 분홍색과 노란색 접시꽃이 줄지어 자라고 있었다. 린드 부인은 권태와 안도가 섞인 긴 한숨을 내쉬었다.

"앉으니까 정말 좋네요! 오늘 온종일 걸어 다녔거든요. 90킬로그램인데, 두 발로만 걸어다니려니 무척 힘들어요. 뚱뚱하지 않은 건 정말 축복받은 일이에요, 마릴라. 당신은 감사하게 여겨야 해요. 앤, 네가 대학에 가지 않기로 했다는 이야기를 들었다. 그 소식을 듣고 정말 기뻤단다! 너는 여자에게 적당한 교육을 벌써 다 받았어. 여자가 남자들과 대학에 다니면서 라틴어와 그리스어를 머릿속에 가득 집어넣는 것은 모두 쓸데없는 일이야."

앤은 웃으며 말했다.

"하지만 저는 대학에 안 가도 라틴어와 그리스어를 열심히 공부할 거예요, 린드 아주머니. 여기 초록 지붕 집에서 문학 과정을 공부할 거예요. 대학에서 배우는 것을 전부 공부할 거예요."

린드 부인은 깜짝 놀라며 손사래를 쳤다.

"앤 셜리, 어리석은 짓을 하는구나."

"그렇지 않아요. 꼭 해낼 거예요. 하지만 무리하진 않을 거예요. '조사이어 앨런 부인'의 말처럼 저는 '적당히' 할 거예요. 긴긴 겨울밤에는 남는 시간이 많고, 전 수예에는 소질이 없으니까요. 아시겠지만, 카모디에 가서 아이들을 가르칠 거예요."

"그건 몰랐다. 나는 네가 여기 에이번리에서 가르칠 줄 알았는데. 이사들이 네게 자리를 주기로 결정했다더라."

앤은 그 말을 듣고 깜짝 놀라 벌떡 일어서며 소리쳤다.

"린드 아주머니! 왜요? 저는 이사회가 길버트 블라이스에게 그 자리를 약속했다고 알고 있었는데요."

"물론 그들은 그랬지. 하지만 네가 여기에 지원했다는 소식을 듣자마자 길버트가 이사들에게 갔단다. 어젯밤에 학교에서 회의했대. 지원을 철회하겠으니 네 지원서를 받아달라고 제안했다고 하더구나. 길버트는 화이트 샌즈에서 가르칠 거라고 말했대. 물론 길버트도 네가 얼마나 마릴라와 함께 지내고 싶어 하는지 잘 알고 있어. 길버트는 정말 친절하고 사려 깊은 아이야. 화이트 샌즈에서는 하숙비도 들고, 그 애 혼자 힘으로 대학을 가도록 돈을 벌어야 한다는 건 모두가 알잖니? 이거야말로 진정한 자기희생이지. 그래서 이사회가 너를 받아주기로 했어. 집에 온 토머스한테 그 얘기를 듣고는 빨리 이 얘기를 전해주고 싶어서 안달이 났더라."

앤은 중얼거렸다.

"제가 그 자리를 받아도 되는 건지 모르겠어요. 그러니까 제 말은요, 길버트가 저를 위해 그런 희생을 하게 둬서는 안 된다고 생각해요."

"이제는 길버트를 막을 수 없을 것 같은데. 길버트는 화이트 샌즈 이사진과 계약서도 썼어. 네가 거절한다고 해도 이젠 길버트에게 좋을 게 하나도 없어. 물론 너는 이 학교를 받아들여야 해. 넌 잘해낼 거야. 이제 파이 네도 가고 없잖니. 조시가 마지막이었으니 다행이지. 지난 20년 동안 에이번리 학교에 파이 네 아이들이 다녔지. 그들 인생의 사명이 학교 선생님을 떠나게 하는 것만 같았어. 어머나! 저 배리 씨네 다락방에서 깜빡거리는 게 뭐니?"

앤은 환하게 웃었다.

"다이애나가 제게 건너오라고 신호를 보내는 거예요. 저희끼리 지켜온 오래된 약속이에요. 잠시 가서 다이애나가 무슨 일이 있는지 알아보고 올게요."

앤은 클로버 비탈길을 사슴처럼 뛰어내려가서 유령의 숲 전나무 그림자 사이로 사라졌다. 린드 부인은 너그러운 시선으로 앤의 뒷모습을 바라보았다.

"앤은 여전히 대단한 아이 같아요!"

마릴라는 금세 옛날의 꼬장꼬장한 모습으로 돌아와 반박했다.

"다른 면으로 보면 아가씨 같은 모습이 더 많아요."

하지만 그런 꼬장꼬장함도 이젠 마릴라의 특색이 아니었다. 그날 밤, 린드 부인은 토머스에게 말했다.

"마릴라 커스버트가 많이 부드러워졌어요. 정말이에요!"

다음 날 저녁, 앤은 에이번리의 작은 묘지에 가서 매슈의 무덤에 새 꽃을 가져다놓고 스코틀랜드 장미나무에 물을 주었다. 그 작은 공간의 평화와 고요가 좋아서 해 질 녘까지 그곳에 머물렀다. 포플러 나무의 바스락거리는 소리는 마치 낮은 음성으로 다정하게 말을 걸고, 무덤들 사이에 자란 풀들도 속삭이는 것 같았다. 앤이 마침내 그곳을 떠나 빛나는 물의 호수로 이어진 긴 언덕 아래로 내려갈 때 해가 졌다. 꿈같은 저녁놀 속에서 에이번리 전체가 앤의 눈앞에 펼쳐졌다. '아주 오래된 평화가 보이는' 것 같았다. 꿀처럼 달콤한 클로버 밭에서 불어온 바람이 가득 실린 공기는 상쾌했다. 여기저기 농장 나무들 사이로 집의 불빛들이 반짝거렸다. 안개 낀 자주색 바다 너머에서는 파도가 끊임없이 속삭이는 것 같았다. 서쪽 하늘에서는 부드럽게 섞인 여러 가지 빛들이 빛났고, 연못은 그 하늘을 비춰서 은은한 명암을 만들었다. 앤은 그 광경의 아름다움을 보고 감동했고, 영혼의 문을 기꺼이 열어놓았다.

앤은 혼자 중얼거렸다.

"소중한 세상아. 너는 정말 아름답구나! 이곳에 살아서 정말 기뻐!"

언덕을 절반쯤 내려오자, 키 큰 청년이 블라이스 네 농장 문에서 휘파람을 불며 나왔다. 길버트였다. 길버트는 앤을 발견하자, 휘파람을 멈췄다. 정중하게 모자를 벗었지만, 앤이 멈춰 서서 손을 내밀지 않았으면 아무 말도 하지 않은 채 그냥 지나갔을 것이다.

앤의 볼이 새빨갛게 변했다.

"길버트. 나를 위해 학교를 포기해준 거, 고맙다고 말하고 싶어. 정말 고마워! 내가 고맙게 생각하는 걸 너도 알았으면 싶어서……."

길버트는 앤이 내민 손을 조심스럽게 잡았다.

"특별한 일을 한 건 아니야, 앤. 너에게 작은 일이라도 해줄 수 있는 게 있어서 나는 그것만으로도 기뻤어! 이제 우린 친구가 될 수 있는 거니? 예전의 내 잘못을 용서해주겠니?"

앤은 웃으며 손을 빼려고 했지만, 빼지 못했다.

"연못에서 만난 날 벌써 용서했어! 비록 내가 그걸 잘 모르고 있었지만. 난 참 고집 센 바보야! 전부 다 고백하자면, 그때 이후로 쭉 후회했어!"

길버트가 기뻐하며 말했다.

"우리는 정말 좋은 친구가 될 거야! 우린 좋은 친구가 될 운명이야, 앤. 너는 그 운명을 충분히 좌절시켰어. 우리는 여러 방면으로 서로 도울 수 있을 거야. 너, 계속 공부할 거지? 나도 그래. 가자, 내가 집까지 바래다줄게."

앤이 부엌에 들어오자, 마릴라는 호기심 어린 눈으로 앤을 바라보며 물었다.

"너랑 같이 오던 사람이 누구였니, 앤?"

"길버트 블라이스요. 배리 씨네 언덕에서 만났어요."

앤은 대답하면서 얼굴이 붉어져 짜증이 났다.

마릴라는 소리 없이 웃었다.

"너와 길버트 블라이스가 대문에 서서 30분이나 이야기를 나눌 만큼 친한 친구인 줄은 몰랐구나."

"친구는 아니었어요. 우린 좋은 적이었죠. 하지만 앞으로 좋은 친구가 되는 게 훨씬 합리적이라고 판단했어요. 그런데 정말 30분이나 거기 있었어요? 몇 분밖에 되지 않은 줄 알았어요. 5년이나 말을 하지 않았으니 할 말이 엄청 많았어요, 마릴라 아주머니."

그날 밤, 앤은 기쁜 마음으로 창가에 오랫동안 앉아 있었다. 바람이 벚나무 가지 사이로 부드럽게 불었고, 박하 향을 실어왔다. 골짜기의 뾰족한 전나무 위로 별들이 반짝거렸고, 다이애나 방의 불빛이 나무 사이로 어슴푸레 빛났다.

퀸스에서 집으로 돌아와 그곳에 앉아 있던 밤 이후 앤의 세계는 좁아졌다. 하지만 눈앞에 펼쳐진 길이 좁아지더라도 그 길을 따라가다 보면 고요한 행복의 꽃들이 필 것이라 생각했다. 진정한 노력과 가치 있는 꿈, 마음이 통하는 친구에게서 오는 기쁨이 앤에게는 존재했다. 상상력이나 꿈의 이상적인 세계를 앤에게서 빼앗아가지도 못할 것이다. 그리고 길에는 언제나 굽이진 길이 있기 마련이니까!

앤은 조용하게 속삭였다. 아주 조용하게.

"하느님은 하늘에 계시고, 온 세상은 평화로워라!"